图书在版编目(CIP)数据

鹿衔草 / 彭荆风著 . -- 北京:中国言实出版社,

2

ISBN 978-7-5171-3806-8

Ⅰ.①鹿… Ⅱ.①彭… Ⅲ.①长篇小说—中国—当代

Ⅳ.①I247.5

中国版本图书馆 CIP 数据核字（2021）第 031624 号

版 人　王昕朋

编辑　赵　歌

校对　冯素丽

发行　中国言实出版社

　　　地　址：北京市朝阳区北苑路 180 号加利大厦 5 号楼 105 室

　　　邮　编：100101

　　　编辑部：北京市海淀区花园路 6 号院 B 座 6 层

　　　邮　编：100088

　　　电　话：64924853（总编室）　64924716（发行部）

　　　网　址：www.zgyscbs.cn

　　　E-mail：zgyscbs@263.net

销　新华书店

刷　北京中科印刷有限公司

次　2021 年 3 月第 1 版　2021 年 3 月第 1 次印刷

格　710 毫米 × 1000 毫米　1/16　15.25 印张

数　248 千字

价　68.00 元　ISBN 978-7-5171-3806-8

鹿衔草

彭荆风◎著

2021

IV. ①

出 版
责任
责任

出版

经
印
版 规
字 定

中国言实出版社

彭荆风，中国当代著名作家，军旅文学代表人物，1946年开始文学创作，1949年参加中国人民解放军，第六届全国人民代表大会代表，中国作家协会名

誉委员。中国第一个用小说、电影文学体裁描述苦聪人和拉祜、哈尼、佤、景颇等民族的作家，出版35部文学著作。代表作《芦笙恋歌》《边寨烽火》，短篇小说《驿路梨花》。中篇小说《蛮帅部落的后代》荣获全国"第二届少年儿童文学三等奖"，短篇小说《今夜月色好》荣获中国作协"第八届全国优秀短篇小说奖"，长篇纪实文学《解放大西南》荣获"第五届鲁迅文学奖"，散文《桑荫街》荣获"第五届冰心散文奖"，长篇小说《太阳升起》荣获《长篇小说选刊》"第三届长篇小说年度金榜特别推荐奖"。

目录

第一章

一

越过红河、藤条江，再向南行，在那云封雾锁的高处，有一片连绵数百里、横跨几十座山岭的原始老林。老林里阴暗潮湿，有无数的飞禽走兽；还散乱地居住着一些披兽皮，吃兽肉，过着原始生活，自称为"苦聪"的人。

这年冬天，寒流拥着风雪冰霜，铺天盖地地向南移动，走到滇南，被哀牢山那高大宽敞的胸脯挡住了。骄横的寒流左冲右突，难以前进，就侧转身在老林内大肆咆哮，折断了古老的树干，压垮了苦聪人那简陋的窝棚，把整个原始老林，变成了一座冰冷的地狱。苦聪人从有记忆以来也没有遇见过这种可怕的风雪，只好在大树下烧起一堆堆篝火来御寒。一天、两天过去了，雪花还在漫天飞舞，许多人家的吃食都完了。整个老林的苦聪人，都陷入了空前的饥寒困境中。

在一片古老的松栎林里，有一堆篝火一闪一闪亮着，周围罩着一片迷雾腾腾的水蒸气。那是苦聪汉子白老大和他的妻子阿鹃在风雪压倒小窝棚后烧火取暖。他们家也是食物快吃光了。白老大把最后一块熊肉切细了挂在火上，又给妻子阿鹃抱了几大捆半湿半干的柴，嘱咐她好好带着刚满周岁的小女儿。然后，就紧紧身上的兽皮衣衫，提着弩弓和梭镖，追捕野兽去了。

白老大一离开火堆，就被风雪的巨人吞没了，无影无踪，许久许久不见回来。

黄昏降临了。火堆旁边的树枝也快烧完了，大树上的雪越积越厚，隔一会儿就像雪山崩裂似的哗哗哗倒下一大片来。风雪逐渐缩小了对火堆的包围，得意地咆哮着，像是要把火堆和阿鹃一口一口从容啃掉似的。阿鹃愁容满脸地望着越来越小的火堆，越来越感到寒冷加大了压力，沉重地从上下左右扑来，全身一阵阵发冷。寒冷、孤寂，使她更加焦急地盼望白老大快点回来。这时候，有个亲人在身边，就是冻着饿着，也比自己孤单单好呵！她一次又一次侧耳倾听，希望能从风雪声中听到白老大平日打猎归来时那熟悉的呼哨声。可是，听了又听，还是没有白老大的声音。只听得远远近近、大大小小的野兽，由于冻饿，正在用各种凄厉、凶暴的声音，长一声短一声地咆哮、哀啸，这更使风雪老林的夜晚显得极其阴森恐怖。

阿鹃像个明知自己气力有限，还要勉力支撑的斗士一样，当风雪一阵又一阵扫来时，她就不断地往火堆里加柴，不让风雪把火压熄。但是，柴有限，风雪却不停止，半夜以后，风雪终于吞噬完了阿鹃所有的干柴，然后得意地放大喉咙又嘶喊、又咆哮，冷酷地狂扫着那只剩下最后几根柴的火堆，逼得火堆像个垂死的老人，慢慢停止自己的挣扎。苦聪人生活在老林里，终生都是这样和寒冷、饥饿、野兽无休止地斗争。有的人痛苦地死亡，有的人侥幸存留下来。他们也深深懂得寒冷、饥饿、野兽这些凶恶的敌人，常常是凑合在一起横行的。只有火能帮助他们、挽救他们。如今，火要熄了，一场巨大的灾祸也必然会很快来临。阿鹃虽然年轻，却很懂得应该怎样应付这些不幸。她早就在树枝丫上挂了个小小的藤背篓，以便她能随时跳起来应付意外的情况。现在，她刚把小女儿用厚实的熊皮包起来放进藤篓里，就听见附近传来一阵踩得积雪和枯枝落叶"嚓嚓"作响的声音。从小在老林里长大，跟着父母和丈夫打了十来年野兽的阿鹃，立即听出了这是一种动作敏捷、跳跃性很大的野兽，而且不止一只，是两三只以上。她刚抓起一根木棍，大树后边一只毛茸茸东西就朝她扑了过来。

"狼！"阿鹃尖叫了一声，顺手从火堆里抓起一根还在燃烧的火炭打去，只听得一声狂叫，这只狼被烫得跑开了。阿鹃正想趁这机会往树上爬，又有两只狼从两侧扑来。显然这都是些善于在老林中偷袭人和小动物的狠毒家伙，它们的利齿不知撕碎了多少生命呢！

远逃和上树躲避都来不及了，阿鹃只有背靠着大树，挥起木棍横扫过去。又是一连几声狂啸，这两只狼也负痛窜开了。

狼受了打击不敢再扑过来，也不肯走开，只拖着尾巴在阿鹃周围乱转，等待时机反扑。

阿鹃冲不出这狼的包围圈，也没法上树去躲避，只好紧握着棍子，借助火堆里那还没有完全熄灭的微弱火光，注视那几只狼的动静。这时候，阿鹃才感到左手火辣辣的疼痛，原来是刚才匆忙抓起火炭时被烫伤了。风雪啃着伤口，整个手臂都剧烈地痛开了，好像所有的大火和风雪都在围着她这条手臂烧呀、撕呀！她开始只是痛苦地呻吟，后来却放声大喊起来。这不仅可以减轻疼痛，还希望能惊动附近的人赶来拯救她。

那几只狼因为没有吃到肉，还挨了打，也扯开嗓门，拖长声音嗥叫起来。人的痛苦呼救、狼的残忍嗥叫，和远处野兽的吼叫、呻吟应和着，在这风雪老林中交织成一种毛骨悚然的、极为阴森的气氛。夜更凄凉恐怖了。

狼又进行了几次偷袭，都被打了回去。

天逐渐亮了，火堆也完全熄灭了。饥饿和早晨的寒冷，促使狼群那吞食人的欲望也更强烈了，一只老灰狼一蹿多高，带头向阿鹃扑了过来，另外那两只狼也从两旁袭击着，阿鹃虽然是又冻又饿，左手又被烫伤，但是，对狼的憎恨和要保护小女儿的信念给她增加了难以估量的勇气和力量。她紧咬着嘴唇，脸色显得又阴沉、又愤怒，不断挥舞着棍子，上下左右地拦击这三只狼。她不愧为在原始老林中长大的妇女，有打野兽的经验和魄力，每一棍都打得准、打得狠。这几只生性残忍的家伙，因为长时间不能得逞，也就吼得更凶、扑得更猛。这只被打得齿牙淌血、皮开肉绽地跳开，那只又红着眼睛冲上来。它们已付出了代价，不把这顽强的苦聪少妇撕成肉片，它们是不肯善罢甘休的。这场人与兽的残酷搏斗，就这样一个回合又一个回合地持续下去。阿鹃渐渐力气不支、招架不住了，只好又大声呼喊求助。狼群也似乎懂得这是她力怯了的表现，攻击得更紧，更凶了……

阿鹃的呼喊声透过层层树林传到远处，已变得很微弱了，但常在老林里活动的人，还是可以分辨出这是一个受难者的哀号。一对出来找东西吃的苦聪老夫妇，闻声匆匆赶来了。

他们一边跑，一边大喊："救人啊！有野物咬人啊！"

他们的声音也传到了正在远处赶路的白老大那里。今天追捕野物是这样不顺利，他跟踪一只麂子时，由于性急，忽略了大雪已把悬崖深谷都遮盖了，一脚踩空，滚进了一个深深的峡谷中，等他挣扎着爬回旧路上来，已是夜晚了。他借着白雪的反光，深一脚浅一脚地往回赶着，杂乱的大树、藤条、刺竹，好像故意跟他为难似的，不断地纠缠、拦绊他。待他赶到火堆边上的时候，人与狼的搏斗也已进入了艰难的最后时刻。两只满是伤痕的黄毛恶狼，正疯狂地攻击那对赶来救援的苦聪老夫妇；另一只又大又凶的灰狼，却在咆哮着，不断向已浑身是血的阿鹃扑去。风雪、寒冷、饥饿和一夜的苦斗，已使得这苦聪少妇耗尽了气力，她头昏眼花，只觉得眼前的雪花、树林、狼群都在摇晃旋转，手里那根木棍变得像山一般的沉重，一次比一次难以挥动了。老灰狼却野性更足，跳跃奔腾得更厉害，它趁着阿鹃跟跄欲倒的时刻，猛地一下扑上她的右肩，一口咬住她的喉咙。也就在这时刻，白老大赶到了跟前，一梭镖捅进老灰狼的腰里，痛得这畜生连滚几下喷出了一大股血……

那两只狼见领头的老灰狼丧了命，恐惧地哀嗥了几声，拖着尾巴，窜进树丛逃走了。

白老大见阿鹃满身是伤是血，难过得心都碎了。他也无心去追赶那两只恶狼。把阿鹃抱在怀里，哀声哭喊着："阿鹃，阿鹃！"

苦聪老夫妇见阿鹃伤势不轻，赶紧扒开附近的雪堆想找几棵可治伤痛的草药来救阿鹃。但，这是深冬，又下了几天雪，草药也没有了。

他们只好找来干柴，重新燃起了火堆。火的温暖，使阿鹃略为好过了一些，她用尽气力，才把沉重的眼皮撑开，痛苦地望着白老大："你回来了呀！我喊了你半夜呢！"

白老大虽然性格刚强，这时候也眼泪扑簌簌地往外滚，唉！只怪自己没有早些回来。如果知道会发生这样的不幸，他情愿夫妻俩在一起饿死、冻死，也不去追逐那只魔鬼派来的麂子。他恨那些残忍的狼，恨这场暴风雪，也恨自己对妻子照料不周到。他只能哀声地仰天长叹："唉！天哪！你给我们的灾难已经够多了，你还要夺去我的阿鹃吗？……"

成团的雪花飞向他的脸上，飞进他那满布血丝的眼里，和眼泪融化在一起，流满了脸颊，滴到了阿鹃身上、脸上，渗进了她的心里，使她感到温暖、亲切。经历了一番和狼的拼死搏斗后，又能躺在亲人的怀里，这使她在痛苦中感到安慰！她想起了小女孩，有气无力地问："娃娃呢？我是不行了，你要好好抚养她！"

小女孩已被那苦聪老妇人从树枝上的藤篓里抱了下来，烤着火睡着了。她还小，还不懂得人世的痛苦，有人抱，有温暖，她就满足了。

一阵阵剧烈的疼痛在折磨阿鹃。她知道自己留在人世的时间不多了。这短促的二十多年，她都是在饥饿、寒冷、与野兽的搏斗中度过的，这是多么悲惨的生活呵！自己死了不足惜，她只希望丈夫和女儿今后能比自己生活得好。她在这临终前，觉得有万语千言要说，而无从说起，只能在呻吟中迸出一句话："老林里这么冷、这么饿、这么多野兽，人难活呀！我死了，你还是带着娃娃走出老林吧！"

她的话是哀求，是催促，声调是那么痛苦、悲伤，使白老大听了心如刀割地难过。叫他怎么回答呢？走出老林，这谈何容易呵！老林外边是反动土司的天下，老辈人早就说过，土司老爷比野兽还凶恶，出去了，也是死路一条。但是，为了安慰妻子，白老大只能含着泪点头答应。

阿鹃缓缓闭上了眼睛，最后，又说了一句："娃娃就叫茶妹吧！你还记得我们在那棵大茶树下……"

话没说完，她就闭上了眼睛。任由白老大怎么喊，怎么摇晃，她也不能再看这苦难的老林一眼了。

白老大抱着阿鹃逐渐变得冰冷僵硬的身子，几乎是发狂了，捶胸顿脚地大哭："天哪！天哪！阿鹃，你不要死呀！你再睁开眼睛看看，我把大树都给你砍倒，我把老林里的野兽都给你杀光！……"

哭喊声惊醒了小茶妹，也在那苦聪老妇人怀里，"哇哇"哭起来，仿佛她也在控诉这人生的苦难，哭着要求离开这阴森的老林。

风又起了，狂暴地摇撼着树林，老林又如同狂怒的大海，在呼啸、动荡。沉重的雪花，也纷纷扬扬洒了下来……

二

阿鹃的惨死，使白老大对这遮天蔽日的大树，这积满了落叶的潮湿土地，在林子里乱窜的飞禽走兽，时而狂风大作、时而风雨交加的变幻气候，都充满了厌恶。阿鹃死后那几天，他几乎是疯狂地追捕一切野兽，特别是听见狼的嗥声，他会越过几道山几重岭去追杀，跑得筋疲力尽了，才会停歇下来。夜里，他常被噩梦缠绕，有时梦见自己被狼群、野猪、豹子包围着撕咬，杀得一身血汗地惊醒过来；有时，他又会梦见阿鹃若隐若现地游荡在大树藤条之间，神色凄楚地望着他，好像是埋怨他没有走出这苦难的森林……

他痛苦、烦躁，在老林里再也待不下去了。虽然，他过去也见了一些苦聪人走出老林后，就像一片黄叶飘入深谷中一样，音信杳茫地再也不见回来。但是，他还是决心出去闯一闯。他觉得如果不走，那就对不起阿鹃，为了让死去的阿鹃能在地下高兴，他情愿为这粉身碎骨。

有一天，一个在老林边沿上，找苦聪人换兽皮的哈尼人，传进来了一个消息说，坝子里的傣族土司老爷被人扔进藤条江里淹死了，高山上的哈尼族、瑶族、苗族的山官头人，都下山去吊丧了。白老大听了心想，土司老爷死了，外边的日子总会好过些了吧！这就更加强了他走出老林的决心，那对苦聪老夫妇劝阻不住，只好答应帮他养育茶妹。他就带了一背篓熊肉干巴、鹿胎、鹿筋、鹿衔草等山林特产动身了。

离开老林的时候，他的心里难免有些伤感，他是迫不得已才离开小茶妹呵！但心里又对未来充满了幻想。他自命为一个"探路人"，如果外边世道真的变了，一切都好，他就回来把所有的苦聪人都喊出老林去。

经过三四天跋涉，白老大终于走出了老林。他站在那高耸陡峭的山岩上往下看去，只见金色的阳光、飘浮的云海，都一览无遗地出现在他的眼前。他这个在老林中生活了二三十年的苦聪人，还是第一次看到老林外边是这样广阔。但，也不如他想象中那样平坦。群山层峦起伏，一直延伸到遥远的天边，迷迷蒙蒙地被云雾淹没了。

这时候，白老大才感到自己是这样孤单、这样无依无靠，不知道该找谁，也不知道该往哪个方向走。他只好漫无目的地顺着一条猎人踩出来的弯曲小路，朝着一座离老林比较近的村寨走去。

哀牢山完全具有横断山脉那种河谷切割很深的特点，高山与峡谷落差极大。那村寨看来虽然很近，只在对面山腰上，他一上一下却走了一个上午。

　　这是一座哈尼人聚居的寨子，竹楼一座挨一座地顺着山坡建筑着。为了防止野兽和歹人的侵袭，还用石块和木栅围起了一道矮矮的寨墙。墙内外长着不少高大的杧果树、棕榈树、橘子树和一些牵牛花、凤仙花、素馨花，蓝、红、紫、绿十分好看。这一切只有已定居很久的民族才能修饰得这样美丽。这使见惯了大树、藤条、野芭蕉林和简陋的芭蕉叶棚的白老大，突然眼花缭乱了。

　　寨子周围是依山开成的一层层往上升的梯田。这正是蓄水灌田的时候，水田明亮如镜，把蓝天白云、苍青的群山都映入了梯田里，构成了大大小小美丽的画面。

　　白老大从来没有见过水田，完全被这奇妙的景色迷惑了。更奇怪的是还有一种长着两只弯角、不像豹子也不像老熊的庞然大物，驯服地由一个人驱赶着，在水田里慢慢走着。

　　老林里没有水牛，白老大当然不懂这是哈尼人在驱牛犁田。他很奇怪，这个人怎么这样有本事，把比豹子、野猪还粗壮的大野物都降住了。你看，那哈尼人用竹子抽它，它也不回过头来咬一口。

　　路，就是向导，顺着一条周围长满了仙人掌的山路，他终于走到了寨门口。

　　这是春耕农忙季节，哈尼人的青壮年都到田里去了，寨子里静悄悄的，只留下少数妇女在家做饭看小孩。竹楼下蜷卧着几只看家狗。这安静的环境，使白老大又喜欢又有些害怕。

　　他站在寨门口向里窥探了好一会儿，见没有人出来，就大着胆子向寨门附近一栋竹楼走去。

　　白老大只顾抬头注视那离地三四尺高的竹楼，以及那一串串红得发亮的牛角辣、一包包金黄的玉米籽种，却没有防到竹楼下窜出了一只凶狠的黑毛狼犬，一声不吭地就在他腿上咬了一口，不仅把兽皮衣裙撕掉了一大块，皮肉也咬出了血，痛得白老大一蹿老高，发狠地要打那只狗，那黑狗却早已得意地狂吼着跑开了。

　　一犬吠，百犬应，这黑狗的几声狂吠，把附近竹楼下的十几只大狗小狗都引了出来。这些狗见白老大头发蓬乱，又全身毛茸茸地裹着兽皮，还以为是山上下来了什么野物呢？残暴地攻击异类是肉食动物的一种特性。这些狗像卷入了一场欢快的节日一样，跳跃着从四面八方冲上来乱吼乱咬。白老大一时间慌了手脚，不晓得如何是好，他既不敢下手痛打这些狗，怕打坏了会惹麻烦，又怕狗再来咬他，只好又叫又跳地躲闪着招架……

这些狗，是哈尼族人养来窜山打兽的猎狗，一只比一只凶猛。狗群趁白老大前后难顾的时刻，拥上来一阵乱咬，把他那身兽皮衣衫撕了个稀烂。白老大被惹火了，这身兽皮衣衫是费了好大工夫，用一张熊皮、三张麂子皮才缝成的呢！他抽出腰刀正要砍，就在这时候，一个身材苗条、脸色红润的哈尼少妇，从竹楼内走了出来，她只吆喝了一声，狗群就驯顺地拖着尾巴跑散了。但是，她也被白老大的毛发蓬乱的样子吓住了，心惊胆战地退进了屋内。

狗群见主人不保护这个外来人，又吠着冲了上来，急得白老大大喊："阿嫂，你不要怕呀！我是苦聪人。"

居住在老林周围的苗、瑶、哈尼人，都知道林子里住有苦聪人。苦聪人虽然过着艰困的原始生活，却善于猎取各种野兽。因此，哈尼人也亲昵地把他们喊作"卡归"（哈尼语：最会射弩的人）。在农闲的时候，哈尼人常带着盐巴、铁器到老林边沿上去找卡归换取熊皮、野猪肉、松鼠干巴。特别是松鼠干巴又香又嫩，比马鹿肉还有味道……

哈尼少妇还不敢贸然出来，只是闪在竹楼内问："卡归，你要哪样？"

白老大本来是什么也不要，这时，却不得不央求道："阿嫂，换给我一套衣衫好不？你们寨子的狗好恶，把我的衣衫都撕烂了。"

这话好可怜，哈尼少妇极其同情地找了一套男人的旧衣裤从竹楼上掷下来，说："卡归，穿上吧！"

白老大赶紧在竹楼下找了个可以藏身的地方，甩掉那已被撕成碎片的兽皮，换上这身青布衣裤。

白老大平日裹惯了又厚又重的兽皮，现在他穿上这薄薄的布衣衫，觉得浑身像脱了一层皮一样，一时间手足都无措了。

过去，苦聪人也有人向老林边上的苗、瑶、哈尼人用兽皮、兽肉、藤器换过东西，但却不敢换布衣衫，在他们的眼里，这很珍贵呢！这时候，白老大心里很高兴，才走出老林就遇见这么好的人。他感激地大声喊着："阿嫂，多谢你了。"

哈尼少妇从竹楼缝里偷偷向外望去，见这苦聪人把布衣服一穿，也居然气宇轩昂，没有刚才那样毛茸茸的吓人了。她这才放心走出来，对着白老大笑了笑，亲切地问："卡归，你还要哪样？可是饿了？"

白老大摇摇头，表示什么也不要。为了表达自己对这哈尼少妇的感谢，他从背篓里拿出一副鹿胎递过去："阿嫂，送给你。"

"哟！"哈尼少妇那明亮的大眼睛里闪出了惊讶的神色。鹿胎是珍贵的补品，就是在这山野间也很难得。她老实地摇摇头说："一套旧衣服，值不了多少钱，我不要你的鹿胎。"

白老大固执地把鹿胎扔上了竹晒台，做着手势表示，如果不要，就不好了。

哈尼少妇开始是红着脸摇头、微笑、推辞。后来看出来这苦聪人是诚心送给她，只好高兴地收下了。哈尼少妇觉得也应该用什么东西来回敬这朴实的苦聪人，就殷勤地把白老大请到竹晒台上，给他端来了茶、米酒、红糖、糯米粑粑和草烟。

这都是白老大从没尝过的食品，他刚走出老林，又饿又累，现在看见哈尼少妇请他做客，也就豪爽地吃着、喝着。啊！这些吃食味道多么鲜美呵！在那黑压压的老林里，哪里会有这么好吃的东西呵！

哈尼少妇文静地坐在一旁，望着白老大吃喝，她也不说话，只是亲切地抿着嘴笑，不住地给白老大添菜，斟酒，拿粑粑，让他吃得尽兴。哈尼少妇等他吃够了，才问："卡归，你背这么多东西去哪里？"

白老大把自己的不幸、老林的苦难简单说了一遍。当他说到想在外边找个地方安身时，哈尼少妇那美丽的脸庞上却飞起了一层乌云，叹息道："外边也是苦得很，山官头人又狠又恶，人都逼得要造反了。"

这可像一瓢凉水，把白老大的满腔热望都浇冷了，他难以理解地呆呆坐在那里，好一会儿才讷讷地自语："不会吧！不会吧……"

"我不会哄你！"哈尼少妇也辛酸地向这刚走出老林的苦聪人一件件述说他们的苦难，打的粮食要上官租，官租上不够，要被抓住捆打……这可把白老大又带回了愁闷中。在老林里时，老人们都把外边说得极为恐怖，好像一出来就会粉身碎骨似的。所以，他们宁愿老死于森林之中，也不愿出来。可是出来后，给他最初印象是，外边一切都蛮好。这哈尼大嫂多善良，这里的山，这里的水，这里的蓝天白云又是多么美丽！他刚才吃着喝着的时候，还在想：要是自己苦聪人都能从那阴暗潮湿的老林里搬出来，那多好呵！可是，为什么这哈尼大嫂也说这外边不好呢？他想不通，只觉得心烦意乱，人也变得痴呆呆的了。哈尼少妇见他两眼发直，急忙安慰他："我们妇人家整天在家忙家务事，外边的事也说不清楚，你还是多歇息一下，等到天黑，汉子们从田里回来了，让他们慢慢说给你听。他们晓得的事多。"

白老大心急如焚，怎么也坐不稳了，他决定趁天色还早，再赶一程路。他记得老人们说过："苦聪住在河源头，苗、瑶、哈尼住在山头，官家老爷住在坝子里头。"最好的地方是坝子，到了坝子里，一切就可以弄清楚了。

他谢过了哈尼少妇，问了一下路，又继续往前走。

白老大沿着弯弯曲曲的山路，时而爬坡，时而过涧，又经过几天跋涉，终于走到了藤条江边。这一路上，他为了赶路，也为了躲避寨子里的狗群，又按照他在原始老林的习惯，黑了就在大树上过夜，不敢进寨子去投宿。

藤条江在深山老林里还是一条浅浅的小溪，流到这坝子时，已是浪花翻滚的大江了，即使在天旱水浅的日子里，也要用独木舟摆渡。

还在半坡上，白老大就被坝子上的景色迷住了：阡陌纵横的水田，茵绿的草地，被凤尾竹、大箐树围绕着的村落，袅袅升起的炊烟，……一切都是这样使他眼花缭乱。在老林里，他除了藤条、大树、刺竹和芭蕉林外，哪里见过这样的景色呀！他想起那潮湿黑暗的老林与这里是多么不同，像这样宽敞美丽的地方，他过去在梦中也没见过呵！

白老大在半山坡一块大石头上坐了下来，出神地望着面前那神奇的坝子。他心里有些纳闷：这地方人多树少，烧柴烤火用什么呢？也不见马鹿和野猪，人们吃肉又怎么办呢？还有……

他就这样看呀，想呀，一直到黄昏来临了，坝子里已经被玫瑰色的晚霞映照得色彩绚丽了，他才急忙站起来往山下奔去。

对岸土司府里正奏着晚祷似的音乐，苍凉的唢呐声，呜咽的芦笙声，夹杂着沉重缓慢的铓锣和象脚鼓声，随风飘过河来，给大地罩上了一层阴沉的气氛。白老大长久望着土司府边上那高大的佛寺金顶，夕阳影里金碧辉煌，特别好看。他想：那"窝棚"好大呵！住些什么人？他不知道那就是土司府，也是藤条江两岸的罪恶老巢，还以为是个美好的地方呢！

白老大走到江边，天已完全黑了。对岸亮起了一闪一闪的灯火，河边那些穿着紧身白衣、系着黑长裙的傣族妇女也洗完了澡，挑着水桶，轻盈地扭动腰身上岸去了。河里有一只独木舟刚刚离开岸边向对面驶去。

白老大跑得气喘吁吁地大喊："哦嗬——等等我，等等我。"

渡船在河水里掉了个头，又慢慢驶了回来，摆渡人在黑暗中看不清喊船的人，只是不耐烦地说："要过河就早些嘛！"

白老大急步上了船。小船虽然只是在浅水里轻轻摆动，也叫他好像悬在大风中的树梢上一样，悠悠晃荡。他赶紧蹲了下来。也不敢说话。

船夫见他穿的一身哈尼装束，就改用哈尼话问："你是哪个哈尼寨子的？这么晚了还下坝子来。"

过去常有哈尼人、瑶族人进老林来狩猎、避难，苦聪人也常在老林边沿上和他们换东西，所以，有些苦聪人也会说哈尼话、瑶族话。

白老大用哈尼话回答："我是苦聪人。"

船夫吃了一惊："老林里的苦聪人？你下山来整哪样？"

一弯新月刚从对岸那黑墙似的大山后边爬出来，江上漾起了点点银光，有人点着松明做的火把，在岩岸下边摸鱼。金红的渔火忽明忽暗，不断把两岸的垂柳、凤凰树显现出来。摸鱼的都是些年轻汉子，时而哼着傣族小调，时而哈哈大笑，有的还骂些粗野的话，笑声、闹声和水浪声搅成了一片……

白老大完全被江上的夜景所迷住，也忘了回答船夫的问话，好一会儿才说了一句："老林里的苦日子熬不下去了，听说你们坝子里过得好……"

"唉！"船夫狠狠地一篙插入深水中，"好过哪样？骨头里的油都快给榨干了。"

白老大不相信地说："阿哥，你不要哄人了。我看，你们坝子里好得很啊！"

船到江心了，流水被乱石激起一个个湍急的漩涡，小独木舟被冲击得在波浪中左右摇晃。船夫忙着对付急流和漩涡，也暂时顾不上和白老大说话。第一次坐独木舟，又第一次遇见这大江激流的白老大，见船像发了疯的野猪似的在浪里颠簸摇晃，吓得紧紧抓住船舷，动也不敢动。直到独木舟闯过了急流，回复了平稳后，他还是扳住船舷不敢松手，惊恐地说："阿哥，刚才把我吓坏了，这水浪比老林里的豹子老虎还吓人呀！"

船夫苦笑了一下："我们船家呀，怕的不是大河流水。这藤条江养活了我们，给我们吃、给我们穿。再说，这时候的河水算得什么，雨水季节发洪水，我们也照样大浪里来，大浪里去。我们老百姓最怕的是土司老爷，那家伙可心狠手辣呢！"

白老大说："土司老爷？他不是在这大河里淹死了吗？"

"死了老土司还有小土司，小的比老的还狠毒呢！"

白老大听了这才急了，到了现在他才相信哈尼大嫂和这位傣族船夫的诉苦，他非常后悔走出老林，下到坝子来。白老大想了想，还是快点回去吧！就用央求的口气对船夫说道："阿哥，我不过河了，你把我送回河那边去吧！"

这时，天已完全黑了，江上起了风，浪头更加汹涌了。船夫把独木舟轻轻滑向那在月光下像明洁的云海一样的沙滩。然后，才深深叹了口气说："唉！明天再说吧！驾船的好手淹死了老土司，被抓走了。河里险滩多，我一个人还不敢黑夜里在河上乱闯呢！"

说着，船底已擦着了河滩上的沙子，发出了沙沙的声响。水浅了，船不能再向前走了，船夫把船稳住，对白老大说："上了岸，绕过那几棵大箐树，就是马店，可以歇夜。你怕遇见土司，躲在马店里不要出来。明天一早，我还在这里摆渡，你来，我再送你回去。"他不知道，这刚走出老林的苦聪人并不懂什么叫马店？他更没有料到这一夜将发生许多不幸呢！

白老大茫然地背起背篓，卷起裤脚，赤足涉入那浅浅的、有点冰凉的河水中，向岸上走去。岸上的竹林里，有个傣族姑娘在唱歌，歌喉婉转，调子却很悲伤，使白老大这个刚走上这陌生河岸的苦聪人听了，也心情慌乱和凄凉起来了。

高大而又枝叶繁茂的菩提树下，有几个傣族姑娘燃着火堆纺线。明亮的火光，把叶杆长长的菩提叶映在地上，像一块块图案鲜明的花毯。姑娘们的苗条身影，那转动的小纺车，也像铺在花毯上一样，特别好看。但更耀眼的是那灯烛辉煌的土司府。白老大以为那就是船夫说的马店，就疾步向土司府那边走去。高山老林的苦聪人总习惯向火靠拢，火边有温暖，也可避免野兽的侵袭。但是，他哪里知道，这坝子里却和老林不一样。今夜，他在那亮着灯火的土司府里，就要遇见一场灾难呢！

土司府里灯烛辉煌，鼓乐喧天。小土司老爷刀金柱正在摆酒席宴请新到任的国民党县长田家邦和前来吊孝的各个部落的山官头人。

红漆大门口站着两排持枪荷戈的卫士，一边是白布包头、青色衣裤的土司兵，一边是头顶着青天白日徽的国民党兵。他们面对面站着，挺胸凹肚，都想显示一下自己的威风。一见附近有过路人，他们就狐假虎威大声吆喝，甚至用皮鞭枪托乱抽乱打。

　　刚走出老林的白老大，不知道这里亮着灯火、围着这么多人是干什么的？他还以为像在老林里那样，打着了野猪、麂子，大家在一起热热闹闹聚会呢！白老大也就背着藤篓匆匆忙忙地奔了过去。

　　一个国民党兵见过来了这么一个头发胡子长长的人，大喝了一声："干什么的？"

　　白老大听不懂这个兵南腔北调的汉话，茫然地停住步子，也狠狠瞪了那个兵一眼。他看见这人尖嘴尖腮，两只小眼睛咕噜咕噜地转动着，活像他有一次在树洞下挖出来的那只土狗。白老大第一次感到人和野兽有时会那么相似，不由得笑了。

　　这个兵也觉察出了这个"怪人"的笑声里，含有对自己的蔑视。他生气地大声吆喝："你来干什么？还不给老子滚开！"

　　白老大用手指了指大门口的灯火，表示他是来看看。

　　有个土司兵欺侮惯了从高山上下来的人。他嘴里喊了声："野人！"走上两步对准白老大劈脸就是一鞭子，打得白老大脸上火辣辣的，顿时就飞起了一道血痕。白老大还来不及还手，又有个国民党兵从背后揍了他一枪托，痛得他一歪身子，把藤背篓里的熊肉干巴、鹿胎、熊皮撒了个满地。掠夺成性的国民党兵、土司兵一见这么多好东西，都一窝蜂地拥上来乱抢乱夺……

　　白老大过去生活在老林里，经常和野兽搏斗，野兽敢咬他，他也敢打野兽，还从来没遇见过这种又打人又抢人的事呢！他被激怒了，也不顾人单势弱，吼叫着扑上去和这些强盗扭打起来。

　　吵闹和扭打声一直传到了厅堂上，喝得醉醺醺的小土司老爷刀金柱拍案大怒："哪个在外边乱闹？"

　　狗腿子们赶紧向他禀报："高山上下来个野人，想进来抢东西。"

　　在小土司眼里，高山上的人都是他的臣民奴隶，谁还敢在他的大门前大吵大闹？他生气地眉毛一竖，大吼着："给我抓进来。"

　　搏斗得筋疲力尽的白老大，被捆着拖了进来。

　　新上任的国民党县长，从来还没见过这种头发蓬乱、一直披到肩上的人，他皱着眉头问："他是什么民族？"

　　一个老林边沿上的哈尼族头人急忙回答："是老林里的苦聪人。这些人不懂王法，性子野得很。"

小土司冷笑了一声："先抽他几十鞭子杀杀他的野气，再用铁链子穿上锁骨，丢进地牢里去。田县长，你觉得怎么样？"

国民党县长赞许地点头："金柱兄，你真不愧为威震藤条江的勐拉世家。对付这些野人真有办法。来，我再敬你一杯！"

"干杯！干杯！"

酒宴上又是一片喧哗。他们像插入了一个特别节目似的很是高兴。

白老大过去只是听说土司老爷如何残暴，今天算是亲身领受了。痛苦、屈辱使得他眼里爆出了火星，恨不得燃起一场大火把这群吃人的魔鬼和整个土司府全都烧掉。但，这时他双手被紧紧捆住，有仇恨却没有气力来还击了。土司兵把他拉到后边，又是棍棒交加的一场狠打，然后用三刃尖刀在他锁骨上一戳，痛得他大叫了一声，两眼发黑，昏了过去……

等白老大醒来时，他已经被丢进了阴暗潮湿的土牢里。锁骨上穿着一条铁链子，伤口像刀割似的一阵阵绞痛。刚才那些令人痛恨的情景又一幕幕涌现在他眼前。这时，他真是悔恨交加，不该从老林里出来。他是多么想念那墨绿的大森林，那幼小的茶妹，以及那些苦聪兄弟。老林里虽然饥饿寒冷，却有亲人的关怀呵！

地牢黑暗的角落里，还躺着一个人。等看守的土司兵走远了，那人才悄悄爬过来，低声问他："因为什么事把你抓进来了？"

白老大烦躁地不回答，只是痛苦地呻吟。

那人又塞过来一个冷饭团："你饿了吧！吃一点。"

白老大还是不吭声。他如今恨透了老林外边的一切，对谁也不想搭理。

那人好像猜到了白老大的心意，就抖动了一下自己锁骨上的铁链子，说："你不要多疑，我也是受土司老爷欺侮、折磨的人哪！"

系在奴隶身上的锁链也是使受难者相互减少猜疑的证物。白老大这才停止了呻吟。地牢里漆黑，看不清对方的脸，他怀疑地问："你又是因为什么事关在这里？"

"我把老土司那个狗杂种在大河里淹死了。"那人平静地说。

"哦！"白老大想起那个傣族船夫大闹藤条江，把老土司和他的狗腿子全都淹死在河里的事。他高兴地一把抓住这人："兄弟，你好厉害。你就是那个摆渡大哥？"

"是啰！"

黑暗中看不清，白老大用手在这人身上轻轻摸着，也是满身伤痕。他想起自己腰间塞有一包草药还没被抢走，就拿了出来揉细，分别敷在那人和自己的伤口上。

这种专治刀伤火炙的草药，虽然别处也有，但由于生长在原始老林，土壤性质、气候条件等，药性却与众不同，对治疗刀伤火炙有奇效。他们两人伤口上敷了这种药，疼痛也顿时减少了。

那人欢喜地问："你这是什么药？"

"鹿衔草。"

"哦！你是老林的苦聪人。"

三

藤条江劈开高山峡谷，波涛汹涌地由北向南穿越过勐拉坝。因为坝子上有个市集，有土司府，这附近也就有个热闹的渡口，有条最大的独木舟。别的独木舟只能乘坐两三个人。这条独木舟却一次可载三四十个人。独木舟这么大，当然要最能干的水手才能驾驭。坝子上的傣族人选来选去，就选中了挨赶带着他的儿子水送来管摆渡的事。

挨赶外号"摸鱼儿"，世代都是藤条江上的水手。他七岁的时候，就像一条小鱼似的在江里翻滚，十三岁就跟着老人上船撑篙弄桨，撒网摸鱼。如今近三十岁了，论水上功夫，在这藤条江上下游，可算得是第一条好汉。不幸的是中年丧妻，只留下一个儿子。父子俩相依为命，在一起凄凉地过着贫寒劳苦的生活。

水送这孩子，具有傣族农民吃苦耐劳、精明能干、淳朴忠厚的素质。他跟着挨赶摆渡打鱼，肯认真学，也学得好、学得快。使挨赶在痛苦中得到极大的安慰。

岁月像江水一样悠悠地往前流着，他父子俩也就这样在风雨浪涛里熬过了许多个春夏秋冬。傣族人早熟，水送长到十三岁，已经是一个胳膊粗、腿骨壮、高大而又结实的小水手了。

这一天，正是雨季开始后不久的一个下午。江上细雨迷蒙。两岸的山峦和村寨，笼罩在轻纱一般的雨雾中，显得特别苍青秀丽。岸边那几条大小不一的独木舟，被铁链子拴着，在浪涛的拍击下，忽左忽右地摇晃着。几只长嘴白毛的鹭鸶，大模大样地立在船舷上，伸长颈子窥伺着河里的小鱼。这会儿没有过渡的人，一切都是这样安静。

挨赶父子在渡口上盖了一间小草棚。平时没人过渡，他们就在小棚屋里躲躲烈日，避避风雨。现在，他们正蹲在火塘边上喝着用新稻谷秆制成的"茶"。这种"禾把茶"虽然有点清香，但苦涩得很，买不起茶叶的傣族穷苦人，只有用这种代用品在盛夏酷暑时解渴。

对岸突然传来了一个年轻女人急促的喊船声。

挨赶把头从棚屋里探出去望了望，雨雾迷蒙中看见好像是个一身哈尼族打扮的妇女在呼唤。按照惯例，这种雨水天，是从不给单人摆渡的。水送不满地咕噜着："一个人也喊船，规矩也不懂！"

"让她等一小会。"挨赶正忙着补一张破网。

隔了一会儿，那妇人又用急促得怕人的声音喊了起来："摆渡的阿叔，快把船撑过来。我求求你……"

喊声这样凄厉，搅得挨赶父子都坐不住了，都跑出棚屋外来观看。

善良的挨赶最怕听这种痛苦的哀求声。这会使饱受折磨的他，联想起许多痛苦的事来，他对水送说："听她喊得多吓人，怕是有急事，快撑条小船把她接过来。"

喊船的那个哈尼少妇，见这边棚屋里有人出来了，又连连挥舞着手里的笠帽，求他们快点解缆撑船。

水送一着急，蓑衣笠帽也忘了披戴，跳进水里，解开一只小独木舟，飞速撑往对岸。他手忙脚乱，搞得那用一根木头挖成的小独木舟，在水浪里左倾右侧摇晃。挨赶在岸上不满意地喊道："稳一点，稳一点。看你慌手慌脚的！"水送一边把小独木舟驾平稳，一边大声回答："渡人要紧呀！"挨赶还是不满地咕哝着："也不知什么事，喊船也这么急。"但见水送已经把船撑得又稳又快，心里又高兴了，"这娃娃总算学出来了！"

雨水突然大了，水送那身土布衣衫一会儿就湿得贴上肉了。他只有这唯一的一件衣衫。心想，真倒霉，回去又得光着脊梁烤衣服了。

小独木舟离岸还有几丈远，那个喊船的哈尼少妇就急匆匆从岸上跑下那被水淹着的河滩迎了过来。也不等小船停稳，就踩得水花乱溅地向船上爬。把那小小的独木舟都弄得侧向了一边，幸好水送手脚快，一篙子撑稳，才没有把小船弄翻。

水送略带不满地说："阿嫂，你慌哪样？河边上安安静静，又没有豹子老熊来咬你。"

那哈尼少妇脸红了红，也不回答，只是坐在船头胸脯一起一伏地大喘着气。

船缓缓离了岸，哈尼少妇喘够了气，这才露出那洁白的牙齿，抱歉地笑了笑："小兄弟，劳累你了，看你衣服全都淋湿了。"

水送孩子气地噘起了嘴："哪个叫你喊得那样吓人！"

哈尼少妇轻轻叹了口气："唉！小兄弟，不是我要吓你。是土司老爷要过河了。"

水送一听，急忙狠狠撑了十几篙，小独木舟就像脱弦箭似的飞了起来。到了河中心，他才歇了口气，埋怨道："你这阿嫂，喊船的时候为哪样不说清楚？早晓得土司老爷也要过河，我还不快点来接你吗！"

哈尼少妇轻轻拭去了鬓角、额头上的雨水，苦笑了笑："小兄弟，你好憨呵！土司老爷带着一窝人从后边上来了，我敢那样喊叫吗？"

水送不吭声了。他听够了也看够了土司在这藤条江两岸所犯下的无数罪行。他深深懂得，人们对这残暴的家伙，真是又恨又怕。受尽了折磨的傣族、苗族、瑶族、哈尼族人是难得流泪的，要是让他们尽情痛哭，这藤条江水也会变得酸苦的。

独木舟拢岸了，水送扶着哈尼少妇下了船，还殷勤地对她说："阿嫂，喝碗茶再走嘛！"

"多谢你家了，小兄弟，我还要赶路呢！二天得闲请到我家来串，我请你吃大山上的斑鸠、麂子。"哈尼少妇很喜欢这朴实而又能干的少年，也很感激水送对她的帮助。

"你是哪个寨子的？"水送觉得这哈尼少妇很陌生，不常在渡口来往。

哈尼少妇抬起那修长的手臂，指了指南边被雨雾笼罩的起伏群山说道："我家在南边山头。我叫花妮。"

水送红着脸点了点头："阿嫂，我晓得了。"

　　哈尼少妇走了几步又回过头来，真诚地叮咛了一句："小兄弟，你一定要来哟！"

　　水送应了声："好。"心里却暗想，摆渡的事这么忙，哪里还会有闲工夫到大山里去串。但是，他哪里想得到人生就如同风云那样变幻莫测，以后他真的"串"到那高山大岭上去了。

　　哈尼少妇的苗条身影刚隐没在小路拐弯的竹林丛中，对岸就传来了浑浊的铓锣声、吆喝声。

　　土司老爷出行了。

　　这土司不仅统治坝子里的傣族人，还依靠他们家长期形成的封建统治权力，管辖着藤条江两岸的瑶族人、哈尼人、苗族人……把他们通通列为他土司府的奴隶和臣民。他们要按时向土司府交粮纳税，送酒送肉，种棉花，送水果，出公差，甚至土司的大象，也要由一个"曼幛人"居住的小寨子每日割草饲养。因此，这寨子的人，也通通被称为"养象的人"。

　　土司姓刀，承继父兄的统治权力，已二十多年了。这个因为酒色过度而显得干枯瘦弱的又矮又小的老头，其貌虽然不扬，性格却极其残暴。他不仅全盘接受了封建领主那套剥削压榨手段，还吸收了近代帝国主义的一些欺骗伎俩。他善于吃喝玩乐，也很懂得怎么镇压人民。他统治的二十多年，也是这藤条江两岸腥风血雨极其苦难的二十多年。对于这个赛过九头怪兽的恶魔，人们对他是又恨又怕。他一出行，江两岸的穷苦人都争相回避。

　　今天虽然下着雨，土司却从舒适的土司府出来了。近来边地不断发生各族贫苦农民抗粮抗税的斗争。土司老爷深知人民仇恨他，夜听江涛如怨如诉，如急风暴雨，常会使他疑心是暴动者冲到了藤条江边。他再也不能安然地躺在虎皮垫子上吞云吐雾地抽大烟了。他最担心的是高山上的苗、瑶和哈尼人。他们有刀有枪，有反抗土司和汉官的历史。虽然，每一次暴动都被残酷地镇压下去了，但火种和仇恨却消灭不了，而是更强烈地深藏在地下，一旦风起，就会卷起熊熊烈火。所以，今天纵然风狂雨急，山路泥泞，土司也要亲自上山去部署防范措施。

　　为了镇压、威胁藤条江两岸人民，也为了自身的安全，土司每一次出行，都要前呼后拥地带一大帮土司兵。今天，跑在前头的是一个鸣锣喝道的兵丁和八个背枪挎刀的打手。土司本人骑着一匹大黑马走在中间，跟在后边的是几个为他驮烟枪、被褥及用具的牲口，再后边又是十来个背枪的打手。一行人除了土司老爷是一身黄绫衣裤外，手下人都是一身紧身黑衫，像一团乌云似的在风雨中卷向河滩。

这些骄横的暴徒，向来是不用嘴喊船的，一个土司兵举起步枪"砰、砰、砰"三响，这就是召唤了，风浪再大，摆渡人也要急速把船撑过来。

其实，挨赶早就看到了这伙恶魔，不待枪响，已把大独木舟解缆离岸了。

船来得很快，土司老爷还是嫌在河滩上等久了，就像许多专横的暴君最易喜怒无常一样，土司一看斜风骤雨打湿了他的黄绫衣衫，就狂暴地斥骂周围的人，为什么不早些喊船？船为什么来得这样慢？

土司兵虽然在土司老爷面前奴颜婢膝，但欺负起老百姓却不亚于他的主子，挨了骂自然要找地方发泄，就把一大堆脏话抛向挨赶。

挨赶早就听惯了这种疯狗似的狂吠，也懒得回答，只是冷冷地问："人先过河？还是牲口先过河？"

土司又火了，大骂："狗杂种，这么一大条船，人马还要分开来过？"

挨赶也气了："好吧！由你们！"

土司见这个船夫竟敢顶撞他，暴怒地挥起马鞭要打挨赶。这时候，小水送却一下闪到了土司面前，厉声说："你打人整哪样？"那稚嫩的脸上显出的愤怒神色和斩钉截铁的声音，使这一向刚愎自用的暴君也愣住了。他从来都是任所欲为，却没想到一个小孩也敢怒目横眉地跳出来指责他。他真怕水送会用手里的长篙戳他。往后退了一步，把眼瞪得大大的："你这贼娃娃，想整哪样？"

水送并不畏缩，还是大声地说："我阿爸是为你老爷的性命着想，才问你们怎样过河，你要和牲口同一条船也可以，如果到了河中间由于风浪大，牲口受惊弄翻了船，或者蹶起蹄子把你老爷踢下河去，你可不要怪我们啰！"

狗腿子们都大吃了一惊，这小家伙怎么敢这样大声武气地冲着土司老爷又喊又叫？可是吃了豹子胆？

土司用那双阴森逼人的眼睛瞅了水送一眼，骂了句："啰唆！"转身比了个手势，几个狗腿子连忙把他脚不沾水地抬上了大独木舟。他坐定了，见那几个土司兵也把牲口牵往船这边来，又把鞭子一挥："滚回去！狗杂种，可是想淹死我？"

吓得那几个马夫愣愣地牵着马站在齐膝深的水里，不敢进，也不敢退。

独木舟缓缓地离了岸。在这种水大浪急的时刻，在船上站着是很危险的，骄横跋扈的土司老爷，却偏要站在船头欣赏江上景色，他手下的狗腿子几次颤抖抖地劝说："请老爷坐下，请老爷……"他也不理会。汹涌的大江流水哗啦哗啦地从苍青的山坳里奔泻出来，两岸的竹林、村寨、菩提树、凤凰树……像幅彩色长卷似的展现在面前，使得这个平日多半时间只会在烟榻上吞云吐雾的恶魔也觉得耳目一新。他手里捏着一根雕有精致飞龙的银杆镶金嘴旱烟杆，一边大口喷着烟圈，一边以这河山的主人的神态，得意地指指点点……

就在这时候，独木舟被水流冲到了河中心的乱礁群附近。犬牙交错的礁石被大水淹没了，从水下搅起了一个个漩涡。这些漩涡像贪婪的巨兽一样捕捉水上的一切，只要闯到了它的旁边，它就要狠狠啃住你，疯狂地用力漩你，把你漩进河底里去。挨赶急忙把篙子一插，使船来了个急转弯，漩涡不肯饶过这条船，又吼着掀起几尺高的水浪扑上来，冲得独木舟像受惊野马似的一蹿老高，把正悠然自得的土司老爷冲了个跟跄，狗腿子们抓得快，他才没有摔下水去，但那根盘龙金嘴烟杆却一失手飞进了河里。狗腿子们知道这是土司老爷的心爱宝物，吓得一个个脸如土色，不知道这祸事会降在谁身？果然，土司惊魂稍定后，立即像火药桶点着了一样，暴躁地（只因为是在船上，他才不敢跳）大骂："给我把这个家伙拉过来剐掉！"

狗腿子们见倒霉的是挨赶，心里都暗暗高兴，也就趁势狐假虎威地冲着挨赶大吼："你可是存心要害土司老爷？你说，你说……"

挨赶忍住气不吭声，水送却不肯让他们这样辱骂自己的阿爸，也冲着狗腿子们大喊："你们吼哪样？是你们自己不小心，还怪我阿爸！"

土司老爷更是气得七窍冒烟；"你这小杂种敢和我顶嘴？连你也一起剐了！这是老爷我用八百块银洋买来的烟杆，你不晓得？把你们父子俩全都卖了，也赔不起……"

水送正年少气盛，也是个火药筒，平日一言不合，就会一拳劈去，如今，哪里受得这种侮辱？他气得全身发抖，若不是土司被这么多抡刀持枪的狗腿子护卫着，阿爸又在一旁焦急地喊着他："水送，水送……"他真会一篙戳进土司心窝里去。挨赶知道小儿子的脾气，怕他发作起来惹大祸，就对土司说："你老爷急哪样？打失了的东西，我帮你找回来就是嘛！"

他把上衣一脱，对水送喊着："你看着船，我下水去一趟。"

"阿爸，我去！"水送抢先双脚一纵就跳进了河里，溅得水花飞了半船。

土司见这小孩敢一再顶撞他，又敢在这水急浪险的时刻往河里跳，惊得目瞪口呆，好一会儿才骂了一句："小杂种，等你上来了，老子再收拾你！"

独木舟上的土司兵惊叹地发出了各种声音。他们多半是从小生长在藤条江边的傣族人，曾在深水里打过鱼，浅沟里摸过虾，却不敢在这种波涛汹涌的时候，下河去摸东西。有人暗暗称赞，也有人低声咕哝："这小家伙可是自己找死了。"

挨赶紧绉着眉头没吭声，他了解小水送的水性，见他这样泼辣大胆，心里真是又喜欢又担忧。唉，这孩子性子太刚强了，在这虎狼遍地的世界，会吃亏的呵！

水流急速，独木舟没法停留，挨赶只好缓缓地把独木舟往对岸撑。但是，船上的人全都侧转身来望着水送刚才下水的那个方向。浪涛忽起忽落，雨水更大了。过了好一会儿，才见水送露出水面换了一口气，然后又轻轻潜入水底……

又过了一小会，土司不耐烦了："这小杂种，可是淹死了？"

他正骂着，水送却一下跃出了水面，举着那根烟杆，欢快地打着呼哨。

那根刻工精致、盘龙金嘴的烟杆，被河水和沙砾一冲洗，更显得色彩鲜艳夺目了。

土司那阴沉的脸上，顿时露出了难得的笑容。他忘了这小家伙刚才对他的冒犯，连声夸奖："好、好，这小娃有本事，他叫哪样名字？唔……"

把土司这伙人送上了岸，挨赶父子又急忙掉转船头去渡牲口。

水送因为刚才露了一手，得到了那么多人的称赞，心情还很兴奋，脸上红红的，撑船很用力，希望父亲也夸奖他几句。但是，挨赶的神色却是那么颓丧，乌云满脸，低着头，一篙又一篙地撑着船。不说话，也不看儿子一眼。

水送有些诧异了："阿爸，你愁什么呀？"

挨赶长长叹了口气："唉！我听见土司老爷在夸奖你。"

儿子望着那雨雾迷蒙的江面，不明白地问："他不骂人了，还夸奖我，是好事嘛！"

挨赶突然怒冲冲朝水送喊着："你这蠢娃娃，懂些哪样？"他指了指在岸上啃食青草的那几匹毛色油亮、身高臀圆的好马："那几匹牲口原先是哪家的。"

"山头上哈尼人的。"

"怎么成了土司老爷家的？"

"他喜欢嘛！"

"是呀！他喜欢，他夸奖，他就抢占了过去。你可记得，为了这几匹马，还打死几个哈尼人吗？"

"记得。"

"我再问你，他可有夸奖过年轻姑娘？"

"夸奖过。"

"后来呢？"

"他把那些姑娘抢进了土司府，侮辱、糟蹋了她们。"水送的声音变得越来越忧郁低沉，刚才那股兴奋情绪，完全从他那稚气的脸上消失了。

"你懂了吧！狼喜欢羊，羊就要送命；黄鼠狼给鸡拜年，鸡就要遭殃。"

水送的头都昏了！他原先哪里想得到这些呢！呵！这些事真叫人心烦。在他的眼前，那明静的水流，那雨中的岩岸，都突然变得迷蒙昏暗了，藤条江水也恍惚在呜咽低泣……

水送好一会儿才从这种颓丧情绪中转过来，那暴烈刚强的性格又发作了。他抹去额头上的雨水，咬着牙齿咕哝着："我不是羊，也不是鸡。哪个敢动我一根毫毛，我就一竹篙把他戳进河里去喂鱼虾！"

挨赶怕儿子真的这样莽撞，急忙喝住他："你尽说蠢话！他们人多势众，又有刀有枪，我们斗得过？以后多加小心，躲开点就是了。"

在那黑暗的岁月，这藤条江两岸，谁又躲得开土司的魔爪呢？除非你逃得远远的。可是，哪里有安静的乐土？人们只能把他们的血和泪，全都灌进江里，等待那风云变幻的时刻。难怪藤条江有时会这样暴躁，这样浊浪翻滚。藤条江，你也是为这人世间的苦难而不平吗？

土司老爷等牲口过了河，就由手下人簇拥着奔上山去。临走时，这魔头像鉴赏一件货物似的，把水送从头到脚仔细端详了一番，连声说着："好，好，你叫水送。"然后狰狞地笑着，鞭子一挥纵马走了。

水送头也不抬地蹲在船上，用只小瓢把积水向外舀，心里却烦躁地嘀咕：

"我叫水送又怎么样？不要看我人小，惹翻了我，我叫你也活不成。"

　　一晃了一个多月，藤条江两岸已完全进入了那漫长的雨季。天像漏了似的，瓢泼似的大雨"哗哗啦啦"地从早下到晚，从晚下到天明，难得有停歇的时刻。到处都是泥泞、潮湿、积水，河水涨高了几尺，变得又浊又黄，把沙滩和低矮的河岸都淹没了。在江上撑船摆渡也就更加艰难。独木舟一解缆离岸，就会被汹涌咆哮的河水冲得像脱缰野马似的狂奔起来，有时要淌到下游一两里外才能拢岸，摆一次渡要比往日费力几倍。挨赶父子俩从早忙到晚，累得筋疲力尽，夜里回到已向后边高地移了几十米的小窝棚里，匆匆洗了脚，吃点没油没盐的饭菜后倒头就睡。有时候，半夜里听得上游水声如雷，风雨中惊雷闪电一阵紧似一阵，他们怕山洪会把系在岸边的大小独木舟冲走，又得冒雨起来把大船拴紧，把小船一条条拉上岸来。劳累、忙碌使他们几乎把上次遇见土司过渡的那件不愉快事完全忘记了。但是，他们哪里晓得，那个魔头却没有忘记他们呢！

　　有一天下午，雨水很大，没有喊渡的人。挨赶父子正在棚屋里歇息。突然，四个肩上背着枪的土司兵撑了一条小船，悄悄过河来了。他们上了岸，就直奔挨赶的小窝棚，先把方位站好后，才由一个领头的狗腿子在门口喊了一声："挨赶老哥！"

　　"哪个？"

　　"我，土司府的岩丁！"

　　挨赶知道事情不妙，赶紧一把按住水送，叫他不要动，单由他一个人出来应付。他板着脸问道："有哪样事？"

　　领头的狗腿子岩丁，长着一脸横肉，额头上满是皱纹，深一道浅一道，就像那被风雨浸蚀多年的秦砖汉瓦上的花纹。这个家伙本来相貌凶狠，这时候偏要装出一副笑容，那脸上的神色，也就更加狰狞丑恶了。他故作文雅地双手拱了拱："恭喜你呀，挨赶老哥……"

　　水送在窝棚里边听得清楚，想起了黄鼠狼给鸡拜年的故事，急忙摸了一根短棒在手里准备着。

　　"有事你就吩咐吧！"岩丁阴阳怪气的神态，挨赶很看不惯。

　　"嘻嘻，也没有哪样大事。如今，地方上不大安宁，土司老爷有吩咐：凡是家里有枪，有年轻小伙子的，都得编成队伍操练。你家水送聪明、利索、水性又特好，土司爷很喜欢他，有意提拔他当一名护卫。"

岩丁啰里啰唆说了一大篇，什么"不安宁"呀，什么"提拔"呀，挨赶都没有听进去，只知道这是来抓他儿子的，他急得连连摇头："不行，不行。我苦了半辈子，只有这么一个娃娃。今年他才十四岁，人小去不得。"

岩丁顿时脸露凶相，威胁地道："老哥，这是土司老爷的命令呀！你敢违抗？"

挨赶气愤地说："土司老爷也该讲讲道理嘛！"

岩丁轻蔑地打起了哈哈："你是哪等人？也想给土司老爷讲道理，不怕打断你的腿？"

水送在窝棚里气得直发抖，恨恨地想："要抓我去当土司兵？哼！我才不当那千人指、万人骂的癞皮狗呢！"他知道和这伙狗腿子再说也是废话，火性子又发作了，一脚踢倒窝棚后边的篱笆想夺路逃走。哪晓得这几个狗腿子都是杀人绑票的老手，水送刚往外一钻，就被事先守候在后边的两个汉子按住了，紧接着一副手铐卡住了他的双手。

水送终究是人小力气有限，挣也挣不脱，只能破口大骂。那些狗腿子并不冒火，只是阴沉地说："小兄弟，你不要发火，二天我们还要在一起扛枪共事。今天嘛，好话请不走你，只有委屈你了。"

挨赶抓过一根破桨想劈过去，也被那些狗腿子仗着人多夺走了，同时，用乌黑发亮的枪口逼着他……

岩丁他们把水送拖下了河滩，还回过头来皮笑肉不笑地对挨赶说："挨赶老哥，你何消生气，水送不是去干别的，是进土司府当差。这是好事，威风得很，二天扛着枪串村走寨，哪个不怕他。"

挨赶气得破口大骂："放你娘的屁！我们又不想捆人抢人当土匪，要什么威风！"

岩丁他们自知没趣，只好讪讪地冷笑："嗬！你这家伙还会挖苦人呢！不看你儿子的脸面，一枪崩了你。"

他们走到河边，见自己那条小独木舟太小了，坐不下五个人，特别是水送还像个被困的小老虎似的又挣又跳，就换乘了一只大的独木舟。他们也自知功力有限，难以在这水大浪急时驾驭这么大的独木舟。又厚着脸皮喊："挨赶挨赶，不要冒火了，来给我们撑船吧！会有你的好处。"

挨赶还是骂不绝口。狗腿子们看见哄骗不成，又举起枪来威胁了一阵子，最后，只好自己解缆撑船。在藤条江边长大的傣族人，哪个都能摆弄几下独木舟，可是要对付这种能坐三四十人的大独木舟，却不是容易的事情了。岩丁他们上了船都心虚地捏着把冷汗，一边手忙脚乱地撑篙弄桨，一边恶声咒骂挨赶，声称要狠狠收拾他⋯⋯

挨赶望着那急速往下漂的独木舟，一会儿被水浪掀得老高，一会儿又压得低低的，挨赶恨不得那像大山一样的浪头，能把独木舟上的几个坏家伙也一口吞掉。藤条江水也好像懂得挨赶的心意，浪头咆哮着一个接一个扑过去，冲得这只本来就缺乏好水手的独木舟，东摇西晃地直往下游淌，偏偏这时候上游又"隆隆"作响地冲下来了十几棵连根带叶的大树，撑独木舟的狗腿子为了闪开大树的冲撞，把这只船搞得左歪右扭，一下被卷进了尽是礁石的漩涡中。漩涡立即得意地牵住这灌满了水的独木舟，像陀螺似的旋转开了⋯⋯

挨赶开初很为这即将发生的船沉人亡情景高兴，后来一想到水送也在船上，心情又变得复杂紧张。他跳起来奔下河，想解开一只小独木舟去救水送，可是，隔得这样远，已来不及了，他只好扯开嗓门大喊："快放开水送，快放开水送，让他撑船⋯⋯"

水浪声震天动地，完全盖住了挨赶那焦急的喊声。独木舟上那几个土司兵这时候正手忙脚乱地慌得团团转；独木舟疯狂地乱转，怎么也控制不住，他们想用竹篙插入暗礁的缝隙，以泊住独木舟，但一个大浪涌来，船往旁边一侧，篙子立即被扭成了两截。这些家伙急得汗流浃背，骂天骂地，骂这藤条江，骂亲娘老子，骂挨赶没有给他们撑船。那疯狂劲惹得躺在船上的水送哈哈大笑，总算看到了这群匪徒死前的狼狈相了，他把手上的镣铐弄得铮铮作响，狠狠地大喊："老天，老天，算你有眼⋯⋯"

一个土司兵气得一脚踢过去："死到临头了你还得意？就怪你家阿爸不给老子们撑船。"

这话却提醒了领头的狗腿子岩丁，使他从慌乱中记起了眼前就有个撑船的小水手，他急忙蹲下，给水送开了镣铐，赔着笑脸说："小兄弟，你不要发火，快起来撑船。只要渡过了这鬼门关，我会在土司老爷面前好好保举你，提拔你⋯⋯"

一提起土司这恶魔，水送恨得牙痒痒的。他也不管独木舟危在旦夕，跳起来一拳打过去："什么土司老爷，你们都是些一钱不值的臭鱼烂虾！"

岩丁平日狗仗人势，欺侮人惯了，还从来没有一个老百姓敢骂他，更不要说动手揍他了。他气得拔出了枪："你这小杂种，敢惹老子，老子枪毙……"

话还没说完，"轰隆"一声，独木舟已和大树、礁石撞到了一起。这是几种巨大力量的决斗，船上的人在剧烈的昏眩中，只听到一阵天崩地裂的巨响，自己也立即随着破船飞起来又落入了河里，在一刹那间被巨浪吞噬了……

河岸上的挨赶，他那颗做父亲的心，也像受了雷电的轰击，随着独木舟化成无数碎片。他只觉得周围的一切都在剧烈地摇动，那宽阔的藤条江流水也突然凌空而起，劈头盖脑地从顶上压下来，脚下的泥土也似乎在迅速裂开。他眼前一阵昏黑，脚一软就栽倒了……

这场灾难使得挨赶患了一场大病。几个月后，他依靠附近村寨好心人的服侍，才从病痛中挣扎着活过来。人却完全变了，双颊深陷，两眼一点神采也没有了。开头他还到处打听，寻找水送的下落，后来他听到只有一个狗腿子的尸体冲到下游被捞起来，其他的都无影无踪，他才感到水送生还无望了。但是，他并没有对此死心，不论刮风下雨，都痴呆呆地坐在岸边那根横木头上，吸着老草烟，注视着那东去的流水，望着望着眼泪就涌了出来。附近傣族村寨的人同情他的不幸，劝说他离开渡口回村里去养病，一些好心的人家，愿匀出自己的一点口粮来养活他。挨赶却怎么也不答应。人们没办法，只好要求村里管事的另外派一个年轻人来摆渡，同时料理挨赶的生活。

新来的船夫名叫岩丙，是个朴实勤快的年轻人。他对挨赶充满了同情和尊敬，也就尽自己的一切力量来服侍他。岩丙一有空就上山挖草药，下水捕鱼，弄来补品给挨赶吃。藤条江两岸的苗、瑶、哈尼和傣族人，经常在这里过渡，和挨赶父子有着很深的感情。现在听说了他们的不幸，都深深为之叹惜。过渡的时候，总要过来劝慰挨赶几句，把他们带来赶街的兽肉干巴、蜂蜜、香菇、木耳和糯米粑粑留下一点给他。有这么多的人关心，挨赶的身体也逐渐复原，又能撑船摆渡了。他感激岩丙对他的照料和帮助，也尽力教这年轻人撑船打鱼。

日子一天天过去了，挨赶平日沉闷地很少说话，也从来不提水送的事。岩丙怕惹起他的伤心，更是尽力避开这些痛苦的话题。渐渐地别人还以为随着岁月和流水的消逝，挨赶已经把这些事淡忘了呢！

但是，使岩丙奇怪的是：挨赶在身体略为康复后，却那么狂热地下河去泅水，不论是刮风下雨，也不管是白天还是晚上，他一有空就往水里跳，一个猛子扎进深水里，半天也不起来，而且是哪里浪大水急就往哪里钻。岩丙不懂挨赶为什么要这样做？又不好劝说，只是暗暗为这老船夫捏着把汗。

河水时涨时落，一晃又是秋末了。除了田里的谷子已黄澄澄地熟得可以割以外，在这亚热带的河谷里，气候并没有什么特殊变化。树叶还是那样青绿，红、蓝、紫、白的花还是那样满山遍野开着，藤条江两岸依然是那样绮丽如画；但对土司老爷来说，却是个繁忙的时刻。他要把高山上和平坝子里收割下来的粮食，设法弄进他的谷仓里，还要防止苗、瑶和哈尼人又搞什么抗粮。

有一天下午，对河又从远到近的响起了鸣锣喝道的声音。和往昔一样，那声音仍然是充满了威吓和骄横。这是土司老爷又出行了。

蹲在火塘边上吸烟的挨赶听见那闹哄哄的声音，就像中了魔似的，那深凹下去的眼睛里，突然显出一种仇恨与欢乐、紧张与期待相互混杂的怪异神色。那双布满了青筋的结实大手，也控制不住地颤抖了起来，抖得手里那根旱烟杆，也像风中垂杨似的乱舞。只见他卡巴的一下把旱烟杆折成了两截，然后虎地一下窜出了小棚屋。

岩丙以为挨赶听见鸣锣喝道声受了刺激，病又犯了，急忙追上去抱住他："阿叔，你歇着，让我去摆渡。"

"不，你歇着，让我一个人去对付。"

"为哪样？"岩丙很奇怪。

"你听我的。这回你不要去。"

土司兵又在鸣枪喊船了。岩丙还想拦住挨赶。他突然发起了脾气，怒冲冲地抓起长篙就要打岩丙："你为哪样不听话？惹火了我，看我收拾你！"

岩丙吓得呆呆地不敢动弹。

挨赶急步走下河岸，又回头向岩丙凄楚地笑了笑："岩丙，不要怪你阿叔发脾气，等下你就明白了。"

岩丙预感到不祥，心里一阵酸痛，涌出了几滴眼泪："阿叔，水大浪急，你要保重。"

挨赶激动地点点头。他把独木舟撑开后，又叮嘱了一句："你回窝棚里用毡子蒙起头来睡觉。以后有人问起你，你就说今天打摆子，动弹不得。"

土司老爷见只有一个船夫慢悠悠地把独木舟撑过来，不满意地问左右的人："怎么只有一个人摆渡？"

一个狗腿子急忙凑上去："原先是他儿子当他的帮手，前几个月和我们的人一齐在河里淹死了。"

"哦！"土司漠然地打了个呵欠，好像想从记忆中追寻可有这么一回事。对这个杀人不眨眼的魔头来说，淹死几个老百姓和下人，算不得一回事，不必放在心上。他只关心自己的安全，皱着眉头问："他一个人行么？"

"行、行，他是有名的水手呢！"

"唔，叫他小心点。"

狗腿子又朝挨赶吼了起来："老爷叫你撑船小心点，可听见了？"

挨赶没有应声。只把竹篙摆动了一下，叫他们赶紧上船。

土司上船时，看到挨赶的双眼红红的，像包着两团火球一样，心里不禁震了一下。老土司对身边的狗腿子说："这家伙的神情好古怪。"

"他大病了一场，病得有点疯癫了。"

"为哪样不换个人摆渡？"

"派了个年轻人帮他的忙，本事还没学到家呢！"狗腿子说，又朝着挨赶问："你的帮手呢？"

"病了。"

"土司老爷在船上，你可千万要小心哪！"

挨赶冷冷地道："你又不是第一次坐我的船，有哪样不放心？"

挨赶把船撑得特别稳。前几天高山上连续下了几天暴雨，山洪冲下来，把河水又升高了许多，浊浪翻滚，一片汪洋，这么大的独木舟，也好似一片落叶在水里乱漂。流水冲刷力特别猛，一篙与一篙之间，独木舟会被冲出几丈远。土司老爷平日视人命如草芥，这时，也担心自己的安全了，他那黄瘦黄瘦的脸，绷得紧紧的，大气也不敢多出一口。

狗腿子知道土司心里害怕，赶紧在旁边安慰他："老爷，这挨赶撑的船，请你放心好了。你老人家看看，水浪这么大，船舱里也难得泼进一瓢水来。"

土司看了看，确实是这样。他这才略为安心，说道："挨赶，你把老爷我安全撑到对岸，我叫人赏给你一葫芦酒。"

　　挨赶趁机说道："水浪大，船颠簸得厉害，你们若是看了头晕，就闭着眼好了。要不了多少工夫，我保险你们平平安安上到岸那边。"

　　土司和狗腿子们正有点头晕想吐，一个个乖乖地闭目养神。挨赶用力几篙，把独木舟撑入了水送他们出事的礁石群中。今天的河水比那天涨高了许多，礁石看不见了，但是，漩涡却更急了，独木舟一闯进去，就好像黄牛被牵着鼻子一样，顺着漩涡倾侧……

　　一个土司兵惊得睁开了眼，失声喊了起来："哎呀！这不是翻船礁……"

　　说时迟那时快，挨赶猛力一下把竹篙插进了礁石缝中，人也随着竹篙被弹得悬空飞了起来，在他身子离开船头的那一刹那，他双足一用劲，借着漩涡的冲力，把独木舟蹬翻。挨赶自己却在一片混乱中，从容地顺着竹篙滑下水去，选择了一个水势较缓和的方向，泅走了。

　　这么大的水，又是在这种漩涡成堆的礁石群中，不要说是在措手不及的情况下翻船，就是有准备地往下跳，水性差一点也难得浮出来。平日养尊处优，被酒色掏空了身子的土司老爷，昏头涨脑地翻下了河，几口水一呛，又被大浪涌向礁石上乱撞一气，顿时就像块顽石似的沉入了水底，结束了他这罪恶的一生。

　　这惊险的场面，只是一眨眼的工夫就在这涛声如吼的河上结束了。藤条江这伟大的巨人，就像办完了一件微不足道的小事一样，又照旧咆哮着向东流去。让江两岸的人们，自己慢慢去品味这惊恐、欢乐的滋味……

　　老土司的丧命，震动了藤条江两岸。

　　红河以南的大小土司、头人和山官，都聚集到土司府来了。土司府里一方面是素幡哀服、鼓乐悲鸣，但又由于宾客云集，大摆宴席，十分喧闹。

　　这傣族土司是藤条江上下游历史最长、势力最大、统治手段最残酷的一家。想不到大白天却有人敢在护卫森严的情况下，在离土司府不到二里地的河里把他淹死，这就不能不使其他的头人土司不为自己的命运而担忧了。与这家土司关系较深的头人和土司，都愁苦地赶来安慰；关系较疏远的，也惊惶不安地赶来看个究竟；就是平日因为争权夺利有矛盾的，也暂时一弃前嫌，借吊孝为名来商量对策。这些骄横、残酷的反动上层们，在一起又叹气又喊叫地闹嚷了几天，都感到这不是一件小事，这好比在秋后荒山上燃起的第一堆野火，若不赶紧扑灭，漫天烈焰就会燃遍藤条江两岸。他们嫌土司府派出去搜查的兵力不够雄厚，决定把自己的土司兵和手下人，全都投入搜捕挨赶的行动中。

他们估计挨赶还来不及北渡红河进入汉人居住的区域，也不可能这么快就越境跑往国外。很可能还藏在附近山寨里，只要用心搜查，一定可以捉到。那些土司兵像一群乌鸦似的在大小村寨、山头上乱闯，封锁了所有的渡口和道路，形迹可疑的人，都被作为嫌疑分子抓了起来。老百姓家被闹得鸡飞狗跳，惶惑不安，藤条江两岸又陷入了一片紊乱和恐怖之中……

挨赶确实没有走远。

他刚把土司那伙人翻下河去，岸上就响起了剧烈的枪声。留在岸边看守马匹和等待过渡的土司兵一边鸣枪警告，一边把打鱼的小独木舟都抓来打捞掉下水去的人。他们估计挨赶会随水势往下游逃走，也就飞马顺河追去。但他们却没有料到，挨赶跳下水后却逆水向上游去。年少时，他只是为了争强好胜，要追逐逆水往上的鱼群，才练出了这一手绝技，前些日子又加紧温习了一番。他就依靠自己的水下潜泅功夫和事先准备好的芦管，在水里游游，再用芦管换换气，泅了个两三里后，才在一块突出的岩岸下停了下来。这里水势缓慢，又被散乱垂下来的乱藤、紫荆花密密遮住，他尽可以抓住水里的藤条，悄悄露出头来歇息、换气。

天黑了，江下游尽是灯笼火把，打手们还在乱腾腾地追捕他呢！他却在一个深密的树林里上了岸，往附近一个傣族村寨投宿去了。

这是那年轻船夫岩丙的一家近亲，他十分同情挨赶的遭遇，当然也很佩服挨赶干了这么一件大快人心的好事。除奸去害的英雄，总是特别受人崇敬。他们给挨赶换了衣服，端来了酒饭，把他在竹楼上藏了起来。

第二天岩丙找来了，他在附近树林里没找到挨赶，估计可能会藏在这里。他告诉挨赶外边正在挨家挨户搜查的情况。傣族人家竹楼窄小，藏一个人很容易被搜查到，挨赶怕连累这些好人，就决定顺流远走。这天晚上，他带了点衣物和吃食悄悄出来了。岩丙苦苦要送他，被他拦住了，路上还不晓得会出什么事呢！何必把这好心人也陷进去。路他很熟，他在河岸附近走走藏藏，只见那起伏的哀牢山被夜雾遮掩着，隐隐约约和天空混然化成一体。只有藤条江像从星月丛中直泻下来一样，在黑暗中蜿蜒，闪着银光，发出山摇地动的吼声，冲刷着河两岸。夜风挟着雨点打在挨赶的脸上，凉飕飕的，使他突然兴起一种茫然和孤独的情绪。路这么漫长，大地这么辽阔，可是叫他往哪里逃奔才好呢？

挨赶走了一段路，听见附近有浪涛冲击独木舟的声音，拴船的铁链子哗啦啦地响着。他停住脚步听了听，忽然想起了附近有一条小港汊，常泊着几条打鱼的小独木舟。他悄悄摸过去，想偷一条船逃走。

黑暗中，三条小独木舟在晃动，碰撞。挨赶屏住气息，观察了一会儿，看看周围没有人，也没有守夜人的火光。他又捡起一块石子扔过去，石头打在小独木舟上，发出清脆的响声，还是没有人的动静。挨赶这才大着胆子走过去。他刚摸到船边上，黑暗中就跳出了几条大汉，恶狠狠地按住他："你干的好事！老子在这里淋雨挨冻，等你好几个晚上了！"

小土司刀金柱家，自从明朝皇帝给他们赐姓以来，他们历代都沿用汉族习惯取姓名。刀金柱去外边读过几年书，比他父亲还凶狠残暴。他估计挨赶有可能夺船逃跑，就在所有停泊独木舟的地方都埋伏下人。这就使挨赶悲惨地陷入了他们的牢笼里。

小土司刀金柱命令狗腿子们把挨赶打了个血肉模糊，却不把他立即处死。他要等到老土司淹死满一个月的那个忌日，请来藤条江两岸的大小头人，召集起附近村寨的老百姓，然后当众把挨赶开膛破肚，用心肝来祭奠他那葬身藤条江里的父亲。他这样做，是为了显示他的威力，教训教训那些还敢于反抗的"暴民"。这样，挨赶就被用铁链子穿上锁骨，丢在地牢里，等待着死的来临。

挨赶满身的伤痕，像火炙一样疼痛，好似许多刽子手拿着小刀，一下又一下剐着他的皮肉。他昏死过去好几次，但，更痛的是那颗饱浸了苦汁的心。他想起了那随波远去、尸骨难寻的小水送，自己早死晚死算不了什么，水送还未成年，来日方长，就无辜惨死，这实在是叫做父亲的伤心了。如今聊以自慰的是总算报了一点仇，但是，他也悔恨自己太麻痹大意，本来已逃脱了，却又落入陷阱。唉！这次可是没法脱身，只有等死了。地牢里一片黑暗，看不见天，如果能看得见，他真要问问：老天，老天，你就是那样袒护那些恶棍，而任由善良的人受罪么？

外边风很急，浪涛声很大，他也不知道亲爱的藤条江是为他叹息，还是要告诉他什么话……

四

挨赶躺在那黑暗潮湿的地牢里，被伤痛折磨得奄奄一息，小土司命令任何人不准给他治伤。挨赶想逃跑，却因为伤势太重，动弹不得。他知道这好比鱼入了网，再也难得活命，只有静静地等死。但人的经历，有时就像哀牢山的风云那样变幻无常，眼看刽子手的屠刀已架在他脖子上了，又有一个人从旁边神不知鬼不觉轻轻把那把刀推开……

白老大的出现，和他那神奇的鹿衔草，使挨赶的伤口慢慢消了炎，止了痛。过了几天，挨赶又逐渐恢复了体力。黑暗中他们紧紧靠在一起，虽然牢房里光线极暗，谁也看不清谁的面貌，但他们却觉得相互是这样亲切、熟悉。土司兵踱过来时，他们就故作痛苦难忍，长一声、短一声地呻吟，土司兵走远了，他们就低声商量着该怎么逃脱这地狱。

挨赶不大愿意谈自己的遭遇。但，就这样，也使白老大明白了事理。过去，他总以为最苦的是他们这些在深山老林里裹兽皮、住窝棚的苦聪人，如今才明白，老林外边虽然是山水清秀，风景明丽，但穷苦人也是受欺压的呵！

白老大不止一次地痛苦地自言自语："唉！我怕是被山药糊糊迷住了心窍，才跑出老林来的呵！"

挨赶精神好些了，就像在水底下摸鱼一样，常常在黑暗中顺着墙脚，把地牢四周的土基石头摸个够。

"傣家兄弟，你这是干什么呀？"白老大问他。

"到时候你就晓得了，苦聪老哥。"挨赶苦笑着，继续轻轻摇晃一块已经松动了的石头。

有一天半夜里，突然风雨大作，那从哀牢山顶倾泻下来的风雨雷电，发狂似的横扫着河两岸的一切，折断了树干，压弯了凤尾竹，掀掉了茅屋顶，把平地变成了一汪汪水塘。风声、雨声、浪涛的吼声，使得人们在三五步以外就听不见彼此的讲话声。分派在土牢外边巡逻的土司兵，也不知道跑到哪里躲雨去了。

挨赶霍地跳起来，对白老大说："我们逃走！"

"逃走？好！"白老大高兴得心都在发颤。他轻轻抖动了一下穿在锁骨上的铁链子，问："这东西怎么办？"

"砸断它！"挨赶爬到墙下，把那块松动的大石头撬了下来。挨赶借着雷雨声的掩护，几下就把白老大的链子砸开了。因为时间久了，锁链已经粘着了肉，痛得白老大全身都沁出了大汗。但是，这个苦聪汉子就像过去在原始老林里和豹子搏斗一样，被咬着了也不哼一声。他知道，轻轻的一声呻吟，就会使挨赶手软砸不下去。接着，他又举起石头，狠力向挨赶的链子砸去……

"走！"他们来不及抽掉那半截还穿在锁骨上的铁链子，趁着没人，扒开那早就被雨水冲刷得松软了的土基墙，从土司府后墙下的流水沟里钻了出去。迎着风雨雷电，从凤尾竹林里向藤条江边跑去。

白老大一边跑着，一边紧紧抓住那半截还陷在肉里的铁链子低声咒骂着："这些豹子咬的坏家伙，好恶！整起人来尽往死里整。"突然，他拉住挨赶："回去。"

"回去？"

"趁着下大雨，把他们杀个干净再走。"

"唉！我们两个人怎么斗得过他们。恨他们的人多着呢！将来总会有我们报仇的日子。"

挨赶路熟，带着白老大摸到江边，找着了一只独木舟，在急风猛雨中往对岸划去。

不论是白老大还是挨赶，这一辈子都没有遇见过这样的惊涛骇浪。独木舟一滑下河，立即被一排山似的巨浪在黑暗中掀起几丈高，推拥着向前飘荡，然后又压在深谷一样的浪与浪之间的夹缝中，箭也似的狂暴雨点，和石块一样的水浪，打得他们头脸、身体发痛。顿时，小小的独木舟里，就灌满了水……

挨赶怕白老大被风浪掀进河里去，下河前就用一根牛皮绳子一头紧紧拴住白老大的腰，一头拴在船尾上。这时候，他使出全部力气划动双桨，不让船倾倒。同时大喊："苦聪老哥，不要怕，快戽水！"

白老大虽然被水浪打得眼睛都睁不开，头也晕得厉害，但，他深深懂得这是生与死搏斗的时刻，不能胆怯，更慌乱不得。他按照挨赶事前告诉他的那些做法，用一把竹戽，狠力地把涌进船里来的水向外泼出去……

眼前是一片漆黑，河也变得昏蒙一片，无边无际。他们在大浪里上下旋转，累得精疲力竭、手软脚麻，还是找不到拢岸的地方。有几次，挨赶实在累得不行了，想任由小独木舟在浪翻滚。心想：就死在江里吧！那也比死在土司的地牢里好。水手嘛！江河就是自己的最后归宿。但是，挨赶一想到土司府的地牢和所受的折磨，他又燃起了复仇的火焰。挨赶大声喊着："苦聪老哥，用力戽水呀！我们一定要划到对岸。以后我们还要找狗土司报仇呀！"

"报仇呀！"白老大发狂地向外戽着水。他同时想起了老林和茶妹。过去他在地牢里没有希望和茶妹重逢，如今逃出了地牢，怎么也要从这惊涛骇浪中冲出去……

突然，黑雾中闪出了一堆金红色的火花。大雨把它压下去变得黯淡了，但一会儿又炽烈地燃起来。

"火！"挨赶和白老大同时喊起来。那是生命和希望的火光啊！他们用力冲开浪涛和急流的阻拦，向火光划去……

独木舟终于拢岸了。幸好这是用一根坚实的大树挖成的，若是用木板，铁钉打成的小船，早就被风浪给击得粉碎了。

岩丙游过来，用根绳子系上独木舟，然后又游回去，把独木舟拉近了岸边。挨赶见是岩丙，高兴得很："岩丙，是你的火救了我们的命呀！"

"阿叔，我想你总有一天会跑出来的。我天天都在等你呀！刚才，我听见风浪里好像有人声和桨声，我就烧起了火。哈，真的是你！"岩丙高兴地把挨赶、白老大扶进了小棚屋里，给他们换上了干衣服，端来了热茶和糯米饭。

挨赶说："这里不能久待，要赶紧走。"

岩丙抱出了一包衣服、干粮和草鞋，说："我早就给你们准备好了！这都是几个好心的乡亲悄悄送来的。他们说：要是老天保佑你能脱出地狱，就作为你路上用。"

挨赶眼里涌出了热泪："哦，好乡亲们哪！叫我怎么报答你们呢！"

白老大说："老弟，跟我进老林去吧！那里苦是苦一点，可是没有土司老爷折磨人……"

挨赶沉思了一会儿："我是江边上长大的傣家人，离开了水，我活得不爽快。我想过红河那边去。"

白老大想到要和挨赶分手了，心里如同刀割似的绞痛。他哽咽着说道："多亏你们救了我，以后，怕我们难得见面了吧！"

"山不转水转。我想，我们以后还会见面的。记住，我们还要找土司报仇。

老哥，你要保重呀！"挨赶想起若没有这苦聪人的鹿衔草，他也只有在地牢里等死了。这是个多么朴实的好人呵！要分别了，他也是十分难过。挨赶把衣服和干粮匀出了一半，又从岩丙身上，解下了一柄牛角柄尖刀，送给白老大，作为他路上防身之用。

白老大抓着刀，就要去挑自己锁骨上的链子。挨赶一把拦住他，说道："如今雨水大，动不得。回去，找着了药再动它。留着也是个纪念，以后好报仇。"

他们就这样各人拖着半截铁链子分手了。两人患难相共一场，忍不住双膝一软，互相叩了一个头，才洒泪告别。

一个带着满身伤痕和家破人亡的仇恨，远行跋涉，往红河以北找出路去了；一个带着锁骨上的创伤和难以忘怀的痛苦，回那云雾深锁的高山老林去了。山高水长，等他年重逢时，风云已经起了变幻，那时候，他们都容貌更改，一时难以认识了。尽管岁月催人老，他们却相互终生思念。使他们遗憾的是在地牢里相处了几天，只是你叫我苦聪兄弟，我叫你老阿哥，忘了问个姓名……

挨赶和白老大的逃走，又一次震动了土司府。正如把老土司淹死在大江里一样，这又是一次破天荒的大事，过去还没有人从土司府的地牢里挣断锁链逃走过的呢！

小土司刀金柱暴怒之余，也深深感到了下层人民顽强的反抗性和自己统治力量的虚弱。他懂得这是一件有损他们统治者威信的事。他除了暗中派人四处侦缉追寻外，却不敢把这事声张出去，只说挨赶和那苦聪人都已死在牢房里了。这"死讯"传出去，藤条江两岸许多与挨赶相熟的人，信以为真，都难过了好长时间……

第二章

一

　　白老大总算活着回来了。老林里仍然是这样寒冷、潮湿、饥饿，种的苞谷只够吃几个月，还得照旧靠打野兽、挖野菜来过活。但是，白老大经历了藤条江边那场惨痛生活以后，也就心如槁木死灰，甘心老死在老林里，再也不想到外边去追寻什么美好生活了。

　　他还常常指着自己锁骨上的疤痕，摆弄收藏的那半截铁链子给年轻人看，叫他们千万不要到外边去送死。在他的影响下，这一带的苦聪人，也就深深藏在老林里，很少有人敢到外边去活动。

　　原始森林里的老树，一年年朽下去，新的树苗，也一年年成长。白老大从外边回来，终日忙于打野物、找吃食，也记不得岁月是怎么消逝的。他只能从风雪的飘舞，春花的盛开和衰落，约莫感到一年又过去了。山茶花开了一次又一次，好不容易，他的小女儿茶妹，也有十二三岁了。

　　为了抚养茶妹，白老大和许多好心的苦聪人，付出了多少心血呵！开始是那对苦聪老夫妇帮助照料茶妹，他们用最软的小麂子皮裹着她，把苞谷春成浆浆，把兽肉弄成糊糊来喂养她；老夫妇先后病死以后，白老大就自己背着茶妹在老林里奔走。苦聪人遇见他们父女的时候，也总要把最嫩的肉、最甜的野果送给茶妹。呵！年轻的小女儿，你是我们人丁稀少的苦聪人生命的继续呵！

　　小茶妹长得健壮美丽，小脸庞红红的，笑起来两个小酒窝一隐一现，就像那盛开的山茶花一样，逗人喜欢、怜爱。她从小跟着白老大在老林里到处移动，听惯了各种野兽的嘶喊嗥叫，也看够了人和兽搏斗的惊险场面。老林的艰困生活，也把这苦聪小姑娘磨炼得具有山茶花那种风不怕、雨不怕的坚强性格。小小的人，也背着张小小的弩弓，系着把短短的兽骨刀，遇见大动物，她不慌不怕，能从容上树闪躲；见了小动物，她也会像个猎手似的冲上去，用小弩弓射，用小刀刺。时间长了，她也成了个"最会射弩的人"，只要把小弩弓一抬，就能把拖着大尾巴在树上飞跑的松鼠打下来。她和白老大一样，也最恨狼了，狼咬死了她阿妈，还咬死过她好多亲人。有一次，她听见狼嗥，端起小弩弓就要去追，白老大急忙拦住她，说："茶妹，狼凶猛得很呢！等你大了再去打吧！"

茶妹也就希望自己能快快地长大。她在小窝棚外边的一棵大树干上刻了个记号，隔上一些时候就去量量可长高了？当她发现自己确实长高了，她就会高兴地扑向白老大怀里："阿爸，我又长大了。"

茶妹长大了，白老大却一天比一天老了，虽然他只度过四十来个寒暑，但是，在这阴暗潮湿的老林里，被饥饿、寒冷和笨重的劳动所折磨，却使他又衰老，又多病。幸好茶妹聪明能干，能做很多事，挖野菜，打些小动物的家务事都给她包下来了。这就减少了白老大不少劳累。那年，白老大又在老林边上收养了一个逃进老林来的孤儿。这孩子认他做父亲，被他取名白鲁。如今他已是二十五六岁的剽悍汉子了。

这一年秋天，老林里苞谷又歉收。这个部落的苦聪人，吃完了竹筒里的最后一颗苞谷，只好一家一户分散开去找吃的，等度过饥荒，再聚在一起。

白老大带着白鲁、茶妹，在老林里一条小小的溪流附近，搭了一个小窝棚。溪流浅浅的，水清凉得很，两岸长满了叶子宽大的芭蕉林。芭蕉果饱含淀粉可充饥、芭蕉叶可盖棚子，还可以在夏天当苦聪人的衣衫。这里常常有野兽来喝水，也常有自己苦聪人顺着小溪来找他们。

在附近的树林里，他们挖了个又深又大的陷阱，上边铺着树叶，陷阱里插满了锋利的竹刀。隔些时候，总有一两只野兽掉进去。

在所有的野兽肉中，数马鹿的肉最细最嫩最香最补人。他们还把自己都舍不得多吃的盐巴，丢到附近林子里一个积着水的小凹地里。马鹿喜欢来这里喝带盐味的水，但又怕遇见人和凶猛的野兽，常是半夜里悄悄出现。要打马鹿，也只有整夜守在水塘附近，等马鹿过来喝水的时候，一箭射翻它。守候马鹿是件很艰难的事，晚上，潮湿的草丛里，小黑蚊密密麻麻地乱叮人，有时还会遇见蜿蜒爬行的毒蛇。身上被虫子叮得又痒又痛，甚至肿起来，你也不能动弹，更不能呻吟。马鹿很警觉，一点微小的响动，就会把它惊跑。守得好，可以当夜就猎获一只。可是，也有一连守几个晚上也不见一只马鹿来，这就要用最大的耐心来等待了。在老林里猎取野物，勇敢、智慧和耐心都是缺一不可。为了生活，苦聪人也只有默默地忍受一切艰苦。年年月月这样生活下去，代代相传，苦聪人的性格也像这古老的大森林一样，沉默，坚硬，辽阔，好像一切痛苦都能容忍下来。

这几天，家里的吃食快完了，白鲁也在被他们叫作"马鹿塘"的水凹附近守了几个夜晚。令人恼火的是，马鹿只在附近林子里嘤嘤叫着，却不走近这有盐水的伏击圈。这天下午，白鲁垂头丧气地不想再去守夜了，白老大笑着对他说："你虽然会打野物，打马鹿的功夫还不到家呢，今晚我和你一起去。"小茶妹听了，也闹着要去，白老大也想锻炼锻炼她。在老林里，不论男女都要学会打猎，只有这样，才能寻到吃食。这天晚上他们三个人就一起在"马鹿塘"附近埋伏着。

这是个月亮滚圆的晚上，别处林密叶厚，看不到那银色的亮光，这里树林较稀，月亮才能把那被树叶枝丫搅碎了的闪闪银光撒下来。这塘浅水，也就像一面明亮的镜子镶在满布玉石、碎银的大天幕上一样，黑处黝黑，亮处闪光。

白老大和白鲁、茶妹悄悄伏在大树底下，不动也不作声。

等呀！等呀！等得真叫人心焦呵！马鹿还是像前几晚上那样，在远处叫唤走动，不往这边来。茶妹被黑蚊子叮得受不住了，悄声说："阿爸，今夜马鹿又不会来了，我们回去吧！"

"家里一块肉也没有了。"白鲁说。

"不要着急。让我来试试。"白老大摘了片树叶子当短笛，学着马鹿的声音轻轻叫唤了起来，那声音很柔和，也很茫然，好像是一只失群的公鹿在寻找它的同伴。

他吹吹停停，让那"公鹿"的柔和而又带点凄楚的呼唤声，透过树枝叶，缓缓传向远方。

过了好一会儿，附近传来了一阵把地上的枯枝、落叶踩得沙沙作响的声音。一只马鹿追踪着声音，兴冲冲跑过来了。

茶妹欢喜得紧紧搂住了白老大的脖子，她想说话，又怕惊动马鹿，只好撒娇地亲亲白老大，表示她高兴极了。

白老大轻轻拍了一下白鲁，示意他准备射击。但他们俩都有些奇怪，这是一只什么马鹿？为什么也不应和一声就往这边跑？

马鹿的走动声越来越近了，忽明忽暗的月光下，可以看出那是一只毛色黑得发亮的母鹿。因为到了这里还不见它要找的公鹿，正昂起头惊讶地四顾寻觅……

白鲁和茶妹都摆平弩弓，拉满了弓弦，当他们正要射击时，白老大突然发现那只母鹿嘴里衔了一丛开着黄白色小花的草。他不禁大吃一惊，天哪！它衔的是"鹿衔草"呀！怪不得母鹿老在远处徘徊，它是在寻找因为受伤而失踪了的伙伴呢！不能伤害它！他急忙大喊了一声："不要打！"

衔草的母鹿，惊得窜进了枝叶丛中，跑远了。

白鲁疲累不堪地站起来，迷惑不解地望着白老大："阿爸，你怎么了？"

茶妹也惋惜地说："阿爸，多么好看的一条母鹿呀！"白老大把他们拉了起来，说："走吧！这是一只衔草的母鹿，打不得。"

他们在暗黑的林子里慢慢往回走，为了消除白鲁和小茶妹的失望心情，白老大用缓慢的语气，给他们讲了这样一个故事。

那是很久远，很久远的事了。（苦聪人没有日历，当然搞不清那是几百年前，还是几千年前。）据说，苦聪人的祖先，也是住在老林外边的平坦坝子上。不幸的战乱，从红河那边蔓延过来，他们就往高山大岭上跑，跑过了一层岭又一层岭，跑过了一条河又一条河，才住下没有多久，又被战乱、屠杀搞得不能安生。他们只好往最高的山，最深最密的大树林里跑。

那时候，这原始老林没有经过后人刀耕火种的破坏，面积比现在还要宽，树林比现在还要密。几十条河，几百座岭，全都覆盖在那绿色的海洋里，到处都是珍贵的银杉、金丝李、樟木、柏木、牛尾树，……高高矮矮，五光十色，瑰丽极了；也到处都是野兽，云豹、黑熊、野猪、马鹿、麂子、金猫、白叶猴、黑叶猴……大的、小的、凶猛的、胆怯的，白天黑夜在树林里乱窜。苦聪人的祖先，就在这原始森林里过起了原始的游猎生活。老林茫无边际，他们在追逐野兽和寻找食物的过程中，逐渐分开了。有的人想回到老林外边去。但是，年深月久，外边已有了汉官和土司统治，把这些披长发、裹兽皮的苦聪人当野兽、怪物一样地撵回了老林。他们只好继续凄苦地在老林里居住下来，在饥饿、病痛，以及野兽的袭击下，人丁逐年减少，眼看就要绝种了。有一次，有对年轻夫妇在和豹子的格斗中受了重伤，他们虽然最后把那只豹子打死了，自己也浑身是血，痛得昏死过去又醒来，醒来又昏过去。天在旋，地在转，当他们正被一阵阵疼痛折磨着时，忽然发现附近有只母鹿的呻吟声，一只腿上也负了伤的母鹿咬着、刨着一丛开着黄白色小花的草，嚼碎了吐在自己的伤口上……

这年轻的苦聪汉子是聪明人，母鹿的举动启发了他，就挣扎着爬起来，也挖了一些那样的草嚼碎了敷在自己的伤口上。说也奇怪，慢慢的，伤口不那么疼痛了，嘴里嚼了那草药的汁，神志也清醒多了。他们夫妇俩就采了一大丛这种草药来敷治伤痛。好心的苦聪少妇还特意把这种草药嚼碎了，用树叶和藤条绑在那母鹿伤口上……

人得救了。他们不知道这是什么草药，在这以前，老林里除了马鹿以外，也没有人会用这种草药，这草当然也不会有名字。他们就把这药喊为"鹿衔草"。

苦聪人也从母鹿衔草治伤得到了启示，学会了找草药来治疗伤病。老林里的珍贵药材是那么多，慢慢地他们除了会用"鹿衔草"来治伤痛外，还会找好多好多的其他草药。

他们感激那只聪明的母鹿救了他们的命，也叮嘱后人要保护衔草的鹿……

苦聪人没有文字，只有口头传说，这当然是经过了后代人的增添删减，谁也弄不清有多少真实？有多少虚构？但这故事却是这样美丽、迷人，使人那么喜欢那衔草的鹿……

茶妹听得高兴地叫了起来："阿爸，这么好的故事，你怎么不早些说给我听呀？"

白老大苦笑了一下："日子这么难过，我哪有闲工夫讲这些事。"

鹿衔草联系着多少令人伤心的往事呵！他又想起了那年在土司府地牢里受折磨的事。也全亏那残留下来的鹿衔草，才医好了他和那个傣族船夫的伤口，使得他们能够从牢狱里逃出来。一晃又是好多年了，那个傣族人还在么？唉！鹿衔草虽然能治刀伤兽咬，终究不是灵丹仙草，要是还有一种比鹿衔草更神效的东西出现，把苦聪人从这饥饿贫困的生活中拯救出去，那多好呵！

　　他完全想得出神了，一不小心，被一根藤条绊得跌了个跟跄，这才从幻想的境界中恢复过来。他抬头看了看，稠密的树叶完全遮住了月光，森林里显得更墨黑了。时过半夜，风凉飒飒地刮来，直透肌肤。千年古树上积聚的磷火，闪着阴森森的绿光。白老大不由得长长叹了口气，心里想："唉！我是在老林里苦够了，也活不了几天了，茶妹还小，难道还要永远永远地在这阴森的老林中受苦么？唉！"一想到这些，他心里就感到痛苦，纷乱，不知该怎么好。

　　白鲁也陷在沉思中。他记起了他初进老林，满身是伤又生了病，也是依靠鹿衔草治好的。

　　那是十多年前的事了。

　　押送水送的独木舟，在漩涡中被礁石撞成了碎片。那几个土司兵水性低劣，在这漩涡中，根本没法挣扎，加上又是慌乱中，几个浪头就送了他们的性命。水送被礁石撞伤了左臂，他还是尽力挣扎着冲出了漩涡。水浪实在太大了，使得受了伤的他，难以向岸边游去，他幸好抓住了一根向下漂浮的大树，随着水浪向下漂呀！漂呀！也不知道漂了多远。

　　当下游的打鱼人在一个浅滩上发现了那搁浅的大树，以及这紧紧抱住大树的少年时，他已经完全昏迷了，人们费了好大工夫，才把他的双手与树干脱离开，可是他还是昏迷着……

　　水送被抬上岸后，接连着是十多天的昏迷和高烧。为了救治他，好心的渔人和左邻右舍，想尽了一切办法，挖来了一切可用的草药，用了农村里最好的饮食，终于像创造一件奇迹似的把他救活了。他身体还很虚弱，又用了近半年时间的调养，才恢复了体质。这段时间，他还是不敢露面，深怕会遭到追查和迫害。

　　藤条江上游的消息，也点点滴滴地传来了，人们像讲述传奇似的，绘形绘影地描述挨赶怎么大闹藤条江，淹死老土司；又惋惜地传说，挨赶怎么在地牢里被打死……

　　水送非常了解他的阿爸，他知道他阿爸为了抚养他，保护他，忍受了一切艰辛和屈辱；如今，又是为了他，才拼掉了自己的生命。他痛哭了几天，又病了。病好了后，他告别了曾收养救治他的渔人夫妇，昼伏夜行，回到了藤条江渡口。

雨季已经过去，河水又恢复了温顺、明净的本色，在山谷间、在坝子里，缓缓流着，好像它从来没有过暴躁时刻一样。虽然是初冬，这坝子上还像晚春一样暖和，绿竹、垂杨、野花依旧是那样绿得温柔、红得炽热。摆脱了死亡，从异乡归来的水送，看到了这久别的故乡，心里一阵酸痛，不禁涌出了大串眼泪。渡口的小窝棚已经拆掉，渡船也改到河那边去了。白天，他躲在山上树林里不敢下坝子来；夜里，他也不敢喊船，只孤独地站在那冰凉的沙滩上想着心事。从前，他还小的时候，阿爸常常带着他在水边慢慢走着，给他讲过藤条江的古老往事，指点他怎样下水，怎样摸鱼捞虾。当他像一只鱼鹰似的从岩岸上跃入深得发绿的河水里，浮游潜泳时，阿爸就静静守在河边沙滩上，满意地望着他……那是多么温暖和亲切的生活呵！可是，阿爸如今在哪里呢？死了，被狗土司整死了！他恨恨地望着对河黑影中那高大的土司府，眼里又冒出了火星……

河边大箐树下，闪出了几个燃着的松明子，拿着鱼叉的人，说着嚷着向河边奔来。仓促间水送也来不及躲闪，金红的亮光，把他的身影照得高大壮实，倒映在水里。那几个人吃惊地喊："是哪个？"

水送知道要躲也来不及了，他也不答话，抓起了一块大石头，阴沉地等着来人。

人们走近了，一见是水送，吓得连连退了几步："水送，是你？你是人还是鬼？"

水送以为是在当面诅咒他，生气地没有回答。火光下，他那病后消瘦的脸上，更显得阴沉愤怒。

一个年轻傣族汉子声音嘶哑地说了一句："水送小兄弟，你来干什么？我们可没有得罪你们家呀！从前我们有交情，听说你和你阿爸死了，我们都悄悄给你烧过纸钱，祭奠过你呀！你可有收着？"

水送这才明白，好心的人们，以为他早已葬身江底，所以才把他当作鬼魂归来。水送急忙说："阿哥，我不是鬼，我还活着呀！"

"啊！"人们又惊疑地打量了他一番，确信他是人后，这才拉着他在河滩上坐了下来，你一言我一语，向他提出了一大串问话："水送，大水把你冲到哪里去了？"

"这半年你在哪里安身呀！受够了苦吧？"

"唉！你怎么也不托人带个信回来呀！你阿爸为你都急疯了，急病了。唉！

他死得好惨呀！"

"他为了给你报仇，把土司老爷淹死在里，干得也真痛快！"

……

水送把这半年的事简单说了一下。那几个人，也把挨赶大闹藤条江淹死老土司，以及挨赶被抓回去，惨遭毒刑，死在地牢里的事说了一遍。由于这些人都没有亲眼见着那些事，辗转传闻，当然要添加一些情节。这就使得英雄的行为十分壮丽，故事的结局也特别凄惨。

水送听着听着又流下了眼泪。

这几个汉子都是临河寨子的，见水送又回来了，都很高兴，劝说他："好了，不要难过了，老天保佑你还活着。走，到我们寨子歇息去吧！"

"寨子里有头人，听说水送还在，会到土司府去报信，小土司手段更毒辣，抓住水送会剥了他的皮。"一个汉子说。

"唉！那怎么办呢！"另外几个人都作难了。

"你们不要管我。阿爸为了给我报仇送了命，我也要给他老人家报仇。"水送的伤感情绪过了，心里又兴起了那报仇的念头。

那些人赶紧劝阻他："千万不要莽撞，小土司比老土司还狡猾，他轻易不出门，土司府也比过去把守得严，大院里尽是带枪的狗腿子，你哪里进得去。你还是逃远点吧！上高山过红河都好，不要留在这虎口边上。"

这些好心人的话，并不能消除水送报仇的念头，他急于把他们打发走，只好假装点头答应。临分手，那些人把自己作夜餐的腌菜、糯米粑粑都送给他，作为逃亡途中的食用。水送感激地收下了，又要了一个火镰和打火石，以及一大把松明。那些人以为他要在路上用，也就给了他。

水送并没有上山。却在半夜偷了一条小独木舟渡到了对岸。

土司府那高大古老的院落，在这夜雾中更显得阴森恐怖。水送仗着路熟，避开了前后守门的土司兵，从围墙左侧一棵大箐树上跳进了院子里。从前他来送过鱼，记得这是堆放干柴的地方。藤条江雨季长，一年有四五个月都是日夜雨水连绵。傣族人居住的坝子，树林少，从冬、春就要准备一年用的烧柴。土司府人口多耗费大，这些竹木烧柴都是从高山上瑶族人、哈尼族人那里派来的。为了应付这些徭役，不知有多少人苦断了腰，荒废了自己的农活……

在临近厅堂的墙边，垛满了堆得整整齐齐地像高墙一样的干柴和竹片。为

43

了让干柴和竹片能干得快，不受潮，堆放时每一层都留有一些空隙，再加上柴堆里还有许多干燥得发裂了的陈年柴竹，这就使得水送能很顺当地完成他的放火计划。

时间已是后半夜，土司府大部分人都呼呼入睡了。守夜的土司兵，上半夜还出来转转，虚张声势地乱吆喝一阵，由于几个月来都没有发生过什么事，他们也就懒洋洋找个角落里睡觉去了。天亮前的睡意是很困人的。

河上吹来了带着凉意的江风，风向由北向南，正是放火的极好时刻。水送燃起了所有的松明，分别塞在六七垛柴堆下。天干物燥，又有风助火威，只听得噼噼啪啪的一阵炸裂声，十几条火龙腾空飞起，这座外表金碧辉煌，竹瓦木墙，浸满了藤条江两岸人民血和泪的罪恶老巢，顿时就被腾腾烈焰裹了起来。狂暴炽烈的大火，张开那火红的大口，贪婪地把土司府的一切都吞进去了……

等到土司府的男女从睡梦中惊醒，赤身露体从床上滚下来时，水送已翻过土墙逃走了。这时候，土司府里的人敖敖地叫着争相往外逃命，昏头转向地，也顾不上追查起火的原因。

风越刮越大，大火也越烧越旺，像在坝子上空拉起了一道红灿灿的天幕，把漆黑的夜空，照得无比瑰丽。

土司府的人跑出来后，惊魂稍定，就拼命地呐喊，命令坝子里的人过来救火。但是，坝子里的人只是远远地聚在一起，像观赏一出神奇的傣戏一样，又笑又喊，怎么也不肯挨近火场。宽阔的藤条江就在脚下，却没有一瓢水泼往火上。那些恨透了土司府的暴虐罪行的傣族老妇人，高兴得默默祷告："天哪！你真有眼，你今晚算开恩了……"

平时威风凛凛的小土司老爷刀金柱，只穿了一条短裤衩，赤着脚，满脸被烟火熏得黑乎乎的，在屋前屋后窜来窜去，跌足捶胸，怒骂号哭，眼睁睁看着自己那盛极一时的百年老屋，任由火舌狂舐为灰烬……

水送乘独木舟回到了江这边，爬上一个山头坐下来，把火势看了个够。直等到东方大亮，红色的火龙变成黑色的烟柱了，他才匆忙向高山上爬去。他生长在峰峦夹峙的藤条江边，平日一抬头就可望到那云雾笼罩的哀牢山支脉，却从来没有走进过深山老林里。如今，只有茫然地往山里钻了。

水送放了火后，在河边上不慎被一个与土司府有亲戚关系的人撞见。当时，这个人正从一个相好的妇人家出来，黑暗中见水送连跑带跳，行走如飞，还以为遇见了鬼，吓得趴在地上长久不敢动弹。土司府起火了，他听得小土司刀金柱嘶哑地又吼又叫："这不是失火，一定是有坏人放火！"他才醒悟过来，把遇见水送的事告诉给小土司。小土司立即派人四处捉拿水送，但是，已经迟了。

水送不敢走那常有人来往的山道，而是小心翼翼地朝那些山高林深、只有砍柴打猎的人才攀越的陡峭小道往上爬。走了三天，把草鞋磨烂了，带的糯米粑粑也吃光了。他不会打猎，饿了只有啃野果，那又酸又涩的果子很难吃，而且，酸性帮助消化，越吃越饿，饿得他挪动步子都困难了。这天上午，他见树林附近有个哈尼村寨，也就不管可会碰着土司兵，大着胆子走了过去，想讨点吃的，问问可要人帮工？哈尼人的寨子依山筑在半山坡上。水送在平坦坝子住惯了，猛然看去，就像遇着了空中楼阁一样。他真担心，一阵急风暴雨过来，这些竹楼会从山坡上滑下去。

寨子里很安静，男子汉都下地砍柴割草去了。水送心慌意乱地在寨门口站了一会儿，也不见人出来，只好大着胆子走了进去。他见一家竹楼门虚掩着，喷香的苞谷饭香味随着炊烟从里边飘出来，把他那好几天没有吃到熟食的肠胃都搅得翻腾作痛。他也不管竹楼里的主人可欢迎他，挥舞着手里的棍子，把那竹楼下一只想趁机偷袭他的黑狗吓得倒退了好远，就一个纵步跳上了竹楼。他的动作是这么莽撞，慌得里面一个哈尼少妇大声吆喝着："你是哪个？乱闯些哪样？"

当她看清了这憔悴的少年正是藤条江上的小船夫时，立即笑吟吟地迎了出来："水送小兄弟，你来了。"

水送愣了一下，心想：她怎么认得我呀？他不敢答应，又不敢说不是，只好说："阿嫂，你好眼力。"

哈尼少妇笑着说："小兄弟，你忘了？那天，你为我摆渡……"

水送想起来了，是曾经殷勤邀请他上大山来串的那位花妮大嫂。他喜出望外地说道："哎呀！阿嫂是你。"

哈尼少妇把水送请进了竹楼内，关切地说："你可晓得到处都在抓你？"

"啊！"水送惊得呆呆地望着她。

"你怎么今天才来到这里？你是在别处躲躲藏藏才转到这里来的吧？前天，

坝子里就传来了讯息，说你烧了土司府，头人有令，叫见了你就抓。水送，你也够大胆了，还敢大白天乱闯。幸好，我们寨子的头人今天不在家。"

水送慌得坐不住了，说："阿嫂，你给我一点吃的，我现在就走。"

哈尼少妇亲切地拦住他："小兄弟，你坐下。到了我家，你就不要怕了，我们会照顾你，保护你。你累了吧！先烤烤火，歇一歇，我给你弄吃的。"

火塘里的火烧得正旺，散发出一种令人困倦的温暖热气。这哈尼村寨的竹楼，别有一番山里人家的情调：竹墙上挂的是兽皮和火药枪，屋梁上悬着一串串冬菇、木耳和麂子干巴。矮矮的竹床上，铺着兽皮垫子……

家，多么温暖的家呵！想起自己家破人亡，水送不由得心酸地掉了几滴眼泪。

哈尼少妇好像猜到了水送的心事，安慰他说："不要难过了。报了仇雪了恨，该快活才是。小兄弟，你人虽然小，本事大得很呢！你一把火烧掉了土司府，也为我们出了口气。"

哈尼少妇给水送做了一大碗葱花炖木耳，一大碗米饭，还炒了四个鸡蛋，笑吟吟地端上来说："你吃吧！我知道你饿伤了！"

水送好几天没见到熟食了，就狼吞虎咽地大吃起来。他吃了一碗又一碗，五六碗后，才放下筷子："阿嫂，谢谢你家，我该走了。"

"急什么。再歇一歇。"哈尼少妇殷勤地挽留水送。

水送想到待久了会连累这好心的大嫂，就摇摇头说："不歇了，我还是早点走好。"

"你可有来过山上？"

"没有。"

"这就不要乱跑了，闯错了地方会送掉性命的。昨天晚上，头人就传下了土司府的话来，抓住了你有重赏。这世上，贪心的人多呢！"

水送没想到：跑到这高山大岭上的偏僻村寨，还是没有钻出土司的罗网，一时间真是心烦意乱没有主意了。

"你不要慌。先在这里躲着。晚上，我家男人从地里回来，叫他帮你想个主意。"

水送心想：也只有这样了，感激地点了点头。

哈尼少妇拿了一床竹席，一块毡子，铺在火塘边上，叫水送先歇一下。她自己却拿着针线活坐到竹晒台上，一边缝补，一边留神外边的动静。

水送这几天风餐露宿，早就困了，一躺下去，就像头小牛犊似的，发出了均匀的鼾声。

　　哈尼少妇家的竹楼地势高，不仅可以望到整个寨子的情景，连十几里外曲折盘旋的山路，也可以看个一清二楚。

　　日影慢慢移动，太阳快要被西边的山头挡住了，苍青的大山，变得半明半暗。水送已经睡了大半天了，还在呼呼地响着鼾声。哈尼少妇想到他这些天一定够劳累了，也就不去叫醒他。又过了一会儿，她突然看见山下那条细黄带子似的山道上，有些黑点点在飞速移动，她站起来仔细一看，很像是十来个骑马的人。她吃了一惊，在藤条江两岸只有土司府的兵丁才有马骑。这些土司兵除了抓人派官差，从来不会干什么好事。莫非他们发现了水送的踪迹，上山来捉拿他了？

　　她急忙丢下手里的针线活，进去推醒水送："小兄弟，快醒来，土司兵来了。"

　　火塘边上很暖和，睡得也就特别舒服，水送在梦里恍惚又回到了藤条江边，躺在阳光灿烂的沙滩上晒太阳。听见喊叫才跳了起来："在哪里？"

　　"到了山脚下了。"　.

　　"我往哪边走才好？"

　　哈尼少妇想了想："这周围寨子你都去不得，他们一定会挨家挨户搜查。你从后山进老林去吧！"

　　"哪个老林？"水送问。只要能逃脱土司的魔掌，天上有片云彩，他也愿攀着飘起来。

　　哈尼少妇把他带到竹晒台上，指着寨子后边直插云天的大山说："那边山垒着山，有一座八百里老林。进了老林就安全了。"

　　水送望着那云雾弥漫的黑压压大山，不禁愣住了，那种地方能活下去么？

　　哈尼少妇说："别的路没有了。只有进老林。老林里有苦聪人，你要是能找见他们，就请他们帮助你吧！"

　　"苦聪人。"过去在渡口上，水送也听人谈起过这些藏在老林里、被人说成是"野人"的苦聪人。他想起自己以后也要披兽皮，吃野菜，在大树下和岩洞里过日子，眼泪不禁扑簌簌滚了下来。可是，不走这条路，又往哪里走呢？唉！真是逼得人往苦海里跳呵！

　　哈尼少妇见自己没法保护这纯朴的少年，心里也是很烦乱，很痛苦。不是自己忍心把这少年往茫茫老林里推，是事出无奈呵！她只能流着泪细心叮嘱水送："小兄弟，进了老林若是遇着人，你千万不要说你是傣族人，更不要说你是水送。这周围寨子，常有人去老林里找苦聪人换东西，三传两传传开了，土司府知道你藏在老林里，会不顾一切派人进去抓你……"

水送含着泪，把这些话都记下了。

哈尼少妇给衣裳单薄的水送，换了一身哈尼衣裤，给了他一床可以御寒也可遮风的毡子，又给他包了一大包食物和一块盐巴。对他说："盐巴要省着吃。老林里肉食好找，盐巴却难了。"

临出门，哈尼少妇又把竹墙上的一张弩弓和一把砍刀摘下来，送给水送。她说："这是我家男人打猎用的东西。我不管他可愿意，送给你吧！进老林，没有防身的家伙不行呵！"

水送想说几句感谢话，但只喊了声："阿嫂！"就哽咽着难以作声了。

这时，已隐约可以听见远处的人喊马嘶声了。哈尼少妇不敢再留他了，急忙催促他："小兄弟，快走吧！不是我不留你，迟了就危险了。进了老林，你自己多保重。二天平静了，你再回来吧！"

水送跳下竹楼，顺着哈尼少妇所指引的方向，从寨子后边爬上了大山。他才隐没在半坡上的树林里，土司府的十几骑人马就驰进了寨子。他们搜索了一阵没有找到水送，就在这寨子里解鞍歇马，准备明天再到附近山寨去搜捕。他们住进了哈尼头人家，要头人为他们派粮、派草、捉鸡、杀狗，闹得这小小的哈尼寨，一夜都乱哄哄的……

冬天山里的夜来得快，太阳一落山，苍青的群山就变得像一堵堵高高的黑墙了。天上虽然有一弯新月，几点疏星，但是连这一点光亮，也被树丛和高过人头的深草遮没了。风呼呼吼着，树林、荒草、山谷和野兽，也应和着狂吼乱啸，就像藤条江的怒涛一样，翻滚咆哮，如怨如诉，如万马奔腾……水送就在这凄凉的黑夜，顶着人生的大风大浪，深一脚浅一脚，一步步往山上爬，夜黑路滑，行走是这样艰难。他跌倒了又爬起来，爬起来又跌倒……

半夜，水送累得筋疲力倦，就爬到一棵大树上，在一枝树丫上坐了下来，身上披着毛毡。他怕睡着了会掉下树来，又用一根牛皮绳，把身子绑在树干上。寒霜在夜雾中悄悄降下来，冷得很。这一夜，他在风声兽吼中感到特别凄凉孤独，几乎没有合上眼。

天快亮了，他也熬不住清晨浸透骨髓的寒冷，就解开绳子跳下树来，继续往山上走。这时他才发现，昨晚瞎闯了半夜，左盘右旋，摸来摸去，并没有走出多远。山越来越高，也没有明显的路了，他只能寻找砍柴、打猎的人踩出来的模糊痕迹，向那白云深处钻。早晨浓厚的白雾，在他的肩上、脚下飘浮、滑动，他很怕这些乱丝飞絮似的云雾会把他绊倒裹起来，也就走得更小心、更慢了。他盼望能很快遇见一个苦聪人。但是，他哪里晓得这还只是老林的边沿，离苦聪人散居的林区，还远得很呢！

水送走得慢，又不懂得消灭自己一路上留下的脚印和痕迹，有时还孩子气地挥着砍刀在树干上乱砍，这就使得土司兵能沿着这些"路标"追上来。本来，他们还不知道水送朝老林这个方向跑了；是头人的一个小儿子上山捡菌子，看见了这么一个陌生人，回家一说，相貌特征都合，土司兵就一早追上来了。山高坡陡，马也没法骑，土司兵就弃马步行。临行前，小土司说过，谁抓到了水送，要赏给他们几百块银洋。狗腿子们自然要为这笔赏金拼命追赶。只是他们不善于爬山，一直到第二天下午，才在一座悬崖前面追上了水送。

这个悬崖，是座光秃秃的峭壁，只有几棵矮小的杂树长在岩石缝里，下边是深不可测的沟底。顶上有一片隐约可见的树林。如果能攀上峰顶，就可进入那海洋似的原始森林了。

水送见土司兵追上来了，慌不择路，沿着悬崖乱跑，想往峰顶上爬。可是慌忙间只见云在飘浮，山在晃动，哪里还能找到上峰顶的路。土司兵一边大喊着："站住！不准跑！"一边"砰、砰、砰"地乱放枪。子弹在水送头顶上乱飞，他左躲右闪，一脚踩空，就从悬崖上滚了下去……

若是滚进那乱石峥嵘，不知有多深的黑洞洞涧底，再结实的汉子，也会摔成肉饼的。水送连翻带滚地摔下来，恰好撞到山腰一棵松树上。他就这样满身伤痕地上不沾天、下不沾地的悬挂在那里。

土司兵好容易才爬到了悬崖上。往下一望，哎哟，黑洞洞的，连个底也看不见。他们谁也不敢下去抓水送。只好乱拉枪栓，大声吆喝："快上来！再不上来，老子要开枪了！"

其实，他们并不敢开枪。临出来时，土司老爷有令：要捉活的。

水送咬住牙紧紧攀住松树，也不回答。心想：你们开枪吧！我才不让你们捉回去活受罪呢!

土司兵等得不耐烦了,又示威地向天放了几响枪,大声骂着:"你这该死的小家伙,为哪样还不上来? 这里不是藤条江,没得人来救你了。"

这话却提醒了水送,他记起了哈尼少妇叫他去投奔苦聪人的事。心想,横直是个死,还怕什么。他放开嗓门,轮番用哈尼话和傣族话大喊:"苦聪大哥救救我呀! 苦聪大哥……"

水送凄怆和悲愤的呼叫,把周围巍峨的群山都震动了。山鸣谷应,此起彼伏,一声声"苦聪大哥救救我!"的呼喊声,在远山近谷回旋、震荡……

悬崖上那几个土司兵觉得好笑,嘲弄地大声对水送说道:"你乱喊些什么? 十几年前,苦聪人就被我们老爷杀绝了!"

他们说完了话,又威胁地放了一排枪,打得水送周围的石头泥沙四处乱溅。

就在这时候,山顶上突然响起了一阵"啊嗬嗬……"急促而又高昂的啸声,同时几支弩箭也"嗖嗖嗖!"地往这边飞来,那些土司兵还没弄清怎么回事,就一个个箭洞前胸,从悬崖上滚下了深涧。紧接着从峰顶上垂下了一根粗大的兽皮绳子,沿着绳子,滑下了几个身裹兽皮的汉子。水送没想到自己那几声绝望的呼喊,真的把苦聪人喊来了,他心里真是又高兴又激动,加上伤口的疼痛,一下子就昏了过去……

领头下来的苦聪汉子正是白老大。这天,他们追逐一只野猪,来到了老林边沿上。在老林里,野猪不算什么稀罕的野物。只是因为这只野猪又凶狠又善跑,而且好像有意逗弄白老大他们一样,还跑跑停停地乱吼几声,朝他们冲击一番,冲了就跑,这就更加激怒了苦聪汉子们,下狠心非逮住它不可。

白老大他们射倒了野猪,正准备往回走,山下响起了枪声。到过老林外边的白老大,从枪声中判断出,这不是普通人的狩猎,而是强暴的匪徒追捕受难者。白老大虽然人已经回到了老林,可是那惨痛的经历,却使他常常同情外边那些在土司和头人直接压榨下生活的人们。他马上带着苦聪人向枪响的地方悄悄摸过去。

虽然还隔得很远,白老大一眼就认出了那一身黑色衣裤、在悬岩上耀武扬威的是无恶不作的土司兵。那年在土司府门口,就是这些家伙打他,抢他的东西。仇人相见分外眼红,他怎么肯饶过这些凶手呢! 还没等到水送呼救,他们早就拉开那强硬的大弩瞄准土司兵的胸前了。

白老大他们利用带来的绳子滑下去，把水送救上来，背进了森林里。白老大又采摘了大把鹿衔草和其他草药，敷在水送的伤口上，还把草药绞成汁，滴进他嘴里。这个精神和肉体都受到极大折磨的少年，就这样被救活过来了。

水送睁开眼睛，看到自己躺在一个尽是参天古树的树林里，枝叶遮蔽了阳光。几个披兽皮的人蹲在他身边，友善地望着他。他知道自己得救了，要挣扎着起来，表示他的感谢。

白老大急忙按住他："躺下，躺下，不要怕。土司兵都给我们杀光了。"

不管多日来饱受折磨，水送还是那样眉目清秀，白老大觉得这孩子聪明可爱，逗人喜欢。他说："你这娃娃好聪明，晓得喊我们苦聪人！"

水送说："是哈尼寨的那个大嫂，叫我来找你们。"

"哈尼大嫂？哦，哦。"白老大记起了那美丽、善良的哈尼少妇。他两次经过哈尼寨，都全靠这好心人照顾。这高贵的友情，是永远也难以忘怀的。他弯着腰，低声问水送："她好吗？"

"好。没有她的指点，我早就被土司兵抓着了。"

"你打算怎么办呢？"白老大问。

"我在外边是没法待了。大叔，求你们收留我吧，我跟你们进老林去！"水送说。

白老大懂得水送定是苦不堪言，才往老林跑，也就慷慨地答应了，说："你不嫌苦，就和我们一起过活吧！"他见水送衣裳单薄，又撕成了碎片，就把自己一件熊皮背心，穿在水送身上。

水送的伤口，刚才还是火辣辣的疼痛，如今不知道怎么搞的，觉得似乎有一神清凉的感觉，从草药里沁入肌肤，精神也好些了。他心里很奇怪，就问："大叔，这是什么药？我觉得舒服多了。"

"鹿衔草。我们在老林里经常被野兽咬伤，被火炙伤，就靠这些草药救命。"白老大想起：在地牢里也全靠鹿衔草治疗创伤，叹了一口气说："不要小看这草药，我们受折磨时，它可帮了我们大忙哪！"

水送还不知道那些前因后果，只能点点头："鹿衔草，我记住了。大叔，你们救了我的命，你们也是我的鹿衔草！"从那以后，水送就跟着白老大在原始森林中过活了。对于一个从小在江河边上长大的傣族少年，若没有白老大和别的苦聪人的保护和指点，他在这阴暗潮湿、毒蛇、猛兽多的大森林里，简直难以活下去。

他们虽然是两个民族，在这艰苦环境中，却相处得极好。他见白老大年岁大，没有儿子，就认白老大作父亲，自己改名叫白鲁。

开初，他还常常思念那藤条江的流水，那别有情调的独木舟，怀念赶街天渡口上人来人往的喧闹情景。但是，从外边传来的消息，土司的行径总是一年比一年凶狠，风光绮丽的藤条江，早已不是傣家人幸福的家园，而是腥风血雨的人间地狱。他知道自己再也没有走出老林的希望，性情变得更忧郁、暴躁……

岁月如流水，一晃就是十多年。进老林的时候，白鲁还是个满脸稚气的少年，如今却是虎背熊腰、胡子满脸的大汉，无论是性格和外貌都变得和过去完全不一样了，只有小时候，他阿爸挨赶按照傣族人爱文身的习惯，在他手上刺的那条鱼，还深深印在他的手腕上。鱼呵！你什么时候能回到那波涛滚滚的藤条江上去呢？

也不知道是思乡的感伤情绪折磨他，还是这两天被疟蚊虫叮着了。回到小窝棚里，白鲁就病了，发着高烧，哼哼唧唧地说着胡话……

二

一连几天，白鲁的病都没有好，一会儿发冷，一会儿发热，被病痛折磨得在兽皮垫子上辗转呻吟，浑身没有一点力气。

白老大的身体也不舒服，躺在地铺上哼哼唧唧："可是鬼在作怪呀！老毕摩[1]也不晓得跑到哪里找吃食去了，唉，怎么办呀！"

阿爸和阿哥都病了，这可忙坏了小茶妹，她要每天背着小弩弓出去打松鼠、打山鸡，维持全家的吃食；还要把草药挖回来，用竹筒盛了，熬成汤，给白老大和白鲁喝。在她的照料下，白鲁渐渐退了烧。但是，他的身子还很虚弱，不能远行，更不能出去打猎。

家里的盐巴早就吃完了。人在生病的时候，嘴里本来就苦，如今，嚼着那寡淡无味的烤肉，就更觉得腥膻难受了。白鲁一点也咽不下去，只是摇头："我不想吃，我不想吃。"

---

[1] 老毕摩：苦聪人祭祀的巫师。

　　看见阿爸阿哥不想吃东西，小茶妹心里很不安。吃不下东西，病就难好，在老林里，没有个好身体，怎么能和野兽斗呀！这天早上，她对白老大说："阿爸，让我去老林边上换点盐巴回来吧！"

　　"你说什么？"白老大惊得从地铺上坐了起来，在他眼里，茶妹永远是个刚离了娘胎的小可怜。平常在附近树林里打打松鼠、捡捡菌子，他都不放心，隔一会儿就要跑去看看，催她快回来。如今，小茶妹却想走好远的路去老林边沿找外人换东西，这真是胡闹。白老大生气地大声斥责她："你乱说些哪样？去老林边上换东西，不是你们小女娃娃的事！"

　　茶妹不服气地噘着小嘴："阿爸，你不要把我当作小笨虫，我如今已经长大了，样样事都敢干。你和阿哥从前带我去老林边上换过东西，我会照着你们的办法，把盐巴、辣子和砍刀都换回来。"

　　"你年岁太小了，路上有豹子，有老熊，我不放心呀！"

　　"我不怕，老熊来了我会上树，豹子来了，我会用弩弓射它。"茶妹为了表现自己的本事，一个纵步就跳到了窝棚外，抓住一根倒垂下来的藤条，用力一荡就上了大树，然后，又轻捷得像只猿猴似的滑了下来。

　　苦聪孩子从小生长在原始老林里，攀藤条，爬大树，原是他们最简单的游戏。

　　白老大虽然平日看惯了，这时，也不禁为茶妹的灵活动作而发笑了。

　　茶妹就趁机扑在白老大的怀里，又撒娇又央求："阿爸，让我去吧！换点盐巴回来，烤肉给你和阿哥吃，你们的病，也会好得快些。"

　　白老大还是固执地把头摇了又摇："茶妹，别的事可以答应，这远出换东西的事，我可不放心。你实在是太小了呀！"

　　茶妹嚷了起来："我十二岁了，还小？阿爸你常常说，在我这个年岁，你就一个人出去打麂子，捉熊猴了……"

　　白老大闭上眼睛，沉入了对往事的回忆。是呵！自己是十一岁就射杀了一只麂子，那时候，自己还流着鼻涕，光着屁股呢！呵！那是多么遥远的事呵！时间真快，如今自己老了，双鬓斑白了……

　　白鲁刚吃了草药，想安静躺一下。他知道小茶妹的执拗脾气，要是不答应她，会吵得几天都不安宁。说不定还会偷偷溜走，叫你更为她担心。还不如听从她。就说："阿爸，你就让茶妹去吧！她是个能干的小姑娘，我看会把事情办好。她虽然小，也该让她大胆地出去闯闯。小斑鸠不让她试飞，翅膀总是硬不起来。”

茶妹高兴得小拳头在白鲁身上乱捶：“阿哥，你真好。把盐巴换了回来，我一定做一碗松鼠肉汤给你吃，还要帮你换一把好砍刀……”

白老大见白鲁也这样劝说，他想：如果不赶紧换点盐巴回来，打着了野兽，也烤不成干巴，他叹了口气，无可奈何地说：“好，茶妹，你就去试试吧！要早去早回，不要贪玩，千万不要走出老林……”

苓妹只是抿着小嘴笑。她觉得阿爸真是又好又啰唆。她怕阿爸过一会儿改变主意，急忙把熊皮和兽肉塞进一个藤背篓里，带上小弩弓和白老大那柄小刀，亲热地拥抱了一下阿爸和阿哥，就连蹿带跳地离开了这个用树皮和芭蕉叶搭成的小窝棚。

小茶妹上身穿了件油黑发亮的熊皮背心，下身裹了条黄色的猴皮裙子，用一根细藤把头发挽成一个小髻，显得又伶俐又漂亮。她还是头一次单独出去办这么“重要”、这么“大”的事呢！心里真是得意得很，胸脯挺得高高的，两只浑圆健壮的小胳膊，一甩一甩地走得挺有精神，一路上学鸟叫，学金丝猴叫，还把心里的喜欢编成歌来唱。可惜，她走了好半天，也没遇见一个熟人，没法把自己这时候的欢喜和得意心情向人夸耀一番。

一只叶猴，全身长着青藤一样的绿毛、垂着长长的尾巴，老态龙钟地坐在树干上，慢吞吞啃着一只果子。人走过来了，它也不害怕，还狡猾地眨动火红的眼睛向茶妹做鬼脸。老叶猴也许感到奇怪吧！这小女孩怎么敢一个人乱跑？还那么得意地唱着歌。

茶妹停下来，向老叶猴招招手：“下来，把你的皮剥给我做裙子。”

老叶猴虽然不懂这是危险的邀请，却很会仿效人的动作，它懒懒地甩甩长尾巴，还伸出那长长的爪子向茶妹招招，好像请她上树去。

茶妹生气了，小嘴一噘，骂道：“叶猴，你好坏，你喊我上树去整哪样？想抢我背篓里的熊皮吗？”她手一扬，一个烂果子打在叶猴的额头上，痛得这家伙龇牙咧嘴，长啸一声，钻进枝叶丛中跑掉了。这一下可把老叶猴打痛了，跑出去老远老远，还伤心地吱吱叫着。

茶妹笑得腰都直不起来，高兴地喊着：“你还敢惹我吗？别看我小，我可厉害呢！今天便宜了你，还没有用弩弓射你。”

　　她继续又笑又跳地往前走，穿过挤得密密的树林，越过凉冰冰的小溪。突然，从路边树丛中，窜出了一只全身有着油亮油亮的、细黄毛的麂子，她还没摸出小弩弓，小麂子已风快地跑得无影无踪了，只在茶妹身前，留下了一些从树上撞下来的落叶和几瓣小黄花。茶妹气得又叹气又跺脚，怪自己没有射走鹿的本事。要是阿哥和阿爸在这里就好了，他们隔得很远很远，就能从轻微的响动中，分辨出是哪类野物，从哪个方向来，然后准确地射击。自己为什么没有这个本事呢？是太小了么？不是。她一向就不承认小。她想了想，哦！是自己太闹了。阿爸常常说，在老林里走路，要静悄悄地眼看四面，耳听八方，才能发现野物。不然呀！还要被突然窜出来的野物咬着自己。想到这些，茶妹不禁吓出了一身冷汗。难怪阿爸说自己是个不懂事的娃娃。出来办这么大的事，还不认真走路，多危险哪！她紧握着弩弓，小心翼翼地走着，再也不唱不闹了。

　　在一片古老的松树林里，她看见一个翘着又长又大的尾巴的松鼠，正悠然自得地从这棵树窜到那棵树。小茶妹轻捷无声地走近前，端起弩弓，嗖地一声射过去，松鼠就大尾巴一晃，一个筋斗栽下来。这一下干得又准又利索。她得意地自言自语："唔！这才是个好茶妹，这才像个好猎手。做事情就要这么麻利风快。"她把松鼠捡进了藤背篓里，还希望路上能再打着刚才逃跑了的那只小麂子。麂子肉又嫩又香甜，阿爸牙齿不好，正适合他吃。她准备换东西的时候，除了盐巴和砍刀，再要一串干辣子。老林里阴暗潮湿，不长辣子，但是，苦聪人都喜欢用兽肉蘸盐巴和辣子吃。有了盐和辣子，那真是其味无穷呢！茶妹又想到，若是她把想要的东西都换到了，带回小窝棚，一样一样从藤篓里拿出来时，阿爸一定会高兴地夸奖她："好茶妹，真能干，像你阿妈……"

　　茶妹不知道阿妈是怎样一个人，从阿爸平常的言谈中，她觉得阿妈一定是个又美丽又善良，而且勇敢的人。那么多狼来咬她，她都不怕，还保护了自己，那是多么勇敢呵！可惜阿妈死了……

　　茶妹又端起了弩弓，如果这时候有只狼过来，她一定会勇敢地冲上去射死它，用小刀戳它！

　　老林中阴森森的，阳光射不进来，分不出早晚。茶妹不晓得穿越了多少片树林，一上一下爬了多少山岭，只觉得小腿都累得发疼了，才接近那原始老林的边沿。这一带，树枝叶稀疏得多了，金线似的阳光，也能散乱地透射进来。

苦聪人在这一带的大树上，砍了许多"××"，表示前边危险。茶妹看见这些标志，也像到了悬崖峭壁前，迟疑地不敢走了。老林外边是个什么样子，她并不知道。只听阿爸说过，外边有比豹子和老熊还凶恶的土司老爷，土司老爷是个什么样子？茶妹也没见过，阿爸也不愿向她谈，他一谈起来就难过。她想，土司老爷和我们苦聪人一定不一样，兴许像老熊那样，毛茸茸的，又黑又大，说不定还会像野猪，有一对长长的獠牙呢！

想到这些，她的步子放得又慢又轻，把手里的小刀也抓得紧紧的。

茶妹凭着记忆，找到了前两次阿爸、阿哥带她来换东西的一棵大杉树。这是一种名叫孔雀杉的古老杉树，躯干挺拔粗大，几个人也抱不拢，繁密的枝叶直插云天，比别的树木更有气势。所以它能给来往的行人留下较深的印象。茶妹在树下的一块石头上，摆好了熊皮、松鼠干巴，还有那只刚打到的松鼠，然后按照苦聪人的老办法，在附近一棵大树后的深草丛中躲了起来，等候着有意来找苦聪人换东西的苗、瑶和哈尼人。她也不必担心会丢失东西，从古以来，老林附近的苗、瑶、哈尼人就熟悉这种别具一格的交易方式，他们想要换取老林里的珍贵兽皮和药材，就带着苦聪人缺少的盐巴、铁器和衣服到这一带来。苦聪人虽然苦，却很大方，任由挑拣，从来不争多论少；来换东西的人，也很了解苦聪人的艰困，不多拿，总是恰如其分地把东西换给苦聪人。这是一种只有这山林深处才有的、极其朴实的原始贸易呢！

当然，也有个别从远处窜来的坏人、土司兵之流，乘机抓了东西就走。对于这些强盗，苦聪人不会轻易饶过他们。强盗们刚一转身，强劲的弩箭就从背后射了过来。存心不良的人，不仅抢不到东西，还会把命送掉。

茶妹坐在草丛里，心里是又兴奋又有些不安。她想：如果那个长得像老熊和野猪的土司老爷闯来了，怎么办呢？她挪了个位置，靠近一棵老松树。这树长得粗大稠密。茶妹想，碰到危急时就往树上爬。

时间慢慢过去。等呀，等呀，真叫人等得心里焦急。除了树叶在风中摆动的沙沙声，鸟儿叽叽喳喳的叫声外，山野是这么安静，好半天都不见一个人过来。茶妹等得有些不耐烦了。哦，换东西还是件很不容易的事呢！要是这次换不到东西回去，阿爸只会摇摇头："娃娃，不是你没有用，是你还小呀！"阿哥又会逗她了："小笨猪，小笨鸡，只会哭，只会啼……"

想到这些，茶妹真的想哭了。可是，哭有什么用，还是耐着性子等吧！等到花开了，花落了，也要等下去。

又过了好一会儿，茶妹忽然听到远处山脚下轰隆轰隆响了几声，接着又是一阵阵若断若续的噼噼啪啪的响声。那轰隆轰隆的响声，就像午夜的惊雷闪电一样，震得树林山谷都颤动开了，吓得茶妹一头扑在草丛里，好半天才敢抬起头来。她看了看，山并没有崩，地也没有裂，大树的枝叶，还在安详地摆动。咦！这是怎么一回事？难怪阿爸不让我来老林边边上换东西，老林边上怪事就是多，真吓人呀！

一阵急促的脚步声传来。

过来的是个身背竹背篓，脸色白里透红，有着新月一样弯眉的哈尼大嫂。虽然已是中年，身材还是那样修长姣好。茶妹年岁还小，又长年生活在人丁稀少的老林里，还从来没有和外族的人来往过。但是，女孩子天性爱美，见了好看的花要摘来戴，见了长得俊秀的女伴总爱多看几眼。这哈尼大嫂鬓角插了几朵刚摘来的杜鹃花，把她那白里透红的脸庞衬托得更加艳丽。她穿的是件缀有红、绿、黄三色花边的青布长衫，一扭动身子，那黄铜和白银制成的耳环和饰物，就叮当叮当地响着，那神态美丽大方，像从云彩里飘下来的仙女。茶妹见了，眼睛睁得圆圆的，你看：人家长得多美，又穿得多好看呵！她低头看了看自己那身兽皮衣裙，相比之下，多粗劣，多难看呵！茶妹心里酸酸的，心想，苦聪姑娘好苦呵！

这哈尼大嫂单身来这里干什么？是给打猎的丈夫送东西呢？还是到附近的田棚里走错了路，拐进这老林来了？她也是被刚才那轰隆轰隆的响声惊着了，脚步匆忙而又慌乱，走过大树下那块摆了熊皮等东西的石头时，也没有侧过头来看一眼。眼看她就要走远了，换不成东西了，这真叫茶妹心急，她就大着胆子从草丛里喊了一声："阿婶，换点盐巴给我吧！"

哈尼大嫂被这突然从后边传来的声音吓着了，惊惶地双手捂住胸口，向周围寻找说话的人。当她看到了大树下的东西，明白了是苦聪人，才安定了些。她匆忙在背篓里翻了一下，找出了拳头那么大的一块盐巴，还有一把镰刀放在石头上，恰如其分地拿了一串松鼠干巴说："卡归，对不起你家。今天，我没有带什么东西。"

茶妹也口齿伶俐地在草丛里回答："阿婶，谢谢你家啰！"

哈尼大嫂听出了是个小女孩的声音，不由得笑了笑，说："小姑娘，你好能干，也敢来换东西。"

茶妹低声回答说："阿爸阿哥病了，想吃盐巴，家里没有别的人，我就出来了。"

"你姓哪样？阿爸是哪个？"

"白老大。"

"哦！"哈尼大嫂想起许多年前那经由哈尼寨去坝子的那个苦聪人，亲切地说："我认得你阿爸。你回去对他说，哈尼寨的花妮问他好？你告诉他，如今老林外边又动刀枪了，日子更艰难了，千万不要出来。姑娘，你也快回去，不要在老林边上多耽搁。"

"是啰！谢谢你家了，阿婶。"

哈尼大嫂匆匆走了。

老林外边的山脚下，又轰轰隆隆地响了起来。像惊雷，像山在崩裂。茶妹真是又害怕又奇怪，那是干什么呢？难道是豹子和老熊太多了，人们聚在一起，用好多好多的明火枪轰击那些野兽么？

这苦聪小姑娘哪里知道，老林外边正经历着翻天覆地的变化？这正是一九五〇年春天，进军到西南边疆的中国人民解放军，正在藤条江南岸的丛山峻岭中追剿残匪。轰隆轰隆地响着的是枪炮声，战斗正在激烈进行呢！

茶妹想起哈尼大嫂的好心劝告，心想这地方待不得，还是早点回去好，她正要走出草丛，去收拾石头上的那些东西。附近又传来一阵沉重的脚步声。

一个身穿青布衣衫，扎着红色包头，背着杆明火枪的瑶族老猎人迈着稳健的步子走了过来。

茶妹见是个背枪的人，有些害怕，心想：算了，不要叫他，别让他把熊皮抢走了。哪知道这是个常在老林附近窜山打猎，多次和苦聪人打过交道的人，打老远就看见了石头上那一堆东西。他从容地走过来，提起那串松鼠干巴嗅了嗅，又摊开那块熊皮看了看，连声称赞："毛皮又厚，又密，是块好熊皮。你们这些苦聪人真有本事，能打到这么大的老熊……"欣赏够了，瑶族老猎人才转过身来大声问："兄弟，你这块熊皮要换什么东西？"

茶妹见这瑶族人也还和气，就壮着胆子说："要盐巴、火药和砍刀。"

"哦！是个小娃娃。"老猎人诧异地折转了身问："小姑娘，你家大人呢？"

"病了。"

瑶族猎人轻轻叹息了一声，和善地说道；"小姑娘，你不要怕，出来说话嘛！"

茶妹在草丛里把头垂得低低的:"老爷爷,我们小姑娘家穿的是兽皮衣衫,害羞出来呀!"

这稚嫩的凄凉声调,使得瑶族老猎人也为之怆然了。他用充满了同情的声调说:"我们瑶家人的日子已经过得够苦了,你们苦聪人呀,比我们还苦呢!小姑娘,你不要难过,下次我带衣服和裙子换给你。"

"谢谢你啰!老爷爷。"茶妹说。

老猎人豪爽地笑了。他很高兴,这小姑娘很聪明、很会说话呢!

老猎人从那皮制的筒帕[1]里,小心地拿出一大块盐巴和十几个糯米粑粑放在石头上。粑粑是他的干粮,盐巴是他准备用来放进水塘里引诱马鹿的。瑶族老猎人刚走进老林,就听得山下响起了枪炮声,他知道外边一定有事,也就无心再在老林里逗留,才折回身往外走。他拿起熊皮和松鼠干巴看了看,觉得自己换给这孩子的东西太少了,在老林内外传开了,会败坏瑶族猎人的名声。他解下自己那把锋利的长刀,抽出来舞弄了两下。寒光闪闪,刀刃锋利,心里真舍不得。老猎人犹豫了一下,最后还是决定割爱。他大声对茶妹说:"小姑娘,回去告诉你阿爸,你们家的这张熊皮太好了,我瑶家老邓不愿叫你们吃亏,这把好刀也送给你们吧!"

那雪亮的长刀锋,在阳光下闪闪发亮,茶妹在草丛中看得清楚,欢喜得几乎要唱起来了。这么好的刀,是阿哥阿爸做梦都不敢想的。平常,他们苦聪人砍树,斩芭蕉杆,只能用缺了口的钝刀来砍,现在有了这样的快刀,那将给他们在老林中的生活带来多大的方便呵!她大声说:"多谢你家啰!好心肠的老爷爷。"

老猎人收起了熊皮,却留下了那串松鼠干巴。

茶妹着急地喊着:"老爷爷,松鼠干巴也送给你!"

老猎人又呵呵笑着走回来:"小姑娘,你真乖,真懂事。好!干巴我也拿走了。"

猎人走远了,茶妹才像个小金猫似的从草丛里跳出来。她欢喜得很,今天遇见的两个人是这么好,换的东西又是这么多,这么贵重,拿回老林去不知要引起多少人的羡慕呢。她唱着歌,挥舞着长刀,神气十足地往回走着。一刀刷过去,一排草断了;又一刀刷过去,一棵有她手腕那么粗的小树也飞了起来。

---

[1] 筒帕:瑶族人用的挎包。

嗬，好刀，好刀，要是砍豹子和老熊，说不定也是一刀就把熊掌和豹子头斩下来。她希望面前出现一群狼，她就可以挥舞着长刀杀过去，为阿妈报仇……

茶妹正想得出神，突然，一排急促的枪声在附近响了起来，震得群山发出哗啦哗啦的回响，树林窸窸索索地发抖。茶妹吓得脚瘫手软地伏在树下，半天也不敢爬起来。只听见子弹嗖嗖地在头顶上穿过，树枝乱叶稀里哗啦地直往下掉，鸟儿扑闪着翅膀，喳喳喳地叫着乱飞……

过了好一会儿，小茶妹才敢悄悄抬起头来，察看周围的动静。只见那瑶族老猎人又神色仓皇地从老林外边跑了回来。老猎人刚才那从容镇定的神态完全没有了，像一头受惊的老鹿，箭也似的径往老林深处蹿，连伏在大树下的小茶妹，他都没有注意到。

哎呀！发生了什么事？怎么连扛明火枪的老猎人也怕成这样？是老虎和豹子成群拥过来了？还是土司老爷追进老林来了？小茶妹正在发呆，老猎人已经蹿得无影无踪了。她不敢再在这里停留，正要拔腿往回走，只听见周围一片杂乱的脚步声和吆喝声，跑已来不及了。茶妹嗖地往上一蹿，就爬上了跟前的大孔雀杉树，像个小叶猴似的，藏在浓密的枝叶里，紧抱住树干，气也不敢喘。

吓人的事，终于出现了。十几个穿着黄衣服，背着枪，相貌丑陋的汉人跑了过来，有的衣服大敞着，有的帽子跑丢了也不去捡，没命地往树林子里钻。过了一会儿，又有三四个穿黄衣服的汉人，被几个身穿草绿色衣服的年轻人追了过来。那几个人跑到这里跑不动了，反转身持枪向追来的人扑过去。只听得穿绿军衣的人当中有个人大喊了一声："杀！"一刺刀就捅翻了一个穿黄军衣的人，茶妹在树上看得清清楚楚，鲜红的血像道喷泉似的漂了出来；第二个人还来不及往后退，头上就挨了穿绿军装的人重重一枪托，像段木头似的倒了下去。紧接着又追上来了几个穿草绿色衣服的人，剩下那几个穿黄衣服的人见来势不好，急忙把枪一丢，高举着两手跪了下来……

这场肉搏战，把在树上的茶妹都看呆了。心想，这几个人怎么这样厉害呀！就像劈竹子，掰苞谷一样，一眨眼就捅倒了两三个大汉子。她又想，汉人和汉人是一家嘛！怎么也互相追打起来了呢？可是前边那些汉人坏，抢了后边汉人的东西，才会这样收拾他们？他们会上树来抓我么？她怕得把小小的身子缩成了一团。天哪！千万不要让他们看见了我呵！难怪阿爸不让自己出来换东西，这老林边上，叫人害怕的事情确实多得很哪！

茶妹过了好多年后，才搞清楚这场搏斗的性质。那些穿黄军服的人，就是边疆人民最痛恨的残匪；那些从后边追上来，并把那些匪徒消灭掉的，是中国人民解放军的战士。小茶妹却在这样一个偶然机会里，成了苦聪人中第一个看见那些不可一世的匪徒们狼狈被歼经过的。她真幸福！

三

茶妹是个胆大的小姑娘。虽然刚才的厮杀情景那样吓人，当杀声停止，森林恢复了寂静时，她又出于好奇心拨开树枝叶悄悄往下看。只见一个身材微胖的中年人，踩着从容的步子走了过来。这个头戴红五角星、身穿绿色布衣服的中年人，好像是个领头的，那些年轻汉人都亲热地围着他说话。那人做了个手势，一个年轻汉人就从背上取下了一个黄澄澄的东西，嘀嘀嗒嗒地吹了起来，声音洪亮，铿锵有力但又悠扬悦耳，森林和峡谷也好像被喊起来了似的，恭敬而又整齐地跟着一声声呐喊……

苦聪人只会用小竹管和树叶子吹出一些简单的曲调，却从来没有听过这么庄严的旋律，小茶妹的思绪也被搅动了，身心好像全都要离开这大树腾空而起，仿佛有个巨人伸开了双臂在向她召唤，来吧！来吧！到我这儿来吧！

茶妹不知道这是军号，心里在猜想，这是什么东西？可是阿哥常常说起的那种芦笛？哈！真好听！给他们一块熊皮，不知换不换？

军号声把散在周围追捕残匪的战士都召唤过来了。他们就在这里整顿休息。

这是营部和它的直属连队。那个中年军人就是挨赶。

那年，挨赶从藤条江边逃走后，就渡过红河进入了汉族、彝族、苗族地区隐姓埋名，为人帮工、赶马，后来滇南地区出现了共产党领导的游击队，他又最早参加了游击队，苦战多年，从一个战士升到了副营长，入了党。解放军的野战部队进入云南后，与游击队合编，他还担任着副营长。由于他是藤条江边人，熟悉这一地区情况，就由他指挥一部分部队来这一带清剿散匪。

紧张、频繁的战斗，使挨赶也没时间来回忆过去。往事是悲惨的，他也不愿多去回忆，特别是不敢触动小水送的丧命事，那是多么使人心痛的往事呵！一个受压的摆渡人、一个从前的囚徒，如今能带着部队打回来，解放受压迫的乡亲，已经够愉快的了。人生能如此，也算得最大的安慰了。

经过连续的追击和战斗，战士们都很累了，也就抓紧这短暂时间，坐在大树下吃干粮、抽烟、聊天、擦拭武器，挨赶命令值星排长道："派出几人警戒，其余的同志全都休息，两小时后，再行动。"所以，虽然树上的茶妹很希望这些汉人快快离开这里，这些战士却迟迟不走。人多，性格不一，有的抱着枪坐在大树下闭目养神，有的却打起了扑克。有个年轻战士坐不住，像找什么东西似的，端着枪在茶妹的树下转来转去。急得茶妹全身都沁出了汗，真怕这个汉人会发现她，一刺刀捅上来。偏偏这时候，又有一只红嘴蓝羽毛的翠鸟飞来，停在离茶妹不远的树梢上，不知趣地对着树下那些人唧唧直叫，好像是说：你们看哪！这树上躲着一个人哪！气得小茶妹心里直骂："你这讨厌的小东西，等下看我用弩弓收拾你！……"

翠鸟的美丽羽毛和那悦耳的叫声，果然引起了战士们的注意，好几个战士也走过来，蛮有兴趣地看着这只叫得正欢的翠鸟。刚才那个转来转去的战士端起了枪，开玩笑地说："看我一枪把它打下来。"

"你只要不怕违反纪律，你就打吧！"有人批评他。

"我偏要打。"那战士故意端着枪，摆出了瞄准要放的姿势。

茶妹不懂汉语，当然不晓得这是战士们在开玩笑，她见那乌黑的枪口朝着自己，以为是发现了她，要打她呢！她吓得哇的一声哭了起来。

"树上有人！"战士们一下就围了上来，有人把枪栓拉得咔嚓咔嚓直响，大喊："快下来。再不下来，我们要开枪了。"

茶妹吓得全身软瘫，再也抱不住树干了，像折了翅膀的小鸟一样，一个筋斗就翻了下来，幸好挨赶眼捷手快，跳块一伸手就接住了她。

挨赶从前曾在许多民族地区赶过马，打过游击，就试着用哈尼话、瑶族话、拉祜话轻声劝慰茶妹不要怕。开头茶妹只是低声呜咽，后来听见挨赶用拉祜话说："阿尼玛[1]，不要怕，我们不会欺侮你……"她却抬起晶莹泪眼扫了挨赶一眼，奇怪这个人怎么会说她们的话？

一直到现在，我们还没有搞清楚苦聪人和拉祜族人的历史关系，苦聪人深藏在老林里许久许久了，他们所在的地方，又和拉祜族人聚居的澜沧江两岸相隔无数山岭和江河。但是，他们的语言却是这么相近，这是为什么？这只有留

[1] 阿尼玛：拉祜话，意即小姑娘。

待历史学家去研究了。但是，在这个时候，亲切的语言却最能缩短人们感情上的距离，消除互相之间的隔阂了。茶妹听懂了挨赶的话，似信非信地把小嘴唇咬得紧紧的。但，却没有刚才那样害怕了。

挨赶又问她："阿尼玛，你是哪个寨子的？怎么跑到这里来了？"

茶妹把头低得埋进了胸前，也不回答。心里却暗暗在想：你问这个干什么？不告诉你，不告诉你，我不会让你们知道我们家的小窝棚在哪里，阿爸早就说过了，对外边的人什么也别说……

挨赶见茶妹一身毛茸茸的兽皮衣裙，突然想起来了可能是那深藏在老林的苦聪人吧？就说："阿尼玛，你是苦聪人吧！"

茶妹惊愕地抬起了头，望着挨赶那和善的脸孔，心想，咦！他怎么知道我是苦聪人？就老实地点点头。

挨赶没想到会在这个时候遇见这样一个苦聪小姑娘，他突然变得激动起来了，紧紧抱住小茶妹，问道："阿尼玛，你怎么一个人？你的爸妈呢？……"

小茶妹像许多聪明的小女孩一样，有一种独特的、敏锐的观察力，她立即感觉到了这是个心地善良、对她们有感情的好人，你看，他把他对别人的关心都从激动中表露出来了。茶妹暗暗喜欢这个人了。她低声说道："我是出来换东西。"

"唉！仗打得这么紧，怎么叫一个小女孩乱跑。"挨赶担心地说。他哪里知道，苦聪人居住在老林深处，根本不知道外边天翻地覆的变化。他见茶妹两只明亮的大眼睛一闪一闪的，怪逗人喜欢，不禁赞叹地说道："这么小就会出来换东西了，不简单。东西呢？"

那几个年轻战士早把散了一地的盐巴、砍刀等东西都收进背篓里，这时，急忙交还给茶妹。还笑着问她说："点点看，可少了什么？"

茶妹抱着藤背篓出神地望着这些人，心想，他们是干什么的呢？怎么刚才杀那几个穿黄衣服的汉人那么凶，如今，对我又这么好呢？你看，他们还笑，是真心诚意的笑，不是假装的呢！

这支部队来自长江以北的老战士多，很多人是初次来到边疆，那风俗、语言和服装都不一样的兄弟民族，那在波涛间出没的小独木舟，那响着混浊项铃的牛帮、马帮，那淹没在云雾深处的山寨、竹林、芭蕉林、大箐树，都使他们感到新鲜。像小茶妹这样全身裹着兽皮的人，他们更是感到稀罕。除了站岗放哨的人以外，全都围了上来，好奇地问这问那，想搞清楚，这小姑娘怎么会穿兽皮？怎么上了大树？……年轻人活泼调皮，爱问，爱闹，有的还问得很古怪。

茶妹在老林里，除了和阿爸、阿哥在一起外，很少与其他陌生人来往，更没有遇见过这种被别人围在当中左问右问的事，窘得只是低垂着眼，紧闭着嘴不作声。战士们问得紧了，她不知所措，却孩子气地哇的一声哭了起来。

战士们不怕枪响炮轰，却最怕小孩哭闹，吓得没有了主意，一哄而散地跑开了。挨赶副营长故作生气地喝道："看你们搞的，把小姑娘吓着了。你们不怕破坏军民关系，违犯纪律吗！"

战士们离得远远地笑着嚷着道："检讨，检讨，我们检讨。副营长，你好好哄住她，别哭了。"

挨赶把茶妹抱在怀里，拍哄她："好啰！好啰！别哭了，别哭了，不要怕，他们是逗你玩的。"他还故意抡起拳头对着那些战士："不准你们过来了。"

这声音，这神态，叫小茶妹好熟悉，感到舒服极了。呵！对了，阿爸也是常常这样爱怜地拍哄自己呢！要不是怕那些战士又围上来，她真想闭上眼好好睡一小会呢！人有点累，也有点饿了！

挨赶好像猜到了她的思想，说："阿尼玛，你饿了吧？"

茶妹老实地点点头。

挨赶马上大喊道："快，给这小姑娘拿点吃的来。"

马上有个战士从干粮袋里倒出了一大把炒面给茶妹。

茶妹呆呆望着这像黄土一样的东西不作声。后来挨赶抓了把在嘴里吃给她看，她也就接过来尝了尝。哦！好香，比苞谷花还香呢！茶妹早就饿了，就忘了一切地大口大口吃起来。

战士们见她吃得满嘴满脸都是炒面，感到又有趣又同情。有的塞过来一块饼子，有的塞过来一块锅巴或者冷饭团，希望她吃得好些、饱些。这并不是什么高贵东西，只不过是战士们在艰苦的行军途中，匆促携带的一点干粮。但是，对从小生活在老林里的茶妹来说，都是又香又甜的好食品。她更吃得津津有味了。

挨赶副营长觉得这么逗人喜欢的一个小姑娘，却身披兽皮，身上一根纱也没有，看了怪可怜的，就从挎包里拿了一件旧军衣给茶妹披上，说："小姑娘，送给你。"

茶妹眼睛瞪得大大的，好像是问：你给我这么贵重的东西干什么？挨赶说：

"送给你。"旁边那几个战士也帮着说："送给你，送给你。"茶妹感激地笑了。这又柔软又轻便的布衣服，对于苦聪人来说，是多么难得呵！她只是在美丽的传说中听说过，今天，这些汉人却慷慨地送她吃、送她穿，这多么好呵！茶妹用力揉了揉眼睛，真怕是在梦境里……就在这时候，附近响了几枪。哨兵跑来报告，有残匪在附近林子里。挨赶一跃而起，大喊道："值星排长，集合部队！"部队纷纷跃出林中，向有敌情处冲去。临行前挨赶副营长很不放心这孤零零的小女孩留在这里，抚摸着茶妹那蓬乱的头发说："阿尼玛，你有家吗？跟我们走吧！"

一听说要带她走，茶妹又着急了，她指着老林深处说："我要回去找阿爸、阿哥！"

原始老林墨绿深邃，一眼望去，只见尽是大树和古藤，连路都没有一条，叫人真不敢相信这里边还会有人生活。但是，小茶妹执意要回去，匆忙中，挨赶副营长只好叫战士又给茶妹留下了一小袋炒面、一些吃食，亲切地对她说："这袋炒面送给你爸爸和哥哥吃吧！你们住在哪里？以后我们好再去看望你们。"

茶妹如今不是不想把自己窝棚的方位告给这好心人，而是连她也说不清自己家的小窝棚在哪里，森林茫无边际，没有路，也没个街巷，要想去么，只能凭着记忆，在大树、藤条、山谷间慢慢找，她只能把小手往森林里指了又指。

挨赶又同情地望了望披兽皮的小茶妹，望了望那深邃的大森林，心里默默想着："受难的苦聪兄弟！等我们消灭了土匪，一定要来帮助你们离开这老林！"

部队走了。

茶妹还木然地立在那里，一直等到战士们走远了，森林又恢复了寂静，她还陷在惆怅的沉思中。这时候，她才有些后悔，自己为什么那样胆小害羞呢？一句亲热的话、一句感激的话也没有说，连人家的名字也没有问。要是阿爸今天在就好了，他会用砍刀砍开一条路，把他们请到老林深处的窝棚里，像接待老朋友一样，用苦聪人最隆重的礼节来欢迎他们，请他们喝酸酸的果子酒，吃熊掌和野猪肉……

她看了看背篓里的盐巴和砍刀等东西，一点都没有散失；又看了看身上那件草绿色的布衣服，这衣衫又长又宽大，像件长袍似的一直拖到她的膝盖以下，虽然没有刚才那位哈尼大嫂的花衣衫漂亮，茶妹却十分喜欢。苦聪人能穿上这样柔软布衣衫的人，在她的印象中还没有呢！这件衣衫阿哥穿了一定合适，就送给他吧！他是那样想念过去在老林外穿布衣衫时的生活，常常会一个人伤心落泪。小茶妹太喜欢她阿哥了，阿哥对她很好，很关心。打猎打到马鹿，总是把最嫩的肉先烤给她吃，最好、最柔软的皮子，也先给她做裙子。她正愁没有礼物送给阿哥，如今有了砍刀，还有这件布衣服，一定会让阿哥高兴得把一切愁闷都忘了。

茶妹想：她将来再和别的苦聪小姐妹聚在一起时，她们听了她这一段到老林边上换东西的经历，一定会真心诚意地佩服她！选她做小姑娘的头，由她来领头点苞谷，唱歌跳舞……

茶妹摸了摸衣服，觉得衣服兜里有个东西，掏出来一看，是个红色的五角星。茶妹觉得这东西很精巧、美丽，比山林中的山楂果还要红，还要好看。茶妹记起来了，刚才那些人的帽子上，都缀有这么一个红星。她记得，从前她曾在枝叶稀疏的林间，仰望过繁星满天的夜空。那闪烁的星星好美呵！阿爸说，星星是天上神仙的眼睛，大地上的一切她们都看得清清楚楚。他们难道是带着星星从天上飞下来的么？难怪他们一眼就看清了自己躲在树上。茶妹把红五角星摸了又摸，看了又看，见有个角上的针眼断了，这也许就是那个好汉人，从帽子上取下来放在衣服兜里的原因吧！

在原始森林里，苦聪姑娘没有金耳环，也没有银项链，她们只会摘些野花插在头发上，割些油黑发亮的藤条制成手镯、编成项圈。茶妹以为：这红星也是那些和善可亲的汉人的装饰品。她怀念那些好汉人，也对这红五星产生了深厚的感情。她割下了一束头发，顺手编了条细长的链子和一个小网袋裹住这红五角星，像项链一样挂在脖子下边。然后她才高高兴兴背起背篓，哼着只有她才听得懂的调子，准备回家了。

原始老林中的黄昏特别短暂，太阳一偏西，天就黑了。本来就是阴暗的树林，很快就漆黑一团。大树、藤条和竹林，在黑暗中都仿佛变成了披头散发的怪物，化成盘旋飞舞的长蛇。白天潜伏在洞穴中的大大小小野兽，也嘶鸣着、咆哮着窜出来了，眼睛里闪射着绿光，像无数对大小灯笼，在这茫茫老林中晃动；那些依附在千年古树的绿色磷火，更是使人感到阴森可怕……

茶妹虽然是在原始老林里长大的，但是，从前都是跟随阿爸阿哥在篝火旁，在周围设了荆棘和栅栏的窝棚里度过的，她从来没有一个人在黑黝黝的林子里乱闯过呢！如今，她才感到老林夜晚的阴森恐怖。心里一急，摸错了方向，她还不知道……

四

茶妹走了后，躺在窝棚里的白老大和白鲁开始还不怎么样，过了一段时间，听到远处野兽的叫声，他们逐渐不安了。茶妹虽然能干，终究还是个十一二岁的小女孩呀！他们望着从枝叶缝中射进来的阳光，慢慢变得微弱了、黯淡了，然后是黑夜来临了，茶妹还没回来。在原始老林里，黑夜常常和恐怖、死亡紧紧联系在一起。他们很多亲人，就是在黑夜中丧命的。白老大父子俩焦急地你望望我，我望望你，谁也不说话，怕会增加对方的焦虑。白鲁在暗暗责怪自己：唉！没有盐巴吃，就忍着点嘛！多少没油没盐的日子都熬过来了，为什么不能等自己病好了再去换东西？……

黑夜来临了，风狂吼着滚来滚去，像要把这原始老林从地上旋起来撕裂开似的，森林嘶喊着，挣扎着，发出了可怕的哀鸣和呼啸。白鲁像有人用鞭子抽他一样，惶惑，痛苦。他心中暗暗祈祷："老天，你快让我家小茶妹回来吧！千万别出事呵！……"

白老大的心比白鲁还乱，他越是怕想从前那些恐怖的事，那些他亲眼见过、听过的事，偏偏像潮水似的涌进他记忆中来。若是小茶妹有个不幸，那怎么办呵？他心烦意乱地发出了一声声呻吟和叹息。

白鲁再也坐不住了，他对白老大说："阿爸，茶妹人小贪玩，可能在别个窝棚里碰见她的小姐妹了，我去把她找回来。"

白老大虽然很想念茶妹，但是，白鲁要远走他也不放心。他说："天黑了。这么大的一个老林，你往哪里去找她？你病又没有好，可走得动？路上遇见豹子和老虎可打得赢？算了，等天明了找毕摩打个卦，问个吉凶……"

白鲁非常讨厌那个只会装神弄鬼的毕摩，他轻蔑地撇了撇嘴："毕摩只会胀饭，啃野猪肉。我问过他好多次事了，他没有说准一回。"

白老大想：毕摩是代表神明的，白鲁不该这样嘲弄人家。就说："你要对他恭敬，他才会显示法力。"白鲁也不多争论，只笑了笑，就背上一张弩弓，拿了一根梭镖走了。临走，他又安慰了白老大几句，"阿爸，你安心在家里，不要急。守住火塘多加些柴，把火烧旺些，我和阿妹好就着火光找回来。"

白老大这时心乱如麻，只是木然地点点头。

　　在原始老林中，火就是苦聪人的命根子，他们没有衣被，春夏秋冬只有依靠火来取暖；他们除了梭镖和弩弓这些原始的武器外，没有火药枪，也只能依靠火来抵御兽群的袭击。见了火，再凶猛的野兽也会审得远远的。如果火堆不慎熄灭，凶猛的野兽就会扑来。特别是那些野猪，有时却会几十条、几百条像一阵旋风似的拥上来，在刹那间把窝棚踩倒、踏平，把人踩成肉酱。所以，苦聪人很懂得：保护好火，就能保护好生命。他们外出的时候，总要留一个人在家看守火堆。因为，在老林里没有火柴、火镰之类的引火物，如果火熄灭了，那就很难找到火种。

　　白鲁懂得黑夜在老林中走动的危险。他背了一捆竹篾，先点燃了一根。这样不仅可以照亮道路，驱赶野兽，还可以使茶妹在远处见了火把的亮光，向他靠拢。

　　他拿着火把，一路上不断地打着呼哨。火光和呼叫声，吓得巢里的鸟儿都扑闪着翅膀乱飞，野兽也惊慌地向远处奔逃。他顺着过去常去老林边沿上换东西的那个方向走好一段路，竹篾都烧光了，嗓子都喊哑了，还不见茶妹的回音。没有火把，再乱闯下去就会有危险。他赶紧爬上一棵大树，极为熟练地用藤条和树枝做了张简陋的软床，像鸟儿一样蜷缩着睡下了。

　　风停了，气温骤然下降。由北向南的冷空气，给树叶涂上了一层冰凉的露水，白鲁在树上，就像掉进了冰窖里，冻得一夜都睡不着，好不容易熬到天亮，才敢跳下地来走动。当他快走近老林边沿上时，忽然听见附近树丛中有豹子的嘶叫声和人的惊恐求救声。他急忙奔了过去，见一个系着红头巾的瑶族姑娘正被一条豹子追着乱咬，幸好那豹子不大，姑娘又还勇敢，挥着半截短树，遮拦着那条又纵又跳的豹子……

　　他悄悄闪到了一棵大树后边，扳开强硬的弩弓，大喊了一声："不要怕，我来了。"那豹子听见喊声，反身张开血盆大口就向他扑来。但未到跟前，已一箭射进那只豹子的咽喉深处，豹子连吼一声都来不及，就紧咬着竹箭，倒下去了。

　　这瑶族姑娘名叫阿兰，就是那个瑶族猎人的女儿。当匪徒窜进她们瑶家村寨又烧又杀时，她吓得直往老林里跑。老父亲没找到，迷了路，又遇见了豹子。这时，她还处于极度紧张中，以为是她要找的老父亲来救她了呢！阿兰惊愕地朝着树丛中大喊："阿爸……"

　　当她看到是个身裹兽皮的汉子出现在面前时，又害怕了，她双手紧抱住前胸往后退着，连声问："你是哪个？你是哪个？"

　　白鲁和善地微笑："苦聪人。"

　　"哦！"阿兰这才放心了。她虽然没见过苦聪人，在老林边上，却时常听到有关苦聪人的传说，特别是她阿爸常常进老林来打猎，和苦聪人换东西。阿兰靠着一棵大树，喘息了一会儿，又恢复了平日的妩媚神态，她感激地对白鲁笑了笑："苦聪阿哥，多谢你救了我。"

　　白鲁见她手臂有被抓伤的血痕，又到附近找了一些草药，揉碎了给她敷上。

　　敷了药，伤口没有那么痛了，更使阿兰感到这苦聪汉子和善可亲，又说了许多道谢的话。

　　他们虽然是初次见面，患难中很快就成了好朋友。白鲁以老林里的主人的身份，给瑶族姑娘摘来了红得像玛瑙一样的多依果、甜得像蜂蜜一样的树菠萝。这些野果有酸有甜，是姑娘们最喜欢吃的东西了。

　　阿兰告诉白鲁，她父亲是前天进老林来打猎的，问白鲁可曾看见？

　　白鲁说没看见。他告诉阿兰：他住在老林里，他走到老林边是为了找小茶妹，她昨天出来换东西没有回去……

　　他们边走边谈，说说笑笑。有了伴，阿兰对这密荫的大森林也不感到恐怖了，白鲁也觉得森林有了生气，不那么枯燥了。他们除了找自己的父亲、自己妹妹外，好像还在找什么东西，不过谁也没有说出来，只是慢慢地愉快走着。白鲁怕会撞上猛兽，也就不敢麻痹，还时时停下来注意周围动静，走着，走着，忽然听见远处有沉重的脚步声，还有砍树开路的刀斧声。白鲁耳尖，一下就听出了是一大伙人，他低声对阿兰说："有人来了，快上树！"

　　白鲁先把瑶族姑娘送上树，自己也跟着爬上去，两人就在枝叶丛中躲了起来。

　　过了一会儿，只见二三十个背枪的残匪和土司兵，顺着瑶族姑娘一路上踩出来的脚印奔了过来。

　　阿兰认得，就是这伙人在她们寨子里又烧又杀，把她攥进了老林。白鲁见了这些人，也是又惊又恨。他见匪徒当中不仅有残匪兵，还夹杂着几个头上缠着白布巾的傣族土司兵。这就更增加了他的仇恨。可惜自己人少势孤，不然，他真想冲下去杀死他们几个。但，他还是悄悄端起弩弓瞄准了最近的一个匪兵……

　　这是一伙被解放军打散了的残匪和土司兵，正由一个小头目领着，茫无目的地在林子里瞎摸，瞎撞。

　　匪徒们走到这附近，看见小树杂草被踩得一片狼藉，还躺着一只被竹箭射死的小豹子，都大吃一惊，不知是怎么一回事？

　　土司兵比残匪熟悉山区情况，一个叫岩甲的说："不是瑶家人、哈尼人，就是老林里的苦聪人干的。打翻了的野兽，都还没有抬走呢！人，一定还在附近，快搜！"

　　残匪兵当中有人懒洋洋地说："搜他们干什么？我们走我们的路！"

　　岩甲说："解放军在到处搜我们，可是要让他们去向解放军报信？"

　　匪徒们这才四散在周围搜查开了。

　　白鲁怕他们搜到树上来，扳开弩弓准备先下手，也怪他仇恨心太切了，弓弦拉得太紧，咔嚓一声，弦断了。一个匪兵发现树上有动静，立即一梭子冲锋枪扫了过去，一颗子弹从白鲁肩上擦过去，他痛得哼了一声，一个筋斗就翻了下来。

　　子弹嗖嗖地在阿兰上下左右乱飞，这年轻的瑶家姑娘哪里遇见过这种场面，吓得魂飞魄散，也惊叫一声摔下来了。幸好老林里多年来积满了落叶，土质松软，他们两个才没有摔伤。

　　匪徒们见是一男一女，男的全身兽皮毛茸茸的，女的却头系红巾，美丽娟好。不禁又诧异，又高兴。

　　一个为首的匪徒不怀好意地说："干掉这男的，女的我们留着。"说着就举起枪对准白鲁。

　　一个土司兵走过去，推开那匪兵的枪说："不行，都留着。"

　　那匪兵说："怎么了？"

　　土司兵说："我们这样在老林里瞎撞，怎么行，总得有个人带路呀！你别看见女人就色眯眯地把一切都忘了，还是命要紧！"

　　那些残匪兵这些天在深密老林里乱拱乱钻，被蚊子叮、毒蛇追、野兽撵，吃尽了苦头，真想找一个熟悉老林的人把他们带到一个可以暂时安身、又可以躲避解放军搜捕的地方。这时候，也就十分同意那土司兵的主意，乱哄哄地嚷着："好，好，留住这个野人！"

　　那些想打瑶族姑娘坏主意的匪兵，这时候，也只好暂时咽下口水，但，那一双双贼眼却不住地盯着阿兰那秀丽的脸庞，看得阿兰又气又羞。

一个匪兵把白鲁扯了起来，说："汉子，你是哪个寨子的？给我们带路好么？"

白鲁肩头的枪伤还流着血。他咬着牙，也不作声。

那个土司兵想笼络白鲁，塞给他一块红糖，他也不去接。

匪兵们觉得这野人不识抬举，就推推搡搡地强迫白鲁往前边走。

白鲁很缓慢地挪动脚步，心里却在盘算该怎么对付这些坏家伙。

老林的树木都是长在起伏的山坡上，也就时时要爬山，时时要下坡。当他们走近一座悬崖时，白鲁突然回身一拳，打倒了在身后监视他的那个匪徒，然后，一抱头滚往坡下。

匪徒们骂着、嚷着，乱打了一阵枪后，只好押着阿兰继续在树林里乱拱。

白鲁滚下坡后，受伤很重，昏死了过去。也不知道过了多长时间，他依靠健壮的体力和大地给予他的生命力，慢慢苏醒了过来。幸好这附近的大野兽，都被刚才的枪声吓走了，不然，他这条命也难保住。他痛苦地呻吟着。只觉得老林更黑了，那些藤条、大树都像浮在水面上似的，不断在他眼前摇晃。他觉得身上疼痛难忍，恶心想吐……

五

这一夜是多么难熬呵！白老大孤单单地守在火塘边上。那颗做父亲的心，像被烈火烧灼着一样时时作痛。天亮了，白鲁和茶妹还没回来，他在小窝棚里再也待不住了，不顾火塘有熄灭的危险，抓了一根栗木梭镖，拖着病弱的身子，出去寻找茶妹和白鲁。

白老大朝着经常去换取东西的那个方向找去。他一路上打着呼哨，大声喊叫，希望茶妹和白鲁能听到他的喊声。但是，除了森林和山谷的低沉回声外，什么动静也没有，连一个苦聪人的影子也没看见。白老大心急如焚。他想：茶妹年岁小，可能碰见危险；白鲁是个有经验的汉子了，难道也会被虎狼吃掉？天哪！难道苦聪人的命运，都注定不是冻死、饿死，就得被野兽咬死？

白老大病后本来身体虚弱。这时候，为了儿女们的事，把头都急昏了。他像个被巨石压弯了腰的老人，低垂着头，踉踉跄跄，在树林里深一脚浅一脚乱闯着。方向摸错了，他也没发觉……

白老大走着，走着，忽然听到附近有个人失魂落魄地大喊："救命哪！救命哪！"

听声音不像是白鲁的，更不像是茶妹了。但是，白老大还是三步当作两步奔了过去。在老林里，如果遇到人与兽搏斗时，人们总是不顾一切赶忙去救人。不过，这次白老大却错了，那呼救的却是个比野兽还不如的坏家伙！

在一座桑树林里，有个人被一只大黑熊扑倒了。那是一个和大伙走散、迷了路的残匪兵。当他心慌意乱地闯到这里时，见一只大黑熊正双足人立起来摘树上的果子吃，胸前那条长长的白斑，就像一串美丽的项链，十分惹人注目。这残匪兵，又冷又饿，很想弄块熊皮遮风挡雨，弄些熊肉、熊掌烤来吃。他不懂要事先找棵大树作掩护，自以为枪支好，趋近前端起枪就想打。哪知黑熊嗅到人气，还没等他走近，大吼一声就扑了过来。那个残匪兵手一抖，一枪打偏了，老熊没打着，反而被老熊抓翻了，压在地上。这匪兵尽管自知难以活命了，还是拼命躲闪，奋力挣扎，大声呼救……

白老大一个箭步冲了过去，使尽平生力气，一梭镖从老熊屁股捅了进去，痛得老熊雷轰似的狂吼了一声，跳起来向白老大扑了过来。白老大往旁边一闪，肩膀被撕破了一大片。他这时候也顾不了疼痛，趁着老熊倒下去乱滚乱拱时，抓起匪徒掉在地上的那支上了刺刀的步枪，对准黑熊头部一阵乱捅。这只老黑熊又吼又滚，折腾了一会儿，也就咽气了。

这时候，白老大才看清楚，被他从老黑熊爪子下救出来的，却是个汉人。他心里立即产生了一种厌恶和仇恨的情绪。这人，不是和当年在土司府门口抢他东西，用枪托打他的那些匪兵一样么！奇怪，他怎么也进老林来了？白鲁和茶妹没有回来，是不是被他害了？白老大有些后悔，不该把这个坏蛋从老熊身下救出来……

这匪兵见白老大穿着一身毛茸茸的兽皮，开始是吃了一惊，后来想起来了，这可能就是那些在老林的野人。他不但不感谢救命之恩，反而摆出了一副臭架子，大模大样地命令道："过来！"

白老大厌恶地不理睬他。

匪兵抓起那支枪一拐一瘸地走了过来，连说带比画的，要白老大把这只熊的皮剥下来。

白老大懒得和这匪兵啰唆，转过身来想走。

匪兵见这披一身兽皮的"野人"竟敢不听他的话，扳动枪栓，比画着要打白老大。

白老大气昏了，想不到自己拼死拼活救出来的原来是这么一只凶恶的豺狼，他不顾被抓伤的肩膀还在淌血，一拳打过去，把匪徒手里的枪打飞了。他们两人就抱在一起扭打起来。

他们正打得难解难分，突然，从大树后边走过来一个人。他略为看了一下，一句话也不说，就举起手里的明火枪，向匪兵头上狠狠敲了一下。

白老大抬头一看，站在面前的是一个扎着红布头巾，身上穿着一套黑色衣裤，两鬓斑白，风霜满脸，神色刚强而和善的瑶家人。他正想说声感谢的话，只觉得伤口一阵剧痛，昏过去了。

原来，瑶族猎人昨天在老林边沿听见枪炮声，遇见解放军和残匪厮杀，吓得没敢回家，慌不择路往老林深处躲。昨天晚上，他在枯树洞里过了一夜。今天想找路回去，转悠到这地方，远远听见有熊吼，有人喊救命。他急忙赶来救人。出乎意外，老熊被打死了，眼面前是匪兵和一个苦聪人滚在地上厮打。瑶族猎人的到来，帮了白老大的忙。他蹲下来把白老大的头放在自己膝盖上，用葫芦里的酒，一点一点灌进白老大嘴里。过了一会儿，白老大呻吟着醒过来了。

瑶族猎人把白老大身子放平，示意他别作声，好好休息一下。他心里想，这苦聪人好老实呀！见了残匪兵怎么也不躲开？他掏出了一大把金创药，敷在白老大的伤口上。血虽然止住了，痛却止不了，白老大还是长一声、短一声地呻吟。

瑶族猎人无可奈何地摇了摇头："金创药都止不住痛，我也没法了。"

老猎人这句话提醒了白老大，使他想起了"鹿衔草"。他请瑶族猎人扶他起来，拄着梭镖，慢慢向大树底下走去。算他幸运，在不远处的潮湿草地上，有几束开着黄白色小花的鹿衔草。他全都拔了起来，嚼烂揉细，敷在自己伤口上，然后又回到瑶族猎人这边来，不声不响地躺下，等待药性起作用。

瑶族猎人也不管他，只是细心察看周围的动静，怕又有猛兽袭来。

过了好一会儿，白老大觉得伤口不那么疼痛了，仿佛有一股生命的暖流，从身体的最深处喷发出来，慢慢传遍了他的全身。白老大觉得有力气说话了，才呻吟着说了一句："瑶族大哥，多谢你！"

　　瑶族猎人知道这苦聪人是敷了草药才好过来的，极其佩服地说："你们苦聪人，真是又聪明，又经得住困苦煎熬。难怪你们能够在这阴暗潮湿的老林里活下来。"

　　白老大并没有因为这瑶族朋友的称赞而高兴，他叹息了一声："唉，老林里的日子难过得很呀！病人多，死人多，今年又是个饥荒年，砍点地种点苞谷，都给老熊和猴子糟蹋光了。人丁一年比一年减少，再过些日子，我们苦聪人怕要死绝了。"

　　瑶族猎人同情地安慰他："不怕，不怕。你们会找好草药嘛！"

　　白老大痛苦地叹息了一声："唉！鹿衔草只能敷治外伤，哪里能把我们从苦海里救出来。"他指了指昏暗的老林。"在这老林里，你多待一两天怕都受不了吧！我们可是在这里一代又一代不知住了多少年了。我们吃的是野山药、野兽肉，和又酸又涩的野果子。我们穿的是野兽皮，又厚又重。真是人不像人，野兽不像野兽，唉！"

　　瑶族猎人怕白老大太难过了，忙说："老阿哥，我们在外边日子也不好过呀！残匪和土司可恶得很，串起来欺压我们。"

　　白老大想起那年走出老林的遭遇，点头道："你我都是一样的受苦人哪！"

　　"正是这样，正是这样。"瑶族猎人连连点头。

　　白老大指着匪兵的尸体问："这汉人怎么进老林来了？"瑶族猎人说："不晓得。昨天，我在老林边上，看见好多好多汉人呢！"

　　"啊！"白老大惊慌地要爬起来，他以为又是要来收拾他们苦聪人了。

　　瑶族猎人忙把他按住："不要动、不要动。那些家伙不知拱到哪里去了，你还是先歇息吧！"

　　过去，瑶家人住在老林外边，苦聪人住在老林深处，除了偶尔在老林边上换点东西外，没有在一起谈过。今天，他们成了患难之交，就你一句我一句聊开了。他们相互诉说自己的苦难和辛酸，越说越投机，很快就成了知心朋友。

　　瑶族猎人是个豪爽的人，他摇了摇酒葫芦说："老阿哥，要不是今天碰见这个可恶的残匪，你我一辈子也难得见一次面呵。该快活快活才是。怎么样，割几块老熊肉下酒吧！"

　　白老大一天没吃东西，早就饿了，特别是这喷香的烧酒，更是引起了他强烈的食欲。在老林里，他们苦聪人只能用山楂和野果酿点酸酒喝，哪里能喝到这么好的糯米酒呢！

他们抱来干枯的树枝，烧起一堆大火，搭起个三脚架，把熊肉挂在火上烤着，一会儿就把肉烤得焦黄喷香。熊肉又肥又厚，大团大团的熊油滴在火上，燃起了一团团蓝色的火焰。连那堆火，也变得喷香喷香的了。

他们大块嚼着肉，大口喝着酒。美中不足的是，少点盐巴和辣子当佐料。白老大在老林里三天缺盐、两天缺油，倒吃惯了淡食，瑶族猎人却有些不习惯。他惋惜地说："可惜，我带的盐巴，昨天在老林边上都换给一个小姑娘了。不然，熊肉沾盐巴更好吃呢！"

白老大赶紧问："那小姑娘是什么样子？"

瑶族猎人笑道："你们苦聪人换东西的方式那么特别，我们哪里见得到她。不过听那声音，可是个聪明能干的小姑娘。"他接着又讲起了昨天和茶妹换东西的经过。白老大听了，高兴地说："是她，就是我家小茶妹了。"

瑶族猎人没想到昨天遇见的小姑娘，正是白老大的女儿，不禁哈哈大笑了起来，说："老阿哥，你有这么聪明伶俐的女儿，真是你的福气。她能干得很，出不了什么事。"他说，当他听到枪声转身跑回老林，走过换东西的地方时，茶妹已不见，可能是早回到老林深处了。

白老大听了瑶族猎人的话才慢慢放下心来，又大口大口地喝酒吃肉了。

等到茶妹在远处闻到烤肉的香味寻找过来时，白老大和瑶族猎人已酒醉肉饱，无所不谈了。这两个老头亲热得像一对相识多年的老朋友，你拍着我的肩，我搂着你的腰，唠唠叨叨地互相敬酒，递烤熊肉："吃，吃，老阿哥，这一块肉不吃了，我会生气……"

其实，他们饱得直打嗝，谁也吃不下了。

茶妹开初听见这边有人声，不敢贸然过来，藏在附近树上望着，听着，当她听真了是阿爸的声音时，才像只小蝴蝶似的飞进了白老大怀里，撒娇地嚷着："阿爸，你们好快活，你们吃肉喝酒，也不喊喊我……"

这可把白老大高兴得心都发颤了，虽然只分别了两个夜晚，白老大像好几年没见到小女儿一样，他也不管满嘴都是熊油，搂着小茶妹，在她额头上、眼睛上亲了又亲，嘴里喃喃地说："茶妹，我的心肝小女儿，你这两天跑到哪里去了？唉，唉！真把你阿爸想死了。好、好，你真是个又聪明又能干的小鸟儿，总算又飞回你阿爸怀里来了。你阿哥呢？……"

"阿哥？我没有见着呀！"茶妹到了现在才知道，为了她这次远出，给家里带来了多少苦恼和不安呀！她接着就把怎么遇见哈尼大嫂、瑶族猎人换了东西，怎么看见解放军和残匪打仗，又怎么在慌乱中迷了路，在大树上过了一夜的事简单说了一遍。她见瑶家人在旁边，就没有说解放军给她衣服和炒面的事，她准备回到小窝棚后突然把这些珍贵的东西拿出来，让阿爸和阿哥惊异一番。

白老大见小茶妹平安无事，也就不再担心白鲁的下落了，总以为他是个强壮的男子汉，更不会有什么意外。他笑着对茶妹说："我出来找你们，差一点被老熊和坏人弄死了……"

茶妹见白老大肩上被抓伤的血痕，眼泪就扑簌簌滚了出来。

"不要哭，不要哭。我敷了鹿衔草，不痛了。这要感谢瑶家邓大爹，是他赶来打死这坏家伙才救了我。"

茶妹认出了这就是昨天用盐巴跟他换东西的那个瑶家人。她抹干了眼泪，高兴地嚷着："我认得你，瑶家大爹。你是个心肠最好、最好的人！"

瑶族猎人笑了："小姑娘，你真会说话。穷苦人嘛，哪能像土司那样心肠狠。"

瑶族猎人抓起了两块烤得焦黄焦黄的熊肉递给茶妹："吃吧！今天，算我和你阿爸一起请你这个聪明能干的小娃！"

茶妹敲了一小块盐巴撒在熊肉上，殷勤地送到瑶族猎人和白老大手里："大爹，阿爸，再吃点。"

盐味提鲜，烤熊肉真的好吃多了。他们三个人又放怀大嚼起来。

肉吃够了，酒喝完了，两个老人都醉意盎然，也是该分手的时候了。白老大除了拿点熊肉外，坚持要瑶族猎人把熊皮、熊掌、熊胆、熊肉都拿走。他恳切地说："我们在老林里不稀罕这些，你们在外边来一次不容易。"

瑶族猎人推脱不过，只好全都带走了。

临行前，白老大说："老兄弟，你要是不嫌弃我们，请常来做客吧！我请你吃麂子肉，吃香菇，吃我们苦聪人做的松软香甜的苞谷饭。"

瑶族猎人带着醉意哈哈大笑："说哪里话，我敢嫌弃你们？不过，你们苦聪人比猿猴还好动，人家说你们芭蕉叶一黄就搬家，今天这里，明天那里。老林这么大，叫我到哪里去找你们呀？"

白老大也笑了："有马鹿就有它吃水的塘，有苦聪人也就有砍出的路。老林再深再大，老兄弟，只要你心诚情意厚，哪有找不到的事。"

瑶族猎人把头摇了又摇："难呀！难呀！你没有听见外边的人说：要想找到你们苦聪人，那比打一千只马鹿，比挖一万只地老鼠还难呢！老阿哥，外边那么乱，土司和残匪那么恶，将来在坝子里实在没法活了，我也只有进老林来投靠你们。"

白老大相信瑶族猎人说的是真心话。他抬头一看，见那边树上有只松鼠，正拖着肥大的尾巴窜来窜去。他向茶妹作了个手势。茶妹也没有起身，蹲在那里，一弩箭就把松鼠打了下来。这么灵巧，这么准确的箭法，喜得瑶族猎人眉开眼笑地把茶妹搂过来，赞不绝口地说："好哇，好哇，好个心灵手巧的小茶妹。你这手高招，叫我老头子都佩服三分。"

茶妹不习惯别人夸奖她，害羞得脸都红了，也不说话，只是咯咯地笑着。

白老大也很得意，他说："老林里的娃娃，不学点本事，咋个防身？不瞒你说，我们家平日的肉食，多靠她找来呢！"

"好，好，真是能干得很。我家姑娘阿兰，见了她也一定会喜欢。"瑶族猎人还是赞不绝口。

白老大把松鼠尾巴割下来，钉在一棵树杆上，比画着："我们苦聪人，各个部落有各个部落指路的标志。我们这个部落用松鼠尾巴指路。你只要朝着松鼠尾巴指引的方向，就找得到我们了。"

"以后，我再进老林来打猎，一定来看望你们。我会带火药和火石给你们，还要带我们瑶家人酿的陈年好酒给你老兄喝。那个酒呀，又香又可口，倒进碗里漾起一圈酒花，好漂亮。三碗下肚，就会叫人像躺在云彩上一样飘起来……"

"多谢，多谢！"白老大舐着舌头，犹有余味，"你这个酒就够好了。"他想起什么，又严肃地说："老兄弟，你心地好。你来我们窝棚做客，我们欢欢喜喜拍着手，唱着歌迎接你。不过，我也求你，千万不要带别的人进老林来，更不要把汉人和土司兵引进来。"

"我晓得，我晓得。"瑶族猎人懂得这苦聪老人的顾虑。他听说，有一年高山上的苗、瑶暴动，反动政府会同土司府派兵来围剿，在混战中，有个土司兵被打散了，在大山里乱窜，迷了路，进了老林，苦聪人好心收留他。哪晓得这家伙出去后，却把进老林的路，告诉了土司老爷。土司为了抢掠苦聪人的兽皮和药材，就派兵进来，大抢了一番……从此，苦聪人世代相戒，再也不和老林外的人交朋友了。

为了使白老大放心，瑶族猎人郑重地把一支竹箭一掰两断，指天起誓道："山林之神在上，我瑶家老邓要是做了对不起苦聪兄弟的事，像这支竹箭一样，断成两截，让豹子和老熊，把我撕得粉碎……"

白老大深深感动了，急忙拦住："兄弟，你说得太狠心了。"

他们喝完了葫芦里的最后一滴酒，带着微微醉意，也带着珍贵的友情，难分难舍地告别了。

瑶族猎人记挂着老林外边的村寨和亲人，不知道那些残匪兵可有殃及那里？走了一段路，他才想起只顾喝酒吃肉，也忘了摘把鹿衔草仔细看看。这种草药，说不定自己以后用得着呢？他想，将来有机会进老林时，再问白老大罢。

六

白老大父女俩没有从老路回窝棚，他们经过一条被藤条和树叶覆盖的小溪时，发现许多杂乱的脚印：有赤脚的，也有穿鞋的，还有马鹿仓促留下的蹄印。他们十分惊讶，谁到这里来了呢？不会是自己苦聪人，苦聪人哪里穿得起鞋呵？莫非是那些带枪带刀的汉人和土司兵？白老大紧张地抓着茶妹给他的那把长刀，茶妹也握着她阿爸的栗木梭镖，准备应付突然袭击。他们在大树后躲藏了一会儿，不见有什么动静，才慢慢走出来。他们估计那些人已经走远了。白老大想把土司兵进老林的方向搞清楚，好通知自己苦聪人躲避，就带着茶妹，轻手轻脚跟踪着。

水很清凉，大概这就是藤条江的源头了。在老林里，还是一条浅浅的小溪，常常被落叶淤积，流到老林外边，一路上汇集许多条小河，越流越宽，到了坝子里，就成了一条波浪翻滚的大河了。

溪边上，多是从树上垂下来的藤条和各种弯弯曲曲的怪树。白老大带着茶妹，弯着腰在小溪中间涉水上行。水浸过了茶妹的小腿，冰凉冰凉的，使她觉得十分舒服。岩石缝里，常有螃蟹听得水响爬出来追茶妹，惹得小茶妹咯咯大笑地乱跑，白老大就帮助她，一只只抓起来，塞进背篓里，准备回去煮了吃。

他们走着，走着，忽然听得附近林子里，有个人的痛苦呻吟声。茶妹耳尖，一下就喊了出来：

　　"阿哥！"

　　白鲁受伤后，找了一些草药敷在伤口上，但还是难以止痛，特别是口渴得厉害。他从母鹿那缠绵的叫唤，想起了这附近有条小溪，就挣扎着，跌跌撞撞地向这边走着，爬着……

　　白老大和茶妹赶过去，只见白鲁满身是血和泥污，眼窝深陷下去发着高烧，兽皮衣服撕得稀烂。

　　白老大和茶妹一边为白鲁揩掉身上的血和污泥，又去采来消炎止痛的鹿衔草，提神补气的凤尾参……才使白鲁从昏迷中苏醒过来。他们扶着白鲁一步一挨地向回走，幸好在中途遇见了几个苦聪人，帮着他们把白鲁抬回了小窝棚。

　　吃了药，喝了放有盐巴的肉汤，第二三天白鲁才神志清醒了一些。断断续续说了他被残匪兵、土司兵打伤的经过。

　　"这些喂老鸦的。汉人哪，没有一个好的！"白老大恨恨地骂着。他也把他怎么碰见残匪兵的事说给白鲁听。

　　茶妹可不懂了，汉人怎么没好的呢？我就碰见了好多好多顶好的汉人，他们还给了我衣服和炒面呢！她把那件军衣上装和炒面都拿了出来，绘声绘影地把那些身穿绿军衣的汉人怎么追杀那些穿黄衣服汉人的事，说了一遍。

　　这可把白老大和白鲁搞糊涂了，怎么汉人和汉人也打起来了？

　　茶妹又把那颗红五角星拿了出来，问白老大："阿爸，你从前在老林外边，可见过头上戴这种五角星的人？"

　　"没见过，没见过。"白老大说。心里却在盘算，外边一乱，这里离老林边边上近，更不能住了，等白鲁稍能走动，就往老林深处搬家吧！

　　夜里，茶妹裹着兽皮在火塘前睡着了。小茶妹迷迷糊糊的，觉得自己好像随风飘了起来，飘上了大树，飘出了老林，在一个平坦坦的坝子里落了下来。坝子前边有条大河，河里还有长尾巴的松鼠在游泳，还有像一片大树叶子的船在浮动，她又见到了那些送她炒面和衣服的汉人，他们亲切地向她招手："茶妹，你噘着嘴干什么？我们不是很好的朋友吗？过来，过来，让我们坐在这树叶子上，顺着这条河漂到天尽头去好吗？"茶妹不动，也不回答，只是抿着小嘴笑。那个汉人大官走了过来："茶妹，你不喜欢那阴暗潮湿的老林吧！来，我派人和你一起把那些大树都砍倒，给你们盖一座又高又宽敞的大窝棚。"茶妹还是笑着不回答。这时，那美丽善良的哈尼大嫂也过来了，一边走一边跳着舞。来到茶妹的面前，扑地一下，抖开了一件绣着山茶花的长裙，长裙上缀满了银饰，叮叮当当地响着，哈尼大嫂笑盈盈地她说："你不是想穿花裙子么，这件送给你。"小茶妹高兴地穿了起来，又轻便，又柔软，比兽皮衣裙舒服多了。那些汉人都围着她笑，她就欢喜地旋转着，和哈尼大嫂以及几个年轻的汉人一起跳起了舞。跳着、跳着，只见阿哥浑身是血的冲了过来，怒目横眉地朝着那些汉人大吼："你们打了我，还敢在这里跳舞？"阿哥拔出长刀就要砍，那些汉人并不生气，还是笑眯眯的，细声细气地说："兄弟、兄弟，你看错人了。我们是茶妹的好朋友呢！"阿哥不听，转身又要骂茶妹，吓得她窜林子，跳河涧地乱跑，一不留神，掉进了一个水洼里，冰凉的水，冻得她直抖……

茶妹从睡梦中冻醒了，她发觉盖在身上的兽皮，已滚到一边去了，火塘里的柴也快烧完了。刚才那一切全都是梦境里的事，自己还是在这漆黑的小窝棚里。夜正深沉，远处有野兽的嚎叫和哀鸣，林子里的风，刮得正猛呢！

她追忆着刚才梦中的情景，想着在老林边上遇见哈尼大嫂、瑶族猎人和带枪的汉人的经过，长久难以入睡。今夜，这苦聪小姑娘，第一次失眠了。

七

月色很好。月光照在山峦、村寨、树林和小溪上，并不是单调的银白色，它和浮现在山谷里的乳白色夜雾融合起来，把整个大地都浸在水溶溶的境界中，仿佛这一切都是用透明的羊脂玉装饰起来的，连你自己的肌肤，也被映照得玲珑剔透……

瑶族猎人老邓走出老林的时候，周围的山林刚刚褪尽晚霞留下的痕迹，那半轮银色的月亮，已急不可耐地从东边山脚下跳起来了。这初升的上弦月是如此高傲，如此富有生命力，那散乱的星星和闲游乱荡的浮云，似乎都不在它眼下，它只晓得一鼓作气地向上升、向上升。刚才瑶族猎人还看见月亮在他脚下深谷里，一转眼，月亮已把银光从他头顶上撒了下来，把大地的一切照得这样清晰幽美。月色这么好，这对在山野间赶夜路的人来说，是最愉快的事了。他扛着明火枪，放开步子，踩着月光向山下走去。

他的寨子建立在老林外的一个高坡上，与山岭那边的哈尼寨遥遥相对。这里离老林近，便于砍柴打猎；离坝子远，好逃租躲税。寨子过去只有四户瑶族人，因而得了个"四家寨"的名字。几代以后，人丁增添，虽然已有了十来家，远近的村寨还是习惯喊"四家寨"这老名字。

四家寨的瑶人个个都会打猎，其中以这老邓经验最丰富，枪法最好。从他家里那摆满了的毛皮兽骨、鹿角熊掌、色彩斑斓的各种鸟类羽毛，就可以看出他不同于一般猎手了。这一带的人都说，去他家做客，不愁没有新鲜野味招待。临做饭了，他再扛着枪出去，也误不了菜下锅。他敢一个人打老熊，打豹子，也敢一个人去追寻凶恶的野猪。窜山打猎，是他农闲时最主要的活路，常常是一出去十多天才回来。过去，他每一次打猎回来，总爱在离寨子不远的一个小山包上歇息一下，抽袋烟，仔细看一看这小巧的村寨，听一听妇女们那匀称的舂米声，闻一闻那炊烟的香味。村寨虽然贫穷简陋，终究是自己的家呵！一个人在那人迹罕见的山野里转久了，想起自己的村寨和亲人，心里都是暖暖的呢！

今天，月光这么好，却看不见那小小的村寨了，远远的只见山风刮起了满天黑色的灰尘，隐约传来了凄凉的哭声。

瑶族猎人开始是惊愕，但很快就明白了，匪徒们窜进老林前，在这里进行了一场烧杀抢掠。呵！最可怕的不幸，终于扑向他们瑶家寨了。他最担心的是心爱女儿的下落。他跌跌撞撞地往山下奔着，大声喊着："阿兰！"

他越走越近，声音越喊越大，却只听见辛酸的哭声，而没有人回答。

寨子已成了一片灰烬。他见自己经营了几十年，虽然简陋，却留下了可纪念陈迹的小茅屋都化为乌有了，这简直是飞来横祸，他只觉得头昏眼花，浑身的骨头架子也快散了。茅屋烧了，终究是身外之物，女儿阿兰呢？难道她也遭了不幸？天哪！这人世间的事好残酷呵！

寨子里的人见他回来了，真是悲喜交集，都围上来向他哭诉匪徒的暴行。

原来，残匪和土司兵，最先是在对门哈尼寨盘踞，后来发现这瑶家寨地形更险要，就跑过这边来，后来见解放军的追剿部队逼近了，这里不能久待了，就准备大抢一番后退进老林。他们又抢粮食，又宰杀鸡猪牛羊。瑶族人生性本来刚强，一些年轻汉子忍无可忍，操起明火枪反抗，当场就被打死了两三个。匪徒们退进老林前，又一把火把这小小的"四家寨"烧得一家也不剩。幸好瑶族猎人进老林去了，要是他在家，难免也遭毒手。

"阿兰呢？"他问。

谁也说不清。有人说，匪徒进寨子时，她正在山后边捡蘑菇，后来就没见回来。

这并没有减轻瑶族猎人的不安。他望了望那还在月光下哭泣的妇女们，叹了一口气说："唉！雨季快到了，没有房屋，叫我们怎么过呵！还有种子和口粮，又到哪里去找呵！"

正当他们处于灾难深重、痛苦无依的时候，挨赶副营长率领部队，从老林边沿上向瑶家寨子开来了。

"汉人！"一个瑶家人看见从月亮下走来一长列队伍，惊喊了一声。

"打！"瑶族猎人被痛苦和仇恨搅昏了头，忘了考虑可打得赢？更没想到应该观察一下这是好汉人还是坏汉人？不过这也不能怪他，从古以来，拖着队伍到这深山荒野来的，也确实没有几个好汉人。

汉子们抬起了明火枪和弩弓，呼喊着冲了上去，妇女们用头巾抹去眼泪，顺手抓起木棍和砍刀一起跟了上来。横竖是死，既然可能饿死、冻死，还不如今天就为报仇雪恨而战死！

瑶族猎人迈着沉重的脚步走在最前头，他的脸色是那样阴沉，那样愤怒。现在，他什么念头也没有，只想着，杀死他们，杀死他们……

突然，对面一个红头巾一闪，一个年轻姑娘飞步扑了上来："阿爸！"

瑶族人那复仇的队伍顿时就乱了："天哪！怎么阿兰和他们在一起？"

阿兰扑向瑶族老猎人怀里，惊讶地问："阿爸，你们扛枪拿刀打哪个？"

"汉人！"瑶族猎人身后的汉子们大声吼着。

"他们是好人，是共产党派来帮我们打残匪的人民解放军，是好汉人哪！"

瑶族猎人仍然是阴沉地不作声。

阿兰又补上一句："阿爸，全亏解放军救了我的命！"

白鲁跳崖逃走以后，阿兰被匪徒押着在老林里乱转。匪徒们见她和一个苦聪汉子在一起，以为她熟悉老林里的路，硬逼着她，要她带路找到苦聪村寨作为他们歇脚的地方。

当她在小溪边上挣扎着又哭又骂不肯走的时候，挨赶率领部队追上来了。他们发现一群匪徒已渡过了小溪，钻进了对面树林，只有三个匪徒站在水里，用藤条抽打一个披头散发的瑶族姑娘。挨赶喊了声："机枪手，给我消灭土匪，保住瑶家姑娘！"立即"砰、砰、砰"三个点发，准确地把姑娘前后三个匪徒撂在水里，听见枪响，吓得那些过了河的匪徒，没命地往树林里钻。

阿兰被这突如其来的枪声惊呆了，她想：又有谁来救我呢？莫非还是苦聪人么？她流着泪大喊："苦聪阿哥……"

又一次使她出乎意外，从树荫后边闪出来的，却是一队面带笑容的解放军。

"啊……"阿兰愣住了。

挨赶微笑着向她招呼："姑娘，你是瑶家人吧？不要怕，我们是中国人民解放军。"

阿兰虽然还不完全了解这些初次见面的人民解放军战士，但就像她相信那个把她从豹子的爪下解救出来的苦聪人一样，她也真诚地相信这都是些好人。她简单说了几句，她是怎么从寨子里逃进老林来的，就号啕大哭起来。她哭得那样伤心，把她逃进老林所受的痛苦，对老父亲的怀念以及对白鲁被打死的又悲愤又惋惜的感情，全都倾进了眼泪里。

挨赶他们一再答应要为她报仇，要为那个被害的苦聪人报仇，才把她安慰住。

她跟着部队又在老林边沿上转了一天，还是没有找到那些匪徒，解放军所带的干粮吃完了，只好按预定计划向外撤……

看到女儿平安无恙回来了，瑶族老人是又喜又悲，连连向挨赶副营长他们道谢。

挨赶见瑶家寨烧成了一片灰烬，心里很是难过，这些匪徒多么残忍呵，这叫他们今后怎么生活呢！

一个名叫岩仓的战士看出了副营长的心事，就说："副营长，今夜，我们不休息，帮助瑶族老乡把房子盖起来吧！"挨赶思索了一下，见满山的草木都是现成的材料，高兴地说："岩仓，你这主意真好。咱们先帮他们搞个避风雨的地方罢。"

挨赶把要盖房子的话说给瑶族猎人他们听时，他们开始是惊得发呆，后来醒悟过来，感动得又流泪又欢呼。

这是个难忘的夜晚。战士们和瑶族人一起割草、砍树、破竹子、平地基，把这被水银似的月光照射着的死寂大地都搅动了。他们组织得很好，干得很卖劲,当星星和月亮被早晨的霞光所代替时,已经有了几栋新屋从废墟上立起来。这时,晨雾正浓,远近的山峦和树木都还罩在浓密的大雾里。对面山头的哈尼寨子,从半夜到早晨,只听得这边斧声、锯声和人喊声,不晓得又发生了什么事。等到近午,大雾逐渐散去,却见这边显现出了一排草顶竹篾墙的新屋。哈尼族人惊得如坠入云里雾中。原来,他们还为四家寨的瑶家人担忧,不知道他们今后的日子怎么过。没想到一夜之间,竟然会盖起这么多新屋来。他们在大山里没有听过海市蜃楼的传说,却还以为瑶人请来了天兵天将呢!哈尼人不禁在那边山头上连连欢呼。

挨赶又领着战士连续奋战,用了两天时间,帮助把四家寨的房子都盖好。盖完了房子,又让文书写了一封信说明四家寨遭到了残匪的洗劫,叫他们送到坝子里新成立的区政府,请政府帮助他们解决一部分口粮、种子和衣服等困难。诸事办理停当,挨赶副营长才带着部队匆匆离开了四家寨。这时候,红河南岸几户原先假装归顺的反动土司公开叛乱,纠集国民党第八军、二十六军残余部队和四乡地主武装近万人,正在围攻县城。部队要赶去投入一场新的战斗,暂时顾不上搜剿逃进老林的那一小撮残匪。

四家寨的瑶族人是多么感激,多么怀念这些战士们呵!短短的相处,使他们懂得了不少党的政策,懂得一些革命的道理,解放军无微不至的关怀,使许多人终生难以忘怀。共产党比爹娘还亲,更使许多瑶家人永远难忘!

旧的四家寨被残匪一把火烧个精光,新的寨子是在解放军的帮助下重新盖起来的,他们把新的寨子改名为"大军寨",以纪念人民军队在他们痛苦无依的时候给予他们的真诚援助。

第三章

一

一晃又过了两年。这已是一九五三年春天了。

红河左岸反动土司煽起的大规模反革命武装叛乱，经过人民解放军近两年的围歼、清剿，也陆续平定了。一九五〇年春，这一带的反动土司和国民党残部，趁朝鲜战争的爆发，纠集了近万人枪，对红河边上这个只驻有不足一个营兵力的小县城，展开了疯狂围攻。这被称为"红河保卫战"的艰苦战斗，延续了九个月，最后匪徒们才被解放军打垮、打散，然后转入了清剿、追歼。

战乱平定了。藤条江两岸又恢复了它的美丽。这正是暮春三月，河水清澈平稳，岸边的凤凰树、大榕树、菩提树，素馨花、灯笼花、杜鹃花、山茶花……正开得茂盛，红蓝紫绿，五彩缤纷，鲜艳瑰丽。

这美丽的春天，县里举行了一次各族人民代表会。除了例行的报告、讨论外，还有一项引人注意的项目，这就是由在北京参观后，赶回来的挨赶副营长讲话。

他过去是藤条江上的船夫，以后又成了游击队员。他的经历是这样曲折，丰富多彩，他会讲些什么呢？

挨赶回来得晚，开了几天会后才赶到。那时候，这哀牢山南麓还没有公路，人们只能在万山丛中的古驿道上缓缓而行从内地到边疆，路途是遥远而又艰难。

这天上午，代表们正在那临时赶修起来的草顶篾墙的小礼堂内开会。门外一阵马蹄声，一个全副武装、精神抖擞的中年军人，笑容满脸地闯了进来。这些年，他参加了革命工作，又去大城市开会、学习，精神和体质已和当年的藤条江船夫大不一样，显得乐观，从容，气宇轩昂，就是从前常在藤条江渡口来往的人，一时间也难以认出他。只有几个部队上的人最先喊了起来："挨赶副营长！"

会场也顿时热闹了，人们喊的喊，看的看。这个曾大闹藤条江、淹死老土司，后来又成了革命干部的挨赶，早就使人感到他不同于一般，而是带点传奇性了。

挨赶笑呵呵地举手行礼，连连向代表们致意。

主持会议的是营教导员兼县工委书记沙江。他急忙从主席台上下来和挨赶握手问好。

沙教导员见挨赶衣裤上还是泥浆点点，就说："副营长，你路上辛苦了。是不是先洗脸换衣服休息一下？"

挨赶也紧紧抓住沙教导员的手，亲热地握了又握："不休了，不休了。听说要开会，我是归心似箭，一路上都是每日赶两三个马站。哪晓得还是迟到了。"

他又双手高举，向周围的代表们致歉："对不起，对不起，我迟到了。"

沙教导员爽快地说："好吧！那就请上主席台坐吧！"

"不忙。让我先看看。"

挨赶挤进人群中，一边和熟悉的代表握手问好，一边用焦急的目光寻找人。

这是个多民族聚居的边陲小县，除了常见的汉族、苗族、瑶族、傣族、佤族、哈尼族外，还有许多人数极少，不知属哪个民族分支的、名称奇怪的民族，如头顶鸡冠的"公鸡族"，被人称为"养象人"的曼漳族，大大小小有二十多种。风俗不同，服饰各异。只见会场上，红包头、黄包头、黑包头、白包头，长裙、短衫、花边、银饰，五光十色，奇形异状，好看得很。

挨赶走遍了会场，都没有找到他要找的人，他那本来是含笑的脸上，突然罩上了一层愁容，忍不住长长叹了口气："唉！他们没有来？"

沙教导员一直跟在后边，以为是代表中漏掉了哪个人。正想问，但，又有几个人拥来和挨赶说话，他只好等下再问。

这阵忙乱过了，他们才走上主席台。

在热情的掌声中，挨赶开始了讲话。

挨赶说：“大家都知道，我过去是个撑船的水手，是从土司地牢里逃出来的囚徒。今天，我能成为革命干部，是因为有共产党的领导。各位代表也多数是从前的奴隶，受苦人，今天能参加这个会，也是因为有了共产党的领导。我们要记住共产党的恩情，拥护党！”

台下一阵轰动，几十种语言同时喊了起来：“是这样！是这样！”

挨赶把声音提高了继续说道：“看见我们各民族都得到了解放，开始走向幸福，我感到高兴。但是，我也因为有的民族现在还在受苦受难而难过。刚才，我找遍了全会场，都没看见苦聪人……”

“呵！”会场上的声音更乱了：有的民族代表知道老林里藏有这些人，也有的民族代表是第一次听说这“苦聪人”的名词。

挨赶副营长轻轻扒开了自己的衣领，露出了那锁骨上的疤痕，音调沉重地说道：“我和苦聪人在一个地牢里关过，被铁链子穿过锁骨，……”

接着，他就讲起了那年他在藤条江边的地牢里怎么与那个苦聪人相遇，以后一起在波涛汹涌的风雨黑夜逃走的事。

“苦聪”，“苦聪”，整个会场几百个代表也在用不同的语言重复念着这几个字。他们也对这至今还在原始老林中经受苦难的民族，产生了深厚的同情。

挨赶越说越激动，放开嗓门大喊道：“解放前，苦聪人想走出老林，反动派给他们的回答是凌辱和折磨；如今，边疆解放了，各民族都得到了幸福和自由，可是苦聪人还没有跳出苦海，这叫我怎么能安心？……”

说到这里，挨赶声音哽咽，再也说不下去了。

坐在旁边的沙教导员也深为感动，他站起来，大手一挥，用洪亮的声音说道：“我了解挨赶副营长的心意，我代表部队和工委会向代表大会提出一项建议，立即报请上级批准我们县成立一个专门机构，进老林去寻找苦聪人！”

“同意！”

“同意！”

“拥护！……”

几百只手举了起来，几十种民族语言，在喊着“同意”“拥护”。

挨赶庄严地把手举到帽檐向代表们敬礼，激动地说：“我作为苦聪人的老朋友，感谢党，感谢诸位代表！我要求让我第一个报名参加找苦聪人的工作。”

“还有我，还有我。”会场上是一片嚷声。

沙教导员笑道同志们的心意，代表们对苦聪人的关心，我都要报告上级，我要向挨赶副营长学习，也要报名参加找苦聪人的工作。

"好呵！"会场上一片欢呼，暴风雨般的掌声响个不停。

二

过了不久，县工委会和部队就接到了地委和师党委转来的省委和军区的电报，批准他们寻找苦聪人的要求。

电文指出："该项工作，关系到苦聪人之生死存亡，务必派热爱边疆工作的负责干部担任领导，尽快找到苦聪人，并弄清他们的苦难历史和现状，帮助他们走出深山老林。同时注意搜剿可能逃进老林的匪特……"

沙教导员和挨赶副营长立即召开会议作了部署，决定由他们两人亲自领导这个寻找苦聪人的指挥部。

对于苦聪人的历史和现状，他们一点也不了解，只是从一本有关云南民族的史书中，看到简单的这样几句话：

> 清世宗雍正十年[1]，元江土蛮白窝伲[2]，勾通棘夷[3]、苦聪千余人数叛。杀他朗甸士民殆尽，调临元镇总兵剿之。窝伲、棘夷、苦聪退入山谷。

从这份材料可以看出：苦聪人过去是在老林外边居住，而且有过反封建统治的斗争历史。他们是什么时候进老林的？却无从查考了。

沙教导员和参加会的干部都这样说："找到苦聪人以后，让他们自己来回答吧！"

可是，沙教导员等人哪里知道，苦聪人没有文字，他们又多半是在老林里分散活动，他们也搞不清自己的历史呢！

寻找苦聪人的队伍，过了藤条江，就取道哈尼寨，开往原始老林附近。

山路陡而窄。苍青色的起伏群山一座叠着一座，像大海的波涛，无穷无尽

---

[1]　雍正十年：公元 1732 年。

[2]　元江：红河。白窝伲：哈尼族。

[3]　棘夷：傣族。

地延伸到遥远的天尽头，消失在那云雾弥漫的深处。

　　沙教导员、挨赶副营长带着队伍，就在这山的海洋中艰难行进。

　　经过五六天的跋涉，队伍终于在那个藏在白云深处的哈尼寨前停了下来。这里的山是这么高，夜里黑雾沉沉，好像天的胸脯都被山尖顶住了，那呼啸的风声，也仿佛是天在痛苦呼喊；天晴雾散的时候，俯瞰远近群山，几百里外都清晰可见。

　　前边再也没有村寨了，再走一上午就可接近原始老林。指挥部只好在一座小哈尼寨住下。

　　这就是那哈尼大嫂花妮的寨子。这两年红河左岸匪乱猖獗，部队忙于追击，清剿残匪和叛乱武装，很少来这一带活动，花妮和哈尼寨的人却极其思念曾在她们寨子住过的解放军同志。解放军在他们村寨做了许多好事，使她们长久难忘，她们是第一次从解放军那里懂得了只有在共产党领导下，穷人才能得到翻身的道理，使她们开始看到了光明的未来。解放军战士一个个是那么和蔼可亲，帮她们舂米、背水，打扫村寨、理发、修补竹楼……对于这样好的人，能不思念么？盼呀！盼呀！如今终于给盼来了，真叫她欢喜不尽。小小的哈尼寨，顿时热闹起来了。好客的哈尼人，送了许多东西给部队，有新拾的菌子，有烤得油黑发亮的牛肉干巴，有野猪肉，等等。小姑娘们围着战士们要求教新歌，战士们就挥舞着手打起拍子，唱完了《解放军进行曲》，又唱《白毛女》《兄妹开荒》……

　　哈尼大嫂怯生生地望着挨赶副营长，她觉得这位首长有点面熟，一时又想不起在哪里见过。隔了十多年，已使当年只匆匆在渡口见过几面的哈尼大嫂，认不出这曾经大闹藤条江的傣族船夫了。她也没有料到：人世间的事会这么变幻曲折，一个据说早已在土牢里被折磨死的囚徒，如今却会气宇轩昂地以领导的身份，出现在这偏僻的山寨里。

　　当然，过些日子，他们还是会相互认出的，那又将使这个充满了悲欢离合的故事，增添几分色彩。不过那是后话了。

　　哈尼大嫂告诉沙教导员和挨赶副营长，自从那年有股残匪溃退进老林以后，苦聪人就音讯杳然，再也不见他们来老林边沿上换东西了。

　　第二天，沙教导员、挨赶副营长带着几个战士，攀藤附葛爬到老林附近山头去观察了一番。透过望远镜望去，只见白雾缭绕，林海深密，尽是几人合抱粗的古老大树，枝叶繁茂地一棵挤一棵，找不到路，也不知道该从哪个方向进去。

教导员皱起了眉头问："这就是老林？"

挨赶点了点头："听说纵横八九百里，布满了几十座山头呢！"

教导员又端起望远镜观察了一番，说："这可是个硬仗呵！"

挨赶望见那无边无际的、一直伸展到云雾深处的浓绿树海，很奇怪自己那年是怎么进入这老林的？他又想起了那个从树上掉下来的苦聪小姑娘，那小可怜还在么？没有被这阴森的树海吞噬掉吧！

教导员见他想得出神，问他："副营长，你看怎么办？"

挨赶想了想，说："老林里既然有苦聪人，就一定会有路，只要我们下决心闯，总能闯出一条路来。何况我们的任务是找苦聪人，没有路也要砍开一条路来。找不到苦聪人，我们可不能回头。"

沙教导员笑了起来："哈哈，你想的和我一样。好，明天我就带一个班先进老林去看看……"

挨赶副营长急忙打断教导员的话："别忙，别忙。教导员，这个任务你可不能抢先。你别忘了，在县人民代表会上我是第一个报名。不让我先进去呀！我的心会痛、锁骨上的伤也会痛，会痛遍全身。"

"好，好，让你先去。我随后来。"教导员笑道："让你痛倒了，我可担负不起这个责任。不过，你千万要注意自己身体，老林生活很苦。"

"好。"

挨赶抬头望了望那墨绿的老林。老林阴森、沉闷地扳着脸孔，似乎在冷冷地对他说：哼！你来试试吧！

挨赶也感觉到了老林的挑衅。他轻蔑地笑了笑，心里想：你不要神气，莫说是你，就是哀牢山我们也要把它劈成两半。他操起砍刀，唰地一下劈倒了一排竹子。明天，他们就要这样砍开障碍，向古老的原始森林进军了！

三

早晨，大雾笼罩着山林，山野一片白茫茫，什么也看不清楚。老林里枝叶稠密，白雾也被过滤成了片片轻纱，袅袅地在林叶间晃荡。

　　挨赶副营长带着一个小组穿过云封雾锁的山谷，越过了几座树木比较稀疏的林子，才接近那被大树、藤条和刺竹严密封锁的原始森林。他们用指北针定了个方向，就一直朝里走，走不通的地方，就用力砍出一条路来。

　　第一天，除了遇见一些小野物外，一个人也没见着，他们走走停停，希望能听见人声，或者在树丛中找到有苦聪人留下的刀斧痕迹，但，森林把一切掩盖得那么好，什么也听不见，什么也看不见。他们只好盲目地直往里插，夜里就在大树下用军用油布支起帐篷过夜。老林地势高，又终年被枝叶覆盖，透不进阳光来，入夜特别冷。为了御寒和防止野兽袭击，他们就找些干枯的树枝烧起一堆大火来。火很温暖，明亮，他们没想到这堆火却帮他们接近了苦聪人……

　　那年，白鲁被残匪打伤后，白老大一家就往老林深处迁移了，跟白老大一起走的还有其他几家苦聪人。他们在一个险峻的山岩上，立了一个小小的村寨，继续过着那种原始的生活。尽管岁月流逝，白老大和白鲁想起过去那些往事尤有余悸。特别是天阴下雨，白鲁的伤口就酸痛酸痛的，更使他切齿痛恨那些残匪。只有小茶妹，还时常会拿出那珍贵的红五角星来抚摸玩赏，怀念那些心地善良的汉人。她不知道那些汉人从哪里来，又往哪里去了？她真想打听打听，可是在这老林里找谁打听？许多苦聪人连汉人是什么样子都没有见过呢！她只能把想念放在心里，把小小的心都想疼了。在他们的小村寨前边，有一块比较稀疏的树林。每当晴朗的秋夜，有时也能望见天空明亮的星星。这时候，小茶妹就对着星星默默地祈祷，祝福那些她怀念的汉人，用最好的词句，编些美丽的歌子悄悄唱着，好像他们在遥远的星空，也能听得见她的歌声……

　　白鲁负伤后身体大不如前。但是，还是要整天忙于打野兽，挖山药。在老林里过活，多么艰难呵！

　　这几天，白鲁走出寨子很远很远，在树林里设置了一个陷阱。这陷阱既可捕兽，又可防止外人往他们村寨那个方向走。陷阱要又深又大，能容得下豹子、老熊那样大的野兽才行，工程当然是极其艰巨。他没有合用的工具，只靠一把用钝了的刀和一把破锄头砍着、挖着。他凭着苦聪人那惊人的毅力，忙了五六天，终于把陷阱弄好了。他在阱底安了锋利的竹刀竹箭，再凶猛的野兽掉了下去，也要被戳个半死。晚上回不去了，他就在老树上找个大洞蜷缩着过夜。

　　夜里冷，肚子又饿得咕噜咕噜地直响，白鲁下午啃了两只烤斑鸠，早就被那强壮的肠胃消化完了。饿比冷还难受，白鲁不顾夜间有遇见野兽的危险，从树上溜下来，想到附近找点野果或者摸几个野鸟的蛋吃。长时间的老林生活，他练就了一双猫头鹰似的夜眼，再黑再暗也能辨认方位。走着走着，忽然发现远处有团火花，在黝黑的树丛中闪动。火红耀眼，老远就可以看得见。白鲁以为是自己苦聪人在那里烤火过夜，就高高兴兴奔过去。

走近了，白鲁才发现火边上是几个汉人，有的横卧在火堆边上，有的头靠在膝上打盹。只有两个人一手抱着枪，一手拿着根木棍在拨弄着火堆，让火烧得旺些。

怎么又会遇见汉人？仇恨、紧张，种种复杂情绪，都涌了上来。白鲁觉得，喉咙里像有块什么东西鲠塞住一样，呼吸几乎都窒息了。他惊疑地站在黑暗中，好半天才把紊乱的思想归拢来，思索着、猜测着这些汉人在这里干什么？他摸摸弩弓，偏偏弩弓忘了在陷阱边上没有带来，用砍刀吧，一个人又斗不过这些有枪的汉人……

坐在火堆边上守夜的是挨赶副营长和通讯员。在老林里钻来钻去，人已经很疲乏了，他们虽然强打精神，眼皮还是沉重地往下垂，加上火堆里的干柴烧得噼噼啪啪响，也扰乱了他的听觉，觉察不到附近有人。挨赶怕睡着了，就揉了揉眼睛，从火边站起来想走动一下。一抬头，忽然看见一个巨大的、披头散发的黑影在晃动，他警觉地把手枪一扬，厉声喊道："谁？"

这时候，只听得一阵沙沙响动，那个影子一闪，不见了。

"苦聪人！"他这才明白过来，拔腿就追。

战士们也惊醒了，抓起枪追了上来。

没有路，又是在黑暗中，树枝丫、刺竹、荆棘把他们的脸、手、衣服都刮破了，可是挨赶他们不管这些，还是一个劲地追着，完全没想到黑暗中正潜藏着危险。挨赶在前头跑得又快又急，他边跑边喊："苦聪兄弟，不要跑……"

白鲁听了，以为是自己被认出了，赶紧攀着一根藤条爬上大树，跑了。

挨赶在黑暗中看不清楚，还在跌跌撞撞追着。一脚踏空，跌进了白鲁挖的陷阱里。这就像凌空从悬崖上坠下一样，也来不及抓住周围的东西，就被竹刀竹箭戳进了身上、腿上……

这陷阱有一两丈深，四边都被白鲁削得光溜溜的，幸好竹刀和竹箭只铺了一小部分，陷阱上头那能应声砸下的粗大木头也没有安好，这才使挨赶侥幸活了下来。

　　战士们在后边听见那刺耳的喊叫，知道事情不妙，赶紧亮起电筒照射，才发现这是个又深又大的陷阱。他们下去把挨赶副营长救起来时，他已好几处被戳伤，流着血。幸好有个军医跟着，还能就地进行急救包扎。

　　这时候，战士们也无心再去追赶那早已跑得无影无踪的苦聪人。救人要紧，他们用藤条和竹子绑了个担架，抬着挨赶，拾起陷阱边上那苦聪人丢下的弩弓和兽皮口袋，连夜向老林外边撤退了。

四

　　第一次进老林寻找苦聪人，就这样失败了，而且挨赶副营长还受了重伤。有些人很丧气。沙教导员却不是这样看法，他说："事情那能够一帆风顺，既然找苦聪人是件艰苦的工作，不经过一些挫折和失败怎么可能呢？挨赶副营长他们总算看到了苦聪人。虽然他们只见到一个影子，只拾得一张弩弓和一个兽皮口袋，却说明了苦聪人还在老林里。只要用心找，一定可以找到！"

　　大家听了教导员的讲话，心情略为宽慰了些。但是，下一步怎么走呢？却一时间谁也没有主意。

　　挨赶副营长被安置在花妮家养伤。这好心的哈尼大嫂把珍藏的蜂蜜、鸡蛋、冬菇、腊肉都拿了出来喂给病人吃，还托人带口信给附近的苗族、瑶族、哈尼族村寨，告诉他们，这里有个解放军干部受了伤。那些村寨的猎手多，治刀伤火灸的秘方也不少，也许能来上一两个能人把挨赶副营长的伤早日治好。

　　挨赶虽然经过军医包扎、上药，伤口却一时难以痊愈。这使沙教导员十分着急，这里没有好药，又山大路远，不便往后方送。他只好派人星夜回县城去求医取药。

　　这天上午，沙教导员正在竹楼上向远处眺望，忽然，竹楼下有个人用不怎么熟练的汉话朝他喊着："沙书记，你们上大山来了，怎么也不来我们瑶家寨做客呀？"

　　教导员低头一看，见是一个头扎红巾、身穿系着大银扣子的对襟黑上衣的瑶家老人，身后边还跟着一个身材苗条、脸庞健康而秀丽的姑娘。老人是满脸春风，笑呵呵地，那姑娘也不怕生，明亮的黑眼睛里闪着愉快的光，亲切地望着沙教导员直笑。

沙教导员略为思索了一下，立即想起来了，这是有名的瑶族猎手、民兵英雄老邓，前些日子边地匪势猖獗时，他响应人民政府号召，积极组织民兵联防，打击土匪，立过不少功，也多次来县上开过民兵代表会。能见着这样一个老熟人真使沙教导员高兴，他急忙跳下竹楼，抓住瑶族猎人那厚实多茧的大手，高兴地说："邓大爹，你好呀！你的身体还是这样硬朗。不要见怪，不要见怪，我们工作太忙了，没有及时去看望你们。刚才我还在想，找个时间四处串串呢！"

"欢迎，欢迎！我请你们喝糯米酒，吃红焖斑鸠。"瑶族猎人爽朗地大笑着。他反过身来，得意地对站在他背后的女儿说："你看沙书记的记性多好，全县这么多人，还没忘记你阿爸。"

姑娘知道阿爸得意时爱夸耀自己，也不答话，只是抿着嘴笑。

瑶族猎人知道女儿笑他什么，故作生气地斥责他女儿："你笑什么？见了首长也不敬礼！"

沙教导员见他扛着明火枪，带着酒葫芦、兽皮挎包，一身串山打猎的打扮，就问："邓大爹，你是出来打野物吧？昨天晚上，我还听到这山背后有麂子叫呢！"

"不，不。"瑶族猎人摇了摇头，"听说，你们这里有个同志闯老林受了伤，我特意来慰问慰问。"

他女儿见阿爸也会用"慰问"这类新名词了，又不禁笑了起来。

"笑哪样？快把慰问品拿出来。"瑶族猎人冲着女儿喊着。

"请竹楼上坐。"沙教导员忙把他们请上竹晒台去。

姑娘跟着他们一起到了竹晒台上，从背篓里拿出了一大块野猪肉，又拿出一筒蜂蜜，几十块糯米粑粑，说这是慰问受伤的干部和工作组的。

瑶族猎人在旁边呵呵笑着，帮着姑娘说话："小意思，小意思，请不要嫌弃！"

教导员被瑶家父女的深厚情谊感动了，推辞道："大爹，这些东西我们不敢收。你们生活也很困难……"

老猎人又豪爽地大笑了起来："上到大山不吃我们瑶家的野味，不尝尝我们的蜂蜜和糯米粑粑，人家会笑我们慢客。"

这时候，哈尼大嫂也出来了。她一边把瑶族父女让进了火塘前坐下，一边埋怨地说："邓大爹，阿兰，你们也小看人了。大军住在我们家，还怕他们没有肉吃？你该带些治刀伤火炙的好药来，才是正事。快把你们瑶家的秘方献出来吧！"

瑶族姑娘见哈尼大嫂来了，才开口说话："阿嫂，各是各的心意嘛！大军同志吃你们家的东西，不尝点我们的野味，那不显得偏心了吗？"

沙教导员笑了，他觉得这姑娘对部队感情深，很会说话。

瑶族猎人见女儿的话说得很得体，又得意地大笑了："我这次来是又送礼，又送药。金创药么，我带来了。上等的，真正的祖传好药。"

说着，他们一起走进了挨赶副营长养伤的那个房间。

瑶族猎人和阿兰凑近前看了看，他叹了口气说："唉！怎么会搞成这样？老林还能乱闯么，我们祖祖辈辈住在老林边上，还不敢轻易往老林里走呢！"

听见有人说话，挨赶副营长睁开了眼睛。

姑娘俯下身子，仔细望着这张脸孔。哎呀！好熟悉呵，好像哪里见过？她扯了扯猎人的衣襟，悄声说："阿爸，你看，他好像是那年帮我们四家寨盖房子的首长。"

"是吗？"瑶族猎人扑到床前，仔细端详了一番。这张脸虽然黄瘦多了，那道浓眉，那双像泉水一样深邃发亮的眼睛，他永远也忘不了。他记起来了，就是这个人，站在飞扬着黑色灰烬的月光下，用刚毅的声音，号召部队给他们瑶家人重建家园……这些年，他们瑶家人是多么怀念他们呵！从前他到县上开会时，也曾打听过他们的下落，只听说去剿匪了。他曾多少次为这些战士祈祷祝福，希望他们在枪林弹雨的战场上，胜利归来。如今，谁想得到，会在这样一个场合相逢呢！他是个硬汉子，几十年来难得掉一滴眼泪，这时候忍不住老泪滂沱，哭了起来："是他，就是他……"

阿兰也哭了，大颗大颗的泪珠，在她那秀丽的脸颊上滚着，扑簌簌地往下掉。

沙教导员和哈尼大嫂都愣住了，谁也不知道这是怎么一回事。

好一会儿，才听见瑶家姑娘呜呜咽咽地说："副营长你怎么这样了！我们一直都在想念你呀！"

瑶族猎人一边流泪，一边说："我家阿兰是副营长把她从土匪手里救出来的。我们寨子被土司和残匪一把火烧掉了，也全靠副营长带着战士们给我们重新盖起来……"

"是呀！是呀！"哈尼大嫂想起那个不平凡的晚上，她们在山这边听见四家寨那边刀砍斧伐的声音，天明雾散后，本来是一片废墟的四家寨，一夜之间，出现了一个新村寨。后来她听说是解放军领着四家寨的人一起干的，却没有想到就是挨赶他们。

挨赶躺在床上，在尽力回想。不是他记性不好，几年来，他们在战斗的空隙中，不知给各族人民从废墟上重建了多少村寨呢，叫他一时间怎么想得起来！当瑶族姑娘把那遮住脑门的红头巾取下，露出那红润健壮的美丽脸庞时，挨赶想起来了，用微弱的声音喊了起来："阿兰，是你呀……你好。老邓同志，你好！"

瑶族大爹喜欢得眼泪又涌了出来，他顾不得擦眼泪，用夸耀的口吻对大家说："我就知道副营长不会忘记我，我们是有交情的呀！哈哈，副营长，你说是吗？"

阿兰擦去眼泪，笑着说："那次你从老林出来的时候，就说二天一定要再进老林去找苦聪人，你真的来了！"

挨赶叹了口气，想说："可惜我没有追上苦聪人。"但，一侧身，伤口又痛得他直咬牙，头上沁出豆大的汗珠。

阿兰遗憾地说道："唉！副营长，你该先来我们瑶家寨，约我一起进老林去嘛！"这些年，阿兰常常怀念那苦聪汉子，把对于他的思念，化成了对所有苦聪人的同情，盼望他们能早日走出那苦难的森林。

挨赶苦笑了一下，没有吭声。

如果挨赶他们真的约了阿兰进老林，也许在火堆边上能与白鲁见面，白鲁也不会那样仓皇奔逃了，找苦聪人的工作，将变得极其顺利。但是，世间的事那有这么一帆风顺呢！总是困难多于顺利，失败多于成功。

瑶族猎人见挨赶痛得厉害，赶忙把自己的酒葫芦递过去，说："这是上等好酒，喝上两口就可以帮你止痛……"

在旁边看护的医生伸手拦住："大爹，病人喝不得酒。"阿兰也埋怨他："阿爸，你好糊涂，只晓得给别人灌酒，快把你的药拿出来嘛！"

瑶族猎人从兽皮挎包里掏出了一小包黄色粉末，说道："先敷上这些药吧！我再帮你找些麝香、熊胆。你不要怕，有我老头子在，保证你能很快从床上爬起来，照样扛枪打仗……"

阿兰见阿爸唠叨成这样，又忍不住笑了，她提醒说："麝香和熊胆你药里就掺的有嘛！你最好帮助找点鹿衔草来！"

"鹿衔草！这可要进老林找苦聪人去要哪！"瑶族猎人说。

沙教导员高兴地说道："原来你们和苦聪人有过来往，下次我们进老林你们当向导吧！"

一年多来，这一带不大安静，老猎人很少往老林走，也没有机会再遇见过苦聪人。但是，那次和白老大的相会，他老是念念不忘。他早就想找个机会进老林会会老朋友了，后来听说他们苦聪人又迁移了，一时摸不清在哪个方向，他才没有进去。现在他又想起了那钉在大树上的松鼠尾巴。找着了那标志，兴许能找到他们吧！

他又把挨赶副营长的伤势细看了一番，说："怕真的要找来鹿衔草才治得好哟！"

阿兰是急性子，催促道："阿爸，你就快点去嘛！救人要紧呀！"

"好，好，说走就走。"瑶族猎人检查了一下自己的明火枪和酒葫芦；从阿兰的背篓里，又抓了块盐巴和十来块糯米粑粑，放进兽皮口袋里。临行时，老猎人对女儿说："你以后没事常过来看看。我多则四五天，少则两三天就回来。"

"你快去快回，不要在老林里耽搁了。"阿兰说："酒葫芦不要带去吧！一喝酒，你就把正事忘了。"

瑶族猎人生气了："你这娃娃乱说些哪样？酒，我是带去送给苦聪兄弟的。我什么时候喝酒误过事？"

哈尼大嫂笑着拿了一串辣子和一块盐巴过来，交给瑶族猎人，说："你把这也带去，苦聪人最喜欢吃辣子了。"

瑶族猎人笑着说道："好，好，我会告诉他们，这是贤惠的哈尼大嫂送的。"

沙教导员说："大爹，要不要我派几个人跟你一起进老林？"

瑶族猎人急忙回绝："不行，不行。你们一去，这鹿衔草就找不到了。苦聪人最怕汉人，见了汉人会跑得比马鹿还快。"

老猎人瞒着曾和白老大起过誓，不带一个外人进老林的事。誓言和咒语在他们这些老人的心目中，极为庄严神圣。

沙教导员觉得也有道理，嘱咐老猎人说："大爹，你要是见到苦聪人，请你把老林外边的变化告诉他们，说共产党和人民政府非常关心他们的痛苦，已经派人来寻找他们，请他们走出深山老林……"

瑶族猎人乐呵呵笑着："懂了，懂了。我和他们一边喝酒，一边和他们摆谈……"

"看，你还要喝酒。"阿兰不满意了。

"好，好。我不喝，我只让苦聪人喝。"他笑着跳下竹楼，急忙回寨子去收拾东西。

猎人走远了，阿兰又撵着他喊道："阿爸，记得带上我绣的红头巾！"

指挥部的干部、战士全都出来送他，诚恳地祝他一路平安，诸事顺利。场面很热闹。瑶族猎人很得意，觉得自己很威风，满面春风地胸脯挺得老高，步子迈得飞快，很快就消失在山路那边了。

这天，指挥部上上下下都很高兴，瑶家父女的出现，不仅使挨赶的伤有痊愈的希望，而且他们认得苦聪人，认识老林的道路。找到苦聪人的前景，已展现在眼前了。

沙教导员派人在老林附近等候着，他们多么盼望瑶族猎人早日归来，带回鹿衔草，带来苦聪人的讯息呵！

五

原始老林终年都是那样墨绿，只有花开花落时，才会显出一些不同。每年山茶花开的时节，白老大总要摘上一朵最红最大的山茶花，插在茶妹的发髻上，爱抚地对她说："茶妹，又大了一岁了。"

茶花年年开，茶妹真的一年比一年长高了，长结实了，小脸庞也丰润好看多了。这两年，他们在老林中搬了好多次家，按照苦聪人风俗，窝棚上的芭蕉叶一黄，就要迁移。这次，他们找到了分散已久的原来部落里的人。这两年，苦聪人死于野兽、疾病和饥饿者不少。这次相聚，一些亲友已不在人世，他们都很伤感，不愿再分开了。他们请毕摩祭了老祖公，卜了卦，在老林深处，选择块地势较为险要，又挨近泉水的半坡做寨子。砍倒树木，立起栅栏，盖了几十间简陋的窝棚和低矮的小楼，准备安定地在一起住一些日子。

茶妹被苦难的生活磨炼得更加能干了。她管理家务，种地，跟随大人一起出去狩猎。前些日子，茶妹还从野猪窝里抱了两头小野猪来喂养。这半野半家的猪，学会了跟人在一起生活，搬家的时候，只要主人一声吆喝，它就甩着短尾巴跟在后边，爬山越岭，钻老林，渡河涧。

两年前，解放军送给茶妹的那件黄军衣，早就被林子里的荆棘和树枝撕成破片片了。那颗红五角星，她还当作宝贝一样珍藏在胸前。她想念那些好心的人，希望有一天能见到他们。这颗红五角星，在苦聪小姑娘当中，被公认为最美丽的饰物。小姑娘们都羡慕茶妹有这么一次极不平凡的经历，她对那些汉人的深情怀念，也感染了苦聪小姑娘们。月亮好的晚上，他们常常紧紧依偎在一起，坐在横倒的大树干上，望着树林的顶端，唱着她们自己编的歌："星星你在哪里？你可在望着我们微笑，听我们唱歌？……"

她们唱着，闹着，困倦了才回去睡觉。有的小姑娘在梦里见到星星飞了下来，变成了小茶妹所描绘的那种汉人，笑眯眯地把炒面、五角星、衣衫全都塞进她们怀里……

醒来以后，她们多么惆怅，又多么希望有一天，这些梦境都成为事实呵！

这天，是个初夏的中午。虽然外边很热，山高树大的原始老林，还是很凉爽。寨子里的大人，都出去打猎和挖野菜了，只有茶妹这些小姑娘们在家里喂猪，舂苞谷。忽然，远处传来了一声又一声呼喊："哦嗬哟……苦聪大哥……"

喊声被深密的树林层层阻挡，传到这里，已经很微弱了。但是，还是可以感觉出喊话人那用尽全力呼喊的劲头。

茶妹和小姑娘们都从小棚屋里跑了出来，惊疑地听着，然后又像一串小松鼠似的爬上了大树。希望能看得远，听得清楚一些。

喊声逐渐近了。

茶妹高兴地说："是喊我们呢！"

"答应他嘛！"小姑娘们说。

"不像我们苦聪口音，再看看可是坏人？"

过了一会儿，瑶族猎人出现在寨子前的小路上了。第一天，他在老林里转悠了许久，好容易才找到了那用以指路的松鼠尾巴；第三天历尽了艰辛，总算找到了这林中村寨。

茶妹她们看见来人身穿布衣裤，背着明火枪，都惊住了。这是谁呢？苦聪人当中，还没有人有这么阔气的装束呢！茶妹仔细看了看，才认出是瑶族猎人。

这两年，老猎人的须发已经花白了，脸色却较前丰满红润，眉宇间洋溢着一种高兴神色。

茶妹对小姑娘们说："是那年和我换过东西的瑶家大爹，还救过我阿爸。是好人。"

"快答应他嘛！"

"不，吓吓他。"

瑶族猎人见这绿荫深处有座小小村寨，情知是苦聪人聚居的地方，不禁高兴地大吁了口气："好呵，总算找到你们了。"

寨子里空寂无人，喊叫也没有人答应，他正犹疑时，头顶上一根藤条晃动了一下，一个人顺着藤条滑了下来，吓得他急忙往后一蹿，定了定睛，才看清是个穿着一身花斑豹皮衣裙的小姑娘笑盈盈地跳到他面前。他正想说："你这娃娃好调皮，还会吓人！"还没来得及开口，前后左右又是几个小姑娘从树上跳了下来，有的还故意滑到他肩膀上……

他不禁哈哈大笑起来。在老林里孤独地摸了两三天，多么渴望见到人呵！如今一开始就遇见了一群可爱的苦聪小姑娘，这真叫他高兴。他笑着说："我还以为是树上的桃子、杏子、波罗蜜掉下来了呢！原来是伙又聪明又顽皮的小姑娘。你们好吧！见到了你们，我心里真高兴。"

"老爷爷好。见了你，我们也很高兴。"小姑娘们像群喜鹊似的叽叽喳喳叫着。

猎人掏出红糖和糯米粑粑，极为客气地说："小姑娘们，吃吧！好吃得很。"

茶妹她们啃着红糖，欢快地拥着老猎人往寨子里走。进了寨子，还不见一个大人出来，猎人急忙问："请问你们，有个白老大可是住在这里？"

"我阿爸他们打野猪去了。"

"你？"猎人仔细把茶妹上下打量了一番，又大笑了起来！"你就是那个又聪明又能干的小茶妹吧？哈哈，长得真快，真快！我老眼昏花，几乎认不出你了。"

茶妹笑得像朵山茶花似的："大爹，这两年，你也不来我们老林做客。我和阿爸怪想念你呢！"

猎人抱歉地笑着："我忙呀！解放后，当了民兵英雄，事情多，会议多。再说，你们常常搬家，想来看看你们，也不容易呀！"

茶妹不懂猎人为什么会"事情多、会议多"，她歪着小脑袋说："大爹，你哄我。你把我们忘了！你说我们难找，怎么今天又找到了呢！"

猎人觉得小茶妹聪明，会说话，逗人喜欢。他抚摸着茶妹那蓬乱的头发说："茶妹，你不要生气。我们是好朋友，哪个时候也忘不了。那年我回去，对我家姑娘阿兰说，老林里有个聪明、能干的小茶妹，她听了，也是很喜欢，说二天要来看看你，还给你绣了一件礼物。只是事忙，今天才给你带来……"

老猎人从兽皮挎包里拿出了一块红头巾，上边用银线绣了一朵大大的山茶花。布是自己织、自己染的土布，绣工也不怎么精，可是，这表达了一个瑶族姑娘对一个没见过面的苦聪小女孩的真挚感情。这简单的艺术品，在这群苦聪小姑娘面前，也足以使她们眼花缭乱了。这个抢去看看，那个拿去摸摸，羡慕茶妹在老林外边有那么多好朋友！

小茶妹笑得嘴都合不拢。瑶族猎人替她把头巾扎上。嗬！好一个漂亮的小茶妹。

茶妹紧紧抓住那红头巾，好像怕它会被树上的鸟儿啄走。连声说："大爹，你怎么今天才来，你该早些来呀！"

猎人点点头："是呀！不过今天是有要紧事，你阿爸哪个时候回来？"

"不晓得。也许今天，也许明后天。"

猎人沮丧地叹了口气："唉！真恼火，好不容易找到你们这里，又见不到你阿爸。"

茶妹感到好笑，这个大爹胡子头发都快白完了，怎么还像个小娃娃似的，找不到人就伤心地唉声叹气。她把两手叉在腰里，装出一副大人的神态："别着急，别着急，你等他两天好了，我家留着有舍不得吃的苞谷，还有熊肉干巴，饿不着你。"

猎人见了茶妹那副神态，又着急又好笑："娃娃，你懂哪样？我有要紧事，这事急如星火，一天也耽误不得呀！"

茶妹还是缠住不放："哪样急事？要熊皮，要干巴？还是想在我们老林躲藏土司老爷和汉人？你对我说，我和小姑娘们帮你的忙。"

猎人心里正烦躁，冲出一句："你们小姑娘家懂哪样，这事要大人才办得成呢！"

瑶族猎人说完就掏出旱烟袋，啪哒啪哒地吸他的烟，不再和小姑娘们啰唆了。

茶妹最恨别人把她当小孩子看待了，也生气地噘起了小嘴。心想：我阿爸都放心叫我办事，要我守家，你还说我们小姑娘家不懂事。好，不懂就算了，她下决心再也不理这个瑶家人了。今天，不给他东西吃，狠狠饿他一天，看他还敢看不起人么？她向小姑娘们挥了挥手："走，他不理我们，我们也不理他。"

猎人没想到这苦聪小女孩自尊心这么强，忍不住笑了，赶紧拦住她们，表示歉意："茶妹，过来，过来。不是大爹不理你们，是你们太小了，帮不了我的忙。"

茶妹身子一扭，一跳多远地闪开了，还小脑袋歪着，小嘴巴噘着，学着猎人刚才那不耐烦的神态："你这大爹可怪了，我们小姑娘家又不是豹子、老熊，为哪样要朝着我们大声武气地乱吼？"

猎人更觉得小茶妹可爱了，他走过去又赔了个不是，说："茶妹，你们不要见怪，我心里着急呀！我有个好朋友，前两天进老林来找你们苦聪人，黑夜里不小心掉进陷阱里，被竹刀竹箭戳伤了……"

"哎呀！"一听有人受伤，茶妹那小小的一点脾气顿时没有了。

"我特意来找你阿爸，求一点鹿衔草救命，偏偏你阿爸又不在。"

茶妹跳了起来："要鹿衔草？大爹，你为哪样不早点说？你要多少？我去帮你摘。"

"我去。"

"我也去。"小姑娘们也叽叽喳喳地嚷了起来。

在瑶族猎人的眼睛里，鹿衔草的作用，不亚于灵芝仙草。纵使不是成仙得道的人才挖得着，也要白老大这种年岁高、经验多的老人，才知道在什么地方。可是，这一群娃娃都说她们也会找，他怎么能相信呢！他神情严肃地说道："茶妹，我是要救人命，不要和我开玩笑。"

茶妹见猎人不相信她，更急于表现自己的能耐，她跑回小楼里，拿了一只小藤背篓，抓着老猎人的手说："走，我带你找去。你大惊小怪哪样？我们苦聪小姑娘，哪个不会挖几种草药？"

那些苦聪小姑娘，都是茶妹的忠实伙伴，她们不容老猎人分说，前呼后拥地推着他就走。

小姑娘们似乎是专拣那些被小树、刺竹和荆棘密密封住了的地方闯，走不通的地方，就用兽皮衣衫包住脑袋往里面钻。她们身子小，人又灵活，一拱就过去了。瑶族猎人个子大，又不习惯这种钻法，拿把砍刀乱砍一阵，还过不去，急得在后边乱喊："茶妹，你们往哪里拱？你们是地老鼠变的吧！"

茶妹她们也不吭声，只是悄悄抿着嘴笑，心想，你是大人又怎样？还不是拱不过我们小娃娃。

老猎人钻得头巾散乱，气喘吁吁，手上和脸上，被刺竹划得尽是血痕，实在难以跟上。他见小姑娘们在远处笑得好喜欢，才明白是故意戏弄他。老猎人大声说："好茶妹，好姑娘们，你们别跟我这老头子开玩笑，我钻不动了。"

茶妹她们哈哈大笑起来："大爹，你就在那里歇着吧！等我们给你送鹿衔草过来。"

小姑娘们眼睛尖，手又灵巧，在那些岩石缝里，大树下东钻西钻，一会儿就挖了一满篓鹿衔草送过来给瑶族猎人，问："可是这种草？"

那年白老大挖鹿衔草的时候，老猎人没有仔细看。所以，他看了好一会儿也认不得。他到底是有经验的猎人，拿了一束揉碎，敷在刚才钻林子被刺竹划破的伤口上。过了一会儿，他觉得一股清凉直沁入肌肉深处，血止了，也不痛了。瑶族猎人高兴地说："谢谢你们，谢谢你们。茶妹，你们真能干！只怪你大爹有眼不识能人。好，好，副营长有救了。"

小姑娘们更得意了，又东寻西觅地挖了几藤篓。瑶族猎人高兴得直笑："够了，够了，再有两三个伤员也够用了。"

茶妹又学着她阿爸的神态，煞有介事地说："你可晓得，这是我们苦聪祖先传下来的鹿衔草，刀伤火炙，敷上就好。就是肉烂完了，也能长出新肉来……"

瑶族猎人这会儿可把小茶妹当个大人看待了，一句一点头，连声应和着。等茶妹说完了，才问："可吃得？"

"吃得，熬水喝也可以。"

瑶族猎人又诚心诚意地问："茶妹、小姑娘们，你们办了这么一件大事，该怎样感谢你们呢？唉！你们又不敢走出老林，我真想请你们到我家去做客，请你们吃红糖糯米稀饭，吃菠萝，吃牛肉干巴……"

一听说要感谢她们，茶妹又恢复了那小姑娘的羞怯神态，红着脸说："一点草药有哪样稀罕的，值不得谢。"

小姑娘们像窝山雀，喊喊喳喳嚷了起来："不要谢！不要谢！""谢哪样？又不费事！"

瑶族猎人郑重其事地说："茶妹，你们不晓得，你们找的鹿衔草，要救活的是一个好得很的人哪！"

"哪样好人？"

"一个解放军。"

"解、放、军？"茶妹好像在哪里听说过，一时想不起来了。她见老猎人为了找药，不辞辛劳走进深山老林，心想一定是他家什么亲人受了伤，就天真地问："大爹，这个解放军，是你的亲阿哥吧！"

茶妹这话问得怪有意思，但不是三言两语可以说得清楚。瑶族猎人乐呵呵地笑着说："他呀！他是比自己阿哥，比自己阿爸、阿妈还要亲的人，他心地最好……"

小茶妹迷惑不解地望着瑶族猎人，心想，世上还有比自己阿爹、阿妈还亲的人么？没听说过，没听说过……

瑶族猎人看出了小茶妹的心思，笑着说："茶妹，等他的伤治好了以后，我叫他进老林来谢你们吧！"

茶妹急得小手乱摆："不要谢，不要谢。我阿爸早就说过了，要来你自己来，不要带别的人来。"

瑶族猎人急于送药回去，也就不再多说。把葫芦带酒一起交给了茶妹，说："茶妹，你大爹来得匆忙，没带什么东西，这一葫芦好酒送给你阿爸。告诉你阿爸，外边世道变了，坏心肠的狗土司打倒了，反动政府完蛋了，没有人再敢欺压我们了。过几天，人民政府会派人来把你们救出老林……"茶妹似懂非懂地点点头。她见瑶族猎人要走了，难舍地扯住他的衣衫说："大爹，你心肠好，你要常来。"

"我来，我一定来。"瑶族猎人也感动了。

茶妹和苦聪小姑娘又送了老猎人一程，一再叮嘱：天黑了，就不要再摸夜路，找棵大树歇歇。夜里老林的野兽多呵！

小茶妹还追着喊："大爹，你往南走，那边有个湖，再沿着湖边向北走，出老林就近了。你要小心，湖边野兽多！"老林生活太单调了，这第一个从外边来她们寨子的客人，使她们多么舍不得呵！

瑶族猎人走远了，隐入树丛中看不见了，小姑娘们清脆的嗓音还在山林间回响："大爹，你慢慢走，路上小心……"声音是那么稚嫩，亲切，清脆，瑶族猎人听了感动得掉了几滴眼泪。多好的小娃呵！能让她们一辈子在这阴暗潮湿的老林里，过着困苦的生活么？不能！要让她出来，一定要让她们搬出老林来！

六

瑶族猎人走后的第二天下午，白老大、白鲁和寨子里的其他苦聪人，抬着一只野猪和几只麂子回来了。这次远出打猎收获很大，苦聪人都很高兴，他们打着吆喝，吹着竹笛。老远老远，就听到他们的喊声笑声。

茶妹和小姑娘们飞也似的奔了出去，扑向她们阿爸、阿妈、阿哥的怀里，撒娇地问大人，给她们带来了什么礼物？苦聪小女孩的要求不高，一串酸得牙凉的野果，几只野鸡蛋，就够她们高兴好长时间了。

茶妹把酒葫芦藏在身后，拦住白老大问："阿爸，你给我带了哪样回来？"

白老大遗憾地摇摇头："我忙着招呼人打野物，忘了给你带东西。"

茶妹噘起了小嘴："阿爸，你一点也不心疼我。"这可叫白老大难过极了，急忙把她拉过来："茶妹，不要生气，等一会儿，我把野猪肝、麂子心都烤给你吃。"

茶妹还要撒娇，故作生气地跳开来："我不要。"她跳着跳着，不小心把藏在背后的酒葫芦露出来了。

"那是什么？"白老大急忙问。

茶妹把酒葫芦举得高高的："酒、酒、酒。我不给你。"

"酒？"白老大惊异地问："哪个进老林来了？"

"瑶家大爹。"

"他呢？"

"走了。"

"唉！你这娃娃，为哪样不留住他？"

"他有急事，留不住呵！"

白老大接过酒葫芦，咕嘟嘟满饮了一口，顿时觉得一股热力流遍了全身，脸红耳热，几天来的疲劳都消失了。自从那年遇见瑶族猎人喝过一次以后，这种美酒的滋味和喷鼻的香味，他一直难以忘怀。

回到了屋里，白老大慢慢喝着酒，听小茶妹讲瑶族猎人到老林来的事，当他听说茶妹她们帮猎人找鹿衔草，白老大不住夸奖茶妹能干，会办事。

白老大很惋惜，没有早些赶回来和这瑶家朋友畅谈一番。虽然瑶族猎人也说了还要来，他却不怎么相信。他遇见过许多人，一分手就再也难以相逢的事。白老大心里极其惆怅，他想：再来，不知道是哪一辈子的事呵！

白老大按照苦聪人古老的风俗，把这葫芦好酒，让每个苦聪汉子都喝了一口。平日只喝过酸果酒的苦聪人，完全被老猎人带来的好酒陶醉了。高兴得直咂舌头。

白鲁喝了酒，默默地撕着麂子肉吃，脸上神色阴沉痛苦。他想起了他们傣族人那醇厚的花酒来了。那种酒清澈得有如一潭泉水，倒进碗里，香气四溢，漾起一圈酒花。不敢喝酒的人看见酒花，嗅着酒香，都会迷住，忍不住一仰脖子满饮一口。呵！白鲁想起那些生活，那些情景，恍如隔世，心中满含悲切。那一切，可能再也回不来了。

白鲁想得很多、很乱。听阿爸说过，瑶族猎人和他们很要好，他也就不多怀疑。可是，瑶家人对茶妹说：外边世道变了，狗土司打倒了。这是真的吗？又有谁大闹藤条江，火烧土司府吗？可是，那些带枪的汉人，为什么老是往老林里窜呢？他又记起了残匪的兵丁打伤他，以及那天晚上汉人在陷阱附近追赶他的事，白鲁的心，也乱得很。

在这个部落的苦聪人中，真正不安的只有一个人，这就是那个"毕摩"。其实，老毕摩并没见过汉人和瑶族人。可是，在老辈人的灌输下，他极其仇恨、惧怕老林外面的人。他们认为，他们在老林里受苦受难，全是外界人整的，外界人为什么那么厉害？因为他们是魔鬼……他们祖辈从来没见过真正的魔鬼，就把外界的人当作魔鬼来向他描述。所以，当他听说有个瑶族人到他们老林里来，而且是白老大的好朋友，这真使他又惶恐又惊异。老毕摩很会装神弄鬼，在苦聪人中被称作"安恩路"，也就是大巫师之意，常被请到别的部落去作法祭神。这两天老毕摩不在家，到河头部落祈祷去了。他回来后连自己的小窝棚也没有进去，拄着根拐杖来找白老大。

毕摩是个干瘦老头，头发、眉毛、胡须全都白了，两眼深陷，闪着凶光，远远望去，就像个发怒的大白猫。毕摩整天阴沉着脸，默不作声，只有跳神祭鬼、打卦问卜的时候，突然精神振作，手舞足蹈，有时跳着唱着，有时嘴里喃喃地念着咒语，神态极其恐怖。使得在场的苦聪人以为魔鬼真的就在旁边，会吓得脊背发凉，身子发抖。

老毕摩脸上阴沉地走上白老大那低矮的小木楼，也不坐下，以杖击地，恼怒地说道："老弟，听说，你家来过一个瑶家人？"

白老大正在喝酒，听见毕摩问他，点头道："是呀！我打野猪去了，小茶妹看见他。瑶族猎人和我是老朋友了！"

"哼，朋友？你头发都白了，还这样不懂事。外边人能当朋友？"

"他不是坏人，那年救过我的命，是个难得的好人哪！你看，他还送了我一葫芦酒！来来，剩的不多了，你也喝上两口吧！"

烧酒的喷香使老毕摩口涎欲滴，他把装神扮鬼时的嘴脸暂时收起来，挨近白老大坐下。他伸手接过酒葫芦，贪婪地咕嘟咕嘟喝了几口。见小茶妹在旁边生气地噘起小嘴，他才恋恋不舍地抹抹嘴皮："好酒，好酒，像天上神仙吃的东西一样好吃。"老毕摩吧唧了两下嘴，接着说："白老大，他为什么要进老林送酒给你？我怕来意不善呀！"

茶妹赶紧说："有哪样来意不善？人家来找鹿衔草。"

老毕摩听见茶妹在旁边插嘴，生气地骂道："就是你这个小东西啰唆，那个要你多嘴。"

白老大有了几分酒意，摇着手爽朗地笑着："他呀，心肠好得像冬天的太阳，又暖和，又明亮，对我不会有哪样坏心。"

老毕摩没有见到瑶族猎人，想骂他几句，又找不到借口。这时，葫芦里的好酒又喷出诱人的香味，老毕摩避开茶妹的眼光，涎着脸，又端起酒葫芦喝了几口，舐舐嘴皮说："我刚才进寨子，树上的老鸦咕咕地叫，兆头很不好呢！"

白老大吃了一惊，酒意醒了两分。但是，当年和瑶族猎人那段真挚的友情，不是毕摩的三言两语动摇得了的。他摇摇头说："坏事不会出在瑶家人身上，我们在别处小心点，这两天，不要出去打野猪和豹子。"

"哼！老林外边的人，比豹子和野猪还凶恶呢！白老大，你不该把进老林找我们的标志告诉那瑶家人。万一他把外人带进来怎么办呢？"

茶妹平常就厌恶老毕摩装神弄鬼的丑样子。今天，见他把坏话说到瑶家大爹头上了，她很是生气。她从心眼里喜欢瑶族猎人。你看，人家多和善，多亲切，对小娃发错了脾气，还赔礼认错。人家送的这块红头巾多好看呵！怎么把这么好的人和豹子、野猪比？这个毕摩好坏！她不敢当面顶撞，就在心里暗暗骂着："你这老毕摩好可恶。你说人家不好，为哪样还要喝人家的酒？不给你喝，不给你喝。"她悄悄摸了过去，把酒葫芦拿了过来，藏到竹楼外边。

老毕摩又讲了一大通，老林外边的人怎么坏，下次来了该怎样阻挡，啰唆完了，再伸手去摸酒葫芦时，那东西已不知去向，他瞪大眼睛四下里寻找，又生气又不好说。

茶妹躲在竹楼外边看着，高兴得把腰都笑弯了。

茶妹还小，经历的挫折少，对未来还充满了金色的幻想。对于鬼神也就不如老年人那样笃信。虽然老林是这么阴暗，生活是这样艰困，她们这些小姑娘想的尽是些天真有趣的事。她们总觉得自己年岁太小了，要是能长快些，长高些，长得比阿爸、阿哥还要结实、高大，那多好呵！那时候，她们一定要做许多现在想做而又做不到的事。她们要把稠密的树林砍开，让阳光灿烂地射进来。她们还要大着胆子，手挽手到老林外边去看看。老毕摩他们把外边说得那样吓人，茶妹可不大相信。过去那些给她衣服和炒面的汉人，还有那瑶家大爹，不是都蛮好蛮好么？

等老毕摩走了以后，茶妹才跑进来，搂着白老大的脖子，央求地说："阿爸，你不要听老毕摩的话，他尽乱说。他好不害羞，喝了人家的酒，还要骂人家，等二天瑶家大爹来了，我要去告他，叫他用明火枪打老毕摩……"

小茶妹的话，说得白老大哈哈大笑起来，刚才的愁闷情绪，一下子烟消云散了。

七

挨赶副营长敷了鹿衔草，医生又用从部队送来的西药配合治疗，伤势逐渐转好。这种草药在别的地方也有，却没有生长在原始老林的那样效力大，这兴许是老林肥沃、水土气候不同的缘故罢。这几把鹿衔草，引起了部队干部战士的很大兴趣。最使沙教导员感兴趣的，还是瑶族猎人认识老林里的苦聪人，又熟悉进老林的"路"，这是多么好的向导呵！如果没有人带路，别说难以进这老林，进去了也像大海摸针一样，难以找到一个苦聪人。在这段时间，他们又派过两个组从东、西两个方向进老林去。但是，一进去就在那昏暗的老林里迷了路，左转右拐，吃完了干粮，扯破了衣裳后，只得失望地撤回来。

这天，沙教导员叫人准备了一点酒菜，一是慰问瑶族猎人一片诚心，不避艰辛，进老林找回了鹿衔草；同时也想和他商量一下，请他带路进老林。

　　菜不多，酒也平常，瑶族猎人却很高兴。这位过去被认为是"大官"的首长，这样看得起他，把他当作贵客，这也只有解放后的新社会才会这样。尽管这天阴云密布，将有一场大雷雨，他还是换了身新衣衫，扎了块新头巾，佩戴上在县里开民兵代表会时得来的纪念章，兴冲冲地赶来赴宴。一路上遇见人问他："邓大爹，哪里去呀？穿得这么整齐？"他赶紧站住，唠唠叨叨地告诉对方："县上来的领导请我吃饭。哈哈，真是礼貌周到，深情厚谊，不去不行。"别人不问他，他也自动停下来笑呵呵地告诉人家。"沙书记……"进得屋来，他不顾别人和他握手问好，先深深弯下腰去行了个礼："多谢，多谢。你们这样看得起我这老头子，真叫我不敢当。"

　　沙教导员热情地请老猎人在上首坐，给他夹菜，筛酒。喝了几碗酒，老猎人的兴致更浓了，滔滔不绝地谈他这几十年来怎么打猎的，有几次碰到老熊又是如何惊险……老猎人边说边喝酒吃肉，喝多了酒吃够了肉，话更多了。他得意地说道："有人说老林方圆八百里，哪个真的去量过？我看还要大，足有上千里。不相信，你带上三五十天的干粮去闯闯看。不过，乱闯不得。那不是森林，那是无底的深渊，是魔鬼出没的地方。外人进去，轻嘛，得身病出来；重嘛，命都送掉。这老林周围的苗、瑶和哈尼人，哪个敢进老林去？顶多在林子边上转转……"

　　"可是，你进了老林，找回了鹿衔草，还见到了苦聪人，不简单呀！"沙教导员一边夸奖他，一边又诚心诚意地敬了他一碗酒。

　　"多谢，多谢！"瑶族猎人一口喝干了碗里的酒，得意地抹抹嘴巴："除了我，哪个进得了老林？你们晓得，只有我和苦聪人有交情呀！"

　　他又从头讲了那年他怎样打死残匪兵，救了白老大，一起喝酒，吃烤熊肉。老猎人眉飞色舞，说得那样生动、具体，沙教导员也听得入神了。

　　"邓大爹，你怎么找得到苦聪人呢？"沙教导员问。

　　"这个容易，我是……"

　　突然，天上一道闪电，惨白的光亮，透过黄昏的暗黑云层，把屋内照得明晃晃的。一个可怕的顾虑，像闪电似的射进了瑶族猎人的脑子里。他记起来了，他曾向白老大和茶妹发过誓，保证不带外人进老林，也不把进老林找苦聪人的办法告诉外人。他讷讷地说道："我……我……我是乱摸进去的呀！"

　　沙教导员微笑道："邓大爹，你是个豪爽的人，怎么这会儿吞吞吐吐起来，可是……"

话音未落，一声焦雷从天上劈将下来，把瑶族猎人惊得几乎跳了起来。他以为是老天要惩罚他不遵守誓言呢！古老的风俗和迷信，在一些信神信鬼的老人中，是很能左右他们的行动和思想的。本来已有些醉意的瑶族猎人，这时更加神情恍惚了。他酒也喝不下去，菜也不想吃了。他推开碗筷站起来，艰难地卷动着舌头："多谢，多谢，我吃够了。快下雨了，我该走了。"

瑶族猎人说完，也不管主人如何挽留，就匆匆跳下竹楼走了。

老猎人这突然一反常态的举动，使得沙教导员也惊愕地愣住了，不知是怎么一回事？

沙教导员想了想："可能他有顾虑，不愿把进老林的办法告诉我们。"

"是这样，是这样。"一直在屋里进进出出端菜端饭，帮助招呼客人的哈尼大嫂，这时也点了点头。"我们边地的人都有这个脾气，他想不通的事，你就是用水碾子来碾也碾不出。"

沙教导员陷入了沉思中。看来，寻找苦聪人的工作，还非常艰难呢！为什么前些日子，请瑶族猎人进老林找鹿衔草他答应得那样爽快，如今，一提起进老林找苦聪人，他又这样惊慌失措呢？沙教导员思考了好半天，也得不出一个合理的答案，这真使人愁闷极了。

根据目前的情况，没有向导，是难以进老林寻找苦聪人的。可是，这一带除了瑶族猎人以外，还没有发现谁深入过老林。唯一的办法，是尽力做好老猎人的工作。没有桥和船，怎么能到岸那边呢？

瑶族猎人喝多了酒，走到外边被冷风一吹，有些脚步踉跄了。他走得很慢，下坡上坡吃力得很。心情沉重，更使他困乏不堪。他怕走不到自己寨子，打了一个长长的呼啸，告诉他的女儿阿兰，他走不动了，要她快来接他。

老猎人又走了几步，觉得头昏眼花，脚下像踩着了浮云一样飘动着。他本想坐下来歇一歇，谁知道往路边的大树下一靠，只觉得昏昏沉沉，一眨眼的工夫，鼾声大作地睡着了。

过了一会儿，阿兰和几个姑娘、小伙子，打着火把来接他了。尽管风沙大作，雨点乱飞，老猎人却迷迷糊糊地睡得正香甜呢！嘴里还在断断续续说着胡话："路……我……我晓得，唉！我不……不好说呀……"

火把的亮光惊动了他，他翻了个身，嘟嘟囔囔地说："看，打雷闪电了，老天爷最恨说话不算数的人。我……我可没……"

阿兰听不懂猎人说些什么，看见他喝得满脸通红，躺在地上说胡话，觉得又生气又好笑，阿兰埋怨地说："你喝不得就少喝些嘛！看你这个样子！"

老猎人醉得糊里糊涂的，不知道是女儿来接他，还挣扎着："别，别拉扯我。我，我说，说了不去，就不、不去……"惹得那些姑娘小伙子笑个不停。

八

鹿衔草又一次医好了挨赶的伤，这就更使他思念那些还在老林中的苦聪人。这些日子来，这个饱经沧桑和革命斗争风雨、性格已沉静平稳的人，也突然变得容易激动起来了。他人躺在病床上，心常常在那墨绿的大森林里活动。他有时在梦里都会见到那些藤条、大树和鹿衔草，看见裹着兽皮的苦聪小女孩。本来身上的伤痛就已经够折磨人了，找不到苦聪人，更使他痛苦不堪。每个人都有他的理想和愿望。为了这，有的人愿历尽千难万险，牺牲个人的一切。对于挨赶来说，完成党和上级交给的任务，帮助苦聪人结束千百年来的原始生活，让他们走出深山老林，和全国人民一起来建设社会主义祖国，这就是他当前的心愿。但是，这又是多么困难呵！山高、林密，苦聪人踪迹渺茫，暂且不说；还有苦聪人对外界人的仇恨、恐惧和不信任，这都是困难呵！这困难怎么克服呢？

这天上午，沙教导员带人出去访问附近的村寨。因为瑶族猎人不肯带路，他们希望再找一个对老林有些了解的人作向导。指挥部里，只留下医生和一个战士看家，照顾挨赶。

挨近中午，山谷里的白雾才渐渐散开，阳光也比较暖和了，挨赶拿了张小凳子到晒台上坐着。他有好多天没有出来，那黝黑的皮肤，变得白黄白黄的。山风一吹，还有些头晕发冷。挨赶不由得苦恼地叹了口气："唉！真是一点风雨都经不起了。"

哈尼大嫂正在晒台上洗鹿蹄筋，看见挨赶出来，她关切地说："副营长，你多歇歇嘛！这也亏得你意志坚强，要是换个别人，早就没治了。你自己不晓得，把你抬出老林的时候，浑身都是血，把几层绷带都浸透了，真吓人呀！"

"多谢你对我的照顾，大嫂。没有你，我也好不了这么快。"

"不要谢我。还是谢谢瑶家邓大爹和他家阿兰，多亏他给你找来了鹿衔草。没有这种好药，我看，你现在也好不了这么快。"

"对，对。过两天等我能走动了，我一定要去他们寨子，谢谢他们。"瑶族猎人和阿兰每次来看望挨赶，都要带些吃食给他，在病床前坐好久。想起这些，心里总是暖烘烘的。

哈尼大嫂指了指盆里的鹿蹄筋，对挨赶说："这是邓大爹刚才送来的。他说：吃了鹿蹄筋，可以帮助你强筋骨、壮身体。二天走山路，照样龙腾虎跃。"

"邓大爹今天来过了？大嫂，你怎么不喊我一声？"

"他呀！"哈尼大嫂抿着嘴笑了："他不想见你们。"

"不想见我们？咄，我们没有人得罪他吧？"

"有人得罪了他，他还会三天两头给你送野味来？他呀！被旧思想箍住了脑壳啦！"哈尼大嫂说完，轻轻笑了起来。

"大嫂，这是怎么回事？"

"他和苦聪人赌过咒，不带外人进老林。沙教导员不晓得他有顾虑，那天请他喝酒的时候，要他当向导，这可把他吓坏了。所以，他这些天都躲着你们。可是，他又惦念你的身体，悄悄送点吃食来就走。"

挨赶愁闷地叹了口气："唉！这个老邓也太固执了，我们进老林，是为苦聪人嘛！"

"这些，他也晓得。可是你不懂，我们哈尼和瑶族人对发过的誓，最认真了。邓大爹悄悄对我说，那天，惊雷闪电都是冲着他来的呢！"说到这里，哈尼大嫂又忍不住笑了起来。

挨赶也笑了。这是个多么淳朴的老人呵！他说："大嫂，你劝劝他不要迷信嘛！"

哈尼大嫂笑道："我不敢。不要没劝成他，他一生气，连野味也不给你送来了。我要把你的身体照料好呀！"

"大嫂，你要是能劝他带我们进老林，那比给我吃什么山珍海味还要补人！"

"我劝不来，我劝不来。"哈尼大嫂摆摆手，提起洗干净的鹿蹄筋，轻盈地走进了屋内。挨赶赶忙喊住她："大嫂，你走什么？我们再好好商量一下嘛！"哈尼大嫂回过头来说："副营长，你们想劝动邓大爹，只有去找他家姑娘阿兰。

阿兰是她的独生女、心肝尖。老头子对她言听计从。只有阿兰，才搬得动他那犟脾气。"

"呵！"挨赶松了口气，高兴起来。他想起了那个系着红头巾的瑶家姑娘，两只大眼睛忽闪忽闪的。那一次，在老林边沿上，他们部队把她从匪徒手里救出来的时候，她对那个被匪徒逼得滚下悬崖、生死不明的苦聪汉子，充满了思念。当时，她随着部队在老林中艰难行进，不仅要消灭那些匪徒，为苦聪汉子报仇，还想找到那苦聪人的亲友，给予他们安慰和帮助。她不止一次对挨赶说："副营长，人怎么能披着兽皮住在老林里呵。可惜你没有见到苦聪人，你见了他们那悲惨形状，一定也会难过……"说着，说着，她就会掉下眼泪来。

如今，阿兰会把老林里的苦聪人忘了么？不会，一定不会！

晚上，教导员带着人回来了。他们在老林周围的山野村寨奔走了一整天，还是找不到一个熟悉老林道路的人，却把他的关节炎和胃病累犯了。

挨赶把有关瑶家父女的情况谈了一下，要求批准他去瑶家寨走一趟。

"副营长，过两天再说吧！你身体还没完全复原呢！"教导员同意挨赶的建议，感到只有他最适合做这个工作。但是，考虑到他的身体还未完全康复，犹豫着，下不了决心。

"过两天？不行。我如今可是心急如焚！再说，我身体也好了，这几步路，我还走得动。出去做点工作，我心情会更舒畅些！"

教导员沉吟着说："好。那明天你就辛苦一趟吧！不过不要性急，一次说不通，下次再说。"

挨赶那苍白的脸上，泛起了兴奋的红晕。又能够为党工作了，这对于一个革命战士来说，是多么的幸福呵！

第二天早上，山谷里还弥漫着浓厚的白雾，两个山之间，就像隔着广阔的海洋，山峦、树木、房屋，都隐没不见了，只见一团团白絮，一片片轻纱在眼前浮游，飘荡。挨赶带着一名叫岩仓的战士，在浓雾里穿行。下坡，爬山，穿冰凉的溪涧。他觉得腿软，要尽力稳住重心才不会跌倒。他强装着把步子迈得有力些，不让岩仓看出他病后虚弱。

其实，岩仓早就看在眼里，副营长的身体还没有完全好，他是在用革命的毅力坚持着，一步一步艰难地前进。岩仓紧紧地跟随在后边，恐怕他摔倒。

挨赶他们走进瑶族猎人的屋子时，老人正在擦那杆明火枪。他把枪筒擦得油光发亮，准备打一只怀胎的母麂送给挨赶。老猎人平常很少打怀胎的野物，这次下决心破个例，因为麂子胎是大补药，对病人恢复健康有利，用老猎人的话说，那好比把油喷在将要熄灭的火堆上，保险又会燃起腾腾大火。

瑶族猎人对挨赶副营长有特殊的感情——阿兰是他救的；这已成了废墟的四家寨，是他带着解放军帮助重建起来的！没有他，四家寨受苦受难的瑶家人，真是不堪设想呵！一看见挨赶笑着进来，瑶族猎人人吃一惊："天哪！副营长，你是从天上飞来的么？你怎么不在床上躺着？乱走动可不行呀……"

正在屋后边舂米的阿兰，丢下手里的棒槌，飞也似的跑了进来。阿兰脸上高兴得闪着红光，拍着手说："难怪今天一早，喜鹊就冲着我们家叫个不停。哈，是副营长和岩仓同志来做客了。"

瑶族猎人又欢喜又心痛地说："等身体好了再来做客嘛！再说，事前也该告诉我一声，我好弄些麂子、野猪、鸡、鸭、雁、鹅、蘑菇和竹笋，给你准备个八大碗，我们欢欢喜喜地吃个痛快。"

阿兰忙得像蝴蝶似的在屋内乱飞，又烤茶又倒酒，又去屋梁上解挂着的麂子干巴和野猪肉。总觉得东西少了，寒酸了，不知该怎么款待这位贵客才好！

瑶族猎人看了也乐了，哈哈大笑说："副营长，我家阿兰从来没这么高兴过。你看，为了招待你们，她的心都飞起来了呢！"

"阿兰，千方不要费心，我们坐坐就走。"挨赶说。

"才来就走？"瑶族猎人瞪大了眼睛："这可不行，进屋不喝酒，不吃肉，不合我们瑶家的风俗。"

"老邓同志，你们家的肉，我还少吃了么？昨天，我才晓得你一直悄悄给我送肉，送补品，这真是比亲人还亲，叫我不知怎么谢才好。"

瑶族猎人呵呵笑着，"快不要说见外的话了，那一小点东西，还值得谢？这个哈尼大嫂呀！真是多嘴的八哥鸟。叫她不要说，她还是说了。"

阿兰埋怨道："阿爸，你就爱乱说，给人家哈尼大嫂听见了，要多心呢！如今，解放了，要注意民族团结。"

"不怕，不怕，人家副营长是大官、是首长，不是多嘴的八哥鸟。再说，哈尼大嫂和我们是老熟人，会原谅我心直嘴快！"

老猎人的话，把大家都逗乐了。

挨赶郑重地说："不，老邓同志，我今天来，一是向你和阿兰感谢，你找来了那么好的鹿衔草，救了我的命，又送了那么多野味给我做营养……"

"咳，你尽说客气话，我不喜欢听。"猎人摇摇头，打断了挨赶的话。

挨赶笑了笑，又继续说："同时，也是来向你告辞，过两天，我要去老林了。"

"啊！你又要进老林？"瑶族猎人惊得从火塘前跑到门口站住，好像怕挨赶副营长这就走了似的："不行、不行，你的伤还没完全好。"

"我们上山来的任务，就是找苦聪人。任务完不成，对不起党，也对不起苦聪人，叫人多难受。老邓同志，我做梦都想着苦聪人呀！"

"他们生活得好，你放心好了。"猎人风快地说。

阿兰不高兴了："阿爸，你说些哪样？住在老林里吃野菜，穿兽皮，还算生活得好？你自己进去，过两天那种生活嘛！"

女儿的批评，瑶族猎人并不生气。他知道自己说漏了嘴，马上改口："对，对，那日子是不好过。我这……这是……"

阿兰尖锐地说："是你对苦聪人不关心。"

瑶族猎人讪笑了一下："好，好，就算是这样。"但他还是诚恳地劝说："副营长，你不要去。老林又深又密。步步有险，硬闯不得。"

挨赶说："不硬闯又怎么办？我们是不找到苦聪兄弟决不收兵。你看，我闯老林受了伤，别的同志还一批一批地往里闯。就是我们这里的同志全都牺牲了，后方还会派人来。老林有多深，多大？我看，总有一天能找到苦聪兄弟……"瑶族猎人不以为然地摇头："不能乱闯！总得找个认识路的人才好。"

"我们跑遍了附近的大小村寨，都找不到识路的人呀！你去过老林，又不肯带路。"

瑶族猎人偷偷看了女儿一眼，为难地低声说道："副营长，不是我不肯带路，我有困难呀！"

蹲在火塘前切牛肉干巴的阿兰气得喊了起来："阿爸，你为哪样不带路？你好狠心，怎么对苦聪兄弟一点感情也没有？"

"你乱说些哪样？我不是说了嘛，我有为难处呀！"

"再、为难，也要帮助解放军把苦聪人找出来。"

瑶族猎人被女儿逼得无处回旋，只好狼狈地道："我……我向苦聪兄弟发过誓，不带一个外人进老林……"

"老迷信！他们怕你带坏人进老林祸害他们。解放军这么好，完全是为了苦聪人的翻身解放着想。你怕哪样？"

瑶族猎人理屈词穷，只好说："叫我带路，也得让我先去告诉苦聪人一声。不说清楚，苦聪人会疑心，老天也不答应。那天的惊雷闪电，就是老天警告我不要背叛誓言，不要当多嘴的八哥……"

"唉！阿爸，你太自私了！"

"我自私！你乱说……"

女儿风利明快，父亲顽固守旧。父女俩就这样你一言我一语争执起来。挨赶副营长和岩仓劝都劝不下来。

阿兰脸涨得通红，两只眼睛水汪汪的要哭："你不给解放军带路，我带！再危险，我也要把苦聪人找到。"

瑶族猎人气得跺脚："你敢乱跑？"

"这算哪样乱跑？这是为了革命。阿爸，亏你还是民兵代表，到县上开过会呢！思想那样落后。"阿兰说完，跑进自己屋里收拾东西去了。

猎人气得不吭声了。他知道女儿的脾气，说做就做，拿定了主意，哪里都敢闯！

他愁眉苦脸地央求女儿："你这娃娃急哪样，也该让我好好想一想嘛！"

<h1 style="text-align:center">九</h1>

过了几天，寻找向导的事还是没有着落。

沙教导员、挨赶副营长都很为这事着急。

省委、军区也了解工作的艰难，来电报指示他们不要急躁，要依靠群众，摸索出进老林的规律，先做到能够进入老林、在老林中作较长时间活动，然后，才说得上找寻深藏在老林里的苦聪人……

看了电报，挨赶心里顿时亮了，他对沙教导员说："在老林里活动的本事我还是有，解放前打游击的时候，我多数是在深山老林中活动，饿不死，也迷不了路。这次，还是让我带部队进老林吧！"

沙教导员看了看挨赶副营长那伤病后两颊消瘦的面容，说："副营长，你的心情我理解，不过我担心你的身体呀。"

"身体复原了。又没病没痛了。"他见沙教导员还在犹豫，又说："支持不住，我就从老林出来，怎么样？"

沙教导员说："你在这里坐镇，让我去。"

挨赶直率地说道："老沙，这事，你就不要和我争了。行军打仗、调动部队、掌握全盘，你都比我强；这爬大山钻老林，你这北方人可就不如我这个在边地赶过马、打过游击的土特产了。算了，算了，你别和我争这任务了。你也知道，除了工作关系，我和苦聪人还有一种特殊感情，如果你先找到苦聪人，我心里可不舒服。"

"哈哈。"沙教导员笑了起来，说："好，我支持你去。我在这里给你当后勤部长，做你们的后援。"

这样，就决定了由挨赶副营长带上十个人进老林，摸清老林的特点，为后续部队进老林做准备。如果半个月内还没有音讯，第二批人就沿着先头部队沿途留下的标志，再进老林。

除了挨赶副营长外，这几个战士，都年轻体壮，身佩一色的冲锋枪、手榴弹，带足了干粮、大米，还配备了一位军医随行。

行前，沙教导员、挨赶副营长给战士做了动员，逐个作了谈话。战士们信心很足。当然，也是又写决心，又写保证，情绪很激昂。

出发的头一天，阿兰和两个瑶族姑娘突然赶来哈尼寨，要求一起进老林。

这可使沙教导员、挨赶副营长为难了，劝也劝不回。问她："阿兰，你阿爸同意你进老林吗？"她回答："我阿爸思想落后，我不能跟他一样！"

哈尼大嫂也从旁劝说："教导员，副营长，你就让阿兰去嘛！不要小看姑娘家，爬山越岭她们不比小伙子差，真的遇见了苦聪人，还要靠她们喊话宣传呢！你们的话苦聪人不一定相信，也不一定听得懂……"

教导员和挨赶只好同意了。

第二天，挨赶带着人出发了。

阿兰她们裹着红头巾，赤着脚，矫健地走在部队的最前头。部队发给她们胶鞋、棉衣，她们不穿，说不习惯。还说要留给苦聪人。

他们刚接近老林边沿，正商量着从哪个方向进老林的时候，在一棵大树后边闪出了瑶族猎人。他也是一身远出打猎的装束：明火枪、酒葫芦、皮挎包、羊毛毡披风、皮绑腿……

阿兰吃了一惊，赶紧闪到后边对挨赶副营长说："我阿爸来了，副营长，你快上去教育教育他。叫他不要阻挠我们找苦聪人。"

瑶族猎人冲过来，横眉竖眼地朝阿兰大吼："回去！哪个叫你乱跑？"

阿兰也不示弱："我偏不回去，我要进老林去找苦聪人。你自己不革命，还不让我革命！"

"我不革命？乱说！我这不是给大军带路来了。"

这可把众人愣住了，阿兰的眼睛更是惊得大大的。

瑶族猎人得意地朝挨赶副营长他们笑了笑："我先前只是有点顾虑，我家姑娘不分青红皂白，把我又咒又骂，说我不革命。我不革命，还能当代表到县上开会？"

挨赶和战士们只是笑。

瑶族猎人说得更起劲了："这两天，我也想了，你们为了帮助苦聪人脱离苦海，不顾自己的安危，三番两次闯老林，我还有什么说的。我再不给你们带路，那真是像我家阿兰说的，又自私、又落后、又不革命了。走，我给你们带路。苦聪人说我不遵守誓约，叫老天用雷打我，我也不怕……"

阿兰知道她父亲思想通了，高兴得直笑。

瑶族猎人又板着脸孔朝她喊着："笑哪样，这有哪样好笑的？还不给我回家去？老林里豹子老熊野猪成群，是你们姑娘家乱闯的地方？"

阿兰故意噘起嘴："你要是不把大军同志带到苦聪人那里，我可不依你。"

"去，去，快回去。我又不是小娃娃，要你教训我。苦聪是我的好兄弟，大军是我的恩人。我还会哄他们？"

阿兰高兴得把棉衣和胶鞋都塞给瑶族猎人，说："阿爸，我这就回去，我去酿一坛糯米酒等你们回来喝。"

瑶族猎人把棉衣和胶鞋都还给她："我不要。披着这件棉衣，能够爬山钻老林吗？"

等姑娘们要走了，老猎人又非常温和地对阿兰说道："阿兰，你回去看好家。你阿爸一定帮助大军，找到苦聪人。"

"阿爸！你路上保重。"阿兰眼圈红红的。呵！阿爸真是太好了。要不是有这么多人在旁边又这样行色匆匆，她真会编一首歌来唱给她老父亲听呢！

　　由于瑶族猎人的突然出现，使这个本来对进老林找苦聪人没多大把握的先遣组，一下子变得前途明朗了。他们如今不是找路，而是直奔老林里的苦聪村寨。

　　老林里阴暗潮湿，树挤着树，枝叶覆盖着枝叶。粗大的长满了青苔的古藤和竹子，把一切可活动的地方都堵塞住了。仿佛被罩在一个暗绿色大帐篷里一样，连个活动的余地也没有。但是，瑶族猎人却能够在别人以为无路可走的时候，带着人们左绕右拐，砍倒一排竹子，攀着一根藤条，或者钻过一个大枯树洞穴，从没有路的地方找出路来。

　　第一天，他们虽然走得很缓慢，表面看来是左绕右拐，一会儿上坡，一会儿下沟，但，实际走的都是老林里的直路。那松鼠路标时隐时现，隔好远才有一个。同时，他们还要在沿途砍下一些标记，让后边的人能追踪前来。

　　第二天，沿途不断发现一些苦聪人留下的痕迹：一卷用烂了的兽皮，一堆灰烬，一柄折断了的兽骨小刀……

　　这些苦聪人留下的痕迹对战士们来说，就像荒原探宝者找到了他们最珍贵的古物一样，高兴得很。这说明苦聪人离他们不会太远了，他们仿佛已听到了苦聪人那轻捷的脚步声。但是，当他们仔细辨认的时候，又只有风吹树叶的飒飒声……

　　挨赶副营长也是很高兴，但还是沉着地对战士们说："不要急，不要急，有瑶家老邓同志带路，迟早会见到苦聪人。"

　　其实，瑶族猎人心里也有些急，他发现那松鼠路标不仅减少了，而且隐蔽了，改变了方向。有一次，他们沿着左右是深密树林的峡谷走着、走着，突然前边出现了岔道。这时候，该往哪里走呢？松鼠尾巴不见了。瑶族猎人在附近转了好半天，才发现松鼠尾巴挂在一根藤条的顶端，粗心一点的人，谁也不会看见。谁会攀那么高去寻路标呢？这说明苦聪人对外人有了戒备，尽量把路标安得隐蔽些……

　　前途艰难，但再困难也要前进呵！

　　第二天傍晚，他们摸到了高原湖边。云南的横断山脉中，有许多这样的湖泊处在海拔几千米以上，被原始老林密密封裹着。深不见底的湖水碧绿碧绿，好像这绿色的原始老林，是用这碧绿的湖水染成的一样。湖边上开满了五颜六色的野花，其中又以鲜红的山杜鹃开得最多最美。风一吹来，花瓣纷纷飘坠，满天花雨，水底下的大鱼小鱼都浮了上来，悠然地在这些散发着浓厚香味的花瓣中穿梭般浮游，搅得碧绿的湖面上五彩缤纷。夕阳把它那金色的光辉也撒进了湖里，让那碧绿的湖水一点一点吸收掉。湖边上有成群的野鸭，见了人来也不害怕，只是淡漠地转动着长颈看看，然后懒散地呱呱叫着，张开那肥大的翅膀，低低地掠过湖面飞走了。

那天，瑶族猎人找鹿衔草回来的时候，只在离这湖较远的树林里插过去，没敢挨近湖边，他这猎人懂得，近水的地方野兽多，一个人来不得，如今和部队一起，人多枪多就不怕了。他们在湖边的大树下，用油布搭了两座简单的帐篷，生了一堆火，准备在这美丽的高原湖边过夜。金红色的火光，在黄昏的薄暮中腾腾升起，把绿色的树枝叶，映照得紫红暗绿，像涂了一层油彩似的，闪闪发亮……

挨赶副营长本来已经走累了，但是，一看见这满湖的水，这鱼群浮游在杜鹃花瓣中的情景，他高兴得连声叫好。他在藤条江和红河两岸活动多年，看够了河水在春秋季节、早晚时刻的各种变化，也熟悉各种鱼的浮游姿态，还没见过这种高原湖的奇妙景色呢！

水，特别是山林间那清澈的湖水和溪水，永远是和清新、洁净连在一起的，它可以涤荡污秽，使人摆脱疲累和烦闷。

挨赶副营长找了块比较宽敞、平坦，又临湖的林间空地，作为扎营的地方。他指挥部队砍倒树木、支起帐篷，又设置了防兽的栅栏，一切都安排妥帖了，他才在湖边洗了洗手脸，坐在岸边石头上，燃起一根香烟来休息。

安静碧绿的湖水，把他也引入了一种恬静的境界，他觉得这地方真是太美了，真想就这样坐着、长久地坐着。可是，只坐了一会儿，他又站了起来，望着那逐渐变得浓黑的湖边树林沉思，这地方这么好，为什么苦聪人不在这里定居？还要在森林深处藏身呢？这也说明，苦聪人对老林外边的人充满了恐惧。这次见了苦聪人，能够顺利开展工作，解除他们的疑虑么？

一阵风刮来，湖面起了一阵波浪。挨赶也因为想到了未来的一些事，不那么平静了。瑶族猎人提着明火枪下到湖边，拍拍几响，就提了几只野鸭回来。他最会野外用食了，鸭毛他也不褪，只是把内脏掏了，把盐巴、佐料塞进鸭肚内，弄些稀泥巴一糊，放在火上慢慢烤，烤得泥巴干裂，连带鸭毛一起剥落下来，鸭子也焦黄香脆，撕开就可以吃了。

战士们没想到进老林来会有这样可口的野味，不住地夸奖老猎人办法多。老猎人很得意，抓起酒葫芦咕嘟嘟饮了两口，对挨赶说："我们在高山上，山珍野味倒是有，就是吃鱼困难。解放前那一年，我托人拿了两只肥斑鸠去坝子里换了条鱼回来。鱼汤就是鲜呀……"

挨赶笑着说："老邓同志，今天我给你拿几条鱼吧！"

瑶族猎人看了看黄昏后变得墨绿、深不可测的湖水，赶紧拦阻："副营长，你想在这里摸鱼？算了，湖深水冷，天又黑，不要出事了。"

挨赶笑了笑："我呀！不下水也能叫你们吃上鱼。"说着抽出腰刀就近砍了十几根竹子，削成尖尖的鱼叉，喊着战士岩仓为他打着火把，走到湖边上。本来已经沉入水底的鱼群，见了火光又浮了起来。挨赶拿出他当年乘小舟飞鱼叉的本事来，看准了，一叉一条，转眼间就弄了七八条大鱼。这些鱼，还从来没被人捕捞过，等到它们发现危险，想往水底沉时，已来不及了。

瑶族猎人见了，乐得哈哈大笑，他从心里佩服，说："我只听人说打鱼要用网，没有网只有下水去摸。哪晓得你立在岸上，用竹叉叉也照样能拿鱼。副营长，你是从哪里学来的本事？真妙！"

挨赶也不回答，只是微微笑着。瑶族猎人也没想到这位副营长就是当年大闹藤条江的船夫。他们把鱼提回来，和战士们一起用小刀剖去鱼肚杂，用芭蕉叶包成一块块，又劈开竹子，做了几副鱼夹，夹着鱼在火上烤，烤得鱼油透过芭蕉叶大滴大滴地往火堆上掉，燃起了一阵阵蓝色的火焰……

这天晚上，他们的野餐真是出奇的丰富，烤鸭、烤鱼都是可以上宴席的头等美味。大家吃得一个个满嘴满手都是油，别说瑶族猎人没吃过这种烤鱼，那几个从长江边上来的战士，也没见过呢！

战士岩仓笑着告诉他们，长在藤条江边上的傣族人善于捕鱼，也善于做鱼，能干的主妇可以不要鸡、鸭、牛、羊、猪肉，单单用鱼办出一桌宴席来。除了那些红烧、清炖、油煎、小炒外，还把鱼和酒糟一起来腌，做成酒香扑鼻的酒糟鱼。更为新奇的是一种酸鱼，妇人们用小刀把鲜嫩的鱼肉切成绣花针那么大小，然后用生芒果汁来浸泡，虽然吃起来会使人酸得皱眉挤眼，直觉得牙床崩散。但，在盛夏酷暑吃着它，全身却清凉畅快，可以使人开怀畅饮，再喝多少酒也不醉……

瑶族猎人不甘示弱，抹了一下嘴巴，夸耀起他们瑶家来："我们瑶家也有好菜，熊掌炖香菇，马鹿……"

挨赶笑着说："熊掌炖香菇，有哪样稀罕？听说苦聪人经常吃呢！吃香菇就像吃野菜一样。"

瑶族猎人并不因为打断了他的话而生气，反而点头称是："是这样，是这样。老林里有一种香栎树，一长一大片林子，几百年没人砍伐，任由它们在一起挤着生长，年代久了，树都老了，空了，朽了，又一大片一大片地倒下去，化成灰，变成腐殖质土，雨淋日晒，这上面就长出了数不尽的香菇。这种香菇有的如碗口大，有巴掌那么厚，又香又鲜。我们要是遇见这种香栎树林，就背上背篓来捡，架起大火来烤，十几个日夜也捡不完。把烤干了的香菇，背到山下去卖，这一年的衣服火药钱就不缺了。"

"哈哈。"战士们听得入神，没想到这古老的原始森林里，会有这么多神奇美妙的事情。

天黑了。挨赶布置了岗哨。其他的人都在帐篷里挤着过夜了。

夜很冷，湖上起了风，附近的树林里有成群的长臂猿在此起彼落地一声接一声叫唤。呼猿天性好叫，声音悠长而苍凉。猫头鹰和鹈鹕鸟也不甘示弱，你一声我一声地发出怪叫。豹子和熊也凶猛地立在远处，望着火光嘶吼着，不敢朝这边扑来。

他们这两天在老林里听惯了野兽的叫喊，也就不在乎这些，把火堆加大，很快睡着了。

第二天。天刚亮，他们就被湖岸上白冠噪鹛鸟叽叽喳喳的啼声吵醒了。湖上白雾蒙蒙，一缕缕轻烟袅袅地散向树林丛中，就如满天雨花，和昨晚的景色迥然不同。挨赶指挥战士们收拾起帐篷，扑灭了火堆，简单地吃了顿早饭，又继续前进了。

临走前，他们在一棵大树上剥去树皮，用刀斧刻下了"某年某月某日，寻找苦聪人的先遣小组在此过夜"等几个字。又刻了几个粗大的箭头，指明他们前进的方向。

他们走了，树上白冠噪鹛鸟叽叽喳喳的啼声也停止了。湖边又恢复了往日的平静。只是岸边多了一堆黑色的灰烬，一些烤酥了的鱼骨头和鸭骨头，以及傣族样式的竹鱼叉和烤鱼夹子。

他们走后的大半天，白鲁和几个出来狩猎的苦聪汉子来到了湖岸边。他们走的是只有他们才知道的森林小路，所以没有和挨赶他们率领的先遣组相遇。

离湖边很远，他们就闻到了一股特殊的香味。"有人！"白鲁警觉地说。

白鲁他们轻手轻脚悄悄向这边摸来。走到湖岸边，他们才发现人已经走了，只有一群长颈鸟在那里啄鸭骨头和鱼骨头。长颈鸟见有人过来，伸长脖子鸣叫了几声，不情愿地张开翅膀飞走了。

白鲁他们走近前来，见火堆还冒着热气，帐篷没有了，桩子已经拔掉，从留下的痕迹来看，昨天晚上有人在这里歇夜，而且不止一两个人。这是谁呢？自己部落最近没人出来，别的部落又不会这么远跑到湖边上来。苦聪人传说，高原湖野兽鬼怪多，见着人就吃，骨头也不吐，老林的人轻易不敢在这里过夜。白鲁又仔细地来回查看一番，当他看到那烤鱼的竹夹和竹鱼叉，不禁大吃一惊。这是他们傣族人特有的工具呵！在藤条江边古老的渡口上，他不知道用竹叉叉过多少活鱼。这种烤鱼的竹夹子，也是他们傣族人才有的。人生往往是这样，一两样细小对象，常常会把你早已淡忘的往事从你的记忆中扯动起来。见物伤情，那东流的藤条江水、那傣家人精巧的小竹楼、那晚上点着松明火把下河叉鱼的往事，全都像那决了堤坝的湖水一样，一下子倾进了他的记忆中。白鲁的泪涌了出来，心在剧烈地绞痛……

等到别的苦聪汉子喊他时，白鲁才感到，这里的一切都是一种危险的迹象。外边的人，怎么能深入到湖边上来？自从那年他在老林边上被残匪打了几枪，他有幸活过来以后，一直在暗中追寻这股匪徒。他想，莫非是汉人和土司兵转到这一带来了？

"快回去告诉寨子里的人！"白鲁他们找了一条更近的小径，风快地窜着，跑着，急匆匆赶回寨子去。

十

这是雨季里一个难得的晴天。老林里比平日明亮多了，寨子周围的森林经过砍伐，已没有那么稠密。阳光也能透过那些比较稀疏的树枝叶照射进来。这些日子，苦聪人忙于打猎，挖野菜，拾菌子，薅苞谷草，早出晚归，都很劳累，好容易捡了个晴朗的日子，准备在窝棚里歇一歇。人们都从外面回来了，平日冷静寂寥的小村寨，一下子显得喧闹起来。那简陋的小棚屋里，有伙年轻人在唱歌，声调粗犷悲壮。他们唱民族的苦难，唱个人的不幸，唱老林挡住了他们的阳光，也唱他们对心上姑娘的爱慕，以及对未来的向往……

歌手们把他们忧郁的感情，全都倾注进了歌声中，使饱受艰辛的老一辈人听了为之黯然，使年轻人心情久久不能平静。无论是老人和年轻人，他们对苦难的过去和今天都极其厌恶，希望有那么一天，有那么一种力量能帮助他们改变这种苦难的现状。但他们具体需要什么力量？这力量从哪里来？他们又茫然了。老辈人没说过，现实生活中也没有榜样。老林中的人，个个都是一样贫困，他们只能用歌声来寄托自己的忧伤……

这天早晨，白老大正捧着竹碗，喝野菜糊糊，忽然听到外边树林里有麂子的叫声，他赶紧把竹碗一放，拿着弩弓奔了出去。别看他平日老态龙钟，行动迟缓，打起野物来，身手异常矫健。茶妹的野菜汤还没有喝完，白老大已把一只小麂子扛回来了。

茶妹高兴得直跳，这麂子毛皮光滑柔软，正合她做条短裙。所以，剥皮的时候，她很细心，唯恐会损坏一点毛皮。肉嘛，当然是按照老规矩，每家都分一块。但是，她要把麂子腿上最嫩最好的一块肉，炖给阿爸吃。她还要留块排骨给白鲁，阿哥最喜欢吃烤排骨了……

茶妹正在泉水边上洗剥麂子，白鲁和那几个苦聪汉子像群受惊的马鹿，一阵旋风地奔了回来。还没进寨门，白鲁就大声喊着："阿爸，阿爸，不好了，外边有人进老林来了。"

白老大正躺在熊皮垫子上抽烟歇息，听见白鲁的声音，赶紧从窝棚里钻出来："来了些哪样人？不要这样惊慌嘛！"

白鲁大喘着气，好一会儿才定下神来，对白老大说："来的好像是土司兵，人数不少。昨天晚上他们在湖边过夜，今天恐怕要往这边来了。"接着，他又把在湖边上看见的事详细说了一遍。

白老大听了也很紧张，他惊异地问："他们怎么认得往我们这边来的路？"

白鲁摇摇头，回答不出来。

寨子里的人听说有外人进老林，都慌乱地围了上来，不知怎么办才好。他们在老林里过的是宁静而贫困的生活，好久没遇见这种事了！

一些年岁不大的人，从来没见过土司兵，只是从老人那里听到，他们如何残暴，见东西就抢，见人就打。现在听说他们进了老林，就像大难临头似的，在寨子里窜来窜去，不知该怎么办好。老毕摩跌跌撞撞地从他那肮脏的小窝棚里钻了出来，阴沉地对白老大说："老阿哥，我那天说的话没有错吧！真正是'外人进林，祸事来临'呀！"

"啊！"苦聪人听见老毕摩的话，更加惊慌了。

有个老妇人可怜巴巴地说："毕摩，你给我们求求老天爷开恩吧……"

老毕摩把他那两只又黑又瘦的手举过额头，拉长声音说："你们……赶快杀猪宰鸡，我祷告老天爷！"

白鲁粗暴地大声嚷着："土司兵快到了，求神也来不及了。阿爸，是打还是逃？快想个办法吧！"

"打、打、打！"白老大还没回答，苦聪人就乱嚷了起来。

白老大说："白鲁，你带几个汉子，拿上弩弓梭镖去前边堵一下，好让部落里的人逃走。"

白鲁领着十几个苦聪汉子，急匆匆地走了。

寨子里一片紊乱，白老大声音颤抖地喊着："兄弟们，娃娃们：老林外边的土司兵来了，魔鬼和灾难来了，赶快把东西收拾好离开这里吧！"

妇女和娃娃们吓得哇地一声哭了起来，不知道如何是好。只有茶妹还清楚记得瑶族人说过，要进老林做客。她想：会不会是瑶家大爹他们来了呢？她拉住白老大问："阿爸，你有问清楚阿哥，进老林来的是好人，还是坏人？"

白老大正心烦意乱，不耐烦地说："不要啰唆了，外边人扛枪进老林，会有哪样好事？快把东西收拾一下，逃走吧！"

茶妹不敢再逗留，抱起一张熊皮，背了一小篓苞谷，又问白老大："阿爸，这只麂子怎么办？"

白老大跺了一下脚："唉！你这娃娃，这是那个时候了，还有心肠管这只死麂子？快走吧！"

茶妹伤心地哭了起来："我要麂子皮做裙子呢！"

小女儿的眼泪使父亲的心一阵酸痛，白老大急忙用好话哄她："快走吧！好茶妹。过两天，我再给你打一只比这还要好的麂子。"

茶妹流着眼泪跟逃亡的人群向寨子外走了。

一眨眼间寨子里就像遭到了一场浩劫一样，到处零乱地丢着来不及带走的兽皮、兽肉、野菜、竹笋和竹木用具。失去了主人的小猪和小鸡，在寨子里乱窜。深居老林的苦聪人，吃够了土司和国民党反动派的苦头，从前有一个部落由于逃走不及，男女老少全都惨遭杀害。因此他们代代相传，人人相互告诫，要小心老林外边的人。苦聪人哪里想得到，如今时代已经变了，反动土司和国民党都垮台了，这次进老林来的人，不是给他们带来灾难，而是给他们带来幸福呢！但是，他们长期过着与世隔绝的生活，怎么知道这些变化呢？他们只知道逃亡，逃亡，越逃得快越好。

苦聪人慌忙逃出寨子，向南边的树林里钻去。南边的树林比这儿更稠密，地形也更陡峭险要，连猎人的小路都没有。他们一边走，一边机灵地把沿途的标记和痕迹消灭掉。

走在最后边的是白老大和几个苦聪老人。他们边走边侧耳倾听。到了下午，才听到寨子北头传来了隐约的呐喊声和一声枪响。他们估计是老林外面的人，扑向他们的寨子了。

十一

越接近苦聪村寨，山势越陡峭。苦聪人总爱在这些险要处居住。因为山高坡陡，瑶族猎人和挨赶他们走得更慢了，黄昏才来到苦聪寨子附近。

因为附近有人居住，这一带的树林比周围稍为稀疏些，阳光能透射进来，花草比旁的地方也开得茂盛。一片片红云似的映山红，一丛丛紫罗兰，铺满了树林的空隙。蓝色的牵牛花，娇弱地依附在小枫树上……

远处还传来一两声微弱的鸡啼声，这更是有人家的迹象。

挨赶他们真是高兴极了，这些日子以来，他们历尽艰辛，如今总算接近苦聪人的村寨了。今天晚上，就可以直接了解他们的痛苦，向他们宣传党的民族政策，讲解放后老林外边的变化了。

瑶族猎人很得意，他终于把解放军带到了苦聪人的寨子前了。他对挨赶说："副营长，寨子里有个小姑娘叫茶妹，聪明得很，你敷的鹿衔草，就是她带人找的……"

"我得好好谢谢她。我给她们带来了针线和花布做礼物。"挨赶说。

猎人哈哈大笑："她们一向都是披兽皮，裹芭蕉叶，哪里会用什么针线呀！"

"不会，就教她们嘛！我们来的目的，就是帮助她们脱离这种原始的生活。"

"是呀，是呀！她们一定会高兴的。"

又走了一程。瑶族猎人突然对挨赶说道："副营长，我在苦聪人面前发过誓，不带一个外人进老林来。他们要是为这事埋怨我，你可要帮我解释呀！"

"当然，当然。你放心好了。等我们进了寨子，说明了来意，苦聪人还会感激你呢！"

"哈哈。"猎人豪爽地大笑了。

瑶族猎人的谈话，引起了挨赶的深思，他想，这么一大队人贸然闯进苦聪人的寨子，可会引起他们的不安？挨赶考虑了一下，决定还是让瑶族猎人先进寨子去说明一下，消除苦聪人的顾虑。

猎人觉得这是个好办法。他说："再走一小段路，前边有个小草坪。离草坪不远，有条小河。你们可以在那里歇息一下，洗洗脸，喝点水。等我说妥了再来叫你们。"

挨赶他们哪里晓得，白鲁他们已经埋伏在他们附近，弩箭和梭镖，正恶狠狠地瞄准他们。

这是一个陡坡。坡的上下都是树林，特别是坡的上边更是老树参界，古藤乱垂，坡下的人抬头只见一片黑黝黝的，难以看到上边的动静。白鲁他们就选择了这个有利地形作为抗击"入侵者"的战场。

他们按好了弩弓，搬来了大石头，仔细注意着"入侵者"。

来人逐渐走近了，看得更清楚了。

走在前边的是一个瑶家人，头上包着红头巾，身上穿着一身黑衣服，肩上背着一杆明火枪。跟着瑶家人的是几个带枪的汉族人。

白鲁从白老大和茶妹的嘴里，知道瑶族猎人的样子，所以他一眼就认出了他。白鲁气得咬着牙齿低声骂着："这口是心非的瑶家老乌鸦。原来是他给汉人带路。"

白鲁端起弩弓瞄准瑶家人，刚要扣动扳机，又发现后边有个身着黄衣衫、年岁较大、头领模样的人。那人指指点点，好像这些汉人都归他指挥。白鲁猜想道：那是谁？是国民党军官么？仇恨和苦难的岁月，阻拦了他的视力和思路，他哪里晓得这就是他的父亲挨赶呢！白鲁尽力压制自己的紧张和激动，把弩箭对准了挨赶。

大队人马越走越近了。白鲁憋足气力，打了声呼哨，弩箭嗖地一声射了出去。其他苦聪人听见白鲁的呼哨，也扳动弩弓，把大石呼隆隆往下推。

一支竹箭啪地一声插进了挨赶副营长的左肩，他痛苦地哼了一声，就翻倒在地。岩仓眼捷手快，抱起他往旁边大树后边一闪，才躲过了那轰隆隆一个挨一个滚下来的大石头。

瑶族猎人的头上也中了一箭，幸好包头巾又厚又软，只擦伤了点头皮，气得他忘了一切，闪进一棵大树后边，举起明火枪轰的就是一下，嘴里还骂着："我一片好心，你们还打我！"

瑶族猎人这一响明火枪，更激怒了苦聪人，弩箭和石头像冰雹般飞下，几个来不及躲闪的战士都被石头和弩箭打伤了。

战士们都散开，躲进了大树后边。急得挨赶大声喊着："不准开枪，是苦聪人！"

瑶族猎人这才省悟过来，懊悔地叹了口气："天哪！我干了些哪样蠢事呀！"

战士们大声喊道："苦聪兄弟，不要打，不要打，我们来，没有什么恶意……"

瑶族猎人也跟着喊了起来，对方并不回答，弩箭、石头还是如飞蝗般地袭来。再过了一会儿，箭停了，石头也没有了。白鲁估计寨子里的人已走远，趁着汉人还有一段距离，带着苦聪汉子从容地攀藤爬树溜走了。

战士们又喊了一会儿话，对方还是没有回答。

瑶族猎人颓丧地说："不要喊了，他们早跑远了。"

天快黑了，老林里又变得阴森恐怖了，绿色的树、藤条和五颜六色的花草，全都失去了它们原有的迷人色彩，被一片暗黑色所笼罩着。

那一箭是那么有力，深深插进挨赶的左肩，血把半件衣衫都染红了。幸好，先遣组这次带了医生来，迅速给挨赶敷上消炎粉，扎上急救包。

看到挨赶的脸像黄纸一样怕人，瑶族猎人很苦恼，连声说："唉唉，我好糊涂。我明明知道苦聪人不喜欢外边的人，我为什么要急着把你们带到这里来？我该先来和他们说明白，让他们吹着树叶，敲着兽皮鼓来接你们才是嘛！"

挨赶虽然疼痛得厉害，还是尽力安慰这好心的瑶家人。他说："老邓同志，快不要这样说。这事怎么能怪你？都是我们找苦聪人的心太急迫了。"

猎人懊恼地说道："这多糟糕，看你流了多少血哪！这也不知是怎么搞的，你那么关心苦聪人，可是苦聪人却几次叫你流血受伤。这是不是没缘分？"

挨赶强撑起身子把战士们召集在一起，说："看来，情况有些复杂，苦聪人见了我们，不是跑就是打，要接近他们，很不容易。不过，再困难也要接近他们。打，我们不还手；跑，我们就追。追到天涯海角，也要把他们追回来。"

这个时候的瑶族猎人真是苦恼极了。他想，苦聪人一定会怨恨我不讲信义把外人带进老林，这明火枪一轰，他们更要把我当作杀人匪徒切齿痛恨了！唉，唉！我怎么尽办糊涂事……

挨赶见瑶族猎人那垂头丧气的神态，心里好生不忍。他想，千万不能使这朴实的瑶家人误以为错在他那里。他已尽了最大努力，若没有他当向导，这先遣小组还不知道在森林那个角落瞎摸呢！出现了这意外情况，只怪自己考虑不周，群众兴奋乐观的时候，自己为什么不能冷静些呢？

挨赶强忍住疼痛，走近了瑶族猎人，说："老邓同志，事到如今，急也没有用，我们还是讨论讨论下一步怎么办？"瑶族猎人痛苦地抱住头："唉！我心乱如麻，不知该怎么好！我家阿兰要是知道我一枪轰走了苦聪人，回去又要数落我这老头子了；还有那些苦聪人，如今不知在怎样骂我呢！唉，唉，我这可是老鼠钻进风箱里，两头受气了！……"挨赶虽然肩膀上的伤痛得难受，还是不能不为这瑶家人的神态感到好笑。他尽力安慰道："老邓同志，这事不能怪你，你已经尽了力了。"

"怎么？"

"你的任务是带路。把我们带到了这里，就是你的一大功劳。苦聪人要打要跑，那是他们的事，怎么能怪你呀！"

"唔，这话有道理。"瑶族猎人满意地点点头。心头沉重的感觉也减轻了一些。

挨赶又说："工作中有缺点，责任在我，我如果说，老邓同志，你先去和苦聪人聊聊，告诉他们，我们来了。你能不去吗？"

"当然去，当然去。"瑶族猎人把头点了又点。

"可是，我却忘了叫你办这事，这怎么能怪你。再说，你去了，苦聪人要打、要跑，你又拦得住？这一切，只能怪过去的反动统治，是他们的残酷压迫造成的民族隔阂……"

这几句话把瑶族猎人心头的烦恼，扫去了大半。脸上又恢复了常有的笑容。

说："副营长，你看问题真全面，难怪要让你当首长。"

这话把挨赶也惹笑了，说："我就是看问题不够全面，才会有这个疏忽。好，事到如今，后悔也没有用，我们还是商量下一步怎么办吧！"

瑶族猎人说："苦聪人一定跑掉了。要费好大气力来追呢！不过，我们既然来到了这里，也只有往前走，进了他们寨子再说。只要找着一个人就一切都好办了，可以把事情解释清楚！但愿还有老弱病痛的人没有走。"

挨赶考虑了一下，觉得既如此，也只有这样了。

寨子里一片零乱，苦聪人都跑光了。

挨赶忍着伤口的疼痛，在寨子里走了一圈，见好多人家，连个床铺也没有，只是席地而卧；火塘上只有半片铁锅……这贫困落后的情景，真叫人看了难过，他对战士们说："同志们，看见了吧！这就是苦聪人的生活。"

那个名叫岩仓的战士难过地点点头："我现在更明白了，党和上级为什么一定要把苦聪兄弟找出老林，这日子真不是人过的呵！"

另一个战士叹息地道："唉！再过些年，苦聪人还不知道能剩下几个人呢！不把他们请出老林不行呵。"

瑶族猎人一边走，一边自言自语："苦聪兄弟，你们好古怪，我们一片好心来你们跑哪样嘛！这不是你们麻烦，我也麻烦吗！"

挨赶说："苦聪人拖男带女跑不了多远，现在该想个办法把他们找回来。"

瑶族猎人为难地说："苦聪人钻老林的本事比马鹿还大。一转眼，叫你连个影子也找不到。"

挨赶坚定地说："找不到也要找。别说他们钻进了树林里，就是躲进了地底下，我们也要把他们找出来。"

挨赶把受伤较重的那几个战士留下。他们吃了点干粮，又转到寨子外边去寻找苦聪人。

夜这么黑，又找不到路，他们乱摸乱撞了一阵，走不出多远。瑶族猎人走到高坡上，爬上大树，想从高处寻找苦聪人宿夜的火堆，看看有没有苦聪人夜行的火把亮光。

善于逃亡的苦聪人早就料到火光会暴露行踪，他们用兽皮挡住火种的亮光摸黑赶路。他们都懂得，要赶紧逃得远远的，不能歇息，更不能燃火过夜。男女老幼都在忍受着艰困，拼命地走着，走着……

到了半夜，苦聪人的一点踪影也看不见，挨赶他们只好又回到苦聪村寨。

挨赶副营长因为沿途风寒辛劳，这次，臂上又挨了一箭，发起了高烧。但，他还若无其事地召集战士们开动员明天继续追寻苦聪人，安慰那几个受伤较重的战士。

随行的军医愁容满脸地跟在挨赶后边，一再劝说："副营长，我求你休息休息，好不？"

挨赶还是笑呵呵地道："你急什么？我当然要休息。不过这时候还不行，工作没有完。"

医生说："我说，你明天最好和受伤的同志先回哈尼寨去，你的身体要紧。临行时，教导员就说了……"

这时候，平日态度和蔼的挨赶，突然生气地板起了脸孔，"你胡说些什么？再啰唆，明天我就命令你回哈尼寨去！"

吓得这年轻军医苦着脸走开了。

挨赶却又笑嘻嘻地过去拍着军医的肩膀，"别背包袱，我这是跟你开玩笑。你还是招呼好那几个受伤的同志吧！唉，唉，你想想，我怎么能躺下休息，我是个领导，蛇无头不行，我这带头人不忙，哪个忙？"

军医还是苦着脸嘟哝着："你年岁大，你自己不注意身体，我们可有责任保护你。"

挨赶笑道："年岁大的人，受的苦多，更能挺得住。这伤不碍事。你认得鹿衔草么？认得？好，你明天给我找点来。这点箭伤，一擦就好。"

说得军医也没了办法，只好听任挨赶带伤工作。

第二天，他们又出去追寻苦聪人了。林海茫茫，从这头喊到那头，都没有听见一个人答应。苦聪人对于如何甩脱追踪的人是那样细心，就连常年在深山大岭上活动的瑶族猎人，也难以分辨该从哪个方向追寻了。

下午，他们疲惫不堪地回到苦聪寨子。谁都没有说话，大家心里都在想，唉！苦聪兄弟，你们跑到哪里去了呵？挨赶坐在寨子里一块石头上沉思，心想，现在找不到苦聪人，难道我们不能先把寨子收拾好，以后他们回来的时候，能够有个温暖的家么？这也可以帮助苦聪人了解我们进老林是一番诚意。

战士们当然是一致赞成挨赶副营长的意见。他们略为计划了一下就动手干了，先把寨子打扫干净，把乱窜的猪呀鸡呀关起来，还修了几间牢实的畜圈。又把被风吹歪了的棚屋一间间修好，漏雨的屋顶加盖了几层芭蕉叶，屋内外散乱的东西，一件件收拾起来。有的包好，有的挂好，布置得整整齐齐的。

瑶族猎人本来是独坐在一边吧哒吧哒地抽烟。后来见战士们这样热心为苦聪人办事，也手痒痒地坐不住了。他拣起茶妹丢下的那只麂子，用小刀替她细细收拾了一番。别看他手大胳膊粗，干起这种活来，比姑娘家还要利索。他先把剥下来的麂子皮铺开，钉在小楼的板壁上，然后又把肉切成一条一条的，搓上盐巴，用细篾穿了，放在火上烤成干巴。他一边做事，一边唠叨："苦聪兄弟，你们回来看看嘛！这都是共产党领导的人民军队呀！真是不拿群众一针一线。要是土司兵、残匪，别说一只小麂子，就是一百只一千只麂子，也给你们吃完了……"

挨赶听了觉得很有趣，说："老邓同志，你这是说给哪个听呀！可惜苦聪人走远了，要是他们在，一定会听你的话回来看看。"

老猎人叹了口气："要是他们在，又何消我说，他们自己看看也就明白了。"

挨赶充满了信心地说："我想，他们总有一天会回来看看，不会永远丢下自己的村寨不管吧。"

老猎人摇摇头："难说，难说。过去苦聪人是芭蕉叶一黄就把窝棚拆了，一年也不晓得要迁移多少地方。如今，又不晓得在哪里搭窝棚，立寨子去了。"

挨赶仔细看了看这些窝棚，虽然低矮，建得还比较结实，特别是其中还有一座小木楼，房子不高，看样子像是傣族式样。寨子里有猪圈，有鸡窝，旁边还有几块苞谷地，这一切都说明聚居在这里的苦聪人，和传说中的游猎苦聪人不一样，已有了定居务农的习惯，但愿他们不要像舍弃一座芭蕉棚那样，一去不回头。

事实上，苦聪人是怀念他们那小小村寨的。一路上，那些妇女和老人不知流了多少眼泪。寨子虽然简陋，是经过白鲁和白老大的指点盖起来的，为了盖这个寨子，费了他们多少心血呵！特别是如今在树底下露宿，更使他们想念那温暖的小屋。他们在大树底下烤着火，出神地望着那跳动的火舌，心如火炙，好像看到了自己的村寨正在大火中焚烧……

长途跋涉是那样劳累，他们一个个横卧在火堆边上睡着了。这时候，哀牢山上风起云涌，来自印度洋的暖流与云贵高原上空的冷空气接触了，变成了潮湿的雨云，在强劲的大风吹动下，从北往南疾行。乌黑的雨云来到原始老林上空后，越铺越宽，像一片无边无际的黑绒毯子，把满天的繁星，都严严密密地裹了起来，雷电受不了这种令人窒息的黑暗，用利刃似的光亮猛地一下劈开了这黑雾沉沉的夜幕，轰隆隆地发出了滚滚雷声，把山谷和老林照得一片死白，把老林里的大小野兽，惊得怪声嚎叫，接着七八级以上的大风，挟着铜钱般沉重的雨点，狂泼过来。原始老林在风雨搅动下，像海啸似的沸腾咆哮起来了……

这场狂风暴雨，给所有生活在老林里的人都带来了灾难，也把挨赶他们寻找苦聪人的工作，在风雨中卷进一个新高潮。

第四章

一

三天前，苦聪人匆忙逃出了寨子，在老林里东躲西藏迁移了好些地方。今夜，才在这片树林里停下来。

夜里，老林里的风像刀尖一样刺人。苦聪人逃离寨子的时候，非常匆忙，御寒用的厚重毛皮，有的人忘了带，有的在途中因为嫌太重扔掉了。如今，只好烧起几堆火，男女老幼都围在火边过夜。夜很长，风又冷，前胸烤暖了，背后又凉了。他们就一会儿烤烤前胸，一会儿烤烤背脊，整夜翻来覆去，难得睡个安稳觉。成年人饱经风霜，还可以熬着，小孩却冻得直啼哭。做母亲的把孩子紧紧搂在怀里，用自己的体温来保护儿女。她们一边拍哄小孩，眼泪扑簌簌地流个不住。长夜漫漫，痛苦无垠，真难熬呵！

茶妹守在火堆旁边，尽力把火烧得旺旺的。她从火光下看到阿爸的眼窝和两颊都深凹下去，显得比从前苍老多了。她心里一阵阵酸痛，又忍不住滴下了眼泪。

白老大以为茶妹怕冷呢，急忙把茶妹紧紧搂在怀里，问她："你冷吗？等到躲过了这场灾难，我叫你阿哥给你打只老熊，做件又厚又暖和的熊皮衣裳给你。"

茶妹没有吱声，只是用小手不断擦着那夺眶而出的眼泪。

白老大心里很难过，轻声说："茶妹，不要哭，看见你哭，我心里更不好过。"

茶妹把头埋在白老大怀里，尽力抑制住自己的哭泣。过了一会儿，白老大心烦意乱地长叹了声，低声责备自己："唉！都怪我不好，不该约那瑶家人进老林来。这灾难呀！都是那个瑶家魔鬼引来的。"

茶妹也悄悄责备自己："我也不好，那天不该把鹿衔草送给他。他们一定是进老林抢鹿衔草来了……"

白老大父女俩就这样想着，叹息着，慢慢睡着了。

风刮得很猛，树林疯狂地咆哮着，也吵不醒他们。连日奔走，他们实在是太累了。

茶妹偎依在白老大身旁，蒙眬中觉得有一滴冰凉的东西打在脸上，起初她还以为是从树上飘下来、沾着夜露的落叶呢！她懒得睁开眼睛，只是随手拂了一下。但，接着又是几滴凉冰冰的东西打下来，她还来不及起身，只听得白老大像被蛇咬似的蹿起来，尖声喊着："雨，下雨了！"

茶妹睁眼一看，树林顶上雷鸣电闪，火堆边上的人们像从巢里被撵出的鸟群一样，惊慌地乱喊乱叫，乱跑乱窜。

暴风雨对于正在逃亡的苦聪人来说，那是要命的灾难呵！

狂风挟着铜钱大的雨点旋卷着滚来，噼啪噼啪地打得树林里的枝丫狂舞，树叶乱飞，它凶猛地掀倒了那临时过夜的简陋窝棚，把刚才还燃得炽热的火堆，和灼人的灰烬，淋得扑哧扑哧地乱响。

苦聪人失神落魄地乱喊："火，火，快保护好火种！"

雨水那么稠密，瓢泼似的倾泻下来。这些火堆哪里经得起它的扑打，一堆一堆被淋熄了，只有几棵粗大的树干，还哧哧冒着烟。

白鲁出生在炎热的藤条江边，耐寒能力不如从小生活在高山老林的人。这些年，他遇见过多少次风雨寒冷呵！他深深知道没有火的痛苦，也最怕失去火了。匆忙中白鲁来不及想别的办法，却一纵身扑向火堆，四肢撑在地上，想用自己的身体来遮挡雨水，保护住火种。

茶妹心疼地拉住白鲁："不行，不行。阿哥，火会烧坏你呀！"

另外几个苦聪汉子，也昏头涨脑地跟着扑往火堆上。火的余烬炙灼得他们胸前的皮肉疼痛得如刀割，他们还是紧咬着牙挺住。火，火，不能让火熄灭了，这是关系到全部落人生存的火呀！

有人大喊:"快找些芭蕉叶来,白鲁他们的身子怎么遮得住雨水呀?"

这黑沉沉的大雨夜,仓促之间到哪里去找芭蕉叶呢!等到人们从慌乱中醒悟过来,脱下自己的兽皮衣衫来遮盖火时,已经迟了,狂暴的雨水和地上那像溪流一样淌着的泥水,已经把所有的火堆弄熄了。

没有火,除了那一瞬即逝的闪电外,整个树林一片漆黑,只听得风雨在得意地狂吼,树林在战栗地摇晃,人在哭泣,叹息……雨这么大,夜这么冷,没有火,苦聪人就会冻死饿死,还可能被凶猛的野兽咬死。他们恐惧地紧紧偎依在一起,真是黑暗茫茫走投无路了,每一次闪电掠过,都使他们感到自己的生命也将一瞬即逝……

茶妹冻得嘤嘤地哭,白老大想帮她把湿漉漉的头发和衣服拧干,这哪里拧得干哟!雨水在他们头上、身上淌着,人就像泡进了水池子里一样,冷得直打战。白老大只好小声哄着女儿:"茶妹,不要哭,再过一会儿天就亮了,我可以用竹子钻出火来。"

提到火,茶妹觉得暖和了一些,眼前也仿佛出现了一团金、红、蓝、紫的火苗在跳动。她暗暗祈祷:啊!黑夜,你快点过去,风雨,你快点停歇,让我们早些从这灾难中脱身吧!

但是,雨一阵阵浇来,黑暗还是这样沉重地罩着老林,似乎固执地不肯挪动灾难的脚步。茶妹淋着雨,更加想念自己那虽然简陋却能遮风避雨的小木楼。那小楼是白鲁盖的。他不习惯苦聪人就地搭个小窝棚的住法。他说:那样容易受潮得病,就依照自己傣族样式造了一座小楼。虽然窄小,粗糙,却给苦聪人的居住方式增添了新的内容。

茶妹用手抹了把雨水,天真地说:"阿爸,我们回寨子去好么?"

"寨子里有汉人和土司兵呢!"

"雨这么大,又这么冷,找不到人,他们还不走吗?"

"老天保佑,但愿他们能快些走掉。"

"我想他们一定都走了。阿爸,我们还是赶快回寨子去吧!外边好冷呵!"

"他们是伙比豺狼还狠心的家伙。走的时候,一定会把我们的小楼烧掉,把窝棚通通捣烂!"

"唔,唔,他们也会把我的麂子肉吃掉,把皮子拿走。"

茶妹想到这些,又伤心地呜咽了。

　　逃亡的苦聪人以为只有他们遭受暴风雨的折磨，其实老林里的人，谁都没有躲过这场灾难。

　　苦聪村寨周围林叶稀疏，那狂暴的风雨，更能在这里肆意驰骋。苦聪人的窝棚、小楼经过解放军修葺一番，还比较能抗击暴风雨，挨赶他们自己的简易小帐篷，可不是这风雨的对手，头一阵旋风卷来，就把帐篷掀上了大树，像只风筝似的挂在树梢上，哗啦啦抖动。挨赶、战士、火堆也全都泡进了雨水里。

　　好在这都是些老战士，风雨黑暗中他们不叫嚷，也不慌乱，甚至脸颊上的雨水也不去擦拭一下。他们知道，这个时候，这都没有用，只是沉默地等候领导的命令。

　　挨赶臂上的箭伤被雨水一浸，出奇的疼痛。他当然更不会吱声。他迅速指挥战士们先把伤号送进苦聪人的窝棚里，然后，自己也住进了白老大家那小木楼内。

　　小木楼被风雨冲击得吱吱嘎嘎直摇晃，就好像在风雨中荡舟一样。

　　挨赶脱下那水淋淋的衣服，不由得长长叹了口气。

　　瑶族猎人冷得直哆嗦。他一边找火镰火石想把火燃起来，一边问："副营长，你怎么了？可是伤口痛？"

　　"我是为那些逃跑的苦聪人担心呢！他们拖儿带女，有老有小，也许还有病人。这场暴风雨够他们受了。"

　　火镰火石都浸湿了，怎么也敲击不出火来。瑶族猎人急得只摇头。他说："副营长，我也真佩服你，我们自己都湿得没法过日子了，你还能想到苦聪人。"

　　挨赶说："这是我们的责任嘛！不为了解决苦聪人的痛苦，我们又何必进老林来？老邓同志，我们可得想个办法，尽快把苦聪人找到。"

　　瑶族猎人也深受感动，他把那积满了雨水的沉重的红头巾往楼板上一扔，说，"苦聪人一定跑远了，经过这场大风雨，也一定跑不动了，我们只要及时往远处找，总能找到他们。"

　　"好，明天一早，我们就往远处追，雨再大也要去。"挨赶把拳头一挥，大声地说。

　　"伤员怎么办？他们的伤口都恶化了。"军医说。

　　"明天，你带几个人，把他们通通送出老林去。"

"好。"军医说。但等他屈指一算，伤员一走，再加上护送的战士，留在这里的就只剩下两三个人了。

挨赶听了，却说："少就少一点吧！同志们的身体要紧。你回去报告教导员，请他迅速派人来就行了。"

"还有，你也是伤员。"

"我？哈哈。我不算。我这是轻伤，轻伤不能下火线。"他笑着拍拍那年轻军医的肩膀："你别老担心我。我是刀烧火炙、风雨大浪都挨过，是有名的硬骨头，整不死。这点箭伤，不影响工作。好，好，去检查一下伤员住的地方，火可烧起来了？衣服可烤干了？"

军医只好无可奈何地跳进那还吼得怕人的暴风雨中，探视其他战士去了。

瑶族猎人在旁边听得清楚，只能连连说："副营长，我佩服你！"

挨赶却没有回答。他又陷入了沉思，明天怎么去追寻苦聪人呢？

二

天终于亮了。那天亮前的刺骨寒冷，好难熬呵！风雨小些了，森林经过一夜的翻滚动荡，也疲乏地停止了它的咆哮。只有落叶，还在哀伤地飘舞。被风吹折了的树干，在晃动呻吟。远处有雷鸣一样的轰轰吼声，大雨后山洪暴发了。

白鲁的胸膛被火炙伤了，他烦躁地在大雨里乱骂，骂残匪，骂土司老爷，要不是这些恶魔搞得他家破人亡，他怎么会在这地狱似的老林里受罪？在这雨水里，真是比十冬腊月下藤条江去摸鱼还要冷呢！

白鲁怕白老大和茶妹会冻坏，在雨水里跑来跑去，想给白老大他们找个干燥的石洞或大树下躲一躲，可是到处都是一片潮湿。他虽然是以后加入这个苦聪家庭的，这些年来他和白老大患难与共，比骨肉还亲。他向白老大他们躲雨的大树下走去，走得很轻很慢，小心地不触动那些树干，偶一撞着，那积存在浓密树叶上的雨水，就会像瀑布似的倾泻下来。

他把自己仅有的一件破熊皮短衣脱下来，递给白老大："阿爸，你披上！"

白老大见白鲁光着个上身，心疼得很，故作生气地把熊皮扔了回去，喝道："你干哪样？快给我穿上！"

白鲁还要推托："我年轻，不怕冷。"

"莫乱说了，这么冷，哪能不穿衣服。"白老大看了看还在飘着的雨点，不由得叹了口气说道："唉！这哪里是下雨，是下冰刀嘛！时间长了，妇女娃娃怎么受得了呵！"

"我去刺竹河头讨一点火种回来。"白鲁想起了老林另一头的一些苦聪兄弟。他们没有受到外人的惊扰，在这场暴风雨后，处境也许要好些吧！

"来回有三五天路哪！远处的火再旺，也救不了我们的急。这些年我们和他们没有往来，谁晓得他们迁移到哪里去了。"

白鲁愁闷地不作声了。怎么办呢？难道只有活活冻死在这里么？他又想起那年火烧土司府的事。可惜那场大火，只烧掉了土司的房屋财产，没有烧尽它的权势和根基。如果现在还能烧起一场熊熊大火，让大火给自己部落的人以温暖，那就好了。如今，是多么需要火来延续生命呵！白老大不像白鲁那样富于幻想，他只希望在这潮湿的雨地里想办法弄出一点火星来。他低头想了一下，说道："白鲁，你去找几片竹子来。让我试试老祖公擦竹取火的办法可有用？"

过去苦聪人无论是擦竹取火，或者是锯竹取火，都要事先准备好一些干燥的竹片、艾绒，或者干枯的芭蕉叶。竹片外表有一层易燃的硅质，技术熟练的人，十来分钟就可以擦出火来。外行人只要肯坚持下去，一两个小时也可以擦出火来。可是，这次他们逃得匆忙，谁也没有带块干竹片。大雨浸湿了一切，白鲁和几个苦聪汉子费尽了心机，才找到几片还在滴着水的竹子。

白老大接过来看了看，摇摇头说："太湿了，恐怕不行！"可是除了这块湿竹片，再也找不到旁的东西了，白老大先把一团淋湿了的艾绒在自己皮肤上反复揉搓，有点干燥了，才夹在两块竹片中间，弯着腰用力擦着。十下、百下、千下……粗糙多茧的手都磨出血泡了，还不见一点火星……茶妹跪在旁边帮助按住竹板，替白老大擦着额头的雨水和汗珠。把膝盖都跪痛了，可是那火呵！一点影子也没有。她心里暗暗祈祷："天呀！管火的火神呀！你看我的膝盖跪痛了呢！我阿爸累伤了呢！请你开开恩，快把火给我们吧！……"

擦呀，擦呀，也不知道擦了多久，白老大累得精疲力竭，实在是擦不动了，只好长叹一声，把竹片扔掉。这种曾见于上古史记载中，使后代的读书人惊讶和称赞，具有原始情调的钻木取火，在实际应用中，却是非常非常的困难呢！

茶妹见老父亲累成这样，火还是擦不出来，心里一阵难过，呜呜咽咽哭了。白老大心如刀割，搂住茶妹说："不要哭了，茶妹，哭能哭出火来么？我再慢慢想办法。"可是白老大的眼泪，比茶妹淌得还多。他不仅自己痛苦，还要为儿女、为大家的命运操心呀！

茶妹边哭边诉说："那些汉人和土司兵好坏，还有那个瑶家人，也不是好东西。他们撵我们出来淋雨。老天怎么也不可怜可怜我们，给我们一点火……"

白老大不住地为茶妹擦着脸上的泪水："茶妹，不要难过，我们以后要报仇。"

其实他知道这只是一句空话，眼下这一关就过不去了，还说什么以后报仇的事。火，最要紧的是要有火！有了火就可以活命，可以报仇呵！

在白老大擦竹取火的同时，别的苦聪人也忙着用各种方法取火；有的用短刀敲击石块，有的用一个小钻子钻木头，有的用竹子锯竹子……但是，下了一夜暴雨，森林中的一切都湿漉漉的，怎么也引不出火来了。这时候，火是这么重要，人们想念火，盼望火，把心都想痛了，把眼都盼穿了！妇女们抽抽咽咽，哭了起来。娃娃们见母亲哭，也跟着哭成一片。

白鲁过去没尝试过擦竹取火，只是心情焦躁地在旁边看着，盼望着。但是，白老大每擦一下竹片，都像擦到了他的心上。火没有擦出来，他的心却给擦痛了。呵！多么艰难的日子呵！

他想了想，如今，恐怕只有外边来的那些人在寨子里还烧得有火。要找火，只有从他们那里想办法。他轻声对白老大说："阿爸，让我回寨子去取火种吧！"

"那里有汉人和土司兵。"

"我约几个小伙子偷偷摸进去，砍掉他们，把火种偷出来！"

"白鲁，你尽说蠢话。人家汉人有枪，那种枪，比瑶家人的明火枪还要厉害。去了白送死。"

白鲁没死心。他从坝子里逃进老林来，积了满肚子的仇恨。他想，你不让我去，我就偷着去，在这里冻死，还不如去冒冒风险，兴许能把火盗来。他把几个平日和他要好的年轻人喊到一边，悄悄商量了一下，他们趁白老大不注意，拿起刀矛弩弓，偷偷溜走了。

过了好一会儿，白老大忽然想起要再和白鲁商量事情。喊了好多声，不见回音。他叫茶妹在周围树林里寻找，也不见一个人影。茶妹哭着回来："阿哥不见了，白小四、白老五……都不见了，他们杀汉人抢火种去了。"

"天哪！这些娃娃真是不听话。"白老大急得直跺脚。

　　老人们也很着急，说是只有把白鲁他们喊回来，才能避免这场流血。但是叫谁去呢？妇女不方便。叫小伙子去吧！都是些血气方刚的年轻人。让他们去，不但喊不回来，说不定还会被白鲁他们裹胁着，一起去和汉人拼命呢！年老的妇女被一连串的灾难搞得更是没了主意，有人喊着："老毕摩，你躲到哪里去了？你出来求求鬼神，保佑保佑我们嘛！"

　　尽管老毕摩自以为法力无边，也还是抗拒不了这风雨的侵袭。他裹在一张厚厚的熊皮里还冷得直抖，唠唠叨叨地骂着："汉人、傣家人、瑶家人都是魔鬼。我要作法请神，把他们送回地狱……"

　　一个冻得嘴唇发紫的苦聪妇人见老毕摩喃喃自语，以为他在念咒作法呢！深深向他行了个礼道："毕摩，你可是求老天爷赐火种给我们？那太好了，快求吧！"

　　老毕摩以为这老妇人故意嘲弄他，生气地大喊："你这老婆娘，晓得些哪样？就怪那些魔鬼进了林子里，把火神都给气跑了。"

　　"你求求火神回来嘛！"

　　"求不回来，求不回来。"

　　"天哪！老天都不开恩了。"这纯朴善良的苦聪老妇人，绝望地哭了起来。

　　老毕摩拖起熊皮躲得远远的，嘴里咕哝着："你哭，你哭，魔鬼更要来找你……"

　　这一切都是这样凄惨，紊乱，白老大看了，心里更是烦闷。他对那几个老人说："你们在这里照料一下，我去把白鲁他们找回来。"

　　老人们想了想，只有白老大能制止那些年轻人的莽撞行动，只好依了他。

　　一些苦聪汉子，亮出刀矛跟在白老大的后边嚷嚷着："大伯，我们和你一起去。"

　　白老大喝道："都给我站住！你们走了，这里的老人娃娃哪个保护？"

　　有个汉子声音低沉地说道："我们留在这里好了。不过，你一个人去，我们不放心呀！"

　　小茶妹尖声哭嚷着："阿爸，我不让你去，我不让你去。"不去怎么行呢？白老大不仅要找回白鲁他们，心里还暗暗有个打算。他想，那些汉人、傣族人和瑶家人进老林，无非是想抢点东西。自己随身还有点熊胆、麝香和鹿茸，都是些珍贵药材。若见了瑶家人这个黑老鸦，就用来向他换点火种。若是他们心狠手辣，把自己杀了，也就算了。活了这么大年岁，受了一辈子苦，没有火，在这里早晚也是冻死……

白老大含着泪把茶妹抱起来说道："茶妹，不要哭。往后阿爸不在了，有大爹大妈、阿哥阿姐们会照料你。"

茶妹不回答，把头伏在白老大肩上伤心地哭。哭着，哭着，她突然嚷了起来："阿爸，我跟你一起去。"

"你不能去。"

"我要去。"

"茶妹，你要听话。"

"不听，不听，今天，我就是不听你的话。"

茶妹显得又固执又倔强，那双小手，紧紧搂着白老大的脖子，一再重复着："我要去，我就是要去！你走了我也尾着你，去定了！"

白老大知道茶妹真的会这样做，叹了口气说："好，走吧！看那些魔鬼，怎么整治我们这一老一小。"

茶妹见阿爸答应了，这才从白老大身上跳了下来。为了表示自己勇敢，她整了整湿漉漉的兽皮衣裙，把那柄小刀扬了扬："阿爸，我保护你。他们来了，我用小刀捅他们。"

茶妹那两只又黑又亮的眼睛瞪得大大的，威武而又严肃。苦聪老人们本来一个个愁眉苦脸的，现在看见茶妹的样子，禁不住哑然失笑。别看茶妹小，她确实是个勇敢的小姑娘呢！有一次，她一个人在树林里挖山药。突然，她觉得后边有两只软软的东西搭在肩膀上，她马上意识到这不是熟人跟她开玩笑，而是一对毛茸茸的爪子。尽管她心里很害怕，但是，她不叫喊，也不回头，迅速拔出小刀，往后狠力就是一刀，只听得一声嚎叫，身后那东西一蹿老高，扑通一声倒下了。原来那是一只又凶狠又狡猾的豺狼。它本来想趁茶妹回过头来，一口咬住她的脖子，却没料到勇敢而又机智的小茶妹，把刀直刺进它的血盆大嘴里……

像茶妹这样一个连虎狼都不怕的小姑娘，她会怕那些坏人吗？苦聪人只好同意白老大把她带去。他们在心里默默为白老大父女祝祷，但愿他们父女俩一路平安。

苦聪人叮嘱了又叮嘱，送走了白老大和茶妹。父女二人已隐没在树丛中，走得看不见了，留在这里的苦聪人，还呆呆地望着那雨雾迷蒙的树林。他们的心，也被带到了那遥远的吉凶难测的远方。

白老大牵着茶妹在老林里匆忙走着。老林里时而下着倾盆大雨，时而飘着细微的雨花，父女二人不知道钻过了多少稠密的林子，闯过了多少刺竹丛，攀藤附葛地跳越了多少深涧。他们那天从寨子里逃跑出来的时候，走得十分慌张，几乎忘了路程的远近。现在他们重走回头路，真是艰难重重，连他们自己都惊异，那时候是怎么闯过来的？

一路上，他们一个人也没遇见。白鲁他们哪里去了呢？原来，白鲁他们怕原路走多了会踩出痕迹，被老林外边的人发现，跟踪追来，因而绕道走了另外一个方向。白鲁他们幸好这样走，才没有直接和挨赶他们冲突，一场流血才得以避免。

饥饿、寒冷、疲困折磨着白老大和茶妹。衰老多病的白老大，步子越来越跄跄跟跟了，不是被藤葛绊倒，就是在涧边打滑。茶妹扶着他恳求道："阿爸，你走不动了，歇歇吧！"

白老大像一匹负荷过重还要挣扎往前拱的老马，尽管气喘吁吁，还是不肯停歇。他对茶妹说："我们不能歇，要找到你阿哥，还要找到火。没有火，老人娃娃就会冻死饿死。"

这责任是那么重大，就连小茶妹也忘了疲劳。鼓起劲来，走呵！走呵！用力地往前走……

林海茫茫，好像没有个尽头。他们哪里晓得，在老林的那头，正有人向他们这边走来，他们每前进一步，都在向幸福、温暖接近呢！

白老大实在走不动了，腿脚一软又摔倒了。茶妹用力地扶他、拉他，泪流满面地喊着："阿爸，让我来背你走，让我来背你走……"

白老大从小女儿那深挚的感情中得到了安慰。他喘着气说："茶妹，你太小了，怎么背得动我？我不要紧，只是头有点晕，歇一下，我还能走。"

就在这时候，附近传来一阵脚步声。白老大警觉地说："有人！"茶妹以为是豺狼或豹子来了，霍地一下拔出了小刀。但是，树后闪出来的却是他们恨透了的瑶族猎人。

白老大并没有料到，会在这个时候遇见瑶族猎人。真是仇人相见分外眼红。白老大想摸刀，但手抖得连刀柄也抓不住。还是茶妹动作快，她不管瑶家人比她高出了那么一大截，扬着那柄小刀，尖声叫着："走开，你这瑶家大老熊！"

那神态真是又威风又天真。

瑶族猎人惊得往后闪了几步，问道："茶妹，你整哪样？你认不得我了？"

"我认得你是大老熊、大坏蛋！"茶妹又叫又骂地跳着。

"什么？我是老熊、坏蛋？"瑶族猎人气得脸都变了颜色。从来没有一个小孩敢这样辱骂他呢！

茶妹风快地数落着："你不是大坏蛋是什么？哪个叫你把汉人带进老林来？"

"啊！"瑶族猎人明白了其中的误会，急忙向怒容满脸的白老大解释："老阿哥，你们错怪我了，我是为了你们好，才带了那些汉人进老林来。他们和从前的那些坏汉人不一样，都是好得很的人哪！他们听说你们在老林里生活艰难，特意来……"

几十年、几百年的深仇积恨造成的民族隔阂，哪里是几句话可以消除得了的？白老大嘲弄地眯起眼睛："好一张利嘴，说的像唱的一样好听。汉人和土司给了你多少蜂蜜抹嘴巴皮了？看你把话说得多甜！"

瑶族猎人生性刚强，平日最受不了气，更受不了别人奚落。要是过去，早像点燃了的爆竹，炸开了。但是，今天，他明白自己不同以往，是来干革命工作，要在阶级弟兄面前忍让，就是挨打挨骂，也不能发脾气，这是对革命负责呀！但，他又怕那还在舞弄着小刀的茶妹，真的会戳他一刀，就把自己的明火枪往茶妹手上一塞，说："茶妹，不要吓唬你大爹了。我对你们是一片诚心，一点歹意也没有。"

小茶妹抱着那比她还高的明火枪愣住了。她虽然不说话，心里却暗暗诧异，这瑶家人今天真古怪，骂不还嘴，还把枪塞给我，这，这是什么原因呀？

瑶族猎人诚挚地对白老大说："老阿哥，你被老林里的树叶遮住了眼睛，看不见外边的变化；被高山捂住了耳朵，听不见外边的事情；太阳高高地升起了，你还以为是夜晚；大家在欢乐地唱歌了，你们还在哭泣……"

白老大粗暴地打断他的话："有话直说，有路直走，不要绕来绕去！"

"好！我告诉你。"瑶族猎人说："如今世道变了，土司老爷和残匪都完蛋了。我们得到了翻身解放，再也不受剥削，不受欺压了。"

白老大不相信这些话，只冷冷地笑了一下。

"你要相信我，我不会对你说假话。如今是共产党、毛主席领导，各民族一律平等。瑶家人、哈尼人、苗族人、傣族人、汉族人，还有你们苦聪人都是兄弟一样……"

"天哪！你在嚼些哪样？"白老大叫了起来。他认为这全是说谎，说谎，是用甜言蜜语哄他下陷阱。他生气地骂道："你可是黑老鸦变的？为哪样老在我耳边咭达咭达？我不信你那套鬼话！"

"这不是鬼话，是我诚心诚意给你说的真情话。"

"你的心卖给汉官和土司老爷了。变黑了，变狠了，变狡猾了……"

白老大骂个不停。瑶族猎人还是沉住气，不动肝火。他想：骂吧！骂吧！你们受了那么多苦，当然提起汉官土司就恨。我让你骂够了，再慢慢给你讲道理。

小茶妹抱着明火枪在旁边看呆了。这瑶族猎人好老实啊！阿爸这样骂，他也不还嘴。这种人会是敢打豹子、老熊的猎人？她哪里晓得这些日子瑶族猎人思想上的变化？他已不是一个只会窜山打猎的普通猎人，而是一个参加了革命队伍，正在学着耐心细致做工作的好同志呵！……

吵架没有对手，总是乏味的事，白老大骂得不耐烦了，就气恼地问："你装哪样哑巴？为哪样不说话？"

"等你骂完了，我才说。"

"我骂不完。"

"你就再骂吧！"

"你怎么不发火？"

"你又不是骂我，你骂汉官，骂土司，我为什么要生气？你我的痛苦都是他们造成的，你有气，要骂他们，我不反对。"

"你是哪样人？"白老大的愤怒略为平息了一点，也就把下一句话"你是他们的帮凶、爪牙嘛！"没有说出来。

瑶族猎人哈哈大笑了起来："我是瑶家老邓，帮你打死过残匪兵。我们是在一起喝过酒、吃过烤熊肉的好兄弟。你深情厚谊地请我常来老林做客，我来了。我给你带来了红糖、好酒、衣服，还给你领来了关心你们的解放军同志！"

这使白老大又记起了那次瑶族猎人把他从残匪兵手下救出来的事。那是一种生死与共的友谊。人的短暂一生，能遇见几个这样亲切的人？他既然杀了残匪兵，怎么还会做他们的帮凶？想起这些，再有多少怒气，再有多少误会，也会慢慢散去。他把声音放平和了，说："兄弟，你以往待我的恩情，我永世也忘不了。我骂你，是怪你不该把汉人带进老林来。"

"汉人也有好有坏。坏的我帮你杀了。真诚关心你们，把你们当兄弟一样看待的好人，我把他们带进老林来，有哪样不对？"

"我不相信他们是好人！"

"你为什么不相信？"

"上当，吃苦多了，叫人难信啊！"

"我的话也不信？"

"不信。"

"为什么？"

"这个……"白老大不忍心再骂这救过他的人，沉吟地不说了。

瑶族猎人急了，把湿淋淋的衣服一脱，露出那从胸前到背脊的长长短短、大大小小疤痕，声泪俱下地说："老阿哥，你是把我看作卖身投靠给反动派的走狗了吧！你看我这满身伤痕，有豹子咬的，也有老熊抓的，但是，更多是土司老爷抓丁派款时用鞭子抽的，用绳子绑的。仇恨和痛苦，我不比你们苦聪人少，我会昧了良心来哄骗你们吗？"

白老大沉默不语了。他心乱如麻，一时间不知如何是好！

还是小茶妹聪明，她悄声对白老大说："阿爸，他说对我们好，问他要点火，看他可给？"小茶妹的话，使白老大想起了出来的使命，便说："事到如今，我也说不清你的话是真还是假，你如果真心对我们好，就给我们一点火种，我们的人都在雨水里挨冻受饿呢！"

瑶族猎人听了也是很难过，他极其同情地说："人家解放军同志，早就猜到了昨晚上那场大风雨会浇熄你们的火种，特意和我一起出来找你们。解放军不但要给你们火种，还要请你们回寨子去躲雨取暖呢！"

白老大吃了一惊。原来，瑶家人不是一个人来这里。他紧张起来了，以为他们父女俩已陷入了一个恐怖的包围圈。也许大树后面，乌黑的枪口正对准他哩。他抬头四看，树林子里，除了风吹树枝的呜呜声，雨打叶子的沙沙声外，并没什么特殊的变化。他想，事到如今，怕也没有用，就和这些人见见面吧！他对瑶族猎人说叫："他们不要躲躲藏藏了，有话出来说！我死都不怕，还怕见几个汉人。"

瑶族猎人心想，如今已把白老大稳住了，那就把副营长他们喊过来，让他亲自见见解放军同志吧！

瑶族猎人返身大喊道："副营长，请你们过来。"

挨赶副营长和另外两个战士早等得心焦了，听见老猎人呼唤，急忙大步奔了过来。

白老大虽然口里说不怕，还是紧张得很。他像第一次和巨兽遭遇时那样，心在突突地跳，腿脚叉开、微微有点发颤，拳头紧攥着。尽管天冷飘着雨，手心里还在沁着汗，眼睛睁得大大的，看走过来的人会怎么样？

小茶妹是一手扯着白老大的兽皮衣衫，一手紧握着小刀，心想：你过来，你过来，你只要敢动我阿爸一下，我就戳你一刀。

若是十年前，挨赶和白老大经过一番相互端详后，也许能认出他原来是同蹲过地牢、同在小独木舟上与狂风巨浪搏斗过的难友。但事隔这些年，两人的外形和精神气质都变了。变得相互用放大镜来照，也难以辨认了。

挨赶远远就看见一个全身裹着兽皮，头发蓬乱，脸容枯槁的老人站在雨地里，用仇恨、紧张的眼光瞪着他。那架势，好像准备随时扑上来厮打一样。

白老大看见的是三个身穿草绿布衣衫的人，踩着从容的步子，向他微笑着走过来。走在前边的是个身材微胖，脸色略显苍白，眉宇之间却含着几丝威严神色，中年以上的人。

在那黑暗的地牢里，白老大没法把那傣族船夫的脸容看清楚，风雨中渡过藤条江后，在岸上火堆边那短暂时刻，他也没心思来注意他的同舟共济人。那傣族船夫是个什么长相？他本来就很模糊，如今，在这飘着细雨的树林子里，他更没有料到，这个"汉人"，会和那个地牢里的傣族人有什么牵扯。他只是全神贯注地望着挨赶他们，看他们过来会干些什么？

挨赶走近前，高兴地伸过了手："你好呀！苦聪大哥。见到你们，我很高兴。"

白老大没有伸手，反而警惕地向后退了一步。

挨赶这才想起来，苦聪人在老林里，还不会握手言欢呢！只好收回了手，微笑说道："你们不要怕。我们是诚心诚意出来找你们，请你们回去躲雨烤火。"

在这原始老林里，当大雨把火浇熄了的时候，有人提出来请自己去烤火。这可是深情厚谊，这好比请一个饥饿多日的人去赴宴席一样。白老大和小茶妹听得心里都有了几丝暖意。

白老大没有回答，只是继续注视着挨赶。他从挨赶头上的五角红星，看到那身草绿色军衣，又看到腰间用红绸子包着的手枪。然后又侧过来看那两个年轻战士。他原想从这些人的脸上，看到那年他下坝子时，在土司府门口遇见的那些凶狠、蛮狠、狡猾、狰狞的神色。但是，没有，一点也没有。展现在他面前的是几张朴实、和善、安详的脸孔。这是多么熟悉的神情呵！在自己苦聪兄弟中见过，在富于幻想的美丽传说中被人生动描述过。如今，怎么会在这儿见到呢？他们是谁？真的是好人么？白老大那本来是烦躁、愤懑，像火在煎熬的心情，这时像走进了一个平静的大湖里一样，渐渐凉爽，安定了。

这些年，挨赶在边疆打游击、剿匪，接触过许多民族，很懂得在初见面时，应该怎样耐心地等待对方感情上的变化。他只是满脸含笑地站着，任由白老大把自己望了又望。

小茶妹在走路时，还不觉得冷，如今一停下来，那身湿透了的兽皮衣裙，也变成了几块硬板板的冰片，冻得她小嘴发青，直哆嗦。

挨赶说："小姑娘，你冷吧！快跟我们回寨子烤火去。"说着，就把自己的雨衣和棉衣脱了下来，披在小茶妹身上。

小女儿就是老父亲心头的肉。有人关心自己的小女儿，怎能不使做老父亲的感动呢！

白老大顿时感到这人的心肠太好了。小茶妹开始是惊愕，后来就高兴地笑开了，她的判断力比饱受欺凌而又多疑的老父亲快，立即明白遇见的是好人。

雨又下大了，渗过浓密的枝叶哗啦啦往下灌，像一条条水柱，打得人头脸发痛。

瑶族猎人说："白大哥，外边冷，回寨子去吧！"

岩仓走过来要背白老大。

白老大摇着手推辞："不要，不要。"岩仓笑道："我力气大，我扛得起一门八二炮呢！"

岩仓一边说，一边就轻轻地把这骨瘦如柴的老人背到了背上。

小茶妹看了心里很高兴，她正为阿爸走不动，自己又背不动阿爸而着急，谁知道遇见这么好的人。

瑶族猎人摸了摸他的头，把明火枪拿回来，说："茶妹，你想哪样，饿了吧！回寨子去吃东西。"

茶妹还没有回答，另外一个战士已一把背起了她……

三

老林中那用树皮和竹子搭起的矮窝棚，那简陋的小木楼又见到了，还听到了鸡的啼声、狗的吠声。这对白老大和茶妹来说，是多么亲切呵！

茶妹蹦蹦跳跳地走在前边，高兴地叫着："阿爸，你听，白小三家那只大公鸡还在呢！"

瑶族猎人笑着说："何止是大公鸡在，样样东西都在！"

这一路上，白老大听了瑶族猎人说的许多话，心里虽然略为舒坦，但总有些半信半疑。他们一口一声说，对苦聪人是一番好心，真的会这样好么？如今，他真的亲眼见着了！进了寨子，白老大发现那些小棚屋不仅没有被烧掉，还被修理得更坚实牢固了。不然，怎么经得起这场暴风雨呢！棚屋周围挖了排水沟，寨子里打扫得干干净净。原来那些在寨子里乱跑的猪，已关进了新盖的圈里。一只母鸡带了一窝刚抱出的小鸡，在白老大的木楼下悠闲地寻食……这一切，把茶妹看得眉开眼笑。她一抬头，见自己那只没有洗剥完的麂子，皮已钉在板壁上，肉也烤成干巴晾了起来。她返转身拉住白老大，欢喜地嚷着："阿爸，他们真的是好人。你看，我的麂子皮和麂子肉还在呢！"

白老大连连点头，颤声说着好。

外边的雨这么大，苦聪人的小棚屋里面还很干燥，收拾得整整齐齐。挨赶指着一堆劈好的柴说："苦聪兄弟，房子给你们收拾好了，烤火的干柴也给你们准备好了，就等你们回来呢！"

在白老大的思想上认为，从那天逃开这里以后，这里的一切早已经不属于他们的了。哪知道解放军替他们保护得那么好，只等他们回来。早知道这样，又何必那么慌张地乱跑呢。唉，一路上又冷又饿，真是够受了。

瑶族猎人把周围的一切，一一指点给白老大看，说："老阿哥，你比较比较吧！过去残匪和土司兵烧我们的房子，抢我们的东西，杀我们的人，撵得我们直往深山老林里跑。如今，解放军为我们修补好房子，把我们找回来。你们走不动，还背着你们走。你见过这样好的人吗？"

白老大感触万端，一句话也说不出。他站在那里，把眼睛闭了又睁开，看这可是幻觉？也想好好思索一下，这到底是怎么一回事？茶妹淋着雨从寨子这头转到那头，像参观展览会一样，好奇地观察着这寨子里的变化。每看到一件出乎意外的事，她就欢快地大喊起来，拉白老大去看。

走到白老大的小木楼前，瑶族猎人并不急于进去，而是指着那被风雨弄坏了的帐篷说："老阿哥，这是解放军过夜的地方。你们不在，他们连你们的屋子都不进，宁愿在外边淋雨挨冻！"

白老大两眼浸满了泪水，弯下腰去，低声说了句："请，请到我家去坐。"

这虽然是简单的一句邀请，却包含着极为深刻的意义。这表明，长期被反动派造成的民族隔阂，经过挨赶副营长他们艰苦的工作，开始有了突破，苦聪人第一次向他们打开了友谊的门窗。

挨赶他们很高兴，像去登临一座富丽的宫殿，出席盛大的宴会一样，严肃而又恭敬地回了个礼，感谢这不平凡的邀请。

小楼里经过一番收拾，比过去干净多了。那张熊皮垫子还是摆在火塘旁边，因为拍去了灰尘，显得更加油黑发亮；悬在房梁上的肉干巴，挂得整整齐齐，苞谷种看样子重新捆扎过了。这一切，反而使白老大感到有些陌生了。

火塘里的火早熄了，茶妹一进来就失望地喊叫："这里也没火了！"

瑶族猎人说："不要嚷，把你们请回来，还能不让你们烤火。"

挨赶对战士说："马上把火点着。"

有了火，屋内那冰凉的寒意全给驱走了。挨赶副营长把白老大和茶妹安置在火塘前，让他们烤个痛快。热烘烘的火，使茶妹感到温暖；欢乐的火焰，使白老大在感情上和解放军的距离缩短了。火，是老林苦聪人的生命，给他们火，就是对他们生命的关怀。

白老大烤着火，情不自禁地谈起了那天晚上暴风雨把苦聪人的火种扑灭的惨事，接着白老大还讲了过去他们苦聪人为了寻找火种付出了多么巨大的代价……

白老大讲述的苦聪人找火的事，那是一部饱含着血和泪的苦难史，每一句话，每一细节，都使战士们为之心酸。就连常在老林内外走动的瑶族猎人也为之嗟叹不已！

茶妹早就饿了，她想取一块麂子干巴下来烤着吃，但有些不好意思。说话间，岩仓已从外边提了一口锅走了进来，盛了水架在火上，那是一只黄铜罗锅，擦得闪闪发亮，苦聪人从来没有见过。火很旺，水一会儿就滚开了。岩仓从一条长长的口袋里倒了一些米进锅内，笑着对茶妹说："小姑娘，你饿了吧，不要急，一会儿就吃饭。"

金红的火舌，狠力地舐着那发亮的铜锅，锅内散发出逗人食欲的米饭香味，像一根有力的棍棒，搅得茶妹的肠胃在咕噜咕噜直响。茶妹怕别人笑她，只好低着头把口水往肚里吞。

饭熟了。挨赶亲自先盛了两碗给白老大和茶妹，仓促间来不及弄菜，只把带来的咸菜放了两块在饭上面。

米饭对苦聪人来说是非常珍贵的东西。老林里种不出稻谷，只有一年一度祭祀老祖宗时，他们才派人到老林边沿去，用兽皮和兽肉向老林外的人换回一点米，分给各家煮熟了作为供品。今天，这些人却用米饭来招待他们，这是多么深厚的情意，多么隆重的礼节呵！白老大几乎不敢相信这是给他们吃的，出神地望着那热气腾腾的米饭，犹豫地不敢动手。

茶妹经不起这香喷喷米饭的诱惑，性急地摇着白老大的胳膊："阿爸，我饿了。"

挨赶副营长殷勤地劝道："茶妹，吃吧！这饭是专门做给你们吃的。今天没有菜，以后请老邓同志给你们打点野味来。"

一提起打猎，瑶族猎人又技痒了，笑哈哈地说道："我们还带了好酒来，明天我去打只野猪。大伙在一起好好吃一顿。"

白老大见人家确实是一片诚心，这才端起饭碗，狼吞虎咽地吃起来。

茶妹记不得自己吃了多少，那两个战士不断地给她添，她就一碗接一碗地吃。米饭和咸菜在老林外边并不稀奇，她和白老大却觉得滋味无穷，越吃越想吃。

挨赶沉默地吸着烟，望着这苦聪父女吃饭。他知道他们饿伤了，又嘱咐战士再煮一锅饭，让他们吃个饱、吃个够，自己却没有吃。瑶族猎人很高兴，能这样款待一度对自己产生过怀疑的老朋友，朋友吃得多，吃得尽兴，他心里就更舒服，说明老朋友现在相信他了。他唯恐白老大他们少吃，不断地劝白老大和茶妹："吃吧！吃吧！多吃一些才好。不够还可以再煮。"

茶妹吃饱了饭，精神好得多了，又恢复了平日活泼愉快的情绪。她挨个打量着周围这些人。当她看到瑶族猎人时，她想：邓大爹多么和善呵，一点也不像"大老熊"，怎么自己早上会骂他是"瑶家大老熊"？想到这里，茶妹扑哧一声笑了。

瑶家人向她笑着点点头，好像问她："怎么样？小茶妹，我没有哄骗你们吧！你看，我带来的这些人多好。"

茶妹有点害羞了，闪到白老大身后，顽皮地用小拳头轻轻打着她阿爸的背脊："阿爸，吃快点嘛！吃快点嘛！一大锅饭，都给你一个人吃完了。"

白老大真的把锅里最后一口饭扫完，才放下碗，长长吁了口气："天哪！这一辈子，也没今天这一顿吃得饱，吃得好！"

其实，他们在老林里有时打着了野物，拾来了香菇和野菜，也是一顿撑个饱，然后又要忍受好多天的饥饿。只因为今天头一次吃这么多米饭，所以就感觉特别香甜，特别饱。

挨赶递给白老大一支纸烟。这苦聪老人从来没见过纸烟，也不知道怎么吸，放在鼻子下边闻闻，又送还挨赶。瑶族猎人哈哈大笑了起来，告诉他这是烟，好吸！又帮他把烟点着，告诉他怎么吸法。

白老大猛吸了一口，呛得咳了起来。茶妹在后边给他捶着背，埋怨他道："吸慢点嘛！吸慢点嘛！"

白老大慢慢吸了几口烟，味道比自己苦聪人用苦马叶子做的好吸多了。白老大吃饱了，身上暖和和的，但，他并没忘记那些还在雨水里挨浇挨冻的亲人。他认为该谈正经事了，坐直身子，严肃地对挨赶说："汉官老爷……"

茶妹拉了拉白老大的棉衣袖子，纠正他："他们不是汉官老爷，他们是解放军同志。"

挨赶高兴地称赞茶妹："这小姑娘好聪明。"

白老大停顿了一下，很不习惯地改了口："解、解放军同、志，看来你们真的像瑶家兄弟讲的那样，心地好，讲道理，不像汉官土司那样野蛮……"

"我们是共产党领导的中国人民解放军，是人民的军队！"挨赶说。

这些话，白老大不是立即能听懂，他按照自己的想法继续说下去："我们苦聪人住在老林里挨饿受冻，你们也看到了。如果你们真的可怜我们，请给我一点火种。我们的妇女和娃娃在外边快要冻死了。你们要东西，我带来了一点麝香和熊胆，都可以送给你们……"

瑶族猎人急得一再叹气："唉，唉，老阿哥！你怎么尽说糊涂话？"

挨赶做了个手势，示意瑶族猎人让白老大把心里的话说完。

"……要猪，要鸡，要这个寨子，都可以拿去。只请你们给我点火种。有了火，我们就可以换一个地方去过活。"

白老大的话说得很缓慢，声调特别苍凉。茶妹听了心都在颤抖、酸痛，也要跟着哭起来。她很奇怪，阿爸在老林里过了一辈子，在凶猛的豹子和老熊面前，从来没有半点惧色，不管人多人少，都要把野物打翻。今天，在这些和善的汉人面前，怎么会这样悲伤，这样难过呢？阿爸，你，你怎么哪？

天真幼稚的小茶妹呵！你哪里懂得老一代人感情上的痛苦。这不仅因为他们亲身经历了万千痛苦，还因为祖辈也是受够了屈辱。想起个人和民族的灾难，怎么能叫白老大不伤心呢！

挨赶诚恳地回答道："苦聪兄弟，你要火，我们已经给你点着了。猪、鸡、房子是你们的，我们怎么能要呢！我们又不是残匪和土司，我们是和你们苦聪人站在一边的人民军队。你们恨残匪和土司，我们也恨。所以，我们才来到边疆打残匪，打反动土司……"

他们打残匪和土司？茶妹听了很感兴趣，她望望挨赶副营长和战士们，又想了想，是呵，他们确实和残匪、土司兵不一样呢！

瑶族猎人说："老兄弟，你长期在老林里，没有到过外边……"

茶妹听了很不服气，心想：我阿爸怎么没有去过老林外边？他就是在土司府里吃够了苦头，还有我阿哥……她想插嘴，才轻轻说了一句："我阿爸……"但是，白老大捏了她一下，她才没敢乱说。

挨赶继续说道："……老林外边的人分成两个阶级，一种是专门欺压人、剥削人的反动派和反动土司，就是这些家伙把你们苦聪人撵进老林里，使你们受尽了苦楚；还有一种人，是被他们欺压剥削的劳苦人民。"挨赶指了指正默默吸着旱烟的瑶族猎人："就像老邓同志他们一样，虽然住在老林外边，过的日子并不比你们好多少。土司老爷可以任意欺压他们，抢夺他们劳动得来的东西……"

这几句话，白老大听懂了。他想起了那阴森恐怖的土司府，那狞笑着、吆喝着手下人狠狠抽他的土司老爷……

挨赶继续说下去："如今，边疆解放了，党和人民政府听说你们还在老林里受苦，特意派我们来看望你们，帮助你们解决困难……"

瑶族猎人说:"老阿哥,解放军从来不哄人,他们的话你要相信。你也看到了,你们的猪、鸡、房子、苞谷种,一点也没有损失。"

"还有我的麂子皮、麂子肉都在!"茶妹欢快地在旁边插嘴说。

"对,对,茶妹真聪明。"瑶族猎人很满意茶妹能看到这些好事。

茶妹受了称赞,心里很高兴,天真地问挨赶:"你们这样好,是哪个教的?可是阿爸和阿妈?"

"是比阿爸、阿妈还亲的共产党。"

茶妹把这话牢牢记在心里。原来,他们这么好是共产党教的呢!她想:共产党,会是什么样子呢?一定会比副营长他们更高大,更和善,才能把他们教得这么好。虽然,仅仅是这么短的时间,这苦聪小姑娘已经和这些解放军产生了深厚的感情。

瑶族猎人说:"共产党和人民政府知道你们在老林里很苦,特意派副营长带着人来找你们,看你们缺少什么?有什么困难?他们好回去汇报,给你们解决。要衣服,要粮食,你们说吧!都会给你们运来。"

白老大听得如痴如醉。他本来是冒死来讨火种的,却没想到会遇见这么好的事。苦聪人躲进老林不知有几百年了,有谁这样询问过他们呢?他只能呆呆地听着,什么话也不会说。

茶妹听了,高兴得直笑。她心里想:你们怎么老是问阿爸,不问我呢?若是问我,我就会说,我要件花衣衫,要一个戴在手上叮当作响的圈圈,我还想出老林去看看。她想起了白鲁平日给她描述过的藤条江、竹楼、独木舟……呵!乘着独木舟,像云彩一样飘到远处去那多好玩呵!……

瑶族猎人居住在老林边沿,对苦聪人的苦难比较了解。过去自己也在苦难中,想帮助旁人心有余而力不足。如今边疆解放了,老林外边的苗、瑶、哈尼和傣族人都翻身解放了,他却忘不了老林里的苦聪人,特别是和他有交情的白老大,非常希望他们也能和自己一样,过上新的生活。过去,他还被那"誓言"束缚住思想,不敢带部队进老林。自从担任了向导后,他耳濡目染,亲眼看见解放军,为了寻找苦聪人甘愿忍受一切艰困,他不能不为他们的精神所感动。因此老猎人也就希望苦聪人能立即解除一切顾虑,信任解放军。他指了指挨赶左肩上的箭伤,说:"老兄弟,你看,这一箭是你们的人射的。还有几个解放军同志,也是被你们的石头、弩箭打伤,送回后方去了。人家吃了这么多苦,也不计较，还这样关心你们。这种好人到哪里去找？"

白老大明白这都是他叫白鲁他们去干的，尤其是挨赶左肩上这一箭，更是白鲁亲自射的。他吓得脸如土色，心中暗暗叫苦，低垂着头也不敢作声。

挨赶虽然不知道白老大心里想些什么，却看出了白老大神情异样，想制止瑶族猎人别说了，可是，这老头正在兴头上，那话就像甩开了蹄子收不住缰的跑马一样，止也止不住。又说："副营长前次进老林来找你们，就失足掉进了你们苦聪人的陷阱里，被竹刀竹箭戳得全身是伤，几乎送了命……"

白老大知道，这也是白鲁干的事，心里更是暗暗叫苦，这祸可闯大了呀！

挨赶副营长赶紧制止瑶族猎人："老邓同志，算了，算了，别说了。那些事都是误会，我们不会见怪。为了找苦聪兄弟，受点伤，吃点苦，那算不了什么。"

白老大还是脸色紧张地没有作声，他心里充满了疑虑，哪里肯相信。

小茶妹对挨赶充满了好感，也就相信这是真话。她把挨赶看了又看，悄声对瑶族猎人说："大爹，上次你进老林来找鹿衔草，说有个好兄弟受了伤，就是他？"

这提醒了瑶族猎人，又赶紧对挨赶说："副营长，鹿衔草就是这小茶妹帮着找的呀！别看她人小，可能干呢！带着一伙小姑娘在大树底下钻来钻去，连我也撵不上。"

茶妹想起当时瑶族猎人那狼狈求饶的神态，忍不住吃吃地笑了起来。

白老大正在苦恼中，生气地喝道："笑什么？有什么好笑的？"

只有瑶族猎人明白小茶妹为什么笑。他想起那天的事，也忍不住哈哈大笑，说："小茶妹呀！顽皮得很呢！"小茶妹笑得更厉害了，在这么多生疏的人面前，也忘了胆怯，只是笑个不停。

对于采摘鹿衔草救他的人，挨赶是永远忘不了的。尽管他比小茶妹的年岁大多了，他还是像一个病人对尊敬的医生一样，深情地说："茶妹，谢谢你，谢谢你。要是没有你的草药，我的伤现在还好不了呢！"

茶妹不笑了，羞红着脸，低下头来一句话也不说。她心里悄悄想着："这有什么好谢的。你还要么，我再给你采一大背篓来。"

挨赶在自己口袋里乱摸，想找点什么东西送给小茶妹。他把自己用的一面小镜子拿了出来，抱歉地说："茶妹，这个你拿着玩吧！等过几天外边有人来，我再给你带些礼物。"茶妹不知这闪闪发亮的东西有什么用。她拿着看了看。哈！里边出现了一个穿兽皮衣衫的小姑娘，她笑，镜子里的小姑娘也笑；她摸摸头发，镜子里的小姑娘也摸摸头发……

真有趣！她又高兴得咯咯大笑了起来。老林里的苦聪姑娘从来没用过镜子，只偶尔在泉水边上照照自己的模糊身影。她想，这莫非是比老毕摩还更有法力的人，把一潭泉水聚到这里来了？她把镜子翻过来看看，后边却一滴水也没有，咦！真奇怪！

她问白老大："阿爸！这是哪样？"

白老大虽然出过老林，乘过独木舟，坐过土司府的地牢，在苦聪人中可谓生活经验极其丰富，却没见过镜子。他只能迷惑地摇摇头。

瑶族猎人告诉茶妹："这是镜子。老林外边的妇女和小姑娘，就是用这个来梳洗打扮。"挨赶见茶妹的头发乱蓬蓬的，又从口袋里掏出一柄牛角梳子，递给小茶妹："这个也送给你。"

梳子，茶妹当然更不会用了。那两个年轻战士就认真地帮她梳头，还按照外边汉族小姑娘的式样，给她梳了一条粗大的辫子。茶妹把她珍藏的那块绣有山茶花的红头巾拿出来戴上，再用镜子一照，感到自己容光焕发，美丽多了。

瑶族猎人叹息地说："这么好看的小姑娘，穿着这毛茸茸的兽皮，多可怜。"

挨赶副营长也说："我们走得太匆忙。忘了给她带上两件花衣裙来。小茶妹呀！你这么聪明，伶俐，漂亮，再穿上那花花绿绿的裙子，拍电影都可以。"

茶妹不懂拍电影是干什么，见这么多人说她，笑她，她羞怯地一头扑进了白老大怀里。连声说："我不拍电影，我要和阿爸一起。"这又引起了小楼里的一阵笑声。

挨赶想了想："我们带得有针线包，先给茶妹做件连衣裙吧！"

"做衣裙？"瑶族猎人惊疑地问。在这除了大树还是大树的老林，一无剪刀，二无尺子，更没有裁缝，忽然想起给小茶妹做衣服，这真有趣。瑶族猎人指了指自己那身已扯得破破烂烂的衣衫，风趣地说："再在老林里钻两天，连我们都要像苦聪人一样，裹兽皮、披芭蕉叶了呢！"

从前打游击的时候，挨赶和游击战士们都是自己缝补衣服，对于这种事他并不太生疏。他说："我们带来了几尺花布，我们的手艺做不成衣裤，缝件简单的连衣裙还是可以吧！"

“好！”战士们热情地拍手表示同意。

瑶族猎人点头说：“做吧，做吧！这么好的小茶妹，该让她先穿上布衣服。”

挨赶领着那两个战士真的做起了衣裙。对苦聪人的满腔热情，使得那两个年轻战士，也心灵手巧，干得十分欢快。刺刀代替剪子，皮带代替尺子。比比量量，粗针大线地缝起了一件裙子……

他们一边缝着，一边向白老大父女介绍边疆解放后老林外边的变化。有的话白老大听懂了，记住了，如土司被撵走了；土司府的牢房也拆掉了。但是，有好多话他却难以理解。比如，什么县长呀，是由过去受压迫的老百姓来当呀，等等；连瑶族猎人，都是什么代表呢，还常常去县上开会……他望望瑶族猎人，疑惑地想：真是这样吗？瑶族猎人从皮挎包里抖出那包在一起的红绸子、绿绸子做的“代表证”“会议证”给白老大看。白老虽然不懂什么叫开会，开会为什么还要这些条条？但是，看到这些红绿绸子都是珍贵的东西，也就相信瑶族猎人如今在外边确实是受人尊敬，受人重视……

几小时后，茶妹终于穿上了用刺刀割出来的连衣裙。这粗糙的手工，在老林外边，定会使人感到好笑。但是，在老林里，对茶妹来说，却是极其珍贵的礼物呢！茶妹这件连衣裙，虽然没有哈尼大嫂那件花衣衫精致，形式却差不多，她穿上裙子，高兴得直想跳舞。

挨赶一边笑着，一边抱歉地对茶妹说：“这真是太简慢小茶妹了。你先马虎穿着。下次我们再给你带两件花裙子来。”

“给我们寨子的小姑娘也带几件花衣裙来。那天，她们也帮忙扯了鹿衔草呢！瑶家大爹，你说可是？”

“是，是，都是一群又聪明又能干的小姑娘。”瑶族猎人想起那天采摘鹿衔草的事，还觉得十分有趣。

“好，好，每人都发两三件。人民政府早就在各方面给你们做好准备了。衣衫、被子、粮食、盐巴、砍刀，样样都有，到时候都会运来。”

茶妹高兴得心花怒放，连声说：“你们太好了，太好了。”

她想起了很多很多愉快的事，但最难忘的还是那年在老林边上遇见汉人送给她衣服和炒面的事。她一高兴也就说了出来：“那年在老林边上，有一个心肠很好的汉人，送了我一件黄衣裙给我，袖子长长的。”茶妹那时候还小，把衬衣当成裙子了。"穿在身上，像片树叶子轻飘飘的。唉！那时候我心里害怕，没有看清楚他是怎样一个人。"

挨赶惊讶地把茶妹看了又看，莫非她就是那个从树上掉下来的小姑娘？不像，不像。那个女孩，比茶妹小得多呢！但，想了想，过了这么长的时间，那小女孩也该长大了。挨赶说："茶妹，你遇见的不是一个汉人，是好多汉人。他们还给你吃了焦黄的炒面。对吗？"

茶妹惊得眼睛睁得大大的："你怎么晓得？"

挨赶明白了，那小姑娘确实是茶妹，高兴得大叫了起来："天哪！那只从树上掉下来的小鸟儿，就是你呀！要不是我一手接住，管保会摔折你的小翅膀。"

茶妹也高兴地叫了起来："啊！啊！那些好人就是你们？"

她激动地把藏在胸前的五角星拿了出来："我一直想念你们，不晓得你们哪里去了，今天才见到你们呐！"

茶妹说着说着激动地放声大哭起来。

挨赶一眼认出了正是自己那个断了一个线眼的帽徽。当时，挨赶将它放在上衣口袋里，在匆忙中连衣衫一起送给了茶妹。没想到茶妹会珍藏到今天。挨赶被这苦聪小姑娘的深挚感情所感动了，极力安慰她："茶妹，我们是老朋友了，老朋友久别之后又见面，应该高兴。我们这些年也是时常想念你呢！"

茶妹激动得几乎无法控制自己的感情，哭得更响了。

白老大也在默默流泪，好多事使他难以理解，他的心更乱了。

茶妹哭够了，又用力摇撼着白老大："阿爸，我们好傻。好人来了，我们还要乱跑……"说着，又哭了起来。

白老大紧紧搂着茶妹，给她揩着眼泪，喃喃地说："不跑了，以后不跑了，我要把寨子里的兄弟姐妹都叫回来！"

四

雨还在下着，老林被洗得更加墨绿发亮了。

苦聪人陆续回来了。饥饿、疲乏、寒冷，几乎耗完了他们的气力。一个个奄奄一息，再也难以穿林越涧疾行了。

虽然，他们比白老大还害怕，还多疑，但是听见白老大说，寨子里有火，汉人、瑶家人又保证不伤害他们，他们在走投无路的情况下，还是决定冒险回来，死在暖暖的火塘边上，那也比冻死在冰凉的树林里好呵！

小茶妹那身简陋的花布衣裙，也起了很大作用。苦聪人想，那些从老林外边进来的人，肯把这么贵重的东西送给一个小女娃娃，心肠总是比较好吧！

那些苦聪小姑娘，见了小茶妹这身衣裙，羡慕得很，也就吵着嚷着缠着她们的父母，要求快快回去。这使得那些疑心最重的人，也只好挪动了步子。

苦聪人有的顶着芭蕉叶、有的披着兽皮、有的就什么也没有的淋着雨，踩着泥水，冷得打战，一步一步走近自己的寨子。

虽然，他们想烤火，也听了白老大和小茶妹说，那些人还很和蔼。但是，那总是听说，与他们长时间积累的、对外边人的坏印象难以协调起来。所以，步子是缓慢、迟疑，越接近村寨，他们的心也剧烈地跳动得厉害，行列也越拖越长、越走越散，逃跑时的那种锐气全没有了。胆大的走在前边，进了寨子；后边的人还隔着好几个山头呢！等到他们搞清楚前边的人进了寨子确实平安，没有枪声和哭喊声，他们才敢回寨子来。

苦聪人进了寨子，看见自己的小棚屋并没有被烧毁。破了的板壁被堵上了，漏雨的草顶用树皮和芭蕉叶盖上了，确实如白老大所说，关心他们苦聪的好人进老林了。苦聪人高兴了，仰天发出了粗犷的"嗬嗬"呼啸声，把这小小的山寨都震动了。

小茶妹穿着花布衣裙，带着后回来的小姑娘们在寨子里乱跑。小姑娘们对她收得的礼物：镜子、梳子、花布衣裙羡慕得很。还是人家茶妹大胆，敢跟着阿爸先回来，才能得到这么好的礼物。正像苦聪人的俗话所说：最先上大树的人，才能吃得上最甜的果子。当茶妹小声告诉她们：副营长是个大头头，他说了，过几天还要给每个小姑娘发几件花裙时，小姑娘们高兴得跳了起来。

苦聪人在老林里的生活单调得很，很少有什么节日。但今天这些苦聪人却像过节一样的兴奋。经历了一番逃亡、冻饿后，又恢复了安定生活，有火烤，有躲雨的棚屋，哪个不高兴呢！

只有白鲁和那几个出去找火的汉子没回来。不知道走到哪里去了。

老毕摩开始是反对大家往回走。但是，又冷又饿的苦聪人不听他的，他们要跟白老大回寨子里来。有个老人说："毕摩，你既然不能为我们驱赶魔鬼，我们也就不能跟随你在这里饿死。"

老毕摩不知道是冷得发抖还是气得发抖，哆哆嗦嗦地说道："我……我还……还没听说过，有……有关心我们的汉……汉人呢！"

那苦聪老人说："我和你一样，也是第一次听见。不过，白老大是我们的好兄弟，他还会哄骗我们？"

毕摩无奈，只好向着被大树枝叶遮没了的天空喃喃自语："天哪！你保佑保佑我们吧！"老天没回答，只是滴滴答答地飘着雨点。

那老人说："问个卦吧！毕摩。"

毕摩掏出一副用鹿角做的卦，在雨地里朝上拜了几拜，把鹿角抛起来。说也有趣，第一卦是顺卦。毕摩有点不相信，说："三打两顺才算数。"第二卦打了个反卦，他哼哼地说："老天，靠你最后的指点了！"第三卦抛出去，又是顺卦。

想回去的老人高兴得直合掌："老天保佑！老天保佑！"

毕摩摊开两手说："天意，这是天意！"只好缓步跟着大伙往回走。

雨停了。苦聪人出去劳动，挨赶和战士们也跟着去帮他们背柴，挖野菜，莳苞谷。虽然，他的箭伤时时作痛，他还是坚持着。苦聪人对挨赶他们还有些戒备。不敢和他们多说话。小茶妹她们可是把挨赶他们当作最好的朋友，整天跟着问这问那，一小会也不愿离开。

这几天，挨赶和苦聪人朝夕相处，更加体会到苦聪人的生活实在太艰苦了，苦聪人还处于刀耕火种的阶段。他们只会种点苞谷，耕种技术极为落后。冬天，他们用很大气力砍倒了一片树林。晒干了后，在春天把它烧成灰，就在那些灰烬上点上苞谷种。苞谷没有长出来前，种子被鸟雀啄食、被地老鼠偷吃，能发芽的不多；长出了苞谷苗后，又常被野猪、老熊和猴子糟蹋。最可恶的是那些猴子，月亮好的时候一来一大群，趁看守的人睡着了，一下拥进苞谷地里边，边掰边扔，一会儿就把一块苞谷地给掰完了，扔得到处都是。苞谷还不成熟，吃又吃不得，气得苦聪人眼泪汪汪的，种苞谷的信心一年年减低。

这天下午劳动回来，寨子里炊烟缭绕，家家都在烧火做饭，就是闻不到米饭的香味。挨赶走进一家窝棚，对主人道："兄弟，做什么吃呀！"那苦聪人愁眉苦脸地道："会有什么好吃的。你看吧！"挨赶揭开锅盖一看，原来熬野菜糊糊。他尝了一口，又涩又苦，眉头不禁皱了起来。主人家痛苦地对他说："没法子，打不到野物，只能吃这个。我们一年有大半年吃野菜过日子。"挨赶又走进了第二家，第三家……有的把野菜当主粮，有的尽吃野兽肉，也有的把野竹笋当饭。竹笋有油、有盐，有佐料，倒是美味可口的上等鲜菜。可是，苦聪人如今把它当主食，用白水煮一煮就吃，真难下咽呵！

挨赶心情极为沉重。他回到自己的住地，战士们正在烧火做饭，菜是香菇炖山鸡肉。山鸡是瑶族猎人用竹箭射来的。瑶族猎人很高兴，对他说："副营长，你这两天辛苦了，我用山珍野味慰劳你。可惜你不爱喝酒，不然我们还可以来两杯！"

挨赶想着苦聪人缺粮的事，眉头皱得紧紧地，一点笑容也没有。他问一个战士："我们的米还有多少？"

"医生带伤员走的时候，把米留下了一部分，合起来还有五六十斤，大概够我们吃二十来天。"

那个战士见副营长皱着眉头没有作声，不知是什么原因，又说："要想法通知后方送米进来。不然，我们要断粮了！"

挨赶愁闷地自言自语："苦聪人早断粮了。"他想了想，就说："把米全都拿出来分给苦聪人。"

"你说什么？"瑶族猎人以为自己听错了，一边翻动锅里的肉，一边问。

那战士也问了一句："全部？"

"对，全部。"

"我们吃什么？"

"苦聪人吃什么，我们吃什么。"

"对，我们应该和苦聪人同甘共苦。"那两个战士明白了，立即把所有的米袋都集中在一起。问："现在就送？"

"给老邓同志留一点。他年岁大了。"

瑶族猎人感动得声音颤抖地说："副营长，你们这样关心苦聪人，叫我老汉也受到了教育。你们做得对，做得好，我完全赞成。你们为哪样要给我单另留米？我又不是土司老爷出身，野菜糊糊我也常吃。"他又把明火枪拿来擦了又擦："有我老汉在，饿不着你们；等我去打只野猪回来，让你们和全寨子的苦聪人都吃个饱。"

挨赶见瑶族猎人那跃跃欲试的神态，觉得很有趣，笑着说："野猪肉那有野鸭子味道鲜美？可惜这里离高原湖太远，不然，你可以天天请我们吃烧鸭。"

那美丽的高原湖之夜，那味美丰盛的野餐，使得他们一直难以忘怀。瑶族猎人听挨赶这么一说，打猎的瘾头更足了，提起枪就想走，说道："你们真的想吃野鸭子？我现在就去，三两天后一定满满给你们背一藤篓野鸭子回来。我们吃个饱，也给苦聪人一家发一两只。"

挨赶见他真的要走了，赶紧拦阻他！"这里的工作离不开你，算了，野猪肉以后再吃吧！我们生活上的困难不会拖得太长，沙教导员一定会很快给我们送粮食来。"

进了老林后，见大小野物这么多，瑶族猎人早就技痒难熬，想放开手打他几天猎，显显自己的身手。可惜工作太忙，自己是个工作队员，不能随便乱跑。他长长地叹了口气说："我就知道你是说着玩的。好吧！为了搞好工作，我们先吃几天野菜糊糊吧！"

苦聪人每家都分得了一点粮食。解放军把这样贵重的礼物赠给他们，使他们非常不安，不知道该怎样回报才好。纷猜测，莫非是解放军和瑶家人的什么节日？他们要好好请请大家？莫非他们的粮食吃不完了？……

孩子们的消息最灵通。小茶妹和她的小伙伴们马上就打听出来了，这是解放军看见苦聪人吃野菜，心里难过，把粮食分给大家，宁愿和苦聪人一起吃野菜糊糊。

这些新闻，茶妹当然要先告诉她阿爸。白老大正靠在熊皮垫子上，对着大米出神。听了这情况，他深深感动了，满是皱纹的脸上，不断地抽动。过了好一会儿他才对茶妹说："我不懂呀！解放军为什么会这样好，自己有大米不吃，偏偏要分给我们？……"

白老大以为茶妹也是和他一样不懂。但是，茶妹这几天和挨赶在一起，已经懂得很多事了。她风快地说："解放军是共产党教出来的嘛！"

"是啰！是啰！"白老大想起挨赶副营长和瑶族猎人都这样说过，也就明白了一些。他很满意茶妹的聪明、懂事。白老大爱抚地摸着茶妹的头发说："还是你记性好。你不说，我又糊涂了。"

"走，谢谢他们去！"茶妹拉着白老大往外走。白老大烦闷地说："算了，我二天再去。茶妹，你阿爸身体不好过。你让我歇歇。"茶妹只好噘着小嘴，一个人走了。她不懂，人家解放军这么好，阿爸为什么老是避着人家？

挨赶他们正在吃野菜糊糊。苦涩得很，难以下咽。

茶妹跑过去亲热地依偎着他们，仰起头问挨赶："可苦？"

"苦。"

"苦，你们还要吃？"

"吃了有好处。"

什么？吃野菜糊糊也会有好处？这话，茶妹可不懂了。她那双晶莹黑亮的眼睛瞪得大大的："副营长，你也会哄人。"

"我不哄你，好茶妹。"挨赶的声音很沉重："过去我们在外边，听说你们在老林里受苦。究竟苦成什么样子，我们并不完全了解。如今，和你们一起吃野菜糊糊，就了解得比较深一些了。说实在话，这野菜糊糊确实苦得很。但是我们吃了它，更加强了我们的责任心，督促我们加倍努力工作，帮助你们早日脱离这痛苦的处境。"

这些话，茶妹是听得懂的，也深信是解放军的真心话，她本来想说几句感谢的话，却激动得一句也说不出。她呆呆地望着火塘里的火，只觉得眼前一片金红，特别明亮。

从这天开始，"脱离这痛苦的处境"这句话，一直留在小茶妹的心里，像酵母一样时时蠕动，像波浪一样，时刻翻滚，使她的心不能平静下来。过去，他被苦难所折磨，不知道可以脱离这苦难生活。她以为苦聪人生来就应该住在老林里，饿着冻着。如果能打着一两只野兽，饱饱地吃两顿肉，就算是最美好的日子了。可惜，这种好日子并不多，多数时间要用野菜来糊口。一天天、一年年下去，他们被苦难浸麻木了，被痛苦淹没了……

如今茶妹才知道：在老林外边，不仅坝子里的傣族人会种水稻，高山上的哈尼人和瑶族人也能利用边疆山高水高的特点，在陡峭的高山上开垦梯田，在半天云彩里种出稻谷来。过去，傣族人和苗、瑶、哈尼人贫困，是由于反动派的压迫剥削。现在，边疆解放了，在共产党的领导下，生产大发展，春种秋收，一年四季都有大米和苞谷吃，还可以支持别的国家……

解放军的话，引起了茶妹对老林外那广阔世界的无限向往。听了挨赶副营长和瑶族猎人他们的介绍，想着未来那美好的生活，她眼睛里闪耀出兴奋的光芒。她把挨赶、老猎人，还有她阿哥从前对老林外的描述都记住了，在她心里经过回忆和综合，想象出一幅幅美丽动人的画面——她仿佛看到了那山岭间一层层的梯田，金色的稻子在白云缭绕的半天空中波浪起伏地摆动。穿花衣裙的哈尼大嫂在那里割谷子，沉甸甸地割了一把又一把，哈尼大嫂在的那梯田快挨近天边了，只要直直身子就可以跳到天上去了……她越想越高兴，就把这些一一说给小伙伴们听。小姑娘们问她，梯田离天那么近，哈尼大嫂她们为什么不踩着云彩，上到天上去呢？这可难住茶妹了。但是，她很聪明，想了想说：下边有大米吃，有花裙子穿，还有这么好的解放军同志，上天去干什么呢？她才不去呢！天上又高又冷，风又大……小姑娘们听了觉得有道理，佩服茶妹懂得多，叽叽喳喳地说："是呀！我们也不去天上。"茶妹还仿佛看到了那平坦的傣族坝子上，有牛拖着车子走动。她记得白鲁说过，傣族人的牛车很大，一次可以装十几个人背的东西。她没见过牛，也没见过车子，只听说牛有角，车子可以装东西。她想牛大约和马鹿一样，车子可能是和背篓差不多。她仿佛看到马鹿似的牛拖着大背篓在平坝子上跑的情景，自己也坐在大背篓里，背篓那么大，当然可以把小伙伴们都装进去。她们坐在车子里走呀，走呀，一直走到藤条江边上，又坐上像树叶一样的独木舟，漂到好远好远……

她们边想边说，边说边笑，真是高兴极了。有时候，她们也说给挨赶副营长和瑶族猎人他们听，惹得他们哈哈大笑。

瑶族猎人知道这些苦聪小姑娘想到老林外边去，更卖力向她们介绍老林外边的生活。他说："以后叫你们寨子的人，都一起搬到老林外边去吧！你们不是想穿花裙子么？可以自己种棉花，棉花可以纺成线，织成布。傣族姑娘、哈尼姑娘，还有我们瑶家姑娘，都是自己纺线织布。那小纺车真好看，缠着白色的线团，转呀，转呀，像一朵朵白云似的，真好看。"

茶妹和那些小姑娘听了，又高兴地笑起来："真好，真好！我们有纺车就好了。"可是她们看了看自己那双手，又突然伤心地说："你们那些姑娘的手细巧，才会纺线织布，我们苦聪小姑娘的手又笨又粗。只能搓搓竹绳、编编藤篓。"苦聪小姑娘的双手，由于摘野菜、挖山药，做各种粗重活，粗糙极了，手上被各种颜色染脏了，洗也洗不掉。

说着，她们又难过起来，像哑了的鸟雀一样耷拉着脑袋，不唱不叫了。

老猎人最怕看女娃娃们的眼泪了，慌忙安慰她们："怕哪样。我们瑶家姑娘平日也要砍柴种地，做各种重活，可是织起布来还不是灵巧得很？像你们这样聪明能干的小姑娘，出了老林，只要有人教，一学就会。不要急，不要急，二天叫我家阿兰教你们。"

茶妹听了，心里略为舒坦些，但还是怀疑地端详自己那双手，问道："大爹，是真的吗？阿兰大姐的手，也和我们一样吗？"

瑶族大爹抓起小茶妹的手说："你这双手是最能干的手，是在老林里锻炼过的手。你最能吃苦耐劳，粗的、重的、细的活都能做。你这么小，就会找像鹿衔草这样神奇的草药，将来你还可以去读书，学做医生，给人看病……"

听了老猎人的话，茶妹更加不安心在这潮湿的原始老林中生活了，她恨不得给自己插上一双翅膀，呼的一下飞出去。但是，她回过头来一想，光她一个人飞出去又有什么意思呢！总不能把阿爸、阿哥、小伙伴们都丢下嘛。何况长翅膀飞走只是个幻想，还是要穿越过一层层老林，爬过一座座大山走出去。这么大的事，没有老人点头行吗？想到这些，她就撒娇地缠着白老大："阿爸，老林外边变好了，我们搬出去吧！为哪样要在老林里受苦呀！"

白老大这些老人的思想可就复杂多了。虽然，他早就厌倦了这老林，想在他活着的时候，给茶妹找一个安定美好的地方。可是，一想到那年自己在土司府的遭遇，他马上心灰意懒，顾虑重重，觉得那阳光灿烂的世界，不是苦聪人能够居住的。而且他一直难以理解，这些解放军为什么会一口一声说要帮助苦聪人脱离苦境，这是真的吗？不会像老熊舐蜂蜜那样，先甜后挨叮吗？特别使他想不通的是解放军挨了打、受了伤，却会不记仇。世上有这种事吗？野猪挨了一下，都要冲回来伤人嘛！

白老大越想越糊涂，就去和毕摩商量。

毕摩尽管自称"法力无边"，遇见这种事，也像飘入了云海，茫茫不知所措。他就像只会挈调地沙声啼着的老鸦一样，重复地说："再看看吧！再看看吧！老林外边的人，轻易相信不得。"他还叮嘱白老大："你和白鲁，都是在老林外边闹过事的人，千万别让他们知道你们去过老林外边。你们从前积的仇恨太深了，我看哪！十有八九是冲着你们来了。"

"哦、哦，会这样？"本来多疑的白老大更是惊慌失措了。他想起挨赶、那两个战士，老是友善地上自己小楼来串，就更怀疑这其中有诈。是呀！为什么他们对自己特别好，是想套问什么事？

　　毕摩又说："别人我都不怕，就担心你那个小茶妹嘴不紧。你可要告诉她乱说不得。"

　　白老大说："是啰，是啰！"

　　回来后，白老大就告诉茶妹不要乱说，问什么都不要回答。

　　"回答了，会怎么呢？"茶妹问。

　　"他们就会整死阿爸和你阿哥。"

　　"真的？"

　　"当然是真的。我们整过他们的人嘛！"

　　"啊？"茶妹一想到阿爸、阿哥会被整死。那太可怕了。她虽然不完全相信，这么好的解放军会那样做，但，也无力说服阿爸。只好暗暗向山林之神祈祷："求求你，保佑我们吧！别把灾难降给我们！"

　　白老大怕白鲁他们会莽撞地闯回寨子来，悄悄在寨外的大树上挂起两张兽皮。这是信号，说明寨子里有外人。

　　尽管挨赶副营长和瑶族猎人对苦聪人做了这么一些工作，但，挨赶可以明显感到相互之间的隔阂还是很深，苦聪人对老林外边人的疑惧并没有完全消失，只是暂时不跑了，还在观望状态中。

　　一想到这些，瑶族猎人就会摇头叹气："唉，唉，你看这些苦聪人，你一片诚心对他们，他们还是这样疑神疑鬼，问个哪样，他们都是把头摇了又摇。"

　　"不要急，不要急，慢慢他们就会了解我们了。"挨赶副营长说。其实他心里也是有点急，一直在考虑，从那一方面来把工作进一步展开。他也想过寻找那个与他在土司地牢里共过患难的苦聪人。但是，他在一次和一个苦聪汉子一起捡野菜的时候，曾不经意地问过那人："你们这里可有过一个汉子，从前出老林去过？"

　　那苦聪汉子点头道："有过、有过好些人。"

　　"他们呢？"

　　"都一去不回头，怕是死掉了。"

　　"可有过一个人在土司地牢里住过，又跑回来？"

　　"这个？……"那汉子沉吟了一下，立即想起毕摩和白老大叮嘱过他们，不准向解放军谈论这些事。他就警觉地问道："你打听这个人干什么？"

"我想找一个老朋友。"

"没有。我们苦聪人出了老林，都没有人回来过。"那苦聪汉子急忙说。他心里却在想，我们苦聪人哪里会有你们的老朋友，别骗人了。

挨赶的心沉了下来。他以为真的问不到那苦聪汉子的下落了。只好长叹了一口气。

那苦聪汉子回去就把这事告诉毕摩，毕摩又告诉白老大。他们都很紧张，这个解放军的大官，怎么会打听这件事？又怎么知道有过一个人进过土司的地牢？毕摩疑心最重，立即怀疑这些自称解放军的人是特意进老林来抓人。那给大米、许诺给衣服等都是圈套。他甚至劝说白老大立即逃入森林，寻找白鲁他们去。

但，白老大已厌烦了逃亡，而且等他抱着极大的怀疑来观察挨赶、瑶族猎人他们时，所看见的又是那么和蔼、朴实的表情，这叫他又陷入了困惑中。他决定再看看。同时，叮嘱小茶妹少和解放军来往。他几乎是用哀求的口吻对小茶妹说："好姑娘，你不要乱说，不要乱说呀！……"

小茶妹看见阿爸会这样紧张，这样痛苦地对她说这些事，很是奇怪。但，怕伤了阿爸的心，她也只好硬着心肠尽力躲开挨赶他们。

五

白鲁和那几个汉子回到寨子附近了。远远就见寨子外边大树上悬着两张兽皮。他们没敢进寨子，在附近树林里躲了下来。

那天，他们瞒着白老大，悄悄离开逃亡的苦聪人群，溜回了寨子里，见寨子寂静无人，就顺着寨外那杂乱的脚印向北追了过去。在一个峡谷间追上了护送伤员缓缓行走的战士们。

白鲁他们仍然把解放军错当成了残匪兵，又打着呼哨，射着弩箭向部队进攻。这时候，白鲁他们急于抢到一点火种，也不管自己能否打得赢，那弩箭，那石头，就像雨点一般飞向伤员们。

领队的军医很着急，大声喊话，阻挡不住。只好开枪警告，第一排冲锋枪打得高，白鲁和苦聪汉子们虽然惊愕了一下，依然没有放松进攻；眼看要流血了，军医只好叫个善射的战士，端起自动步枪来瞄准白鲁他们手中的武器。那战士第一枪打掉了白鲁手中的弩弓，第二枪打断了另一个苦聪汉子的长矛。当白鲁暴怒地扔下断弩，举起一块大石头，想奔上来拼命时，那战士又一枪击中石头。这真是如惊雷闪电的一击，只听得轰的一声巨响，石头碎成无数块，飞向上下左右，溅入树干，打进苦聪人的身上……

吓得白鲁和苦聪汉子们都匍匐在树下，再也不敢进攻了。只好任由这些汉人缓缓向老林外走去。

碎石片使几个苦聪汉子都受了微伤，他们一边找草药敷治，一边恨恨地恶言咒骂，发誓要报复。

白鲁他们回到寨子附近，打听出，是因为汉人、瑶家人住在寨子里，所以才挂起兽皮，不让他们回去。他们几次和老林外的人冲突，仇恨积得很深，气得在林子里大骂："为什么不把他们杀了？留在寨子里干什么？"

他们砍了许多竹子，削了许多弩箭，准备再进行一次大厮杀。

听说白鲁他们回来了。白老大是又担心、又高兴。解放军送他们家的那点大米，他也没舍得吃，一直留给白鲁。白鲁最喜欢吃大米了。傣族人是吃大米长大的呵！

这天，白老大特意煮了两竹筒米饭，叫茶妹悄悄藏在背篓里，装作外出砍柴，去送给白鲁。

临走时，白老大低声叮嘱道："对阿哥说，我们都好，叫他不要挂念。等我们打听打听，如果汉人对他打伤射伤大官的事真的不计较，再叫他回来。"

茶妹点点头，迈开小腿，一阵风地跑出了寨子。

挨赶副营长这天发现寨子里苦聪人窃窃私语，情绪不一样，觉得有些奇怪，正和瑶族猎人在寨子边上观察、分析，看有什么情况？恰好见茶妹背着背篓跑得飞快。挨赶就在后边喊她："茶妹，哪里去呀？是砍柴，还是捡菌子？我们一起去。"

茶妹连话也不答应一句，拼命跑着。一会儿，就消失在浓密的枝叶丛中了。

茶妹在林子里猛跑了一阵，见后边确实没有人跟踪了，才走向一株刻有记号的老柏树，从树底下钻过一个拱桥似的岩洞，又攀着藤条，像猿猴一样，上到一个栎树林里，然后停住脚步，打了个呼哨。那边大树上，有个用树枝和藤条编扎成的、像大鸟窝似的棚屋。里边也传出了欢乐的呼哨声。接着，白鲁和那几个苦聪汉子从树上跳了下来，高兴地把茶妹举了起来，笑着、嚷着："茶妹，茶妹，我们的好茶妹来啰！"

"吃罢，吃罢！"这个把又酸又甜的野果递给茶妹，那个把才烤熟的山鸡蛋塞来，忙得茶妹应接不暇。她好多天不见白鲁他们了，对他们想念得很，笑眯眯地说："阿哥，你们好舒服，睡在这么高的树上，像群大鸟一样。"

白鲁咧开嘴大笑："不睡高一点，晚上野猪要来咬人。在这里做这个大窝，我们还掏着了一窝山鸡蛋。舍不得吃，都留给你了。"

茶妹坐在一根又粗又软的横枝丫上，悠然自得地吃着喷香的烧鸡蛋，连声说："真好吃，真好吃。"这是苦聪人的一种野餐办法，他们用草和稀泥糊在山鸡蛋上，放进火灰里煨着。草泥烧干了，蛋也熟了。

苦聪汉子都挂念寨子里的情况，把茶妹围住，问这问那："寨子里怎样了？你们都好吗？为哪样让汉人留在寨子里？……"

茶妹口齿伶俐地一一回答："都好，都好，寨子里的事你们放心好了。进老林的是好汉人，他们不烧我们的房子，不抢我们的东西，还帮我把丢下的那只黄麂子收拾好，皮子晒起来，把肉烤成干巴！……"

白鲁他们回来后，曾爬上大树向寨子里窥探，远远看到寨子完整无损，飘着宁静的炊烟，使他们十分惊异。

"瑶家人、汉族人都好得很。他们说，外边的反动派、土司都被他们打倒了。他们进老林来，是看看我们有哪样困难？要给我们帮助……"

怎么会有这么好的人？白鲁他们听了，更是迷惑不解。他问："为什么要挂起兽皮，不让我们回去呢？"

"是老毕摩的主意。他说，你们用弩箭射伤了他们一个大官，又打伤了他们好多人，不晓得他们可会生气。叫你们先在外边躲两天。"

"唉！是这样。"

白鲁从树上取下了一大串用藤条穿着的斑鸠，说："你们这两天吃些哪样？我怕你们回寨子没有吃的，昨天打了一个下午，把这片树林子里的斑鸠都打光了。"

"哟！这够我们吃好几天了。"茶妹高兴地叫起来："我也给你们带来了好东西，米饭。"

"米饭？"

"唔，汉人心肠好得很，把大米都分给我们了，他们自己也和我们一样吃野菜糊糊。"茶妹急忙把藤篓里的那两大竹筒米饭拿出来："阿爸舍不得吃，叫我送来给你们。"

她劈开竹筒，摘了几片叶子，均匀地把米饭分给那几个苦聪汉子。白鲁双手捧着米饭，那结实有力的大手在激动地颤抖。他认得这是傣家人种的糯米。颗粒长大，晶莹如玉，油亮发香。白鲁又想起了以往藤条江上的生活，思绪万端，也忘了吃饭，只是怔怔地望着。

"吃吧，阿哥。人家解放军同志对我们可好啦！"

"哪样解放军？就是那些汉人？"他想不通，这些汉人，为什么把这么珍贵的大米送人？

茶妹滔滔不绝地说下去："他们说，过几天，还要叫老林外边的人给我们送好多好多的大米来，给我们送衣服，送……"

白鲁和那几个汉子一边听着，一边用手抓起米饭，一小口一小口地品味着，唯恐吃得太快了，会把这一点米饭吃完。在老林里，米饭的味道真是比麂子肉，比松鼠肉，比木耳香菇，比什么山珍野味都美。

他们吃完了饭，就像喝了几杯芳香的醇酒一样，兴奋得几乎想唱歌、跳舞。茶妹为了使他们更高兴，又把那面珍贵的小镜子拿出来，炫耀地在手上摆弄着："阿哥，你可晓得这是什么？"

"啊——"白鲁一伸手就把镜子抢了过来。他自从离开藤条江渡口，再也没有照过镜子了。当他从镜子里看到自己那蓬乱的长发，满嘴的胡须，以及由于风霜雨露的摧残，而变得黝黑粗糙的脸容时，他才真切地感到自己完全变了，被苦难的生活折磨得多么狼狈。他伤心地望着镜子里的自己，痛苦得掉下了眼泪。

茶妹还以为白鲁没见过这新奇的玩意儿而大惊小怪呢，急忙解释："这是镜子。阿哥，这镜子里的人，就是你自己呀！"

白鲁声音哽咽地说道："我晓得这是镜子，我从前在外边也有一块……"

"哦！"聪明的小茶妹明白了："阿哥，你又是想起了你那平坦的坝子，你的小独木船，你的白布衣衫吧？不要难过，二天我和你一起出老林去看看。土司老爷被解放军打倒了，不怕哪样了。"

土司老爷被打倒了？这是真的？白鲁望着镜子沉吟着，他不相信会有这种事，几天前，他们还和老林外来的人打了一仗呢！

见白鲁不回答，茶妹又问："他们说，外边的女娃娃都是用这种镜子梳妆打扮。可是真的？"

"真的，真的。"白鲁连声答应着。镜子在爱美的傣族妇女生活中很普遍。除了私人有镶着镜子的红木梳妆盒外，每个寨子前后，都有几座用精致的白石砌起来的井台，井台上镶着镜子，妇女们早晚来挑水，或者路过的时候，都要在井台上的镜子前，照照自己的身影。渡船拢岸前，满船的妇女，也是先掏出镜子来照一照，理理松乱了的鬓角，才扭动着轻盈的身子上岸去……

那是多么遥远而又美好的过去呵！想着，想着，白鲁更是泪如雨下了。

茶妹没想到这么好的东西，会牵动白鲁的愁思，她有些着急了。急忙说："阿哥，你不要难过。看到镜子不舒服，你就不要看吧！"

"让我再看看。"白鲁紧紧抓住镜子不放，却又心情矛盾地不敢照。

茶妹故意换了一个话题："阿哥，你从前在外边见过好汉人吗？"

"没有，一个好的都没见到。"

"如今的好汉人不是一个，是很多很多呢！他们说，我们苦聪人在老林里太苦了，要把我们接出去。"

"阿爸答应了？"

"阿爸的心像大风里的树叶一样，摆动不定。一会儿想出去，一会儿又怕出去。"

"你呢？"

"我太想出去了。解放军说了，要给我们每个小姑娘做几件花衣衫……"

"我不信。"

"阿哥，我不骗你，是真的。你回去看看嘛！"

"我射伤了他们的人，我敢回去？"

"哎呀！"茶妹也为这事发愁了，她两手托着腮帮想了想，问白鲁："阿哥，你说好人可会记仇？"

"我说不来。"

"你是阿哥，怎么也说不来？我想，好人还是会记仇。譬如说，人家用箭射伤了阿爸和你，我能算了？我当然要恨他们。"

想到这些，茶妹也心情紧张了："阿哥，你还是在这树林里躲着，等他们走了，你再回来。"

"你还要跟他们一起出老林吗？"

"出呀！"

"你走了，我们就见不着了。"

"不、不。他们不饶过你，我也不跟他们出老林！"

茶妹没想到自己也陷入了矛盾中，她苦恼地自语："我要回去对副营长说，我阿哥心肠最好了，你们不要恨他，他不是有意射伤你们的人……"

白鲁听了茶妹的话，觉得茶妹天真得好笑，他苦笑道："人家会听你这小娃娃的话？"

"会听。他们和我最好了。"但是，她立即又烦恼地说："不过，阿爸不让我对他们说起你的事。"

"对，不要乱说。"

"如果，他们问别的小姑娘呢！"

"叫她们也不要乱说。"

说到这里，白鲁有些紧张。真的，若是别人走漏了风声，那么办呢？他对茶妹说："把外人留在家里，那就好比养一窝狼在圈里，总是危险的事。告诉阿爸，还是把他们撵走吧！"

"撵走他们？我舍不得。他们不是狼，他们心肠好得很呢！"茶妹急忙说。

"哈，我明白了，茶妹，是你喜欢这些汉人、瑶家人，一定是你整天缠着阿爸，要求搬出老林。"白鲁说。

茶妹坦率地点点头："阿哥，你说对了，你说对了，我真是喜欢他们。你不晓得，副营长、瑶家邓大爹，还有那几个兵，人多好，整天对我笑眯眯的……"

白鲁皱着眉头不作声了，他明白了，如今，最不可靠的还是这个心地单纯、感情过于丰富的小茶妹，她一高兴，会把什么都说给她喜欢的那些人。她的性格就是这样，再叮嘱也没用。白鲁真是为这发愁了。

茶妹见白鲁苦着脸不作声，问他："阿哥，你怎么又不高兴了。你真怪，吃了大米，照了镜子，还会不高兴。"

白鲁也不说话，只是苦笑着。心里却在想着，怎么和白老大、毕摩商量，尽快把这几个汉人弄走。必要时，他们可以在晚上摸回去把这些人砍掉。但，他没敢把这事告诉小茶妹，决定另外找人去通知白老大和毕摩。

　　茶妹感到这里沉闷，不好玩，就要回去。白鲁也不留她。他和那几个汉子把茶妹送到寨子附近才折回去。

　　茶妹还没进寨子，就遇见挨赶、瑶族猎人采了一大背野菜和香菇回来。茶妹心想，怎么又碰见他们了？她想起先前没有搭理他们，有些胆怯，低着头想快些绕过他们。但是，挨赶他们早就看见她了。

　　挨赶对瑶族猎人说："小茶妹，一定是有什么事情才去树林子里，你看她慌里慌张的。"

　　瑶族猎人说："我来拦住她。"他就故作生气地大声喊道："好茶妹，刚才你跑到哪里去了。喊你也不答应。我老头子生你的气了。"

　　茶妹慌忙站了下来，声音低低地说道："刚才我没有听见。我，我，现在也忙得很，我，我有事呢！"

　　"有哪样事，可是背篓里藏着斑鸠舍不得给我们？"瑶族猎人只是按照苦聪人喜欢吃松鼠和斑鸠的习惯，顺口说一句，心虚的茶妹却慌了，以为瑶家人发现了她阿哥给她斑鸠的事。小脸庞顿时绯红，讷讷地说："大爹，你尽逗人。"

　　"哈哈！"瑶族猎人大笑了起来："快说，小茶妹你快说，一个人跑到树林里整哪样去了。"

　　"我去玩。"

　　"一个人乱跑，不怕豹子叼了你？二天不要乱跑了。"

　　"唔。"茶妹这才神魂稍定。

　　挨赶指着自己那满篓大朵小朵黄得发亮的香菇说："晚上来我们那里吃香菇，我多给你放些盐巴和辣子。"

　　寨子附近有一大片香栎树林。千百年的老树枯了，朽了，化成灰倒下去，变成肥沃的香土。在长出新的香栎树苗的同时，孕育着数不尽的香菌。雨水一来，它们像从天上洒下来的雨花一样，开得到处都是。年年开，越开越多。过去苦聪人只会像嚼野菜一样用水煮了吃。瑶族猎人和解放军战士把烹调技术也带来了，用野葱、野蒜、野姜做佐料，再加盐巴和辣子，有时清炖来吃，有时爆炒来吃，有一次用香菇炖野猪骨头，香味飞遍了全寨子，使茶妹尝到了上等好菜。茶妹这才明白，这些被她们看作野菜一样毫不稀奇的东西，略一加工，味道大不相同呢！

茶妹笑盈盈地说："我一定来。"

瑶族猎人说："可惜我们今天没有肉，有肉炖香菇，那才好吃呢！"

茶妹心里一喜欢，脱口而出："我有斑鸠！"

她把那一大串斑鸠全从柴捆里拿了出来，豪爽地说："你们要几只？拿去。"

这一串斑鸠，沉甸甸的足有三十多只，瑶族猎人惊讶地喊了起来："啊哟！茶妹真能干。出去才半天，就打了这么多。你的弩箭射得真准。"

茶妹这才想起来，出去时并没有带弩弓。这下糟了，真是大风掀了窝棚顶，什么都要亮出来了。她又不善于说谎，心里一急，更语无伦次，支支吾吾地说道："不……不是我……"话说了一半，才感到自己失言。阿爸一再叮嘱自己，不要让解放军知道阿哥他们在寨子外边。

挨赶副营长见小茶妹慌成这样，心里明白林子里一定还有别的人。他怕吓住了小茶妹，只是笑了笑，也不追究。其实，他这几天已从苦聪人的零星话语中了解到还有几个苦聪汉子没有回来，说明苦聪人还有顾虑。对于这些事只有慢慢做工作，先不忙着点破，否则又把苦聪人吓走了。

挨赶见茶妹那背柴沉甸甸的，说："我帮你背。"说着，就把那背柴提过来，学茶妹的样子蹲下去，把捆柴的藤条顶在头上。这背柴不算重，但是对他来说，这种用头顶的方法却很不习惯，压得脖子怪痛的。茶妹在旁边笑着说："你还是个大人呢！这么一点柴也顶不起，还是我来。"

挨赶换了平常扛东西的办法，轻轻把那背柴放到了肩上，开玩笑地说："茶妹，来。连你也一起背上。"

茶妹这才佩服了，脱口而出地道："你真行，跟我阿哥力气一样大。"

挨赶立即返转身问她："你阿哥呢？"

茶妹没想到自己又说漏了嘴，慌得脸像霉红果似的，两只手不知该往哪里摆，恨不得旁边有个大树窟窿，好一头钻进去躲起来。

挨赶把柴放下，亲切地把茶妹拉过来！好言安慰她："茶妹，你不要怕。我知道你阿哥在树林里躲着不敢回来。这捆柴和斑鸠都是他帮你整的吧？"

茶妹没想到挨赶会知道得这样清楚，惊得目瞪口呆，老老实实地问："你怎么知道？"

挨赶笑哈哈地说道："这是刚才你自己说的嘛！"

茶妹天真地摇摇头："不对，不对。刚才我没有说得这么清楚。"

瑶族猎人在旁边笑得前仰后合，他指着茶妹那充满稚气的小脸庞，故意逗弄她："你的眼睛，你的小嘴唇，都这样说了。只要它动一动，挨赶副营长就知道你想些什么。"

茶妹没想到眼睛和嘴唇也会说话，急忙掏出小镜子来，对着镜子又眨眼睛，又皱眉头，想看清楚自己的眼睛和嘴唇，是怎样把自己心里的秘密泄露的。

挨赶又故意说道："你的眼睛又告诉了我：现在，你心里在想：哎呀！眼睛和嘴唇怎么把阿哥的事说出来了？这怎么得了呀！"

茶妹没想到挨赶什么都知道。她把镜子一放，哭了起来："你真是比老毕摩还厉害，什么事都瞒不过你。眼睛、嘴唇太不听话了，什么都要说出来。阿爸知道是我说的，一定会打我，阿哥也会骂我没有用……"

挨赶急忙安慰她："不要哭了，不要哭了，我是逗你玩的。茶妹，我不会对你阿爸说。你阿哥不肯回来，我们也不会怪他，让他在外边耍着好了。"

茶妹怀疑地望着挨赶和瑶族猎人："真的？"

瑶族猎人也神色严肃地道："当然啰！解放军从来都是说话算话，不哄人，不乱说。"

茶妹高兴得一下跳了起来，眼泪也不擦，伸出手，一把搂着瑶族猎人的脖子欢天喜地嚷着："大爹，你和副营长真是心肠最好的人。"

这小姑娘的手劲很大，又是这么热情，搂得瑶族猎人气都喘不过来。他不住地笑着："茶妹，茶妹，快放手。你快把我老头子箍死了。"

茶妹听瑶族猎人说她力气大，她更加得意，箍得也更紧了。

瑶族猎人急中生智，说："看，你阿爸来了。"

茶妹吓得松开手一跳多远，但，见阿爸没有来，又故作生气，噘起小嘴："你们刚才还说不哄人呢！"

瑶族猎人被箍得气都喘不过来，好一会儿还在那里咳个不停，挨赶看了觉得好笑，对茶妹说："茶妹，你人小力气大，长大了当女兵吧！打仗一定很勇敢。"

"就怕我阿爸阿哥不让我去。"茶妹很想当解放军，心里很是高兴。

"不怕。我会帮你劝说。"

"你真好，你一定要帮我说呵！"茶妹高兴得几乎又要显示她的力气了，瑶族猎人急忙闪开。说："茶妹，快坐下，要想当兵，可得先学会一切行动听指挥。"

茶妹这才放弃了使用武力。

挨赶问她："茶妹，你阿哥叫什么名字？为什么他们一直躲在外边不敢回来？"

茶妹犹豫地望着挨赶，不知该怎么说好。

挨赶笑着说："告诉我吧！茶妹，我不会告诉你阿爸。"茶妹想了想，解放军这么好，人家又从来不说假话，还要我当女兵，我怎么能哄人家呢！再说，一撒谎，他就会从眼睛嘴唇上看出来。她犹豫了片刻，歪着小脑袋，不放心地问："要是你二天告诉了我阿爸呢？"

挨赶很严肃地说道："你可以打我，骂我，揪我的头发，捏我的鼻子。你们苦聪人不是爱诅咒坏人么？还可以咒骂我，叫天雷打我……"

茶妹想到那轰隆隆的惊雷，惨白的闪电，害怕了。她急忙把小手捂住挨赶的嘴："不要乱说，不要乱说。你这么好，我永远也不会诅咒你！"

她把白鲁原来是从外边逃进老林；几年前又被残匪兵和土司兵打伤过；前次，解放军来寨子，就是他带着人打伤了解放军，放箭射伤了挨赶……都说了一遍。只是没说清楚，白鲁过去在外边干什么？为什么事进了老林？那时间，茶妹还小，不知道。后来白鲁也没说过。对于白老大出过老林的事，她没有说，因为挨赶没有问。

这使挨赶极为吃惊。原来，他以为白鲁只是由于对解放军不了解才不敢回来，哪晓得还有这么复杂的原因。看来，这绿色的原始老林所容纳的，不仅仅是苦聪这一个民族的苦难，还包含着其他民族的受难者呢！白鲁可能是个不平凡的人物，如果能做好他的工作，好多问题都可以迎刃而解了。

看见挨赶在沉思，茶妹问道："副营长，你在想哪样？你们可会整我阿哥？"

"你阿哥是个好人，我很同情他。他射伤了我，我也不会怪罪他。这是他不了解我们，把我们错当成了土司和反动派。残匪那样坏，当然应该打！"

"副营长，你真好！我阿哥要是知道你们这样说，他就不会害怕了。"

"你以后见了他，就这样对他说，叫他们回来。外边又冷又饿，又危险。"

"我是小娃娃，他们不听我的话。"

"你多说几次，他慢慢会听的。你是他喜欢的小阿妹嘛！"

"是啰！是啰！我阿哥对我最好了，有一点好吃的都要留给我。我一定叫他早些回来。他回来了，我们才好一齐搬出老林去。副营长，你们真的会给我们衣服、给我们粮食？"

"当然会给！这是党和人民政府对你们的关怀。就是你们不搬出老林，过几天也要给你们把粮食、衣服运来。"茶妹高兴地说："那太好了！快把衣服粮食运来吧！到那时候，我阿爸阿哥也不会疑心、害怕了。"

"你要常常劝劝你阿爸，帮助他消除顾虑。他人老了，受的苦难多，顾虑也比别人多。"

茶妹接受了这严肃的使命，像个大人似的庄重地点了点头："好，我会常常和他说道理，我也不说是你说的。"

她那副天真而又懂事的神态，使得挨赶和瑶族猎人忍不住大笑起来。

茶妹却没有笑。她认真地望着挨赶他们。心想，我怎么不能从他们的眼睛、鼻子、嘴巴上看出他们在笑什么呢？唉！我真笨！

六

这天晚上，在白老大家的小木楼里，有个热闹的小小"宴会"。菜是香菇炖斑鸠，烤麂子干巴和松鼠肉。瑶族猎人还带来了他的好酒。

挨赶想趁这个机会，和白老大聊聊天，做些宣传和了解。

傍晚下了一阵雨，凉风嗖嗖，秋意更浓了。小楼内有火，很暖和。小茶妹忙着烤肉，把她那张小脸庞也烤得红红的，特别艳丽。

好酒，好菜，使心情郁闷的白老大变得愉快了。他很感激这些汉人和瑶家弟兄这样盛情对待他。过去，有谁看得起他们这些躲在老林里披兽皮的苦聪人呵！谈话也就比往日愉快多了。

白老大喝着酒，向挨赶他们诉说老林生活的苦难；讲他的妻子阿娟是怎么惨死的，小茶妹又是怎么靠山药糊糊喂大的。他自己多次被野兽咬过，抓过……他讲着讲着，就伤感地掉下了眼泪。挨赶他们听了，也长久为之唏嘘叹息。白老大谈得很多，却隐瞒了自己那次走出老林受折磨以及白鲁从山下逃进老林的事。只是小心翼翼地问：藤条江边那平坦的坝子怎么样了？渡船还有吗？土司老爷真的打倒了吗？土司府可还在？新的大官可还骑着马挥着鞭子乱打人？……

挨赶暗暗惊异，这个深藏在老林的苦聪人，怎么对老林外边的过去知道得这样清楚？他还以为是白鲁对他说的呢！就和瑶族猎人向他解说：解放后，那平坦的坝子更美丽了，渡船更大了，土司老爷参加反革命叛乱已经被打倒了，土司府已经改成了人民的区政府，区长过去也是个受苦人。如今，在共产党领导下，人民当家作主，那个也不会乱打人，欺压人……

白老大听了惊讶不已。他不理解，老林外边为什么会有这么大的变化。他有些怀疑，就反复地问："受苦人真的不受苦了？"

"当然、当然，这还会有假。"瑶家人赶紧说："老阿哥，你也知道我是个苦人。从前我被头人、土司、反动派逼得到处躲，才会在老林里认得你。如今，把那些坏家伙打倒了，我日子好过了，还成了代表。"接着，他就详细讲起他怎么带着民兵打残匪，怎么当了民兵英雄到县上开会。军分区首长、县长怎么给他奖状、向他敬酒。瑶族猎人虽然说得很啰唆，白老大却听得津津有味，不时惊叹地自语："这是真的就好了！"

"当然是真的啰！县上还给你们苦聪人保留了人民代表的席位，等着你们出去商议国家大事呢！"

白老大还是难以理解地问："他们为什么这样关心我们苦聪人呢？我们和他们连面都还没有见过。"

"都是受苦人嘛！当然要互相关心。共产党领导穷人闹革命，就是为了解放被压迫的人民，让受苦人再不挨冻挨饿嘛！"瑶族猎人说。

这些话，白老大不能完全听懂。但是他很爱听，觉得心里舒坦。回过头来一想，觉得离自己太遥远了，又有点心情茫然。

瑶族猎人看出白老大这时很矛盾，就劝他："你若不相信，可以带小茶妹出老林去看看嘛！"

"不敢，不敢。"白老大连连摇头。

瑶族猎人不知道白老大至今想起那次惨痛的经历，还会不寒而栗。老猎人不满意地问："有哪样不敢的？你豹子老熊都不怕，如今怎么怕起好人来了。你怕，我来给你保驾。"白老大为难地说："就是外边好，我们也难搬出去，困难太多了。"

瑶族猎人多喝了些酒，说话也更直爽了，他嘲弄地笑道："咳！老兄弟，你们有哪样困难？不过是几张兽皮，一只小猪，两把烂砍刀，全部家当用个藤篓就背走了。剩下这小木楼，破棚屋有哪样值得牵挂？"

一直在旁边静静听他们谈话的小茶妹，看了看这屋内，确实是四壁萧条，一无所有。她早就对老林外边充满了美好的向往。她见白老大这么犹豫，也急了，央求地道："阿爸，你听副营长和瑶家大爹的话，带我搬出老林去嘛！"

"小娃娃不要多嘴。"白老大轻轻敲了茶妹的脑袋一下。然后又说："话好说，做起来困难多呀！我们不能只顾自己一家，都是受苦弟兄嘛！要搬家，全寨子一起搬。这么多人，在哪里住？粮食没有，吃什么？衣服没有，怎么见得人？总不能让妇女还裹着兽皮，让小姑娘裹着芭蕉叶呀！"白老大想起那年出老林在哈尼寨被狗咬的事，难过地说："裹着毛茸茸的兽皮，狗都把你当作野物来咬。我们在老林里，每年可以砍几块苞谷地，不够吃了，可以打野物，挖山药，找野菜。大家都没衣服，也不害羞。冷了烤烤火，老林里有用不完的柴。出了老林怎么办呢？粮食、衣服、房子到哪里去找？唉！瑶家兄弟，你可为我们想过这些？"

白老大说到的这些困难，不是他一个人的想法，也是这些日子来许多苦聪人聚在一起常常谈论的，他们认为老林外边的汉官土司虽然打倒了，他们若是想出老林，还有着这么多困难。苦聪人的命真苦呵！

瑶族猎人笑了笑，说："这确实是你们的困难。不过老兄弟，你不消发愁，人民政府早给你们想好了。"

挨赶说："苦聪兄弟，你说的这些困难，人民政府假如能解决，你们愿搬出老林么？"

都能解决？白老大苦笑了一下："你们真会说笑话。这不是一家两家，也不是我们小小的一个寨子，老林很深，在别的树林里，还住有很多苦聪兄弟呢！我们老祖公早说过了：苦聪人要想吃得饱，穿得暖，除非天上的仙鹿衔来更神效的仙草！"

"哈哈！"瑶族猎人大笑道："衔草的仙鹿我们没有见过，比衔草仙鹿更好的人和事，我们却见着了，这就是共产党、人民政府。"

瑶族猎人讲起了那年残匪烧了他们瑶家寨，解放军如何重新给他们盖房子，所以他们四家寨现今改名大军寨。他趁着酒兴，滔滔不绝地讲了这些年党和人民政府如何拨了大量经费、帮助边疆人民发展生产的事。挨赶接着瑶族猎人的话说："党和人民政府已经拨了很大一笔专款，救济你们苦聪人。只要你们肯搬出老林，再多的房子、衣服，口粮、种子，都可以发给你们。"

"可要用熊皮、兽肉换？"茶妹忙着问。

"发给你们，就是送给你们，什么也不要你们的。"瑶族猎人说。

小茶妹更想走出老林了。她拉了拉白老大的衣衫："阿爸，阿爸，你看人家多好！"

白老大见挨赶他们说得那么诚恳，只有把怀疑暂时搁下，他趁着酒意把胸膛一拍，大声说道："副营长、瑶家兄弟，如果真的给我们衣服粮食，还帮我们盖房子，我一定劝说我们苦聪兄弟搬出老林。别人害怕，我带头搬。不过，我们如今都在说空话，你们怎样才能使我们相信呢？"

挨赶爽快地说："这事好办。过几天我们先把衣服粮食运一部分进老林来，帮助你们度过这个雨季。你们如果对老林外边的事还不相信，也不必急于搬家，可以先出去几个人看看。满意了，相信了，那时候再搬家也行。"

"我们不出去看。"

"好，我们把东西运进老林来。"

白老大想试试挨赶是否真心？故意道："我等你们十天。"他想：若十天内真的把东西运来，老毕摩和寨子里的老人也不会反对这些解放军了。

"好。就十天。"挨赶也答应得很干脆。

"来，来，再喝上一筒酒。"瑶族猎人端起了小竹筒做的酒杯："按我们瑶家的规矩，高兴的时候要多喝酒。"

"喝，喝。"白老大也突然显得很高兴。

小茶妹没想到阿爸会这么爽快答应搬出老林。心想：这不会是他们开玩笑吧！她扯了扯白老大的衣襟："阿爸，你可是醉了？"

"乱说，我不会醉。"

"你不要今晚睡一觉，明天又反悔，又说不搬了。"

"你这娃娃懂什么！我是和副营长、邓大爹说正经事。我会像树梢上的枝叶一样摆来摆去？"他见茶妹还是把小脑袋怀疑地摆来摆去，有点窘。为了在挨赶他们面前表示自己是认真对待这件事，就从腰间拔出小刀，把一支竹箭一劈两半，庄严起誓道："老天在上，要是哪个哄了人，就像这竹箭一样断成两半。"

瑶族猎人知道解放军不信神，不兴起誓，就接过一根竹箭，说："我来代表。"他也把竹箭一劈两半："我要说了假话，哄了白老大，也断成两半。"

茶妹直到现在，才相信阿爸是认真对待这件事，高兴地拍起了手："好，一个不哄一个。"

挨赶觉得小茶妹真是可爱极了，他轻轻抚摸着茶妹的头发："茶妹，快了。很快你们就可以到老林外边去读书，搞生产，穿上镶花边的裙子了。"

茶妹高兴得张大眼睛，望望这个，望望那个，不住地笑着。

夜很深了，老林里的风更冷了，远处那些野兽由于饥饿寒冷而发出的嘶吼声更刺耳了。

挨赶他们回去休息了；白老大酒后困倦，很快就昏昏沉沉睡着了；只有茶妹因为听了刚才那场谈话，还十分激动。她想把这好消息告诉小伙伴们，但，寨子里一片寂静，除了他们小楼和挨赶他们的小帐篷里还有着人影外，劳累了一天的苦聪人，早早就睡着了。

茶妹想和阿爸再说说话，问他如果阿哥不肯走，毕摩他们又反对，那怎么办？但白老大醉后睡得像一摊烂泥，任她怎么推，怎么揉，怎么喊，也不醒来。这瑶家人的烈酒真是醉人！

茶妹转念一想，不免有些担心，解放军真能把那么多粮食衣服在十天内运进老林来么？不会是喝多了酒，说着玩的吧！她睡不着，一个人又在火塘边上坐不住，就趁着白老大睡了，悄悄溜了出去。

茶妹走的时候，忘了给火塘里加把柴，也忘了把小楼的门关紧。寒冷的夜风，就如同一条凶猛的怪物，趁机撞开门扑了进来，把火塘里已衰弱无力的火，压得奄奄一息，把那老林秋夜的寒冷，全都覆盖在这喝醉了酒的白老大身上……

挨赶他们还没睡，正在研究工作。

他们认为，从白鲁他们还躲在寨子外边，以及今晚和白老大的谈话看来，苦聪人长期积累的、对外民族的怀疑和隔阂，是相当的深。白老大虽然折箭起誓，也还是处于一个动摇彷徨的阶段。如今单靠口头宣传是不够的，要及时给他们看得见的物质利益，让他们从实惠中相信老林外边确实变好了，党和人民政府是真正关心他们的疾苦。

他们很奇怪，外边为什么至今还不派人来？形势这么紧迫，不能再等了。挨赶决定明天一早，出老林去向指挥部汇报工作，请求把苦聪人当前最急需的物资尽快运进老林来。但是，使他不放心的是这里的工作。苦聪人刚刚安定下来，有许多问题急待解决；白鲁他们藏在外边没有回来，有不少顾虑……都要继续做深入细致的工作。最初，他想单身出老林去。话一出口，就遭到了瑶族猎人的强烈反对，他大声喊着："什么？你想一个人出老林？不行，我反对。你身体不好，路又不熟，说不定在树林里还会碰见大的野兽。要走，你们一齐走！这寨子里的事交给我好了。"

瑶族猎人的一片诚心，使挨赶很感动。他说："你一个人在这里，我也不放心。"

老人对这种关心不乐意，大声嚷着："咳！你们何消为我这老头子担心。我一个人在老林里钻惯了。再说，我和白老大是老朋友，他相信我，我相信他。你们走了，说不定苦聪人顾虑更少，会大胆地把心里话说给我听呢！"

那两个战士也怕挨赶路上出事，坚持要一起出老林。挨赶想了想，觉得瑶族猎人的话有道理。从当前的情况来看，苦聪人暂时还不可能有大的波动，只要有个人在这里照料着就行，因此也就同意了。

瑶家人喜欢独当一面，得意地连连点头："副营长，你放心好了，我不会在这里睡大觉，我要多多向他们宣传党的政策。过个七八天你们从老林外面回来，就会看到我老邓的成绩了。"

"好，祝你成功！"挨赶只好这样说。

茶妹进来的时候，他们正说得热闹。这苦聪小女孩也被这愉快气氛所感染了，跳跃着冲进来，说："我又来了！"

挨赶以为她有什么急事，忙问她："茶妹，你有事吗？怎么还不睡？"

"睡不着。"

瑶族猎人说："别的娃娃都瞌睡大，你怎么睡不着？你想些什么？"

"想出老林。"

"哈哈。小娃娃何消操这份闲心。这种事，我们老人会安排。你只消吃饭，睡觉，玩，到时候跟着你阿爸走就行了。好，不早了，快回去睡觉吧！"瑶族猎人喝多了酒，早就呵欠连声了。

挨赶非常喜欢小茶妹这种积极情绪。别看她人小，却有如火种，代表着未来，代表着希望呵！赶紧说："老邓同志，你可不能这样说。动员苦聪人出老林的事，要做到家喻户晓，老幼拥护。茶妹这么关心，说明她聪明懂事。茶妹，你真好，我们一定会尽快帮助你们搬出老林。将来我要带你去坐藤条江的小独木舟，还要带你去昆明、北京参观！"

茶妹见挨赶这样夸奖她，心里很高兴，同时也有些不满意瑶族猎人，噘起小嘴说你："这个大爹，老是看不起我们小娃娃，你忘了那次找鹿衔草，没有我们小姑娘行吗？"

瑶族猎人知道惹翻了小茶妹，可要得罪一大群小姑娘，赶紧道歉："啊！是啰，是啰！茶妹是个顶能干的小姑娘，不能小看，不能小看。茶妹，你别生我老头子的气呀！"

茶妹这才笑了："不生气，不生气，你是个好大爹。"她又问挨赶："副营长，你们哪个时候才能把衣服粮食运来呢？"

"你想早点穿上花衣衫，吃上雪白的大米饭么？"瑶族猎人故意逗她。

"想。不过，你们早些把衣服粮食运进来，就会使我们寨子的人早些相信你们，听你们的话，搬出老林去。"她又像透露一个秘密一样，悄声说："我阿爸受的苦多，最多心了。还有那个老毕摩，最恨你们汉人。我怕过两天我阿爸又会听毕摩的坏话，不肯出老林。"

"对，对，茶妹你说得很对。"挨赶觉得这小姑娘想得很周到，提供的情况非常及时。他对瑶族猎人说："老邓同志，毕摩那里你也要多做些工作，不要嫌他落后。"

猎人点点头："我晓得了。"

挨赶告诉茶妹："明天一早我们就出老林去，把你们要的衣服粮食运进来。"

"明天一早？"

"对。"

"哈，这太好了。副营长，你们真好，说了就做，一点也不哄我们，我真喜欢。我要把这事告诉我阿爸，让他也欢喜。"茶妹像只小鸟一样飞快奔了出去。

七

第二天早晨，山谷里的白雾很浓，原始老林还在昏暗中沉睡着。

寨子里的苦聪人还没起来，挨赶他们就摸黑起床收拾东西了，准备趁早多赶一程路。

茶妹一夜都沉浸在兴奋的情绪中，在兽皮垫子上翻来覆去的睡不好。听见这边有响动，也披着挨赶给她阿爸的那件棉衣，赶了过来。虽然她很希望挨赶能快些走出老林，把东西运进来，但是，这些日子她和解放军朝夕相处，玩得多好呵！有什么事，可以问他们，有什么困难，也可以找挨赶他们。如今一想到要分别了，这朴实的小姑娘又依依不舍了。她要来送别，嘱咐他们早去早来，祝福他们一路平安！

茶妹进来时，战士们正在打背包，挨赶笑着问她："你怎么起来得这么早？"

"我要送送你们。"

"不必送了，我们过几天就回来。"

"过几天？"

"说不定。过个五六天吧！"

茶妹想了想，五六天，这要叫她五六个晚上惦记着睡不安稳呀！她叫了起来："哎唷，要这么多天呀！"

"路太远了。"

"不能快些吗？"

"我们一定快些。"

"像鸟一样飞！"

"好。"

就这样，茶妹还是不胜遗憾地说："唉！这几天哪个和我们聊天呢？"

"这里还有瑶家老邓同志给你们做伴。有什么事，你多和他说说。"

茶妹本来想说："这大爹有点看不起我们娃娃。"但是，看到老猎人这时候笑眯眯地望着她，求她对他表示信任的神情，她才没吭声，勉强点了点头。

挨赶为了使茶妹相信他一定回来，顺手把战士为自己打好的那个背包交给她，"茶妹，请你帮我照管好这个背包。"

茶妹很高兴把这么大的事托付给她，她双手紧紧抱住背包，郑重地说："我一定替你保护好，不让火烧，不让豹子咬，也不让别人拿走。"

"你是个能干的小姑娘。我相信你。"挨赶说。

到了寨门口，拉开了那防野兽的栅门，挨赶见森林还很黑，凉风嗖嗖，寒意袭人，他怕茶妹走远了会受到野兽的伤害，就劝她和瑶族猎人都回去。他叮嘱瑶族猎人："老邓同志，这里的工作只有由你坚持几天了。你要多和苦聪兄弟谈谈，及时了解他们的思想。把党的政策说给他们听。"老猎人谦逊地道："我这个大字不识的老头，能做什么工作？我只是从心里感激共产党的恩情。说的话，唱的歌，都离不开歌颂共产党。副营长，你放心好了，我会一边喝酒，一边和他们摆谈这些道理。"

挨赶想起瑶家人喝了几口酒后那唠唠叨叨说个没完的神态，也觉得好笑，说："好，我们回来再多给你带些好酒来。不过，我们不在的时候，你还是少喝些，别让人家把你灌醉了。"

瑶族猎人最不乐意别人说他的酒量不行，他故作生气地说："副营长，你不要小看人，哪个灌得醉我？除非藤条江的水都变成酒。"

挨赶笑了笑，然后又对茶妹说："茶妹，你要什么？我们去给你带来。"

茶妹陷入了离别的痛苦中，眼泪汪汪地摇摇头，拉着挨赶的手紧跑了几步，如果不是瑶家人拉住她，她真想跟着挨赶走到那遥远的老林外边去呢！不能远送了，她就用稚嫩的声音哭喊着："副营长，解放军阿叔，好好走，好好走。早点回来呵！"

那声音是这样动人，挨赶和战士们的心也被扯动了，不得不几次停下来，亲切地回答："好、好，茶妹，我们一定早点回来。"

他们走远了，消失在黎明前的暗雾中了，那踩着枯枝烂叶的脚步声也听不到了，茶妹还在呆望着远处出神，掉眼泪。瑶族猎人叫她回去，她木然不动。老猎人故意逗她："早晨的露水已经够多了，你还要哭，小心眼泪变成大水，冲倒了老林。"

茶妹羞怯地擦擦眼泪，转身进寨子里去了。就在这时候，远处传来了一阵野猪呜呜的吼声，尖锐地划破了这老林早晨的宁静。茶妹立即想到挨赶他们可能会碰上这凶恶的野物，焦急地拉住瑶族猎人的手说："哎呀！野猪。"

老猎人侧着耳朵听了听，安详地说："不要紧，不在副营长他们走的那个方向。"

茶妹这才放心了。

野猪的吼声一会儿高，一会儿低，疯狂而又凄厉，好像是由于冻饿而在烦躁地发怒，寻觅食物。这种野猪的吼声，对于别人来说是恐怖的，对于瑶族猎人，却无疑是一曲好听的音乐，真是使人迷恋，骚动。他侧着耳朵听了又听，像鉴赏一件珍宝一样，自言自语地称赞："好洪亮的声音，好大的力气，是只大野猪呢，至少有个两三百斤。打来够全寨子的人饱饱吃一顿！"

进了老林以后，老猎人忙于工作，没好好打猎，早就技痒难耐了。用他的话来说：明火枪放凉了，豹子野猪乐坏了。现在，他真想趁这个空隙去把这只野猪打回来，找点肉食请请苦聪人，顺便在苦聪人面前显示一下自己的本事。那样，在苦聪人面前说话也会有"威信"。

茶妹见他那着了迷的神态，就问他："大爹，你可是想吃野猪肉？"

"嗯。"

"等我去把阿爸喊起来，叫他约一伙人把野猪打回来。"

瑶族猎人怕小茶妹会破坏他"独立作战"的计划，赶紧把手摆了又摆："打只野猪何消喊那么多人。你先回去，看我一小会就把野猪撂翻了。"

老猎人把明火枪检查了一下，朝野猪叫的那个方向匆匆奔去。

茶妹着急地在后边喊着："大爹，一个人打野猪危险呀！"

瑶族猎人猎瘾正足，又好胜心切，哪里肯听？他唯恐小茶妹会拦住他，走得更快了。老猎人把小茶妹对他的关切，看成是小看他。心想："这些小娃娃真是不懂事，别人不敢一个人打野猪，我瑶家老邓还会怕？"他忘了副营长临行前的郑重嘱咐，也没想到，为了一只野猪，将给他带来多少懊恼。老猎人着了迷似的在还是黝黑的森林中追着野猪，越跑越远了。

茶妹回到家，才发现白老大已经病了，正长一声短一声呻吟。她惊慌地扑过去问道："阿爸，你怎么了？"

"头痛，一身都痛，冷得很。"白老大哆嗦地蜷曲成一团，脸上的皱纹更深更多了，好像每条皱纹里都充满了痛苦。

茶妹弄不清是什么原因，着急地问："阿爸，你是喝多了酒吧？"

"不晓得。我只觉得头发晕、眼发黑。你看、你看，火塘里有好多、好多黑影子在乱窜。有的大、有的小，怕人得很。唉、唉，怕是老林的精灵鬼怪窜进来了吧！……"

白老大把他的幻觉说得那样神秘、吓人，小茶妹听了，觉得毛骨悚然的寒从背脊袭来。她胆怯地望了望火塘，觉得那闪动的火苗果然有些异样，随着从门外刮进来的风，凉飕飕的，一会儿明，一会儿暗，仿佛真有些黑色的精灵在火塘里跳跃。她越看越怕，赶紧端起一桶水泼过去，噗地一声，搞得小楼内烟雾弥漫，火灰四扬，呛得白老大咳个不停。

等到烟雾散了，茶妹也成了个灰人，她还问白老大："阿爸，这下好了吧！不会有鬼东西从火里跳出来了吧！"

白老大的脸上、身上，全是一层厚厚的灰，对于茶妹这种幼稚的举动，他不能责备，只是呻吟着说："唉、唉，茶妹，火浇熄了，我冷呀！"

茶妹急得在屋里团团转，不知道该怎么好。好心肠的副营长走了，瑶家邓大爹又打野猪去了，要是他们在就好了，不消求他们，他们就会过来帮助照料阿爸的。

茶妹只好重新烧火。火塘里尽是水，费了好大工夫才把火烧着。有了火，白老大不叫冷了，只是痛苦地哼着。

茶妹把家里所有的兽皮都搬来盖在白老大身上，说："阿爸，你蒙住头，就不冷，也什么都看不见了。"

白老大只好缩在兽皮里，但是，又憋得呼吸困难，剧烈地咳嗽着。

茶妹说："阿爸，你这种病找哪样药好？你快说，我去找。是要灯盏花，还是要……"

白老大虽然平日懂点草药，这时被阵阵寒热，折磨得心烦意乱，不知该叫茶妹找什么药好。他只好呻吟地道："给我请老毕摩来。"

茶妹迟疑地不肯动身。她是又怕又讨厌毕摩。这个苦聪人当中的巫师，自称和老林里的鬼神要好，经常怪声怪调地说些鬼神如何发怒，如何降灾的话来吓人。给人治病的时候，还要吃鸡吃肉，说这是对神尊敬，只有让他吃好了，才能把恶鬼撵走。苦聪人在茫茫老林里无所依托，没有医生，在被病痛和灾难折磨得无所适从的时候，不找毕摩求神祭鬼，又找谁呢？人在痛苦无依的时候，无论是精神还是肉体，总要有个归宿呵！所以，寨子里的老年人遇见三灾六难，也只有把好东西送给毕摩吃，恭恭敬敬听他的鬼话。

茶妹不肯找毕摩，就说："我去把阿哥找回来，叫他去给你找草药。"

"听我的话，快把毕摩找来。"

茶妹经不起白老大的催促，慢腾腾地挪动脚步，找毕摩去了。

这些日子以来，老毕摩这个一向拿鬼神哄人的人，陷入了矛盾的心情中。他把老林外边的人都说成恶魔。但是，解放军进老林以后，给他们苦聪人做了许多好事，这真是出乎他的意料之外。解放军的所作所为，跟他往日所说的有很大的出入，这就使得一些年轻的苦聪人开始悄悄议论他，嘲弄他，冷淡他，为这他很生气。虽然，解放军对他很客气，送了大米给他吃（他把这看作对鬼神的"贡品"）。但是，总觉得解放军有一种"法力"，颇能迷住一些苦聪人。天长日久，自然会动摇他的根基。他很苦恼，常常在夜深人静的时候，合掌祈求上天保佑他。他不忍心求上天降灾给解放军（吃了人家的"贡品"嘛），唯求解放军好来好去，快快离开这老林，不要再妨碍他。

今天早上，他听说解放军突然走了，又听说白老大病了。他很高兴，幸灾乐祸地认为，这是老天开眼了，又该他毕摩显示法力了。只有把解放军打发走，他才能安静。

毕摩走进白老大家的时候，故意把那根栗木拐杖敲得梆梆响，用脚后跟咚咚咚地走着，使得这简陋的小木楼，发出吱嘎吱嘎的响声。小茶妹着急地在旁边喊道："毕摩，你走轻些嘛！楼板都要给你踩断了。"

毕摩从来不把小茶妹放在眼里，阴沉地瞪了她一眼，嫌她多嘴。他见小楼上没有其他人，特别是那几个使他畏惧的汉人，以及那个说话像放明火枪一样的瑶家人都不在，他就更要抖威风了。虽然，他来过这小木楼不知有多少遍了，这时，还要故意找岔子。他故作生气地大吼着："老祖公传下来的窝棚，为哪样不住？偏要住这种像魔鬼一样吱吱嘎嘎乱响的楼房。这就叫不安分，对老祖公不敬，当然会惹得山神林鬼发怒，带来灾难……"他一边骂着，还一边用拐杖乱戳，像要和周围的魔鬼搏斗一样，搞得阴森恐怖。

毕摩刚挨近火塘，就闻见了一阵扑鼻的酒香，冲得鼻子痒痒的，连连打了两个喷嚏。白老大正痛得哎哟哎哟地乱叫，毕摩充耳不闻，把他那双红眼睛瞪得铜铃一般大，四处寻找酒葫芦。恰好有只竹杯里还剩有半杯酒，他抓过来一仰脖子喝了个精光，顿时觉得全身热烘烘的，有说不出的舒服畅快。毕摩难得喝到好酒，几口酒就会使他醉意盎然。他四处翻寻，再也没有找到一滴剩酒。毕摩生气地想，别人打着了马鹿，还送我毕摩一大块肉呢！你们喝好酒却不喊我，好可恶。他皱着眉头问："你们又喝酒了？"

白老大知道，得罪了嘴馋的毕摩，就缩进兽皮底下，闭着眼不作声。

茶妹见白老大不说话，忙帮助回答："我阿爸昨天晚上和副营长、瑶家大爹一起喝酒的时候还蛮好，吃得多也喝得多。不晓得为什么，睡了一夜就病了。"

"好好的人会突然生病？一定是你们得罪了鬼神。"

"我阿爸高高兴兴地和副营长他们说话喝酒，没有乱说鬼神哪样。"

"你们喝酒吃肉，敬了鬼神吗？"

"没有。"

"是啰！错就错在这里。你们这样乱来，当然把鬼神得罪了！在我们老林里，哪有喝酒吃肉不请我毕摩，不敬鬼神的道理呢？唉，唉，你们真是越来越大胆了。"

"酒肉是人家解放军的，人家不信这些。"

"解放军的又怎么样？管他汉人瑶人，进了老林就得归老林的鬼神管。"

茶妹知道毕摩吹牛。她想起了毕摩见了挨赶他们的那副畏缩神态，就故意气他："毕摩，你该早些和解放军说嘛，叫他们把酒肉送给你。"

毕摩生气地亮开嗓门喊道："都是那些汉人惹的祸。他们现在躲到哪里去了？"他明知挨赶他们已经走了，才故意这样问，好像他法力无边，连汉人也能惩戒似的。

"副营长他们今天一早出老林了。"

"都走了？"

"邓大爹没有走，打野猪去了。"

"呵！"毕摩早上也听见了野猪叫。他知道瑶家人有明火枪，一定能打着野猪。他心里暗暗盘算，等打到野猪，怎么从瑶家人那里弄一腿肉来烤着吃，如果再能得到一筒酒，那就更好了。他不由自主地轻轻说了句："愿山林的鬼神保佑他。"

茶妹见毕摩进来这么长时间，正事不干，唠唠叨叨地追问喝酒吃肉的事，可着急了，说："毕摩，你快给我阿爸看病嘛！"

毕摩瞪了茶妹一眼，慢吞吞蹲下来把手凑近白老大的额头上摸了摸，滚烫滚烫的。毕摩不仅会巫术，多少还懂点草药，两样配合着瞎虎弄人。毕摩口中念念有词，折腾了半天，然后从兽皮口袋里，抓出了一把白龙藤根，放进挨赶他们留下的那口铜锣锅内。毕摩哆哆嗦嗦地盛上水，熬了一会儿，药就好了。这种草药能解毒发汗，对风寒感冒颇有效。白老大把药喝下去，用兽皮盖紧身子，出了一身大汗。一会儿就安静地睡着了。

茶妹虽然平日讨厌毕摩，现在看见他果然有点"法力"，能够治好阿爸的病，赶紧塞了一块麂子干巴给他。毕摩毫不客气，拿着"贡品"就走了。

中午，毕摩又摇摇晃晃来了。

白老大的头也没有早上那么痛了。只是出汗过多，身子软弱无力。因为毕摩能治白老大的病，茶妹对他不像从前那样厌恶了，客气地把他让到火塘前坐下，还把昨晚没有吃完的斑鸠炖香菇端了一碗给他。毕摩从来没吃过这样鲜美可口的食物，贪婪地大嚼着，吃完了一大竹碗，还笑眯眯地说："茶妹，听话的好娃娃，你怎么会做这么好吃的菜？这真是天上的神仙也吃不着呢。太好了，太好了。还有么？给你家老毕摩再盛一碗。"

茶妹只好又给他盛了一竹碗，说："这是人家解放军教我做的。"

"这些汉人真有本事。香菇、斑鸠我们也常吃，就是没有他们做得好。"

茶妹见毕摩说话和善，不装神弄鬼，高兴地说："毕摩，你想吃好东西么？过两天和我们一起出老林去吧！副营长说了，老林外边好吃的东西多得很呐！"

毕摩吃惊地放下了竹碗："到老林外边去？天哪！你这小娃娃怎么也会有这种念头，你不怕得罪鬼神？"

茶妹为了表明这不是她自己的胡思乱想，认真地说："昨天晚上，我阿爸和副营长、瑶家大爹说好了，过几天，等他们把衣服粮食运进来，我们就要劝说寨子里的人和我们一起搬到老林外边，找个好地方种粮食，种棉花……"

"什么？什么？你这鬼娃娃瞎扯些什么？"由于吃惊，毕摩那双红眼睛鼓得像两颗红山楂果。老毕摩把舔得光光的竹碗一丢，大声追问："你们答应搬出老林了？好哇！有了这种罪恶的念头，怎么不叫鬼神发怒？难怪你阿爸会突然起病。"

毕摩呼的一下掀开白老大蒙住脑袋的熊皮，斥责道："老兄弟，你越老越糊涂，你可是被山药糊糊迷住了心窍？"茶妹不容许别人这样对待她阿爸。她不怕毕摩会打她，气鼓鼓地推开毕摩那双瘦得像老鹰爪子一样的黑手，给白老大盖上熊皮，生气地说："你乱吼些哪样？我好多天都没有挖山药了，到哪里去找山药糊糊？"

"走开，你这小娃娃。我是跟你阿爸说话。"

茶妹才不走开呢！两只小手还是紧紧按住白老大的熊皮，不让毕摩再掀。她怕白老大着凉，也不愿白老大看到毕摩那歪扭得像张树皮的丑恶脸孔。毕摩知道茶妹是苦聪小姑娘中最难对付的一个，又调皮，又胆大，谁也不怕，只好将就着，隔着兽皮来和白老大说话。

老毕摩的声调里充满了责备："前几日，我就和你说过了，叶子长在树枝上，根根拱在泥土里，各有各的在处，乱动不得。我们苦聪人生来归老林的鬼神管，乱跑不得。那一年，你年轻火气旺，不相信这些道理，不听老人的劝阻，硬要出老林去试试。怎么样，锁骨被穿上链子，差一点送了命……"

毕摩说一句，白老大痛苦地哼一声。他的心，锁骨上的伤疤，全都剧烈地绞痛起来了。

茶妹赶紧为她阿爸辩护："从前是从前。那时候，老林外边还没有解放……"

毕摩气得扬起了拐棍："哪家的娃娃像你这样多嘴多舌。"

毕摩继续数落白老大："这么大的事，你不请我打个卦问问鬼神，就一口答应了，鬼神当然要动怒，把灾祸加给你啰！白老大，你可晓得，你有罪呀！你着了魔呀！你不悔改，鬼神会用雷电来轰你……"

白老大蜷缩在熊皮底下，感到脊背一阵阵发凉。头更疼了，心情更乱了，哼哼哈哈地呻吟得更厉害了。

毕摩见白老大害怕了，越说越得意："我们苦聪人是长在一棵树上的枝叶，一棵藤上的须须。一个人好，大伙都好；一个人得罪了鬼神，全个寨子都要受灾难。白老大，你是个老人，你为哪样不多想想？汉人说得再好，也是汉人，不是自己苦聪兄弟呀！"

后边这几句话，可不是正直的白老大能同意的。白老大大胆地把头露出熊皮外边，反驳道："毕摩，不能这样说那些解放军。我看他们是好人，对我们苦聪人是一片真心。你吃过人家的大米，答应过请鬼神保佑人家……"

白老大的话触着了毕摩的痛处。幸好，他的脸黑得像野猪的屁股，再难为情，也看不出半点血色来。老毕摩在这件事上理屈词穷，辩不过白老大，就又装神弄鬼，双手抖动地高举过额，围着火塘又舞又拜，声音沙哑地嚷着："神呵！鬼呵！请你饶恕我们白老大兄弟的胡说吧！这不是他的本意呵！他是病糊涂了，请你不要把灾祸降给他呵！……"

老毕摩的表演很吓人，小楼里又变得阴森恐怖，鬼气逼人，好像真有一群山神野鬼在屋里狂舞乱跳。

苦聪人在原始森林里，苦难深重，精神无所寄托，只能求助于那见不着，摸不到，在幻想中力量无穷的鬼神。年深日久，就成了老一辈人精神上的沉重枷锁。受苦越多的人，对鬼神也最怕、最迷信。白老大觉得脑袋发胀、发疼，心在紧缩。呻吟得更厉害了。

毕摩看出了，他已用神鬼的威力重重压住了白老大。也就更得意，又跳又叫地嚷着："白老大，快起来，快起来。快给山神鬼叩头请罪！"

躲在屋角落里的小茶妹听了，也在暗暗祈祷："神呵！鬼呵！你们不要听老毕摩的话呵！他糊涂，他落后，他不懂得新道理。他坏，他嘴馋，他是没有吃到人家副营长的酒和肉，才说人家的坏话，才来吓唬我阿爸。鬼呵、神呵！老毕摩不好，你不要和他交朋友。你保佑我们搬出老林吧！你想吃大米，想吃鸡，我和小姑娘们多多地供给你……"

茶妹祈祷得那样真诚，理由那样充分。如果老林里真有鬼神，也不能不受感动，定会答应这苦聪小女孩的请求。

毕摩越闹得厉害，白老大越是蜷缩在兽皮里不肯起来，烦躁地说："算了、算了。你快给我走开。如果我错了，让神鬼来整治我吧！"毕摩认为：这还是白老大被魔鬼缠着了的表现，又想去掀盖着他的兽皮。茶妹急了，赶紧扑在白老大身上，冲着毕摩，狠狠地晃动小拳头："走开！你这只老乌鸦。我阿爸病了，你尽欺侮他整哪样？过两天，副营长就要回来了，我要告诉他，说你骂了他们，叫他用枪打你。瑶家大爹今天还要回来，他一生气就会用明火枪轰你，叫你自己见魔鬼去！"

茶妹的叫喊出奇地起了作用，毕摩一下愣住了。刚才他在这里装神弄鬼，确实没想到汉人瑶人还会回来。虽然，挨赶他们对他很客气，没有骂过，打过他。但是，每当他见到挨赶那严峻的眼色，就有些胆寒。老毕摩要给自己留条后路，口气松了下来："是啰，是啰！你说过了，他们很快就要回来。"

茶妹觉得自己占了上风，更来劲了："副营长说，要运好多、好多大米和衣服进老林来，发给我们全寨子的人。你捣乱，你欺侮我阿爸，你还骂了副营长，我叫他们不给你大米吃。他们回来了，你不怕吗？"

毕摩像个憋了气的猪尿泡，不吭声了。

茶妹更得意了，歪着小脑袋说道："他们的枪好厉害呢！一扣'砰、砰、砰！'可以打死七八头大野猪。只要我跟他们一说，他们就会像敲野猪一样，把你敲掉。对、对，等下瑶家大爹就要回来了，我先到他那里告你……"

毕摩知道小茶妹和解放军有很深的交情。她这样说了，也真的会这样做。毕摩想：解放军回来了，一定会听茶妹的话，恨他毕摩，不发给大米衣服，说不定真的会用枪崩自己的脑袋呢。唉，唉，他后悔刚才太得意忘形了，太过分了。老毕摩赶紧换了一副笑脸，弯着腰对茶妹说："茶妹，好茶妹，你不要怪我，刚才我是为了你阿爸好呀！我是怕魔鬼缠住你阿爸！"

小茶妹更神气了，小嘴噘着，双手叉着腰问毕摩："你为什么要乱说副营长是魔鬼？"

"没有，没有。茶妹，你千万不要乱说，我问你，他们真的说了要运大米衣服来给我们？"他把"我们"两个字说得很重，很怕发衣服和大米时，小茶妹不把他算在里边。

"解放军从来不说假话。他们对我说：过两天，一定运好多好多东西进来。"

毕摩点头哈腰地道："好，好，你真会办事。神会保佑你。"

茶妹不肯轻饶了毕摩，怒冲冲地指着他的鼻子尖："你刚才为什么要骂我阿爸，说他有罪？唔，你说呀！"

贪婪的毕摩满心眼只想到衣服粮食，还怕解放军用枪崩他。小茶妹发脾气，他也不管了。低声下气地说："你这茶妹，人小，脾气倒大，你说些哪样。我和你阿爸是老兄弟了，我一片好心来给你阿爸撵鬼治病，哪里骂了他。你要是早些告诉我，人家解放军会把粮食衣服运来给我们，不急着要我们搬出老林，我又何消怕。有粮食吃，有衣服穿，住在老林里不是蛮好嘛！嘿嘿！"

毕摩突然变得恭顺的神态，茶妹看了很开心。哦，这个毕摩原来很怕副营长和瑶家大爹呢！想到这里，茶妹忍不住哈哈大笑起来。

毕摩生气了："你这娃娃笑哪样？汉人是带来好事，还是带来灾难，都还不晓得呢！要哭、要笑，过两天再说吧！"

说完，他又微闭着双眼，口中念念有词地跳了一回神，以示他对白老大的关心，才摇摇晃晃地下楼去了。

茶妹不知道魔鬼是否跟随毕摩一起走了，但是，毕摩一走，屋内的阴森气氛很快就消失了。茶妹抱了些干柴来，把火塘烧得旺旺的。她关切地问白老大："阿爸，你可好些了？"白老大很高兴茶妹帮他摆脱了老毕摩的纠缠。加上刚才吃了药，睡了一觉，觉得身上舒服多了。他伸出他那干瘦多筋的手，亲切地抚摸着茶妹的小辫子，说："茶妹，你很能干。阿爸心里喜欢。"

茶妹想不通，毕摩为什么会那样反对走出老林，到外边去过好日子，有什么不好？她问道："阿爸，老毕摩可是魔鬼变的？他怎么那样坏？尽捣乱。"

"唉！他和我们一样，也是吃够了苦，对外边的事知道得少，疑心重。"

"你多给他说说道理嘛！"

"我和他一样，也是不晓得多少。"

"毕摩刚才说，不晓得汉人是带来好处，还是带来灾难。你可信？"

"也信，也不信。要看他们这次可是真心给我们送衣服粮食来。"

茶妹明白了，阿爸对副营长他们也是还有怀疑呢！难怪刚才毕摩在这里又喊又闹，阿爸不拿棍子把他撵出去，只是躲在熊皮底下呻吟。她那小小的心，顿时沉重地往下坠着，往下坠着。好难过呵！

中午。雾散了，森林明亮了一些。尽管枝叶稠密，还是透进一些绿色的阳光，把村寨、草地染得碧绿碧绿的，很是好看。但是，久居老林的小茶妹，对这种景色感到又单调又烦闷。她喜欢阿哥常常描述的金色阳光，向往宽阔的大江流水，那都是在老林里看不到的。茶妹把那金光灿烂的未来，寄托在解放军的身上。她又在悄声自言自语！"副营长，你们快回老林来吧！解放军，快给我们把衣服和粮食运来，帮助我们把幸福带来，把灾难撵走……"

但是，生活里的事情往往是曲折多变。茶妹总以为只要挨赶他们把东西一运进老林，一切都好办了，就可以顺利地排除阻力，走出老林了。但是，事实并不是这样。几百年来，甚至更长时间造成的民族隔阂，还要在一些苦聪人当中发酸发酵，造成新的灾难。乌云在积聚，一场新的风暴又开始了。

第五章

一

在老林外边的沙教导员，在挨赶副营长他们进了老林后，就急电后方，迅速把救济物资运来。他想得很周到。这红河以南，山大路小，崎岖难行，等找到苦聪人再运物资来，那就迟了。

这些日子，在这万山丛中，牛帮马帮络绎不绝，马帮的项铃、牛帮的竹梆，响彻数十里内外。听说，已在老林里发现苦聪人，省、地、县、军区、军、师、团，各级领导机关都关心地把急需的粮食、衣物、棉毯、药品，调拨过来。老林边上的哈尼寨、瑶家寨，都住满了部队和赶马人、赶牛人。寨子小住不下，他们还在树林里、山坡上搭了不少草棚。入夜，人声喧哗，火光明亮，如闹市一般，热闹非凡。

中央和省委，从沙教导员的报告中，知道苦聪人不是三两个，而是在老林中建有村寨，对此事更是十分重视，多次来电指示，要迅速做好调查研究和安置工作，通过这一村寨的人，了解老林中其他苦聪人的情况……

可是，挨赶副营长和瑶族猎人他们进了老林后，还没有讯息。这使沙教导员十分着急。他想，如果单是挨赶他们进老林，可能还会迷路，但，还有个已到过苦聪村寨的瑶族猎人做向导，总不至于再出事故吧！

这天晚上，大风雨猛扑原始森林时，指挥部所在的哈尼村寨也被急风猛雨打得一片零乱，旋转的飓风折断了大树，刮倒了不坚实的茅棚，惊得牛群马队

195

乱嘶乱鸣……

沙教导员整夜淋着大雨在各个山寨之间奔走，检查牛马是否安全，物资是否遮盖好了。雨大路滑夜暗，摔得他一身都是泥水。

天亮后，他见风雨未停，滚滚浊流从老林里涌出来，就知道老林里也是同样遭到了大风雨的侵袭。苦聪人缺吃少穿，挨赶副营长他们带的东西又少，肯定难以抵御这场风雨。

他亲自冒雨跑到了瑶家寨，找曾去过老林里的瑶家姑娘阿兰了解情况。

阿兰见风雨来得这么猛，也正为她阿爸担心呢！见沙教导员来了，高兴得跳了起来，问道："教导员，我阿爸他们有消息么？"

"没有。"

"会有危险么？"

"我看不会。"

"怎么还不回来呢？"

"哪有那么快，总要把苦聪人找到了才能出老林嘛！"

阿兰望着把山峦、树林、村寨全都罩进了一片灰蒙蒙中的雨雾，把树林山谷都挤压得发出怪声怪气的暴风雨，愁闷地摇摇头说："这么大的风雨，我看，苦聪人出不了老林。"

"怎么？"

"教导员，你不晓得，这场风雨我长了这么大也没见过。寨子里老人都说，这是百年难遇的暴风雨呢……"

"你快说，这风雨与苦聪人有什么关系？"沙教导员着急地问。

"我那年在老林里遇见过一个苦聪人，他告诉我，他们没有衣裳被子，一年四季只能靠烤火来过夜，大雨淋湿了火，他们只有冻死、饿死……"

"呵！"

"还会被凶猛的野兽咬死。没有火，野兽也不怕他们了，就会向他们进攻。"阿兰站起来指了指门外几间被风雨掀掉了屋顶的小屋，说："教导员，你看，我们瑶家的房子盖得够结实了，有的还挡不住昨晚这场风雨。苦聪人那些用芭蕉叶、树叶、树皮拼凑的小窝棚经得起么？垮了，一定早就掀掉了。火嘛！当然也淋熄了。他们说，火就是他们的生命，如今，在这么大的雨里，没有火，他们怎么过呵！"阿兰想起那年在老林里和白鲁短短的一段接触，心情很激动，说着说着，眼圈也红了。

这瑶家姑娘的话，给沙教导员描绘出了一幅疾风暴雨中的老林景象，他仿佛看到了无边的黑暗中，雨如瓢泼，旋风刮地而来，没有火，没有衣被，赤裸身子的苦聪老小在雨中的森林里哀号，而挨赶他们也是浑身湿淋淋地在大树下奔走，寻找苦聪人……

他简直难以再想下去了，激动得一拳头打在桌子上："走，我马上带部队进老林去！"他的力气是那么大，把桌上的茶碗也震得飞了起来。

回到哈尼村寨，沙教导员就命令部队冒雨把指挥部往老林里推进，在老林里开展寻找苦聪人的工作。

沙教导员把部队分成三个梯队。他亲自带着一个排的兵力和一些准备送给苦聪人的物资走在最前头；第二梯队是两个排，沿着他们的去向开山砍路，遇水搭桥；第三个梯队是驮运物资的马帮。这样，一找到了苦聪人，就可以立即把东西发给他们。

哈尼大嫂这些日子一直是帮助工作队做工作，新的生活使这善良的妇女充满了革命的激情。她对沙教导员说："让我组织几个妇女跟你们一起进老林去，可好？我可以帮助你们缝缝补补，万一遇见熟悉的苦聪人，还可以向他们宣传宣传。"

这时候，瑶家姑娘阿兰也背着一背篓吃食和衣服匆匆赶来了。她怕淋着冻着了老父亲，赶紧收拾了一些衣服和吃食来找部队。进得屋来，一听哈尼大嫂要跟着指挥部进驻老林，她哪里肯落后，高兴得赶紧说："我也算一个。教导员，你批准我们吧！"

教导员想了想，这次没有带妇女干部来，她俩人聪明能干，有觉悟，正好帮助做苦聪妇女的工作，就同意了。

部队沿着挨赶副营长他们砍出的路标，急速往老林深处插去，并且砍出更明显的标记，好让后边的部队跟上来。

雨还在下着，森林的一切都是湿淋淋的，树叶上、草上都沾满了雨水。这时候在森林里活动，就好似海在水里一样，每个人都从外湿到了里。沙教导员只好在行走了一段路后，命令部队停下来烧起火烤烤再走。这向森林的进军是多么的艰难呵！

他们在半途遇见医生护送伤员回来，才知道苦聪人已逃跑了，如今是挨赶副营长等少数几个人在追找。这使沙教导员很着急。他一边派人催促后续部队赶快跟上，一边带着部队加快速度奋力前进。

二

听说解放军走了，瑶族猎人也打野猪去了。白鲁和躲在树林里边的苦聪汉子们，都大胆地回到了寨子里和亲人见面。

寨子里的安静气氛使这些汉子们有些吃惊，他们猜不透，那些自称解放军的人，为什么来，又为什么去？对于这种事，他们也没有主意，不知该怎么办？只有白鲁把这一切都看作是圈套。他刚走进寨子，就碰见了毕摩摇摇晃晃地拄了根拐杖从白老大的木楼上下来。见了白鲁，毕摩含笑地招呼："好白鲁，你回来了。"

白鲁也赶紧向这个巫师行礼："你老好，毕摩！"等到走近了，白鲁才略带嘲讽地道："毕摩，你说老林外边的汉人是魔鬼。怎么你还和魔鬼混在一起，喝他们的酒，吃他们的肉呀！"

毕摩刚才受了小茶妹一顿攻击，正窝着一肚子气没处发泄，这时，勃然大怒："我会和魔鬼混在一起？胡说。都是你阿爸和你家那个不懂事的小茶妹，把那些魔鬼当朋友，刚才我还说了你阿爸一顿呢！"

白鲁也知道是他阿爸和小茶妹与解放军来往多，就赶紧说："算了，算了。毕摩，你别发脾气了。如今魔鬼走了，你说怎么办？"

"走了还会来。"

"我知道。我是问你，我们如今该怎么办？"

毕摩这时候由于对外人的猜疑加重，又忘了他也想要衣服、粮食的事。说："这地方住不得了，我们还是趁他们不在，早点逃走吧！"

"又要跑？你有法力，不能作法整整那些魔鬼吗？"

毕摩想起这些日子来，由于解放军进了老林，使得他威信大降，不无辛酸地说："我有什么办法？我祭的是老林的鬼神，汉人是老林外边的魔鬼，我们老林的鬼神管不着他们。"

白鲁虽然知道这是毕摩的鬼话，也只好叹了口气，说："你看，汉人进老林来，到底想干什么？"

毕摩说："你们从前在老林外边闹过事。我看是来抓你和你阿爸！"

"什么？"白鲁很紧张。

毕摩又把挨赶他们向苦聪人打听有哪些人出过老林、坐过土司牢房的事说了一遍，这就更使得白鲁紧张万分，觉得再留在这里，那真是太危险了，他说："快走，快走，我去劝我阿爸去。"就直往小楼上冲。

白老大昏昏迷迷睡了一觉，刚醒来。见白鲁回来了，很高兴。伸出那枯瘦的手紧紧捏住白鲁，凄然地说："白鲁，你回来了，这些日子，你在外边受苦了。"

白鲁已经好多天没见着他阿爸了。没想到白老大突然会病息奄奄地瘦成这样，心里一酸，几滴眼泪涌了出来，难过地说："阿爸，你怎么会生病？全怪我没有服侍好你。"

这几天，白老大被种种烦恼所缠扰，正苦于没处诉说，毕摩只会吓他，埋怨他，茶妹又太小，而且小心眼是固执地偏向解放军一边，一向她提起汉人，她只会尖着小嗓门叫嚷："解放军好，是诚心诚意对我们好……"所以，白老大特别盼望能和白鲁商量一些事。他挣扎起来，把和白鲁分手后的事，简单说了说，然后叹息地说道："我也搞不清汉人究竟为什么进到我们老林来。老毕摩整天围着我吵，说我接近汉人，引来了灾难。搞得我头晕眼花，不晓得该怎么办。毕摩还说我得罪了神，魔鬼要惩罚我，我才会生病。看来我活不长了，你以后要好好照顾小茶妹。"

"老毕摩说瞎话，不要听他的。人家都说，正直的人哪路鬼神也不怕。阿爸，你心地最好，神鬼会保佑你。"

"但愿这样。"白老大想到自己一生都没有干过坏事，都是关心自己苦聪兄弟，也就安心了。白鲁又把屋里现成的草药熬了一点给他吃。白老大吃了药，又见白鲁在身边，身心都比较愉快，一会儿就安稳地睡着了。

茶妹又告诉白鲁，来的汉人好，帮助修理棚屋、木楼，还给大米吃。白鲁过去在老林外边，只知道带枪的汉人很坏，如今为什么会变好了呢？他想，真的是先给我们一点甜头，再来收拾我们吗？他一边烤火，一边思索着，暗暗决定，管他真好假好，趁早离开这里算了，我对汉人都射过、杀过，唉！他们肯定不会放过我。

他等白老大睡醒一觉后，把自己的想法说了出来。

提起逃跑，白老大就发愁，他叹息地说："还没吃够逃跑的苦头呀？上次逃跑，人差一点冻死饿死完了。"

白鲁怎能忘记逃亡的痛苦呢！在那大雨的晚上，为了抢救火，他的胸脯被火炙伤了，至今天阴下雨还时时作痛呢！但是，事到如今不赶紧逃走，汉人再来了，说不定还会有更大的灾难呢！白鲁也很苦恼，不断地重复着说："阿爸，我们打伤了他们的人呀！"

伤了人，流了血，这可不比一般的仇恨。白老大懂得这点。但是，他在那次逃亡后，至今心有余悸。特别是近来病痛缠身，再也没那么大的精力爬山越水，穿林过涧了。他心乱如麻，一点主意也没有。

白鲁又说："前次是汉人撵到寨子门口，我们才慌里慌张逃跑。火镰、火绒、毛皮、吃食一样都没有带，当然路上要吃苦。如今，只要我们早些走，多带些东西，把引火的火石、火绒都带好，在路上就不会挨冻受饿了。"

白老大叹气道："我走不动了。"

茶妹更不想走，也嚷着："我也走不动。"

白鲁说："我叫汉子们抬着你走。"

白老大犹豫地对白鲁说："解放军说了，要给我们运粮食，送衣服来。我在他们面前劈箭立誓，答应一定等他们回来一起搬出老林。说话要当话，我想再等等，看他们可是真心诚意给我们运东西来？"

"哎呀！阿爸，你怎么像小茶妹一样，把汉人的鬼话当真呀？你还没有吃够土司和汉人的苦头？"

茶妹可不高兴白鲁这样说她，急忙说："汉人有好有坏，阿哥，你莫混作一团。解放军是好人，他们说过，他们是打残匪的。阿爸，你说可是？"

白老大记起来了，挨赶、瑶族猎人都这样对他说过。他点了点头道："还是茶妹记性好。是这样，是这样。"

白鲁固执地摇头："在老林外边，我见到的带枪汉人都坏得很。上次打伤我的是他们，抢走瑶家姑娘的也是他们。"想起那美丽的瑶家姑娘，白鲁就会心情激动，她哪里去了？她还活着么？和她认识的那短短时间，是多么的美好呵！为了这，他更是恨死了一切汉人。他恨恨地说道："狗屎堆上，长得出香菌来？我就不信汉人会对我们好。不消我把他们混成一团，他们本来就是一伙。"

茶妹见白鲁说话时，眼睛都由于愤怒而闪着凶光，她着急了："阿哥，你没见到解放军，解放军和你说的残匪真的不一样。"

"一样！"

"不一样！"

兄妹俩第一次顶开了嘴。这个脸红耳赤，那个噘着小嘴，都认为对方犟，不懂事，声音也就越吵越大。

白老大说不清谁对谁不对。他烦恼地大声呻吟："嗯，嗯。你们吵些哪样呵！"

白鲁从来都是把小茶妹当作自己的亲阿妹看待。这时候，也觉得自己过于急躁了。他不愿为这事伤了白老大的心。他用力控制自己，把态度放平和，说："阿爸，我们没有吵。茶妹太小了，不懂事。我是为我们整个寨子的人着想。怕我们又上当呀！"

茶妹还是倔强地噘着小嘴："阿哥，你又没见着副营长他们，就乱说人家不好。你好犟呵！"

白鲁说："我见着了，我还和他们打过呢！"

白老大怕她们又吵起来，从中调解道："算了，你们两个不要争了。"

老毕摩和几个苦聪老人都是"主逃派"，就约着一起来劝说白老大。

一看见这伙老头摇摇晃晃地进来，白老大心里就烦躁，怒冲冲地喊道："要走，你们走，老缠着我整哪样？"说完，就用熊皮把头盖住，不理会他们。

小茶妹最讨厌毕摩，赶紧把这些老头往外边推："走，走，就是你们把我阿爸气病了。"

毕摩火了："你这个小茶妹，可是想挨打，哪个气病了你阿爸？是汉人气病嘛！怎么怪我们。看我一棍子打断你的腿。"

一个老人颤巍巍地坐在门槛上摇头叹气："唉，唉，汉人一进老林，样样事都变了，小娃娃也推操起老人了。从前，有这样的事吗？"

茶妹这才红着脸不作声了。

老毕摩在白老大身边坐了下来，任由白老大用熊皮蒙住头。他知道白老大会用心听他说话，就慢吞吞说道："老阿哥，我们在老林里住久了，老林外边的事一点也不晓得。汉人到底是好是坏，我们也说不清……"

茶妹急忙说："我说得清。解放军好，残匪坏……"

气得毕摩敲了茶妹一下："就是你爱多嘴。"

茶妹害怕老毕摩那瘦骨嶙峋的黑爪，赶忙把身子闪开，站得远远的，快嘴利舌地照旧往下说："解放军好，在老林外边打残匪，打土司老爷。要让受苦人都过上好日子。"

毕摩打不着茶妹，气得直摇头！"小娃娃尽说蠢话。我们只听说汉人和汉人勾结，打我们苦聪人，哪里有过汉人帮苦聪人打汉人的事。你阿哥可会帮外人打你茶妹？一家人到底是一家人嘛！"

站在一旁的苦聪老人连连点头："是这样，是这样，老毕摩说得有道理。"

老毕摩见那些老头对他说的话，一句一点头，心里很得意，又继续劝说白老大："汉人的心就像老林里的风雨那样变化无常。你是老人，又到过老林外边，你不走，寨子里就会有一些糊涂人也跟着你不走。如果留在这里能得到好处，那也可以。就怕来的又是恶魔。你没有听那些汉人说，他们有好多好多人在外边，都要进老林来？白老大，你再给我们惹些灾祸来，你就有罪了。你忍心让小伙子送掉命，让妇女娃娃也像你一样，锁骨上穿上链子？"

旧事重提，使白老大锁骨上的疤痕，又隐隐作痛。

白鲁也说："阿爸，上次我们射伤了打伤了那么多汉人，这次我们又在半路上和他们打了一回。这个仇就像绳子上的死疙瘩，解也没法解了。"

"唉，唉！"白老大苦恼地哼着。

毕摩知道白老大思想很矛盾，强迫不得，就绕了个弯来劝说："老阿哥，留在这里，万一来的是坏汉人怎么办呀？不是我们死，就是他们死。流血死人总不是好事吧！我看，这块地方也住不得，一定有魔鬼，还是搬个家吧！如果，汉人真的把粮食送来，我们再回来嘛！"

毕摩的主意，算得上是一个"两全"之策。小楼里除了白老大和茶妹，其他人都点头称是。

白老大被他们缠得实在心烦，只好坐起来长叹了一声："唉！老毕摩，我病了，不行了。你和老人们决定吧！你们说走，我也跟着走。"

毕摩大喜道："白老大，这么多天，我才听见你说了句让山林神鬼喜欢的话。愿神鬼保佑你消灾免病。你睡觉，你睡觉，这事我们会办好。"

急得茶妹抱住白老大央求道："阿爸，你和副营长劈了竹箭起誓，你拍着胸口说过，要等他们回来一起搬出老林。我们不能走呀！"

白老大痛苦地闭上眼睛，说："算了，算了。如果我错了，让神鬼来惩罚我吧！"

毕摩看见茶妹缠着白老大不放，火了，眼睛一瞪，那张干瘪的瘦脸，就显得更加狰狞可怕。他声音嘶哑地吼着："老人商量事情，你这小娃娃像只八哥鸟一样的，尽在旁边多嘴多舌。可是汉人用魔鬼迷住了你的心窍？"

老毕摩说完，拉着白鲁他们往外就走。

小茶妹跟在后边跑着。扯着白鲁的兽皮衣衫，可怜地哀求道："阿哥，你不要听老毕摩的话，他是老糊涂，是个笨野猪，他分不清好人、坏人。解放军最好了，晓得你们躲在树林里都不来抓，你还吃过人家的米饭嘛！……"

老毕摩听见小茶妹这么不恭敬地骂他，怒冲冲地举起棍子，装出要劈过来的架势："你敢骂我！我作个法叫魔鬼把你吊到大树上去喂猴子。"

茶妹吓得跑开了，坐在小木楼底下伤心地哭着，把眼睛都哭肿了。她边哭边数落："老毕摩是笨野猪，是老乌鸦。他和阿哥他们射死的汉人一样坏。等副营长回来了，我要告诉副营长，不给毕摩粮食，不给老乌鸦衣服。还要叫瑶族大爹用明火枪轰他……"

小茶妹的哭诉，引起了小姑娘们的同感，也跟着茶妹哭着，骂着老毕摩。那稚嫩的声音里微带伤感。又悦耳，又低沉，叫人听了，觉得这些小女孩怪可怜的。

对于这些小雀的叽喳声，老毕摩只感到好笑。但是小姑娘们的话提醒了他，还有个瑶族猎人打野猪去了。要是他回来了，知道苦聪人要逃跑，一定会拦阻。这怎么办呢？他问白鲁。白鲁和瑶族猎人没感情，很干脆地说："干掉！"

老毕摩和瑶族猎人聊过几次，有点好感，特别是他还喝过人家的酒，吃过人家的肉。他不忍心下毒手，迟疑地说："想个办法摆脱他算了，不要杀他。"

"杀，杀！"白鲁凶狠地说道："留不得，他有明火枪。"茶妹听见他们要杀瑶族猎人，更急了，哭着跑上楼对白老大说："阿爸，毕摩和阿哥商量要杀瑶家大爹。"

白老大也急了，说："快把他们喊来！"

毕摩、白鲁回来了。

白老大生气地问："你们要杀瑶家人？"

"怕他碍事。"白鲁说。

"瑶家人救过我的命，是我的老朋友，不能杀他。"

"怎么办？"这些年，白鲁在老林里不断和野兽搏斗，最近又累遭不幸，性格越来越暴烈。在他看来，解决问题的最简单办法就是杀掉。如今，白老大不准杀，真叫他为难了。

白老大气呼呼地指着毕摩和白鲁说："你们要是伤了瑶家人一根汗毛，我就不走。我也和他一起死在这里。"

毕摩怕白老大真的不走了，赶紧说："白老大，你不要急。这事让我们来想个好办法，一定不伤害瑶家人。"

白老大这才喘着气躺了下去。

茶妹知道挨赶他们一时间回不来，就把希望寄托在瑶族猎人身上，盼望他能快快回来阻挡这次逃亡。她和几个苦聪小姑娘跑往寨门口，爬在树上向远处张望，还叽叽喳喳地嚷着："你看见瑶族大爹来了么？""没有？""唉，怎么还不回来呀？……"

小姑娘们的话，又被老毕摩听见了，他提着棍子赶了过来，骂道："都给我滚下来！"

小姑娘们紧紧抱住树干不肯下来。继续叽叽喳喳叫着："你打不着，你打不着。"

老毕摩凶狠地吓唬道："再不下来，我用白鲁的毒箭把你们射下来。"一边就喊着："白鲁，快拿弩弓来给我！"

白鲁远远应道："好，我就来！"

这才把小姑娘们吓得从树上溜了下来。

毕摩向她们晃动着棍子："告诉你们。瑶家人来了，你们不准乱说。"

茶妹退着、退着，退到了远处一棵大树后边，估计毕摩的棍子敲不着她了，才挑衅地问："说了又怎么样？"

"山林的神鬼会把你们捉去，把你们的舌头割掉！"

这话是很吓人的，茶妹伸了伸舌头和那些小姑娘跑开了。但心里却仍然在暗暗盘算，怎么对付这件事。

三

苦聪人在忙乱地准备逃亡，瑶族猎人才姗姗回来。

他那天早上追逐着那只野猪，越跑越远，深入老林东南角近一天的路。那里是一片人迹罕到的古老森林，藤条、大树相互紧紧挨着，裹着，遮天蔽日，进去连方向也辨不清了。野猪当然也跑失了。他出来是突然兴起的念头，没带干粮，只好打点小动物来烤着吃。失望之余，他才省悟过来，自己离开苦聪寨子太远了，不该一听见野猪叫就乱跑。但他怎么也没想到在他离开这短短的一两天，寨子里会发生那么大的事。他急匆匆往回赶。追野猪的时候是左绕右转，乱拱乱撞，忘了砍"路标"，回来却使他费了不少工夫来找路。一路耽搁，只好在树上睡了一夜。第二天，他走着走着，突然对面大树下闯出了一只野猪。一见了他，就凶狠地疯狂向他直直冲来，换个别人，在这种措手不及的情况下，动作快一点，可以往树上爬，动作慢点，只有被踩死、撞死。瑶族猎人不愧是猎人当中的高手，他却毫不慌张，沉着地等它冲来。这是只老野猪，相貌凶恶，两只长长的獠牙，又粗又犀利，它整天在大树上擦，在烂泥里滚，年深月久，树脂和烂泥糊在身上，成了几层刀枪难入的厚甲。如果一枪打不死它，它发起怒来，能将一片小树林踩平，把腰杆那么粗的大树撞折，把躲在大树后边的猎手压成肉泥。所以，猎手们都把野猪列为森林里最凶猛的野兽。"头猪二虎"，打野猪比打老虎还难呢！可是瑶族猎人却常以自己能打野猪而引为骄傲。他等野猪冲到面前，身子突然往上一纵，腾空跃起，岔开双脚让野猪从胯下冲了过去。野猪扑了个空，收不住那股冲劲，仍然直直往前窜。猎人就趁着野猪还来不及转身的一刹那，瞄准野猪的肛门就是一枪。这是野猪最软、也最难打的要害。很少有几个人能用这种绝技打野猪。但是，今天瑶族猎人就这么一枪，那野猪哼都没有再哼一声，就躺下了。

野猪又大又重，他一个人哪里扛得动，只好在四周烧了几堆火，不让野兽过来吃肉，然后割了一腿肉背着，兴冲冲地赶回寨子叫人抬野猪。一路上，他很得意。心想，苦聪人虽然被人称为"卡归"（最会射弩的人），比起我瑶家老邓的枪法，还是要差一点吧！弩弓再硬，也不能一箭放倒一只大野猪。哈哈，我要把这只野猪分给寨子里所有苦聪人，让他们大嚼两天，让他们诚心诚意佩服我老邓……他越想越高兴，走得也越快。他怎么也没想到，乌云正笼罩在苦聪人头上。灾难和不幸又将像那次暴风雨一样，搅乱这原始老林。

瑶族猎人带回来的那腿野猪肉，引起了苦聪人的赞叹。从这腿肉就可以看出，这是一只很大的野猪。朴实的苦聪人，真心地夸奖他勇敢、枪法好，是个好"卡归"（他们把明火枪也算作弩弓）。

瑶族猎人高兴得飘飘然了，昂首阔步地来回走动，大声喊着："快去几个小伙子把那只野猪抬回来，一家一块肉，大家都有份。"他又把那支明火枪举得高高的，叫苦聪人欣赏他这支枪，得意地说："这是人民政府奖给我的明火枪。你们看，多好。我两枪就把一只大野猪打死了。兄弟，你们搬出老林，也可以得到这样的好枪。弩弓好是好，可惜一箭只能射一只小松鼠。哈哈！"

苦聪人心里已有了准备，不和他多说，只是笑笑。

茶妹跟在瑶族猎人背后，想悄悄报个信。但是，那么多人围着，而且正高兴得晕头涨脑的瑶族猎人，并不把她这小茶妹放在眼里，尽跟大人说话，对她连个招呼也不打，急得她只想哭。

瑶族猎人刚走近白老大家的小木楼，突然发现一个身材结实的陌生男子站在那里，露出一口雪白的牙齿，带点凶狠神色瞪着他。他吃了一惊，但立刻想起来了，这可能是茶妹的阿哥，就问："你是白鲁吧？"

这人阴沉地点点头。

猎人高兴地伸了伸大拇指："好，你总算明白了事理，回来了。有什么害怕的，都是受苦的弟兄嘛！好，好，回来就好了，何必在外边挨冻受饿。"

白鲁本来怀着敌意接待这个瑶家人，没想到这老人这么爽朗亲切，使他暗暗对瑶家人产生了一点好感。心想，难怪阿爸不让我杀他。这老头子并不使人讨厌。白鲁笑了笑，顺口说道："阿爸说你们好，我就回来了。"

瑶族猎人完全沉浸在打猎胜利归来的兴奋情绪中，头脑还在发热。他既没有仔细观察寨子里的动态，也没有想一想白鲁为什么会回来？更没有认真分析一下白鲁这时候的神情。他笑呵呵地说道："是嘛！儿子要听阿爸的话。你阿爸愿意搬出老林去种地。你也一起去吧！"

他又唠唠叨叨说起了老林外边解放后的变化，残匪都消灭完了，共产党和人民政府怎么关心各族人民……

白鲁沉默地听着，一声也不吭。他心里想，你骗别的苦聪人可以，骗不了我。

瑶族猎人见白鲁不说话，有些奇怪，就问："我的话你可听懂了？你可愿意搬出老林去？"

白鲁苦笑了笑："搬，搬，我们全寨子都搬。我们早就想离开这个魔鬼窜来窜去的地方。"

瑶族猎人不知道白鲁话里有因，高兴得大笑："这就好。你家茶妹早就闹着要出老林，你阿爸也答应了，就看你的态度了。"

小茶妹在旁边气得噘起了小嘴，心想："阿哥也学会了说谎话，真是好不害羞。唉！可惜副营长不在。他在，就会从眼睛、嘴巴上看出来，阿哥是在撒谎。"

瑶族猎人完全把白鲁当作自己的子侄看待。他觉得有些累，不想多说话，就把那腿野猪肉交给白鲁："这腿肉，你拿去烤烤，待会儿我们在一起好好吃一顿，喝两筒酒。我还要给你们详细讲讲解放后外边的变化！"

白鲁顺从地接过野猪肉，他怕茶妹多嘴，顺手把她拉着走开。

瑶族猎人这才想起来，回到寨子这么久，怎么还没见到白老大？他去哪里了呢？这时候，白老大由于心里着急，夜间受了凉，正昏昏沉沉躺在小楼的里间发着高烧。瑶族猎人进去喊了几声，又在白老大的额头上摸了摸，火烫火烫的。他想找茶妹问问，这娃娃也不在。他根据自己的经验，估计是受寒后引起重感冒。他叹了口气："老阿哥，你们苦聪人真可怜，会找那么好的鹿衔草，却不会治这种小小的感冒。"

他记得挨赶带了一瓶治感冒的药来，上次自己发寒发热，就是吃了几片药，很快就退了烧。边地人平常很少吃西药，体内抗药性少，往往是几片药下去，病就有起色。他急忙取出四片药，端了一小竹筒水，撬开白老大的牙关，把碾碎了的药末，灌进白老大的嘴里……

茶妹终究是孩子，白鲁故意夸奖她会烤肉，这么好的野猪肉，只有让她来烤，才会让瑶家人吃得满意。茶妹很高兴，一口答应了，一定把野猪肉烤得又焦黄、又香酥。她把野猪肉切成细长条，抹上盐巴，涂上鲜美的香菇汁，架在火上，一条一条慢慢烤着。火的热力炙得她小脸庞红通通的，特别鲜艳好看。忙乱和兴奋，使她把要向瑶族猎人报信的事暂时忘了。

一会儿，老毕摩和几个苦聪人来了。他们都扛着大竹筒，里边盛着用他们苦聪人的办法酿造的各式酒——苞谷酒、山楂果酒、多依果酒、桑椹子酒。酒味很淡，很酸，不过喝多了照样能醉人。

老毕摩故作殷勤地笑道："老阿哥，多谢你的野猪肉，请你也尝尝我们用野果做的酒。"

瑶族猎人见这个平日满脸阴沉的老毕摩，今天也这么客气，以为这老顽固思想也开通了呢！他满面春风地连连拱手称谢："不消客气，不消客气。在共产党领导下，民族大团结，都是一家人！"

茶妹把烤好的野猪肉陆续端上来，见这么多人，这么多筒酒，她从忙乱和兴奋中逐渐清醒过来了。她连忙凑近瑶族猎人耳边，悄声说："大爹，你今天不要喝酒。"

瑶族猎人没弄明白小茶妹的话意，不以为然地摇着头："有肉不喝酒还行。你烤的肉香，我要多多地喝。"

茶妹想说明白一点，毕摩睖起火红的三角眼怒喝道："你又捣什么乱，看我打你！"

白鲁赶紧把茶妹往楼下推，哄着她："茶妹，快去烤肉。你看瑶家大爹都夸奖你烤的肉香呢！"

茶妹满腹委屈地走开了。

这些苦聪人就和瑶族猎人围着火塘，大块肉、大筒酒地吃喝开了。

有酒有肉，在这深山老林里，就是最愉快的节日了。前些日子，瑶族猎人和挨赶副营长他们一起天天吃野菜糊糊，难得喝酒吃肉。如今，在大块的肉、大筒的酒面前，他比苦聪人还兴奋。苦聪人按照事先商量好的计划，轮流向瑶家人敬酒，比赛酒量，一心要把他灌醉。当瑶族猎人略为推托时，苦聪人就故意用话气他，激他，说瑶家人虽然枪法好，酒量却不如苦聪人；打野猪是好汉，喝酒是胆小鬼……瑶族猎人平生最不喜欢人家说他枪法不好，酒量不行。为了这两件事，他这一生不知和多少人打过赌，单独冒险打过多少只凶猛的野兽；在酒宴上和多少人争过高低，一杯又一杯地灌下去，一直要把最豪饮的对手灌得酩酊大醉，倒在桌子下边，他自己也醉得颠颠倒倒才算了事。今天，他哪里受得了这几个苦聪人的挑逗。他心里充满了自傲地想道，你们喝过什么好酒？就凭你们这几个喝酸果子汁长大的人，也要和我比赛酒量？好，比就比，我要叫你们知道知道我瑶家老邓的厉害。老猎人开怀畅饮，大筒大筒酒往嘴里灌。他喝得兴起，还把在酒宴上轮流说祝酒词的办法教给这些苦聪人，叫他们在喝酒前相互碰碰竹筒，说一句吉利的话，什么"祝你长寿！""祝你多打几只野猪！""祝你多生几个娃娃！""祝你听共产党的话……"苦聪人很不习惯这种又说又喝的方式，觉得很好笑。但要灌醉瑶家人，也就学着大声乱喊，把个小楼闹得快要塌下来了。

瑶族猎人的酒越喝越多，那张黑黝黝的脸变得紫胀火热，舌头也不灵活了。他还是那样唠叨，一遍又一遍重复："我是……是共产党来了，才……才过上好……好日子。共……共产党的恩情比天还……还高，比……比老林还……还深……你们笑，笑……笑哪样？不相……信吗？出……出去看看就晓得了！……"

毕摩皮笑肉不笑地点着头，装成他相信这话。他心里却在盘算着，还要灌几筒酒，才能把这瑶家人醉倒？

白鲁慢慢嚼着肉，打着手势，指挥那些苦聪汉子，不停顿地向瑶家人进攻。他很满意这办法，不用动刀，就平平和和、欢欢喜喜地摆布了这个虽然善良却碍了他们事的老头。

小茶妹急得如热锅上的蚂蚁，肉也不烤了，直在周围团团乱转，不住地打手势，使眼色，叫瑶族猎人不要喝了。可是瑶族猎人已醉眼蒙眬、神昏智迷，哪里看得清楚。茶妹在背后用力扯瑶家人的衣衫。猎人还是不懂她的意思，醉得前言不接后语地乱说："唉，唉，你这娃娃，想吃肉，想喝酒，自己动手嘛！不……不要扯我的衣衫……"

茶妹急得暗暗叫苦："大爹，你好糊涂，你好嘴馋。毕摩是和阿哥串通了，故意灌醉你呀！"

瑶族猎人在毕摩、白鲁和那些苦聪人围攻下，醉得不知分寸，来了酒就一筒又一筒机械地往嘴里灌。茶妹趁众人乱着不注意的时候，抱起一筒冷水倒进了瑶家人的酒筒内，希望冷水能帮助这个醉老头解解酒意。哪知道，瑶家人咕嘟咕嘟喝了几大口后，却摇晃着脑袋，发起了脾气："这不是酒，是凉水。你们好坏，拿凉水给我喝，我不喝！"

毕摩气得像狼一样瞪起了他那双红眼睛。他也有了几分醉意，不管白老大就在隔壁躺着，暴躁地抓住茶妹的耳朵，狠狠拧了一把，骂道："你这个小精灵，想死哪！"毕摩凶神恶煞地把茶妹推到了木楼外边，喝道："不准进来！再进来，我砍掉你。"

毕摩的手劲好大，茶妹的耳朵痛得像刀割一样。她跳起来哭着，骂着："我家的木楼，为哪样不让我进？你这个坏毕摩，你这个老乌鸦！"

"我说不准进，就不准进！"

"我偏要进！"

"你敢来？"

毕摩还要回去对付瑶家人，不愿和小茶妹多啰唆。他顺手拿过门前的一根梭镖掷过去，梭镖从茶妹头顶上飞过，啪地一声插进一棵杉树上。他恶狠狠地骂道："过来嘛！我毕摩可不客气了。"

吓得那些平日跟茶妹要好的小姑娘赶紧拉了她就跑，说："算了，茶妹。这个老乌鸦恶得很。"

苦聪人又给瑶族猎人换了一筒酒。他满饮了几口，才点点头，艰难地转动着僵硬的舌头道："唔，唔，这才好。瑶家、苦聪，是兄兄弟弟一家人了。待客，就，就不能用凉水……"

话未说完，他只觉得眼前天旋地转，坐也坐不住，如同一摊稀泥，倒在楼板上。

毕摩阴沉地说："好，他不碍事了。我们走出三五道山梁，他也不会醒来。"

白鲁和那几个苦聪汉子，也醉意盎然了。他们见瑶族猎人醉倒了，输给他们了，都手舞足蹈地"呵呵——"大笑了起来。有的人还像打着了一只大老虎那样粗犷地发出尖锐的啸声。

毕摩等这些年轻人闹了一阵，才说："算了，不要闹了，该商量一下怎么走了。"

"走，现在就走，越快越好。"白鲁说。

瑶族猎人给白老大吃的药片里，虽然只有轻微分量的镇静剂，也使得他昏沉沉地好睡了一阵，出了一身大汗。如今，他被那闹声惊醒，知道白鲁毕摩他们已得手了，他怕他们醉后行凶，用力喊道："白鲁，瑶家老邓呢？"

"醉倒了。"

"不准杀害他！"

"好。"白鲁和瑶家人接触了这一段时间，感到这是个淳朴的人，也不忍下毒手。有一个喝得醉醺醺的苦聪汉子亮出刀来了。在白鲁的拦阻下，只好把刀收起来。

毕摩对躺在地上鼾声大作的瑶家人说："算你命大，遇见了我们这些好人。你醒来可得给山神林鬼多叩几个头，感谢鬼神保佑了你。"

　　瑶族猎人醉得昏昏沉沉，别说对他说话，就是山崩地裂，他也醒不了。

　　毕摩看了看天色不晚，还可走出一程路，就对旁边一个虎彪彪的苦聪汉子说："击鼓吧！"

　　苦聪人用鹿皮制成的小鼓，急促地响了，宛如暴风骤雨在狂扫林间落叶，又好似千百头受惊的野鹿在乱喊乱窜……

　　寨子里的苦聪人，都被鼓声惊动了。刚才每家分得一块野猪肉，使他们在愁闷中感到了一些欣慰。他们听说毕摩、白鲁他们和瑶家人在喝酒吃肉，以为一切都会转好，不幸即将过去，没想到这恐怖的鹿皮鼓声又响起来了。唉！还是要逃亡，真是摆脱不了那痛苦的灾难呵！他们匆忙收拾了一下东西。男的顶着背篓，提着梭镖弩弓，女的背着小儿女，向击鼓的地方走来。

　　人们默默地在寨子中间一个小小的空坪上站着，看谁来带领他们逃亡。

　　毕摩叫人去请白老大。白老大正病着，心情又不好，说："叫毕摩和大家说，我说不来。"

　　毕摩只好爬上一棵树桩，居高临下地向围在四周的苦聪人说："弟兄们，妇女娃娃们，现在，我把神的意旨说给大家听。汉人进了老林，对我们说了许多好话，还答应给我们运来好东西。他们和我们不是亲戚，也不是老朋友，为什么要对我们好？我们也弄不清。我看呀！汉人都惹不得。我们打伤了他们那么多弟兄，他们也不会饶过我们。听说他们的人还有很多，都要进老林来。如果来的是坏人，我们怎么办？"

　　苦聪人乱哄哄地议论开了，"怎么办？"这可不好回答。一个老头说："我看还是趁他们没有来以前，背着我们的娃娃，带着我们的东西，走远一点吧！"

　　有人问："往哪里逃呢？"

　　毕摩说："到芒竹河头去吧！那里的苦聪弟兄会帮助我们！"

　　"唉！路途远得很哪！"苦聪男女议论纷纷地叹道。要翻十几道山岭，在老林里走个三五天路才能到呢！他们实在不愿意再长途奔波了。可是，在对待汉人的态度上，他们当然要相信自己的毕摩，何况毕摩还和鬼神有来往，能代表鬼神说话呢！他们只好无可奈何地同意了："那就走吧！"有些人至今还想念着挨赶他们，不相信解放军会欺骗苦聪人。他们想留在寨子里等候，又怕真的来一批坏汉人。他们拿不定主意，就问："白老大呢？他怎么不出来和我们说说道理？"

"他病了，躺在床上起不来。"毕摩说。

"他不走吗？"

"走。"

他们又问站在毕摩身边的白鲁："白鲁，你说说，可要逃走？"

白鲁大声说："我们和汉人结了仇。还是早一点走好。"

"是啰，是啰！"有人同意了。

有人反对，大声喊着："他一个年轻汉子刚从外边回来，只见了坏汉人，没见到好汉人，他懂些什么？他打伤了汉人，他害怕，又想带着我们乱跑。"

有人大声呵斥主张不走的人："你乱说些哪样？他是为了保护我们才打伤那些汉人。"

也有人说："我们还是等一等副营长他们。"

还有人说："我也不晓得可应该逃走？丢下一个寨子跑那么远，这可不像到林子里去捡菌子那样轻快。还是请毕摩打个卦，问问老天爷吧！"

"问老天爷，问老天爷！"苦聪人纷纷嚷了起来。

老毕摩从怀里取出那对鹿角卦，用他那瘦黑瘦黑的双手高高捧着，一边念着咒语，一边向天拜舞祈祷，然后大声喊着："顺卦就留，反卦就走。老天有眼，鬼神有灵，给我们可怜的苦聪人指点指点罢！"毕摩说完，就把鹿角高高抛了起来。

鹿角飞起来撞在大树上又掉下来。所有的苦聪人都拥上去，看老天的裁判。

不知道是老毕摩弄了玄虚，还是事有凑巧，两只鹿角却是反扑在地上。

"呵——"苦聪人完全陷入了惶恐和痛苦中。

毕摩像是占着理了，放开喉咙嘶哑地吼着："你们亲眼看到神的意旨了吧！快丢下你们的窝棚，带着你们的火种、猪、鸡，到汉人进不了的树林里，到汉人找不到的芒竹河头去。那里，有大树供我们搭窝棚，有水源可以种苞谷，还有大群的麂子、马鹿、野兔给我们作肉食……"

尽管毕摩说得好听，妇女和老弱的人，想起逃亡途中的艰难困苦，一个个愁眉苦脸。又要远程奔逃了，天哪！这苦难哪个时候才熬得完呵！

毕摩见还有那么多人迟疑不想走，就大声喊白鲁："快捉只小狗来！"

白鲁把自己家那只小狗捉了来。

毕摩接过小狗。左手抓着小狗脖子后头那块皮，右手挥刀一劈，扑地一下把小狗劈成了两段。他大声叫着："我们苦聪人要死一起死，要走一起走，如有三心二意，和这只小狗一样。"

"呵——"苦聪人惶恐地跪下来向神祈祷。杀狗敬神，是这一带苦聪人最虔诚的仪式。当着神灵决定的一切，谁也不能违抗。从此，在场的苦聪人必须一心一意遵守誓约。纵然是前有毒蛇猛兽，火海刀山，也不能畏缩不前。

茶妹趁着众人都在外边乱着的空隙，跑回木楼内，用力摇撼瑶族猎人，大声喊叫着，希望他能醒来，阻拦这次逃亡。但是，猎人已完全醉了，几乎每一个细胞里都浸透了酒。如今，酒正在他身体内发酵，发热。他睡得正熟，任你怎样喊叫也弄不醒他，怎样推搡，他一点知觉也没有。茶妹生气地揪他的耳朵，捏他的鼻子，埋怨着："你这大笨熊，你这嘴馋的……"

白老大在隔壁听见小茶妹的叫喊，心乱得很，他悄悄说："老阿哥，你醒来可不要怪我。我们这样做，是没有办法呀！"

苦聪人已开始走动了。白鲁进来收拾东西，请白老大走。他看见茶妹要摇醒猎人，急忙把茶妹拉开："你把他摇醒了，不怕毕摩打你？"

茶妹倔强地叫道："我不怕。我要把瑶族大爹喊醒，叫他用明火枪打这个老乌鸦。"

白鲁耐心地对她说，"茶妹，你要是把瑶家人弄醒，那是害了他。"

"怎么？"

"毕摩怕瑶家人不让我们逃走，才故意把他灌醉。他醉了，拦阻不成我们，我们不杀他。你把他摇醒，他一定会拦阻我们。毕摩和小伙子们就会把他砍掉！"

"呵！"茶妹吓得不敢再喊叫瑶家人了。

刚才小茶妹的话提醒了白鲁。他把瑶族猎人那支明火枪拿了背在身上，对醉得呼呼打鼾的瑶家人说道："我们不伤害你，也不能让你拿了枪来追我们。"

自从瑶族猎人一个人打了一只野猪以后，苦聪人都知道这瑶家人枪法厉害，当然怕他醒来以后，提着枪来追赶。

几个汉子用藤条扎了一只简单的大背篓，里边垫上兽皮，把白老大放进里边坐着，准备由几个苦聪汉子轮流抬着。老林深密，只好用这种办法带病人逃亡了。

茶妹流着泪，拖延着不想走。白鲁不耐烦地大声催促她，茶妹才最后离开这小楼。她怕还在昏睡中的瑶族猎人会冻着，特意用块熊皮盖在他身上，又把楼门反绑好，防止野兽进来咬他。走出几步，她又记起挨赶临走的时候，托付她好好保管背包的事。她想，我们都走了，寨子里没有人，打失了，弄坏了怎么办呢？还是背着走吧！以后也好亲手还给他，又折转身来拿背包。其实，这苦聪小女孩对于今后能否见到挨赶他们也是茫然的。她只是出于对解放军的深厚感情，宁愿丢弃自己心爱的东西，而背走挨赶这个背包。

茶妹背着背包，走在苦聪人的最后边。她心事重重，越走越慢。有时，就索性坐下来，靠在岩石上悲伤地发呆。她走走停停，就这样掉队了。

白鲁走了一程，没见到茶妹，急忙折回来寻找，见她正坐在一块岩石上，抱着那背包出神呢！他走得急，心里正烦躁，就怒冲冲地责备茶妹："你怎么把汉人的东西偷来了？我们再苦，也不能偷人家的东西。"

茶妹心想，阿哥好蛮横，也不问清缘由就骂人，伤心得哭了起来，也骂白鲁："那个偷人家的东西？你瞎嚼。副营长临走时叫我给他保管好背包。寨子里没有人，我怕丢了才带出来。阿哥，你，你变得和老毕摩一样，不讲理，欺负人……"

白鲁这才明白茶妹至今还抱着背包的原因，赶紧道歉："茶妹，是我说错了，是我不好。来，来，用棒槌敲我几下！"

茶妹撒娇地把身子扭过去，口里说着："你坏，不理你，不理你。"心里却在悄悄想着：阿哥还讲道理呢！

白鲁见她还紧紧抱着那个背包，就说："你这憨姑娘，把人家的背包带出来，怎么交还他们呢？我们这次要躲到很远很远的地方去，再也不回来了。"

"哎呀！怎么办？"茶妹愣住了，她没想到再也不回来了。

"丢下，快走。阿爸他们走出好远了。"白鲁夺过背包顺手往山崖底下一抛，拉着茶妹就跑。他的力气那么大，茶妹挣也挣不脱。

苦聪人在树林里爬山，过涧，一直走到天麻麻黑才歇下来。累得一个个脚酸手软，筋疲力尽。

茶妹和几个小姑娘挤在一间芭蕉叶搭的小棚棚里。她心里乱得很，想起了许多的事——副营长他们如今在哪里呢？要是真的把粮食衣服运来了，走进寨子一个人也不见，他们一定会生气，还会说白老大和小茶妹真坏，尽说假话。

唉！这真糟糕。她忍不住自言自语，副营长，你们不要怪我，我是小娃娃，他们不听我的话呀！你们也不要怪我阿爸。他病了，做不了主呀！你们要怪老毕摩和阿哥，还要骂那个嘴馋的瑶家大爹，他是个酒鬼，糊涂虫……想到这里，她似乎看到挨赶副营长他们带着衣服粮食进寨子来了，瑶族猎人还躺在熊皮下边呼呼打鼾。副营长不见了苦聪人，气得用脚在瑶族猎人屁股上乱踢。瑶族猎人还迷迷糊糊，嘴里嘟嘟囔囔：请客，不能用凉水，不能踢人……真有趣，她不禁哈哈大笑起来，笑得她旁边的苦聪小姑娘和苦聪人都有些奇怪，路上这么苦，夜晚又这么冷，茶妹还在笑，可是疯了？

一个和茶妹好的小姑娘悄悄问她："茶妹，你笑什么？"

茶妹把她想的事，说给那小姑娘听。小姑娘学着大人样，皱着眉头说："是呀！你阿哥和毕摩真坏，带着我们乱跑。要是能传个话给副营长就好了。"

苦聪人没有文字，更想不到写信。传话，叫哪个传呢？真叫这两个小姑娘发愁了。

茶妹又想起了挨赶那个背包。黑暗中，树干上的磷火发着惨绿的光，一闪一闪的。茶妹仿佛看到了背包被雨水淋坏了，在发霉，几只豹子抢着撕咬那个背包；她仿佛又看到挨赶生气地站在她面前，责备她："茶妹，你怎么说话不算数呀？我的背包呢？"她正想解释，挨赶又不见了……眼前又恢复了一片黑暗，依然只有那绿色的磷火在闪动。她不由得长长叹了口气。这朴实的小姑娘被这些事所苦恼，身心像被几块石头压着那么沉重，那么痛苦。她再也不愿跟着人群逃亡了，她要想办法挽救自己的过错。

那个苦聪小姑娘听见茶妹叹气，悄悄问她："茶妹，你又在想什么？"

"我为副营长的那个背包着急呀！"

"是呀！该想个办法。"

"我想回去把背包捡起来。"

"好，我们一起去。"

"不，人多了，阿哥他们会发现，又会来追我们。你在这里帮我哄骗他们好吗？"

"好。你快去快来。"

第二天一早，苦聪人又上路了。

那个小姑娘故意约一伙小女孩喊叫着："快追小茶妹，她跑到我们前头了。"

她们跑着喊着，哄得苦聪人以为茶妹真的在前边。

茶妹躲在一棵大树后边，等苦聪人走过了，她就转身往回跑。

她跑得那样慌张，树枝弄乱了她的头发，荆棘刮破了她的手脸，她还是以小鹿般的速度往回跑。终于找到了那座山崖。她攀着一根藤条向下滑，在深草里乱摸，惊得草丛中的野兔乱窜，斑鸠拍着翅膀乱飞，终于把背包找到了。她很高兴，幸好，野兔没咬这个背包。她抱着背包回到山崖上，又感到为难了，怎么处理这背包呢？既不能带走，更不能送回寨子里去。瑶族大爹可能还在打鼾呢！他连自己的明火枪都保不住，还看得住这个背包？她想：要是自己也长得像瑶族大爹那么高大，有那么好的枪法就好了。自己一定不嘴馋，不乱喝酒，一定横着明火枪堵在寨子门口，劝阻那些乱跑的人，叫他们回去，等着穿新衣服，等着吃大米饭。如果毕摩硬要领着人跑，就用明火枪瞄准他那瘦脑壳，对他说："你这只黑乌鸦，乱飞些哪样？看我一枪轰掉你。"当然只能吓唬吓唬，不能真的开枪，打死了毕摩，阿爸会生气，会打自己……

茶妹看了看周围的树林，这一带尽是些百年生的孔雀杉，枝叶繁茂，躯干粗大，比别的树林还难以辨别方向。解放军就是追到这里，也容易迷路。

茶妹越想越心焦，突然树上掉下一个野果，打在她肩头上。她抬头一看，原来大树上有只松鼠，前爪拱起，端坐在树枝丫上。刚才它也许是看得出神了，把捧着的野果掉了下来。它大约看见茶妹是个小姑娘，有些轻视她，闯了祸还不走，摆动着蓬松的大尾巴，用那对红宝石一样的眼睛，好奇地瞪着茶妹。

"你干什么？"茶妹恼怒地尖声喊着。

松鼠并不怕她，只是顽皮地摆动一下尾巴以维持它的重心，两只前爪也没有放下。

茶妹灵机一动，掏出小弩弓："我正要你的大尾巴报信呢！"

松鼠虽然不懂话，却觉得茶妹那动作不对头，赶紧掉转身子，往枝叶丛中窜。但是，已经来不及了。茶妹一抬手，一只小弩箭飞出去，这小东西吱叫了一声，就一头栽了下来。茶妹把松鼠尾巴割了下来，插在背包上，然后又编了个小草帽覆盖住背包，一起挂在大树上。从她看来，这样雨淋不着，野兽也咬不着。还可以给挨赶指引方向。

这特殊的"路标"，这个由于茶妹对解放军无限情意而写好的、没有字的

"信"，在关键时刻，再一次使得逃亡的苦聪人在灾难的旅途上，少受了许多痛苦。

茶妹办完了这件大事，心才慢慢安定。等她拖着疲累的小腿返身去追赶苦聪人时，逃亡的人群已走得很远很远，一时间难以追上了。

四

半路上，挨赶副营长和沙教导员率领的大队人马会合了。

不久前，沙教导员还为苦聪人逃走后没有音讯而焦虑。如今，从挨赶副营长嘴里得知，苦聪人已找回来了，已安定地住在那个小村寨里了。高兴得他紧紧抓住挨赶的手说："副营长，辛苦、辛苦，你们这次真是劳苦功高。"

挨赶副营长见教导员已把苦聪人急需的衣物粮食运进老林，也是很高兴，说："教导员，你们来得正好，苦聪人正等我们的物资呢！"

沙教导员还惦记着挨赶副营长的箭伤，关心地问："听说你又挨了一箭，不要紧吧？"

"不要紧，不要紧。快好了。老林里好草药多得很呢！"瑶家姑娘阿兰不见她阿爸回来，很担心，问："副营长，我阿爸呢！"

"他很好，留在苦聪人那里坚持工作呢！"

挨赶副营长就在大树下，把找到苦聪人的这一段情况，向教导员他们做了汇报。

大家都很满意，只有阿兰不放心，说："我阿爸又不是干部，会干什么工作？三杯酒下肚，就昏天黑地地乱说。叫他留下，我真不放心。"

挨赶确实不如阿兰那样了解瑶族猎人，他说："别小看你阿爸，他这次工作得很好。"

阿兰还是不相信："他呀！你们在还好。剩下他一个人，他就会昏头昏脑没了主意。"

这话可提醒了沙教导员，他思索了一下，觉得这瑶家姑娘对她父亲的评价不无道理。瑶族猎人虽然豪爽、正直，但是，这不等于他有工作经验，而经验又是要从多次失败和挫折中取得的，在这紧要关头，失败不得呵！他想应该尽速去到苦聪村寨，把刚开始的工作巩固下去。

这时候，部队在大树下埋锅做饭。挨赶将苦聪人的特点、生活习俗和人物向沙教导员他们简单做了介绍。他几次提到茶妹，使大家对这天真可爱的小姑娘，产生了很深的印象。

阿兰说："我晓得这个小茶妹。我阿爸也时常说起她。上次去找鹿衔草，我还带了一块红布头巾送给她呢！"

挨赶笑道："她把你送的那块绣花头巾，当宝贝一样珍藏起来。她还时常问我们，这个阿兰大姐是什么样子？你们见了面，一定会成为好朋友。"

沙教导员说："从副营长的介绍来看，这些苦聪人是很聪明、很能干的。残匪把他们诬蔑成愚昧的野人，那真是反动透顶！愚昧的人，哪能在老林里战胜各种艰难困苦，一代又一代地顽强生活下去？"

这天，工作队党委在大树下开了个紧急会议。决定立即赶往苦聪村寨，把党和人民政府就要把粮食、衣服、药品送进老林的事告诉苦聪人。

部队又急速地前进了。大家都是满心喜欢，谁也没想到，苦聪人又逃亡了。

瑶族猎人也不知道在那冰冷的楼板上睡了多久，才慢慢醒来。他头痛、口渴，全身困乏，又微闭着眼躺了好一会儿。他尽力思索，自己怎么会盖着熊皮躺在这里？慢慢才想起来那一场热闹的酒宴，自己和苦聪人喝了好多酒呵！唉，实在是喝得太多了。

他想叫茶妹给他弄点水来喝，没人应声，他又喊白鲁，也没人应声。他又躺了一会儿，只好自己爬起来找水喝。奇怪，屋内一片狼藉，一个人也没有。不仅白鲁、茶妹不在，那个病倒了的白老大也不见了。

他抱起水筒往头上浇下来，让神志清醒了一些，急忙跑出小木楼，寨子里更是空寂无人，凌乱不堪。这时候，瑶族猎人才明白，毕摩、白鲁和那些苦聪人是有意把他灌醉好带着苦聪人逃走。自己是上当受骗了，心里又气又急，一阵昏眩，几乎倒在地上。

他心绪纷乱地抱着头，在白老大家的小木楼下坐了好久，好久。唉！这事情怎么办呵！怎么向挨赶副营长交代呵！还有自己的姑娘阿兰知道了，怎会饶过自己呵！一定会责怪自己糊涂，还会骂自己好酒贪杯……

他这时候，真是恨死了这些苦聪人，不禁大骂了起来：好可恶、好狡猾，一点交情也不讲……

　　骂着，骂着，他又模模糊糊记起来了，小茶妹曾劝过他不要喝酒，还把凉水倒进过他的竹筒里。唉！自己真是糊涂，怎么不听听小茶妹的劝告呢？

　　风一阵阵刮来，刮得他这个形影孤单的人，全身发凉。

　　生气、害怕、悔恨，如今都没有用，该想出个办法来，怎样才能挽回自己对革命工作造成的损失呀！

　　应该赶快回去，把这事报告给教导员和挨赶副营长。他的明火枪丢了，只好抓起一根木棍来防身。但他向北走了几十步，又惶恐地停住了。搞得如此狼狈，他实在是没有脸面回去见挨赶他们，以及那个一贯反对自己喝酒的阿兰……

　　他颓然地坐下，心里乱极了。怎么办呢？不去报告行么？他想了想，就是解放军来了，也无非是再去追赶苦聪人，自己为什么不现在就去追呢？但，走了几步，一个声音仿佛告诉他，你一个人行么？他们人多，还拿了你的明火枪，会打死你！

　　他又犹豫地站住了。但是，又仿佛有另一个声音在讥笑他，害怕了么？你算得什么瑶家猎手、民兵英雄？闯了祸，为什么不敢去挽回？

　　瑶族猎人突然激怒了，神经质地对着大树大叫：我怕？我什么也不怕，我一个人敢打一只大野猪，我会怕死？死就死，当英雄死，也比让人嘲笑好。他撕下自己一块红包头布，折成一个三角形，钉在一棵树上，表示自己向南了，就急匆匆往树林深处奔去。

　　尽管林深草密，苦聪人的脚印经常消失，瑶族猎人还是能从许多痕迹找出苦聪人的去向，如树枝的被撞断，花被撞脱，草被踩平，都表明有大群人经过。那么多人逃亡，沿途总会留下一些痕迹。

　　瑶族猎人虽然追苦聪人心切，还是保持着猎人应有的细致，每走过一段路，特别是在那些拐弯的地方，都在树上砍几刀，刻个箭头，作为后续部队的"路标"。

　　他走到悬崖下的一条小河边上。小河两边，被深密的草和杂树遮盖着。河这边还有零乱的脚印，过了河找不见脚印了。聪明的苦聪人在这里利用河水能冲去痕迹的特点，在河床里涉水而行，然后从一个树丛中爬上岸跑了。

　　瑶族猎人只好在沿河上下寻找，怎么也难以确切判定苦聪人的行踪。他费了好大的工夫，定了一个方向，爬上悬崖往前走。但是，他越走心里越疑惑，怕追错了。他虽然善于在山林里辨认踪迹，这时候也被弄得晕头转向，不住地咕哝："天哪！他们在整哪样？想摆八卦阵吗？"

他正彷徨时，突然看见大树上挂着一件东西，他不禁喊道："背包！"

背包挂在树枝丫上，一条松鼠尾巴在背包上晃动。

瑶族猎人奔过去把背包取了下来。

但是，拿着背包，他又怀疑了：这是挨赶副营长的背包，为什么会挂在这里呢？会不会是苦聪人故意在这里布疑阵，企图把追赶的人引向歧路？

他把背包取下来看了又看，发现背包绳上缠着几缕头发。瑶族猎人一向是粗中有细，他见这头发长而细，干净而柔软，不同于一般苦聪妇女的头发。他想起了挨赶副营长和战士们，教小茶妹梳头扎辫子，把头发梳得干干净净，也就断定了，这背包是小茶妹挂在这大树上的。小茶妹为什么要这样做呢？他又记起了挨赶副营长他们临走的时候，茶妹眼泪汪汪抱着背包，难舍难分的情景，以及一再阻拦他喝酒的事……瑶族猎人明白了，哦，原来是聪明的小茶妹用背包给他指路呢！他感动得喃喃自语：这个小茶妹呀！真是好得没法说了，时时刻刻都站在我老汉这一边！

他把背包挂起，又撕下了一小红头巾系在上边，表示自己顺着这个方向追下去了！

五

那天，茶妹挂好了背包，就慌慌张张去追赶逃亡的苦聪人。她虽然不愿意逃亡，还是要去追，那逃亡的行列里有阿爸、阿哥呵！

茶妹的心情很矛盾，想快点赶上阿爸他们，又盼望解放军能很快追上来，所以，她的步子有时是急促，有时又是迟缓。她一个人在森林里赶路，感到特别的孤单。她不住地往回看，解放军，你们怎么还不来呢？

但是，后边真的出现一个人，并且大声喊着："茶妹茶妹"的时候，她又变得紧张起来了，像只小鹿似的乱奔。

瑶族猎人怕她会摔到山岩下边去，赶紧上来抱住茶妹。他见了小茶妹，心情很激动，对这可爱的苦聪小姑娘充满了怜爱，他像对待自己的小女儿一样，把茶妹轻轻抱了起来，安慰她："茶妹，茶妹，你不要怕，我是你的瑶家邓大爹呀！"茶妹开始是闭着眼不理瑶族猎人，猎人不知趣，还问："茶妹，你们怎么又跑了呀？追得我好苦呵！”

这一问，可激起了小茶妹的怒火，她挣脱开瑶族猎人，挥着小拳头，一跳老高地嚷嚷着：“都怪你，都怪你！叫你不要打野猪，你要打；叫你不要喝酒，你偏要喝；给你掺点冷水都不行，还要骂人。你是个大笨……”

小茶妹声色俱厉，步步逼近，弄得老猎人狼狈地往后道了又退。后边是密密垂下来的树枝叶，难以挺直身子，他只弓着腰，连连点头：“是啰，是啰，怪我，怪我老糊涂了。好茶妹，你打我、骂我吧！”

真的叫茶妹打，她又下不了手，只好红着小脸气喘吁吁地站在那里生闷气。

瑶族猎人又说：“小茶妹，背包是你挂在树上的吧！你真好，要是没有你指引，我还来不到这里呢！唉！你们寨子里的人怎么不像你这么懂事，为什么又要逃跑呢？”

茶妹见瑶族猎人了解她所做的事，心里的怒气也稍为平息了一些，噘着小嘴说：“你打野猪去了，我阿哥就回来了。他和毕摩一样，老是疑心解放军是先甜后苦，他又打伤过好多解放军，心里害怕，就约着毕摩哄了寨子里人逃跑……”

瑶族猎人听了只是连连叹气，一再说：“唉，唉，好茶妹，我这老头子，要是早早听你的话就好了，就不会上这个当了。我要去把他们追回来。”

“走远了。追不着了。”茶妹说。她实际是想试探瑶族猎人可是真心追？才这样说。

“跑到天边，我也要追回来。小茶妹，只有你是了解我们，我可以对天起誓，我不会哄你们。副营长他们，真是出老林为你们拿衣服、拿粮食去了哇！”

茶妹见瑶族猎人这么真诚，就说：“我带你去追他们。”

瑶族猎人考虑到苦聪人已走出好远，在后边追，一时难以追上，就问：“茶妹，你能带我抄条近路，绕到他们前头么？”

茶妹想起了，有这么一条小路，路程虽然短，却要通过几座陡峭的山岩，艰险得很，连岩羊和小鹿都不肯往那里钻，怕会撕坏它们美丽的皮毛，折断它们鲜嫩的角叉。这次，苦聪人也是因为老弱妇孺太多，没有走这条比较近的“路”。

瑶族猎人说：“你可有走过？你若认得清方向，我们就往那边走，没有路也要砍出一条路来。”

"还要滚岩子，爬陡坡呢！"

"那就滚吧，爬吧！"

"好，我带你走。"茶妹说："那年，阿爸带我从这条路去串过亲戚。一路上，猴子松鼠多得很，走了几天都不愁肉吃。"

"好，那就走吧！"

他们就攀藤附葛，披荆斩棘前进，遇见悬岩，他们就用衣服包着头脸滚下去；遇见陡坡，他们就攀着岩缝爬上去。第二天傍晚，他们终于绕到了逃亡苦聪人的前头，爬上了这次行程中的最后一座悬岩。这是老林深处由于山峦起伏而造成的一道林中空隙。从这里可以看到那辽阔的云天，那莽莽苍苍的群山，无边无际的林海。他们在山岩上歇息着，看到那玫瑰色的晚霞由红变紫，由紫变黑。满天的繁星，闪烁着从云层里亮了出来。

瑶族猎人迎着夜风，对着这苍茫大地长长吁了口气，像要把这几天在阴暗森林中所积郁的浊气全都吐出去似的。

茶妹在山岩上爬上爬下寻找草药，敷在被划破了的脸上身上。瑶族猎人见她对老林里的药物这么熟悉，他十分惊讶，说："茶妹，你懂这么多药，以后出去当医生吧！"

茶妹知道老林外边有个名叫"学校"的地方，专门教人看病找药，她很喜欢。说："好，等副营长他们把东西送来了，我阿爸真的相信你们了，你和他说嘛！"

天愈来愈黑，但是，还不见苦聪人过来。瑶族猎人不放心地问："茶妹，他们不会往别处走吧？"

"不会。他们说定了要到芒竹河头来。"

她又看了看周围，没有人走过的痕迹，说："他们走得慢，还没有过来呢！"

他们焦急地等了又等。又过了好一会儿，才听得远处响起了一阵阵呼喊声；慢慢地那边树林子里出现了一串拉得很长的、打着火把的人群。那金红色的火光像一串长龙，给这原来被夜雾笼罩着的山林，涂上了一层瑰丽的油彩。他们不作声，静静等着苦聪人从山岩下边缓缓爬上来。茶妹又高兴，又紧张，她悄声对瑶族猎人说："邓大爹，你不要怪我阿爸，不是他带着人跑的呵！"

"我知道，你阿爸好。"

"这事全怪老毕摩，他装神弄鬼吓唬我阿爸，挑唆全寨人往外逃。"

"唔。"

"你要打他吗？"

瑶族猎人笑了起来："我不打他，只和他们说说道理，帮他们消除疑心。"

茶妹也笑了："给他讲道理？也好。他不听，再狠狠打他。"

"嗯，嗯。"

经历了千辛万苦终于又追上了苦聪人，他们都很高兴。

六

白老大被逃亡的苦聪人一会儿背着，一会儿抬着，昏昏沉沉地在树林子里乱钻。幸好，他临行前吃了药，这一路上又没下雨，病情没有恶化，反而慢慢好转。

白老大总觉得这次逃亡有些冒失。

"茶妹，茶妹！"在歇息的时候，白老大大声喊着，想问问茶妹，那天早晨，解放军临走时说了些什么。但是，茶妹已不见了。问她的小伙伴们，都说，茶妹早就没跟大伙一起走。

白老大很着急，他把所有的怒气全都冲向白鲁，骂他没有把茶妹照顾好。

白鲁一路上忙于找路，消灭人们走过的痕迹，确实忘了照顾小茶妹，总以为她聪明能干，跟着大伙走不会出什么事情。被白老大一骂，白鲁心里很慌，急忙说："阿爸，你不要急，我现在就去找她。"

白鲁扛起梭镖，插着短刀，带上沾有毒药的弩箭，急匆匆往回走。

白鲁一路疾走，终于走到林中村寨。但，奇怪的是既没看见那个喝醉了酒的瑶家人，也不见小茶妹。他很着急，茶妹到底跑到哪里去了呢？

他匆忙越过寨子向北边林子里追去。他想起来了，自从汉人进了寨子后，小茶妹就像着了迷似的，成天想着要搬出老林去。这次逃亡她更是激烈地反对。这倔强的小姑娘，会不会跟着瑶家人往老林外边跑呢？

这天晚上，白鲁又走近了那美丽的高原湖边。

月色很好，如水银泻地似的把湖面照得银光灿灿。这水天一色的景色，使得鱼儿也难以安静藏在水里，错把月色当作湖水，不时扑通扑通地跃出水面来，溅得湖面上一片银花。

湖周围的树林出奇的黝黑。附近有一只小鹿哀声啼叫，好像寻找她的母鹿妈妈。听着这稚嫩的声音，使人们仿佛看到了一只紫红色的、皮毛上印着白斑点的小东西，在树林里茫然四顾，因而油然兴起哀怜之心，不能不为小鹿担忧，它能找得到母鹿妈妈么？

明亮的湖水、黝黑的树林、小鹿的啼声，把白鲁完全迷住了。他不顾夜间有可能碰上来湖边喝水和觅食的凶猛野兽的危险，一步一步走近了湖岸。呵，这是多么幽静、多么迷人的夜晚。他恨不得化成一只鸟，飞进那水溶溶的月光中，化成一条鱼，游进银光闪闪的水里，免得在阴暗潮湿的树林里东奔西跑，终年受难。

就在这时，白鲁发现岸那边有团金色的火光一闪一闪，比藤条江夜晚的渔火还要明亮。这一定是老林外的人在这里烤火，茶妹和那瑶族猎人会不会在这里呢？他一手提着梭镖，一手端着带毒的弩箭，悄悄摸了过去。

这堆火是沙教导员、挨赶副营长他们在这里烧的。

事前，挨赶就把这树海深处的高原湖做了介绍。等到亲临其境，大家都被这美丽景色迷住了。

这天虽然宿营晚，挨赶副营长组织人在月光底下又叉鱼，又打鸭子，吃了一顿极其丰盛的晚餐。

晚饭后，战士们都早早睡了。沙教导员、挨赶副营长、哈尼大嫂、阿兰睡不着，围坐在火堆边上聊天。

白鲁拿出了追踪马鹿的技能，走得那样轻巧，尽管林子里很暗，地上枯枝落叶很多，他走到火堆附近，也没有弄出一点声响。加上火堆里的柴烧得噼啪作响，搅乱了沙教导员他们的听觉，也就没注意有人从暗处摸来。

白鲁急忙用眼睛搜索，茶妹在哪里？茶妹没有见，却看到了几个戴着绿色军帽、穿着绿色军装的人。他想：这些带刀枪的汉人进老林来肯定不是有什么好事，先送他几个见魔鬼去。他向前紧走了几步，端平弩弓，搭上毒箭，缓缓地把弓弦扳紧。很不凑巧，火堆边上这时候又站起了一个瑶族姑娘。那修长的身躯，恰好遮住了他要射的汉人，使他扳紧的弓弦，又缓缓放松了。他听得那汉人说："阿兰，你多抱点柴来。"

"是啰！"好清脆的声音。

这名字，这声音，白鲁觉得好生熟悉。这正是他在森林相遇，以后被残匪抢走的那个瑶家姑娘。隔了这么些年，今天晚上，她怎么也会在这湖边上？又怎么和这些人在一起？这些人又是谁？他不敢射出那浸过毒汁的箭，睁大眼想尽量看得更清楚、更真切一些，也忘了要隐蔽，迈开步子尽往前走。

阿兰转过身子来抱柴，突然发现侧边有个长发蓬乱、裹着毛茸茸兽皮的人走过来。她不禁喊了起来："苦聪人！"

火堆旁的人都转过了身子。果然，就在不远处站着一个苦聪人。哨兵为难地道："怎么办？"

沙教导员说："你不要动，那会吓着他。让阿兰和哈尼大嫂请他过来。"

阿兰和哈尼大嫂亲切地喊道："卡归，不要怕，请过来烤火。"

白鲁又听出了一个熟悉的声音。天哪！经历了这么多年，怎么哈尼大嫂也在，莫非自己是在梦幻中么？阿兰和哈尼大嫂那亲切的喊声，如磁石一样吸住了他。他呆了，完全呆了。

"过来呀！苦聪兄弟！"挨赶副营长也亲切地喊着。又是一个多么熟悉的声音。他一时间记不起是在哪里听见过的了。也许是在遥远遥远的过去。他更迷茫，更不知所措了。

这时候，战士和工作队员都惊醒了。这都是些小老虎一样的年轻人，动作快而猛。他们在睡梦中听见喊声，以为发生了情况，提着枪，打着电筒从帐篷里冲了出来。

这么多人，这么多刺眼的电筒闪光，把白鲁惊住了。他以为是来抓他，一返身就跑。几个战士怕他会跑脱，拿出冲杀时的速度一下抄到了背后。白鲁见无路可走，情急之下，一纵身跳进了那白茫茫的湖水里，溅起了点点碎银似的浪花。

"哎呀！会淹死呀！"挨赶想到老林里的苦聪人不会水，救人要紧，也不顾自己身体可吃得消？这湖水有多凉？也跟着跳了下去。

岸上又是一片喊声："苦聪人下水了！""副营长下水了！""救人哪！"……

"会水的下去！不会水的赶紧扎筏子救人！"沙教导员指挥着众人奔向湖边。

这潭湖水是由老林里的大小泉水注入的。山高林密，日照时间短。湖水就永远像冰镇过一样彻骨生寒。挨赶下水后，才感到是这样砭人肌肤，手脚也就划得更快了。月光下，他见那个苦聪人不但没有往水底下沉，反而熟练地泅着水。"咦！奇怪！"他用劲划了几下，追了过去。

白鲁见有人下水来追他，急忙一个猛子扎进了水里，给湖面上留下了一圈圈碎玉似的花环。

"你想跑。"挨赶本来是下水救人，一见这人水性好，而且企图跑掉，也就忘了原意，决心要把这个人抓住。他踩着水，把半截身子露出在湖面上，想看清楚，这苦聪人潜往哪里了？哪知道，这人并没有游走，却悄悄潜泳到他的下边，想抓住他的脚往湖底下扯。挨赶听见水下有响动，知道这是厉害的一手，赶紧用个鲤鱼翻身的动作，纵起来往旁边一滚，闪开了。他紧接着也潜入了水里，睁开眼睛来抓那个人。可惜，这时候的水里是一团昏黑，看不远，看不清。

白鲁扑了个空，知道遇见了一个老水手，惹不得。急忙露出水面，手脚用劲游开了。哪晓得挨赶水里的动作比他还快，几下泅到了他左侧，拉住他的腿往下就沉。白鲁挣不脱，只好闭住气，任由拉着往下沉、往下沉。最后两个人都经不起水压，又拉扯着浮上了水面。

挨赶见这苦聪人并没有呛着水，也吃了一惊，喘吁吁地道："看不出，你还蛮有功夫！"

月光下，挨赶那张湿淋淋的面孔显得特别严峻逼人。尽管过了这么多年，白鲁立即认出来是他的生身之父，他以为挨赶的鬼魂再现，吓得语无伦次的："天哪！你、你……"

在此时此刻，在这冰凉的、深不可测的湖里，挨赶怎么也没想到，这个被他在水里抓住的苦聪人，就是他的儿子。这些年，在老林里风餐露宿，饱经冻饿，水送已非昔年那稚声稚气、肤色白净的少年了。他黝黑、粗壮，满脸皱纹和胡须，披头散发，叫挨赶一时间哪里认得出来。他只是脱口而出地说："不要怕，我是挨赶副营长，也是从前藤条江上的摆渡人！特意来老林找你们苦聪人。"

白鲁听了，吓得瞪大眼睛颤声说："阿爸，你是人还是鬼？你不要吓我！"

挨赶可没有想到，这苦聪人就是他儿子，一听这话他那么已破碎了的做父亲的心又颤抖开了，只觉得眼前一阵昏黑，再也无力划水了，身子一软，往水里就沉。

　　白鲁赶紧托住他，大声叫着："阿爸，阿爸！"

　　这时候，会水的战士们也游过来了，临时扎起的筏子也划过来了。他们帮着把昏过去了的挨赶拉回了岸上。

　　医生一边用酒精给挨赶擦着身子，一边给他注射强心针。他苏醒过来，就着急地喊着："水送，水送，我的孩子，你过来呀！"

　　白鲁也泪如泉涌地一头扑进挨赶怀里，泣不成声地痛哭着。

　　这情形使周围的人都看呆了。

　　沙教导员这才明白，挨赶副营长的水送逃进老林变成了白鲁。在旧社会被逼得生离死别的父子，如今终于团圆了。这真是令人高兴的事呵！哈尼大嫂更是大吃一惊，激动得抱住她身旁的阿兰说："哎唷，我怎么没有看出来，副营长就是大闹藤条江的老挨赶呀？对啦，对啦，我从前只见过他很少的几次……"

　　等他们父子哭够了，哈尼大嫂才过去拉着白鲁："小兄弟，你还活着。可还记得你家花妮阿嫂？"

　　白鲁感动得又涌出了眼泪，连连表示感谢："阿嫂，我……我哪能忘记你，你……你太好了……"

　　挨赶的心情逐渐恢复了平静，他像突然年轻了十几岁一样，喜气洋洋，满面春风，接受大家对他的祝贺。他拉着白鲁到沙教导员跟前，说："这是我们营教导员兼县工委书记，他是特意来老林寻找苦聪人的。"

　　沙教导员紧紧握住他们父子的手，表示祝贺："恭喜，恭喜。"他又对白鲁说："你父亲如今是我们的副营长。"

　　白鲁惊讶地望着他父亲。他虽然不能立即弄清这职务是干什么的，但是，他看到那么多人，真诚地尊敬他阿爸，明白这世道真的变好了，正如瑶族猎人喝酒吃野猪肉时说的那样，受苦人再也不受苦了。

　　大家把白鲁拥到火堆前坐下，说呀，说呀，说个没完。阿兰又见到了白鲁，心里高兴得很，她傍依着白鲁在火边坐了下来，说："苦聪阿哥，这些年也打听不到你的音讯，把人都急坏了。"白鲁也憨厚地点头："是这样、是这样，我也时常想念你呢！……"

　　月亮在西边移动，湖上的银光渐渐黯淡了。岸边的篝火越烧越旺，给那平静的湖面，涂上了一层灿烂的金红色。树林里的小鹿还啼叫着，声音已变得欢乐而柔和了，好像它已找到母鹿妈妈了。

七

从白鲁口中，沙教导员和挨赶副营长才知道苦聪人又第二次逃亡了。他们很着急，第二天一早，就指挥部队快速前进。

昨天晚上，挨赶亲自在火堆旁为白鲁修剪了头发，为他穿上了布衣衫。十多年来，白鲁都没有这样理发换衣服了。他激动得向大家行了一个礼又一个礼，表示感谢。

大家告诉他，要感谢共产党和人民政府。

共产党、人民政府。前些日子，白鲁曾经从小茶妹和瑶族猎人那里听到过。但是，那时候他对老林外的一切还充满了怀疑和仇恨，是无法理解的。如今，他懂了，深深记住了！现在，白鲁用轻快的步子走在队伍的最前头，引导人们抄近路去追赶苦聪人。这时候，他特别怀念白老大和小茶妹，希望能尽快找到他们，和自己一起来分享这无比的幸福。

当队伍接近苦聪村寨时，他们突然发现有炊烟从小楼里飘散出来。白鲁嗅出了有人烤食野味。

这是谁呢？

白鲁记得，前几天他们从这里走过的时候，寨子里空无人。这时候，又会有谁住进了里边呢？是小茶妹回来了？沙教导员叫白鲁先进寨子去看一下，是否苦聪人回来了，以免他们受惊。

当白鲁走进自己小楼时，却见屋内坐着的是白老大和一个苦聪汉子。

白鲁高兴地说："阿爸，你在这里！"

白老大仔细看了看，站在他面前的是一个傣族人。头上扎着白布头巾，身穿蓝布棉袄，胡子剃得光光的，显得面目清秀。但是，听声音又是他的白鲁。他吃了一惊，问："白鲁，你跑到哪里去了？怎么会是傣家人的打扮？"

白鲁兴奋地说："阿爸，我半路折回来找茶妹，没有找到。在湖边上碰见了解放军。解放军真的是好人。还有我阿爸也来了……"

"你阿爸？你说些什么话？"白老大认为儿子在说胡话。

白鲁解释道："我阿爸真的来了。他就是和你一起关在土司牢房里的那个傣家人。"

"哦，"白老大像做梦一样，简直难以相信。他问："这是真的？"

"真的，真的。阿爸，我还会哄你吗？还有那个救过你我的哈尼大嫂也来了。"

"哦，哦。"白老大激动地说道："来了，来了，他们都来了。这好日子真的来了。"

白老大站起来问："他们在哪里呢？"

"在外边等着，我去叫他们。"白鲁跑出门外，打了个响亮的呼哨，喊着："都请进来呵！"

部队这才进了寨子。

白老大这些日子想了很多事，但是，怎么也没有想到还会和在土司牢房里的难友见面，他激动得全身都在颤抖，站也站不稳，只好扶住白鲁的肩膀，以免摔倒。

人们越走越近，都是一色的绿军装，哪个是傣族船夫呵？怎么看不出来呢？他茫然地望着，望着……

挨赶副营长大步走近白老大，笑呵呵地伸出手去，说道："你看，我们早就见过面了，就是不晓得你我是老相识。"

白老大惊愕地往后退了一步，在他的想象中，那个傣族船夫也是和他一样，被折磨得老态龙钟，病息奄奄，可不是这个精神饱满的解放军。他以为又在骗他，眼睛里又喷出了怒火。

挨赶明白白老大的心情，一下就撕开自己的衣领，露出了锁骨上的那块疤痕，说："老哥，不相信么？你怎么忘了，那天大风雨的晚上我们一起敲开锁骨上的链子的事呀？"

白老大再看看旁边的白鲁那满含眼泪的神色！这才相信了。他的手触到了自己锁骨上的疤痕，眼泪也泉涌地喷了出来，说："我怎么会忘记？只是你变得这样有气派，我怎么敢相信呀！"

挨赶也激动地点头道："是呀，是呀！我变了，祖国变好了，我当然也一切都好。老哥，你们的日子也会变好的，灾难的岁月已经结束了。"

白老大喃喃道："真是这样，就好了。这不会是做梦吧！"

"不是，不是。"白鲁赶紧说。

哈尼大嫂走了过去，风趣地笑着："白大伯，再认一个亲人吧？"

虽然隔了这么多年，美丽的哈尼大嫂变化不大。岁月虽然给她的眼角增加几丝鱼尾纹，她还是那样修长娟好，加上，她穿的仍是哈尼装束，白老大一眼就认出了，赶紧弯下腰去深深行礼："是哈尼大嫂，好人，大好人。你也进老林来了。过了这么多年，你还是这样关心我这可怜的苦聪人。多谢你了，多谢你了！"

哈尼大嫂也急忙回礼，说："都是受苦人嘛！应该互相关心！"

这小小的苦聪寨又热闹起来了。可惜往外逃亡的苦聪人还没回来，小茶妹还没下落，大家都心焦得很。

原来，白老大见白鲁去追茶妹以后，他就不肯走了，由一个苦聪汉子陪着他在大树下等着。其他苦聪人不敢久停，由毕摩带着继续向前走，他们约定在芒竹河头附近见面。但是，等了又等，还不见白鲁和茶妹回来，白老大心急如焚，就折回来找，一直找到自己寨子也不见一个人。当他们准备在这里歇息一下，吃点东西再继续往北走时，却与挨赶副营长他们相遇了。

他们从寨门口的红三角巾，明白瑶族猎人已单身向南追赶，就吃了点干粮，喝了点水，立即向南去追赶瑶族猎人以及逃往芒竹河头的苦聪人。

八

苦聪人本来不敢走夜路。但是，他们记得这山岭上有石洞可以避风，有一股清泉可以喝水。哀牢山山高水高。哀牢山南段最高处的水，特别清凉香甜。

他们一步一步向山上爬着，山是这么高，坡是这么陡，那黑绒似的云块，那稀落的星斗，好像离他们更近，显得更明亮了。但是，一抬头却见前边树下站着个人，还听见瑶族猎人那熟悉的声音："苦聪弟兄，我等你们好久啦。"

苦聪人听见瑶族猎人的喊声，吓得叫叫嚷嚷地往后乱窜。这些天，他们历尽了辛苦，才走到这人迹罕到的山野。他们以为，从此可以摆脱汉人的追赶，在这里好好歇息一下再走。没想到瑶族猎人又会突然出现，这是怎么一回事？这瑶家老头不是醉倒在寨子里了吗！怎么又能先跑到这里来？难道他会飞？

茶妹想念白老大，不等人群走近，就飞奔下来："阿爸，阿爸，你们不要怕，是我呀！"

"呵，是茶妹！茶妹来了！"茶妹的小伙伴们这一路上怪想念她的，听见她的声音，一个个高兴得大叫起来。

这也使苦聪人感到惊讶，小茶妹明明掉在后面，怎么会出现在前边？难道是跟着瑶家人飞过来的？

老毕摩被搞糊涂了，那双布满红丝的眼睛瞪得大大的，舞弄着那杆明火枪，乱喊着："魔鬼，魔鬼，魔鬼又来了。"

瑶族猎人见自己心爱的明火枪，如今在毕摩手里。使他又羞愧又生气，怒火直往上冒，他真想大骂一通："你这个老乌鸦，吃了我的野猪肉，还偷走我的明火枪……"

但是一想到如今是工作要紧，大局为重。他就赶紧压住怒火，自言自语："我，我不发脾气，我要用好话安慰他，叫这个老东西不要怕……"

就在这时候，老毕摩端着明火枪走了过来，吼道："你们要干什么？"

瑶族猎人赶紧迎了过去，大声说："毕摩，你不要怕，我是一片诚心来追你们……"

老毕摩哪里相信，还是舞弄着明火枪，乱喊着走开："你这个老酒鬼，看你醉成那个丑相。哼，哼，我当时怎么没有一刀劈了你！"

这话很伤人，瑶族猎人脸都发白了，但，他想到自己，历尽艰辛，一切都是为了苦聪人，他还是强忍住怒气，说："毕摩，你为什么要带着人乱跑？我们又没有做下对不起你们的事，你给我请白老大出来说话。"

他不知道苦聪人在逃亡途中发生的事，以为白老大还和这些人在一起呢！

毕摩也不明说，只是怒喊着："他不喜欢见你们！"

茶妹这时候从人群中跑了出来，苦着脸说："邓大爹，我阿爸阿哥，都折转回去找我了。"

这对瑶族猎人来说，又是一个波折。他看了看周围的苦聪人，都在惶恐不安地望着他们，想搞清楚他们追来究竟要干什么？他想了想，如今也只有和毕摩这讨厌的东西打交道了，就说："毕摩，你不要多疑。……"

老毕摩不耐烦地打断瑶家人的话道："你们的话我听够了，你别像藤子绕大树一样，老缠着我们。唉！真把人逼死了，你让我们走吧！"

瑶族猎人说："你们这样乱跑有什么好处呢？你们要的衣服、粮食，我们很快就会给你们运来。"

毕摩打量了一下瑶族猎人，见他满身伤痕，衣服撕得破破烂烂，哪里像个有许多衣服粮食送给他们的人。他眯细着迎风掉泪的红眼睛，嘲弄地道："衣服粮食在哪里？拿来！还想骗人么？哼，哼，我们再也不上当了！"

瑶族猎人走向那些苦聪人，恳切地道："苦聪兄弟们，我们一再追赶你们，并没有什么歹意。解放军确实是回去运衣服粮食了。如果你们不离开寨子，这时候，已经可以拿到东西了。"

"啊，啊——"有人相信了。

毕摩把这一切都看成了骗局。他提着明火枪，悄悄闪进一棵大树后边，对几个苦聪老顽固说："看我一枪打死这瑶家人。"

茶妹眼尖，一下就看到了老毕摩这鬼鬼祟祟的动作，立即丢下小伙伴们，悄悄跟了过去。她见老毕摩要下毒手，心里气得很，也不顾老毕摩以后会怎样对付她。她举起一个盛着水的葫芦，吧嗒一下砸在明火枪上；葫芦成了碎片，水也把明火枪上的火药弄湿了。气得毕摩抢起明火枪横扫过来，想拦腰一下打翻茶妹。茶妹身段灵活，往地上一滚闪开了，那杆明火枪，打在大树上，咔嚓一声断成了两截。老毕摩暴跳如雷，提着半截烂枪来追茶妹。一边追，一边大骂："你得了汉人的好处了，我打死你。"

瑶族猎人见他要打茶妹，一伸手夺过了那半截断枪，扔得远远的，怒喝道："你好大的胆，敢对我行凶，还要打茶妹。你不怕犯罪么？"

毕摩见瑶族猎人怒容满脸，吓得倒退了几步，嗫嚅地说："我们的事，不……不要你管。"

瑶族猎人还是怒气冲冲地喝道："你给我放规矩点！你有什么权力打小茶妹！"

毕摩一边往大树后退，一边低声咒骂："你恶，你恶，我记住你了。"

苦聪小姑娘们见瑶族猎人保护了茶妹，高兴地叫了起来："邓大爹好，邓大爹好。老毕摩坏，老毕摩坏。"

毕摩退到了大树后，对一个端着弩弓的汉子说，"你站着干什么？你是木头？射，快射他。"

汉子不敢动，毕摩抢过弩弓，对准瑶族猎人就是一箭。瑶族猎人的眼睛和耳朵是在长期的狩猎生活中养成的，感觉特别灵敏。弓弦一响，他赶紧身子一闪，躲开了对准他胸口的利箭，那支箭却深深插进了他的左臂，痛得他一个踉跄倒在地上。

苦聪人见毕摩敢这样下毒手，吓得一个个脸无人色，发出了恐惧、惊叹、责备的种种声音。

瑶族猎人用力站了起来，扶着手臂，大声对苦聪人说道："苦聪兄弟，你们有人还不了解我们，还把我们当仇人，我也不怪你们。我只求你们不要再跑了。老林深密，受苦的还是你们自己哪！"

鲜红的血从老猎人的手臂上滴下来。苦聪妇女心软，感动得呜呜地哭了。

茶妹和那些苦聪小姑娘，气得一窝蜂拥上去扭住毕摩，冲着他的干瘦干瘦的脸孔骂："你为什么行凶？你这个坏狗熊！"

瑶族猎人走近前，对那几个扭着毕摩的小姑娘们说："姑娘们，放了他。"然后严肃地对毕摩道："你一再行凶，这是犯罪行为。不过，我知道你是在老林里住久了，对我们不了解，加上你比别人糊涂、固执，所以，才会乱来。我饶了你，希望你不要再捣乱了。"

茶妹和小姑娘们又跳着闹着叫了起来，小手指着毕摩："听见没有？饶了你，饶了你。不准再捣乱，不准再捣乱！"瑶族猎人这样做，立即引起了苦聪人的赞叹：

——"是好人哪！你看，老毕摩这样可恶，他还饶恕了他。……"

瑶族猎人这种诚恳的态度，确实使茫然无所适从、而且已走得筋疲力尽的苦聪人感动了。原来瑶族猎人不在场的时候，他们还会产生一些怀疑。如今又见了瑶族猎人的面，不能不使他们想起解放军住在寨子里的那段时间，和他们一起劳动、聊天，把自己的米送给他们吃的许多事。怎么能把他们和从前的坏汉人看成一样呢？又怎么能说他们是先甜后苦、故意哄人呢！唉！真是山药糊糊迷住了心窍，才会糊里糊涂地乱跑呵……

小姑娘们在茶妹的影响下，首先喊了起来："我们不走啦，我们不走啦！"

她们还缠着自己的阿爸、阿妈："听邓大爹的话吧！不要再跑啦……"

饱尝了逃亡痛苦的苦聪人，决定就在这里歇息几天，瑶族猎人的诚意使他们也相信，过几天，后边就会把东西送到这里来。

苦聪人在这里搭起了简单的窝棚。瑶族猎人还领着年轻人打了几只岩羊，分给大家当食物。苦聪人很感动，也很高兴。

过了两天，追寻他们的沙教导员、挨赶副营长、白老大、白鲁他们赶上来了。

苦聪人见白老大和白鲁都是一身新布衣裳，精神抖擞，喜气洋洋，更是把所有的怀疑、恐惧全都消除了。

工作队当场分给了他们衣服、干粮。告诉他们，还有大量的衣服、棉毯、粮食正陆续运来。苦聪人粗犷的"嗬、嗬！"声音在山林间回旋震荡。

苦聪人又回到了那简陋的林中村寨。这次不像上次那样，顶着芭蕉叶、兽皮，一个远离一个，试探着走回来；而是被战士们前呼后拥接回来。那些年老有病的人，还被担架抬着。

马帮恰好先一步来到这里。寨子周围人喊马嘶，搭了许多帐篷，埋了许多行军大锅。还做好了饭等候苦聪人归来。

战士们和哈尼族、瑶族的赶马人、民工，敲打着锣鼓，吹着短笛，弹着三弦来欢迎苦聪人。

苦聪人还从来没见过这样热闹的场面，这样多热情的脸孔，更没听过这样欢乐的音乐。他们羞涩地低着头，在欢迎的人群中穿了过去。

茶妹跟在瑶族猎人后边，在人群中穿来穿去。她好奇地问道："这么多人出来干哪样？"

"欢迎你们回来嘛！"

"也欢迎我们这些小姑娘？"

"当然啰！像你这样好的小姑娘，更要欢迎。"瑶族猎人笑着向战士和民工们介绍道："这就是小茶妹了。"

大家都听说过小茶妹的故事，热烈地拍起了手，笑着说："欢迎、欢迎小茶妹。"

茶妹害羞了，那小脸庞又红成了一朵盛开的山茶花，她悄声对瑶族猎人说："大爹，他们也像你一样的好。"

这天晚饭，工作队用带来的酒、腊肉、花生米，招待所有的苦聪人。

瑶族猎人端着竹酒筒向每个苦聪人敬酒。豪爽地说着："喝，今天是大喜的日子，要多多地喝。"

阿兰几次拦住他："阿爸，少喝点，小心又给灌醉了。"

瑶族猎人哈哈大笑道："不怕，不怕，今天不怕他们灌醉我了。苦聪兄弟如今不会乱跑了。"说完又大口大口地灌着酒，引得白鲁他们都笑了起来。

饭后举行了集会，先把运来的粮食、衣服、棉毯等分送给苦聪人。然后由沙教导员讲了共产党和人民政府对苦聪人的关怀，以及祖国的新气象；挨赶副营长也讲了解放后老林外边的变化，以及他们父子俩的惨痛遭遇……

大家请白老大也说了几句话，他没有这个习惯，红着脸，怎么也不肯说，催得紧了，才说了一句："有了共产党，我们苦聪人有救了！"

话虽简单，却道出老林中苦聪人千百年来所梦寐以求的希望。他们常常希望有一种比鹿衔草更有灵效的仙草来拯救他们，如今他们找到了！

苦聪人觉得白老大说出了他们心里的话，高兴地欢呼起来。

白鲁早就怀念那老林外边灿烂的阳光，向往那洁净的藤条江水了，他一路上就不停地和白老大商量搬出老林外定居的事。白鲁赶紧从旁说道："阿爸，把搬出老林的事问问大家吧！"

白老大点了点头，然后大声对周围的苦聪人说："兄弟们，妇女娃娃们，共产党、人民政府关心我们，派解放军进老林来找我们，要我们搬出老林去。你们说怎么办？"

所有的苦聪人，如今也和小茶妹一样，对老林外边充满了美好的希望，恨不得立即飞往那金太阳照射着的地方。他们毫不犹豫地大喊了起来："搬出去！"

"好呵！"解放军战士、民工都欢呼了起来。

"好呵！"苦聪人也激动地欢呼了起来。

欢呼声如春雷，把山林都震动了。

茶妹和苦聪小姑娘把新采摘来的鹿衔草抛了起来，如同满天花雨，纷纷扬扬地落在苦聪人头上……

　　　　　　　　　　1962 年冬—1965 年冬写于昆明、天津、贵阳。

　　　　　　　　　　1977 年秋—1978 年冬七次稿于昆明、北戴河、北京。

后　记

　　《鹿衔草》开始写于一九六二年冬，迟至一九七九年才付印。一部仅只二十余万字的小说，前后却历时十七年之久，这并不是我在精心雕琢，而是这小说的命运，也像这小说所描写的苦聪人一样，多灾多难，饱受折磨。

　　一九六二年春，我沿藤条江上行，去到原始老林边沿苦聪人定居的山寨。在那里，我结识了许多苦聪朋友和在那一带工作的傣族、哈尼族、瑶族干部。他们带着我爬大山、钻老林，讲述苦聪人从前披兽皮和芭蕉叶，靠兽肉和野生植物度日的困苦生活，以及在人丁逐年减少、行将灭绝的艰难时刻，共产党派人民解放军历尽艰险，把他们救出老林的事迹。这促使我在一九六二年冬开始了这部小说的写作。

　　苦聪人长期深居老林，几乎与世隔绝，如果从表面现象出发，很可能把他们写得野蛮、愚昧。其实，苦聪人能在密荫的原始森林熬过几百年，甚至更长时间；在野兽、饥饿、病痛的严重威胁下尚能生存，就说明了勤劳、勇敢、机智是他们的本色。想到这些，我接触过的许多苦聪人和事，也就在我心里开花、闪亮，形成了小说中几经折磨而不死的白老大，善良、美丽、对老林外新的生活充满了向往的小茶妹。

　　反动上层是苦聪人的死敌，原始老林周围的哈尼族、瑶族，以及山下的傣族人却是苦聪人的朋友。有他们的同情和支持，苦聪人才能克服一些缺盐、缺铁器的困难。他们之间的来往，也充满了传奇性和瑰丽色彩。这也使我的小说里不能不出现傣族的挨赶、水送，瑶家猎手老邓，哈尼少妇花妮……从而使这部小说写成了有悲伤，也有欢乐，以民族压迫开始，而以民族团结告终的故事。

　　我初写这小说时，心情平静而又愉快。我想，我能把苦聪人从苦难到幸福这一过程写出来，这工作本身就极其有意义。我写得慢，也改得辛勤。我想，这小说的未来，也将和走出老林的苦聪人一样幸福。

　　那时候，我真是把世事想得过于简单了。完全不懂前路还极其艰难，人生险恶而多风波。

　　小说刚写完，正碰上林彪、"四人帮"横行。在那灾难的岁月，人类的尊严横遭蹂躏，原始的野蛮暴行在简单的口号掩护下堂皇出现，私刑和拷打成了合法的行为。如果那时候附近有片原始森林，我也会像从前的苦聪人那样，逃进去，逃进去，一直往森林最深处逃去。当然，那只是幻想，并不现实。《鹿衔草》被打成了"大毒草"，原稿被劫掠去一焚而空。接着是制造假案，把我投入囚牢，一关七年。在监牢时，我也像从前陷在原始森林中的苦聪人一样，痛恨灾难而不省悟灾难从何而来？我有时还会羡慕苦聪人，他们远在山林高处，也许可以逃脱这场浩劫吧！我哪里知道，那时，不少苦聪人也不堪"四人帮"折磨，逃回了原始森林呢！

　　一九七五年八月我出狱后，清点余物，书稿散尽，以为《鹿衔草》定是在劫难逃。伤痛之余，不敢再存什么希望。却没想到，贵阳的中亮、百巍同志，把我从前无意中留在他们那里的最早草稿和打印稿秘密保存了下来，才使这小说得以幸存。一九七八年春，我把小说做了较大修改，在昆明军区领导和中国青年出版社同志的支持下，小说终于得以出版。

　　我十分感激对这小说热情关怀过的老首长、老同志。多年来，他们鼓励我深入生活，支持我写作；不厌其烦地为我看稿、抄稿；冒着风险为我保存稿件；为这小说万里南行……如果没有这些好同志，我和我的小说可能还会遭受更多折磨。这使我在回思往事时感到宽慰，也使我在经历了极大痛苦之后，不至于被苦痛压倒。

　　有人劝我：少想过去的事，多想想今后将要做的事。这使我想起了契诃夫的一段话："我爱我的祖国，我的人民；我感觉，如果我是个作家，我就有责任来写人民，写他们的苦痛，写他们的将来，就该谈到科学，谈到人民的权利，等等……"

　　我想，以后我就这样做吧！

彭荆风　1979 年 1 月，昆明